T0246493

LA
MENSAJERA
DE PARÍS

MEG WAITE CLAYTON

LA MENSAJERA DE PARÍS

Cualquier forma de reproducción, distribución, comunicación pública o transformación de esta obra solo puede ser realizada con la autorización de sus titulares, salvo excepción prevista por la ley. Diríjase a CEDRO si necesita reproducir algún fragmento de esta obra. www.conliccncia.com - Tels.: 91 702 19 70 / 93 272 04 47

Editado por HarperCollins Ibérica, S. A.
Avenida de Burgos, 8B - Planta 18
28036 Madrid

La mensajera de París
Título original: The Postmistress of Paris
© 2021 Meg Waite Clayton
© 2023, para esta edición HarperCollins Ibérica, S. A.
Publicado por HarperCollins Publishers LLC, New York, U.S.A.
© De la traducción del inglés, Isabel Murillo

Todos los derechos están reservados, incluidos los de reproducción total o parcial en cualquier formato o soporte.
Esta edición ha sido publicada con autorización de HarperCollins Publishers LLC, New York, U.S.A.
Esta es una obra de ficción. Nombres, caracteres, lugares y situaciones son producto de la imaginación del autor o son utilizados ficticiamente, y cualquier parecido con personas, vivas o muertas, establecimientos comerciales, hechos o situaciones son pura coincidencia.

Diseño de cubierta: Joanne O'Neill
Imagen de cubierta: © Mark Owen/Trevillion Images (mujer); © Interim Archives/Getty Images (París)

ISBN: 978-84-9139-814-1
Depósito legal: M-24472-2022

Para Anna Tyler Waite,
que no nació heredera, pero que construyó su propia fortuna
a su propia manera

«La "esperanza" es esa cosa con plumas que se posa en el alma».
EMILY DICKINSON

«He viajado por muchos países y he aprendido a esconder mis pensamientos en muchos idiomas».
HANS SAHL

PRIMERA PARTE

ENERO DE 1938

«De vuelta en París, me enteré de que la mayoría de los norteamericanos estaba apresurándose para volver a casa. Yo decidí quedarme. Llevaba ocho años viviendo en Francia y me sentía parte de ella. Había aprendido a amar a su gente, su historia, sus paisajes y sus piedras antiguas. Si los franceses podían con ello, también podía yo. Además, estaban pasando muchísimas cosas extraordinarias y no quería perdérmelas».

Mary Jayne Gold, *Crossroads Marseilles, 1940*

«Deberíamos haber abandonado Francia después de que Max fuera arrestado por primera vez, pero no podíamos imaginarnos otro mundo que no fuese París».

Leonora Carrington, *Villa Air-Bel*,
de Rosemary Sullivan

EN EL CIELO, SOBRE PARÍS

El cielo que se extendía al otro lado del techo de cristal del Vega Gull tenía la misma tonalidad carmesí que el aeroplano. Más allá del parabrisas y del torbellino grisáceo de la hélice, diez mil toneladas de hierro se entrelazaban con el sol poniente. Nanée alzó la voz por encima del rugido del motor Gipsy Six:

—*La Dame de Fer à son meilleur niveau!* ¡Ese es el tipo de arte que amo!

Se lo decía a Dagobert, su único pasajero, que meneaba su despeinada cola de caniche mientras daban vueltas en círculo alrededor de la Torre Eiffel. «La Dama de Hierro a su mejor nivel».

Siguió volando por encima de los meandros del Sena hasta que dio media vuelta para volver hacia París y visitar la Exposition Internationale du Surréalisme, trescientas obras de arte que representaban insectos gigantes, estrafalarias cabezas flotantes y cuerpos desmembrados o profanados cuya intención, sabía bien, no era otra que provocar la mente pero que siempre le hacían sentirse poco sofisticada y demasiado norteamericana. Del Medio Oeste. Ni siquiera de Chicago, sino de Evanston. Se aflojó el pañuelo blanco de seda que llevaba al cuello e inició un descenso controlado desde mil pies a ochocientos, seiscientos, quinientos, para sobrevolar zumbando su apartamento vacío en Avenue Foch. Amaba París, pero tenía solo veintiocho años, vivía sola y sería aún mejor si sus noches de invierno no fueran tan largas.

Desaceleró hasta dejar el motor al ralentí y extendió los flaps por encima del Bois de Boulogne, iniciando el descenso hasta doscientos pies para aproximarse entonces al lago del parque, su pequeña cascada y el encantador y reducido Quiosco del Emperador. Desde el aire, no se oían las quejas sobre el primer ministro Chautemps, que había excluido a los socialistas del gobierno francés, ni a los hermanos que seguían matándose entre ellos en Barcelona, ni a Hitler afirmando estar deseoso de paz mientras Europa temblaba. Inclinó el aeroplano para tener mejor vista, para poder ver el goteo del agua sobre las rocas del lago helado y…

¡Dios! A las diez en punto, unas alas negras extendidas en toda su envergadura, hasta mostrar incluso las plumas blancas de sus puntas. Un pico rojo abierto que lanzaba un grito de alerta que el motor hizo inaudible. Pulsó el acelerador al máximo y echó hacia atrás la palanca para virar a la derecha y ascender rápidamente con el fin de evitar el impacto contra el cisne negro, que ya había iniciado un picado para esquivarla.

Pero el morro del avión subía demasiado rápido. Velocidad vertical: mil quinientos pies por minuto. Al otro lado del parabrisas, únicamente cielo. El indicador de velocidad aerodinámica se desplomó hasta llegar a la velocidad de entrada en pérdida.

Las alas empezaron a sacudirse por la pérdida de sustentación del avión.

La sirena de velocidad de pérdida entonó su alarmante alarido.

Empujó la palanca hacia delante, para romper con ello el viraje, proyectar el morro hacia abajo e intentar recuperarse de la pérdida.

Dagobert rodó hacia delante cuando el altímetro empezó a girar y el avión inició un descenso vertiginoso; solo se veían la hélice y el lago helado.

¡El hielo!

No había espacio de maniobra.

El pobre Dagobert empezó a gimotear.

El indicador de velocidad aerodinámica indicaba cuarenta y cinco nudos.

Nanée tenía los dedos doloridos de sujetar la palanca con tanta fuerza.

—Tranquilo, Daggs.

El cuerpo totalmente tenso, a punto de hacerse añicos.

Cincuenta nudos.

Cincuenta y cinco.

Animó mentalmente al indicador de velocidad aerodinámica para que se moviera más rápido y de este modo poder remontar el vuelo antes de estamparse contra el hielo.

¡Más rápido, maldita sea!

Sesenta.

¡Sesenta y cinco!

Tiró de nuevo de la palanca hacia atrás.

La punta del morro empezó a levantarse.

El indicador de altitud se desplazó hasta quedar equilibrado.

Volaba tan bajo que casi rozaba la superficie helada del lago.

Tenía los nudillos blancos de mantener la palanca presionada con tanta fuerza, pero había conseguido detener la pérdida. Estaba volando recto y a altura constante.

El indicador de velocidad estaba situado ahora a setenta nudos.

Replegó una pizca los flaps. El avión descendió levemente, y el estómago de Nanée lo imitó. Hizo retroceder un poco más la palanca, manteniendo la altura.

Dagobert la miró con ansiedad desde el suelo.

Otra pizca con los flaps. Otra pizca con la palanca. Iniciando el ascenso.

Cuatrocientos pies. Quinientos.

Un poquito más, hasta alcanzar por fin una altura estable, a seiscientos pies, con tiempo para recuperarse de cualquier cosa que pudiera ir mal.

De nuevo a mil pies, empezó a dar vueltas en círculo, a la espera de que su maldito corazón dejara de intentar escapar de su maldito pecho. El Sena serpenteaba tranquilamente desde el oeste hacia el sur y luego hacia el este, hacia otra vista de la Torre Eiffel, ahora más alejada.

El lago helado, que podría haberse convertido en su gélida tumba y también en la de Dagobert y del cisne, volvió a visualizarse en uno de esos círculos.

—Muy bien —le dijo a Dagobert, que seguía agazapado en el suelo, tan alterado como nerviosa estaba ella.

Inició de nuevo el descenso hacia el lago, esta vez hasta alcanzar unos menos atrevidos quinientos pies, recorrió el perímetro del agua, pasó de largo la cascada y dejó a su izquierda la isla y el Quiosco del Emperador, con su esperanzadora y pequeña cúpula azul.

Y entonces lo vio, en el extremo norte del lago: el cisne negro, posado sano y salvo sobre el hielo.

No debería haber volado tan bajo, pero era lo que más le gustaba: el cielo alto y abierto, sí, pero también la caricia de la tierra.

«Esa hija tuya prefiere ser una salvaje aun con el riesgo de acabar rompiéndose algo. ¿No te preocupa que pueda acabar sola?».

—Pero no estoy sola, ¿verdad, Daggs? —Dio unas palmaditas al asiento anatómico de su lado, intentando olvidar las palabras de su padre—. Te tengo a ti.

Dagobert se incorporó a regañadientes, se acurrucó en el asiento y escondió la cabeza entre las patas. Nanée tiró de una de sus orejas aterciopeladas y el perro meneó la cabeza, como hacía siempre que ella se las tocaba.

—No era mi intención asustarte, pero no quería hacerle daño —dijo, girando hacia el este, hacia la pista de aterrizaje de Le Bourget—. Y este es su mundo. Su mundo está aquí arriba.

Paró el avión en la pista y saltó de la cabina al ala, se quitó rápidamente de las gafas y el casco de cuero y sacudió el cabello. Cogió a Dagobert en brazos para sacarlo del avión. El pobre perro temblaba aún un poco y Nanée le dio un besito en el morro, negro y frío. Lo depositó en el ala, sacó los esquís y su pequeña maleta. Solo entonces se atrevió a mirar el reloj de la torre abovedada del aeropuerto. Iba con un retraso terrible.

Saltó a la pista, apoyó los esquís en el ala y descansó sobre ella la maleta, al lado de Dagobert. El perrito la observó con atención mientras abría la parte superior, que contenía un espejo, cambiaba su cazadora de aviador por una chaqueta de lana de color morado con apliques y botones dorados y la complementaba con una pulsera peluda. Hacía frío, pero al menos no había por allí nadie que pudiera verla. Se miró en el espejo y rápidamente se despojó de la chaqueta y la pulsera y las dejó también en el ala. Se decidió por un viejo vestido negro de Chanel en el que confiaba ciegamente y se lo pasó por la cabeza, se quitó la blusa antes de pasar los brazos y dejó que la seda se deslizase por encima del pantalón de aviador de cuero. Mejor. No era caliente, pero mejor. Se puso de nuevo la cazadora, para no pasar frío. ¿Y si se dejaba los pantalones de cuero y las botas con el vestido? Al fin y al cabo, era una exposición de los surrealistas.

Dagobert se puso cómodo, apoyó la cabeza sobre las patas mientras ella se cambiaba las medias de lana por unas de seda. Se puso tacones. Añadió unas perlas. Más perlas. Más. Se recogió los mechones sueltos del pelo con un pasador joya grande, plateado, con toques de baquelita roja, y desplegó un tejido doblado que se transformó en un elegante sombrero. Se aplicó unos toques de perfume en el cuello y las muñecas y se envolvió con la bufanda de aviador. No mejor, pero sí más caliente. Volvió a ponerse la pulsera peluda, sintiendo un escalofrío cuando la parte interior metálica le rozó la piel. Se pintó los labios y cogió la carita de Dagobert entre ambas manos.

—A mí tampoco me apetece ir, pero lo hago por Danny.

Danny Bénédite, su hermano francés; Nanée había estado viviendo con su familia cuando vino por primera vez a Francia unos años atrás para estudiar en la Sorbona. Danny hacía muchas cosas buenas para mucha gente.

Le dio dos besos a Dagobert, a la manera francesa, dejándole la cara manchada de rojo.

—De acuerdo —cedió—. Te dejaré en casa.

Dagobert empezó a lamer la piel de la pulsera.

—¡Es una Schiaparelli, Daggs!

17

La mirada de Dagobert: podía envolvérselo en su muñeca siempre que quisiera, y a un precio mucho menor.

Lo cogió en brazos para sacarlo del ala y dejarlo en el suelo.

—Eres tremendamente suave y precioso —dijo—, pero no pienso ponerte nunca jamás en mi muñeca.

En el patio interior de la Galerie des Beaux-Arts, Nanée admiró *El taxi lluvioso*, de Salvador Dalí, un Rolls-Royce de 1933 cubierto con hojas de parra, con el asiento del conductor ocupado por un maniquí chófer con cabeza de tiburón y gafas de protección, y en el asiento de atrás, otro maniquí, esta vez de una mujer, con vestido de noche, empapado de agua y con caracoles vivos recorriéndole el cuerpo. Un empleado de la galería le hizo entrega de una linterna y le abrió la verja que daba acceso a una «calle surrealista», flanqueada por más maniquíes femeninos vestidos —mejor dicho, poco vestidos— con los fetiches de artistas destacados, uno con una cinta de terciopelo amordazándole la boca, otro con una jaula en la cabeza. Risas inquietantes parecían poseer el salón principal de la casa, una habitación oscura y llena de polvo que recordaba una cueva, con centenares de sacos de carbón colgados del techo, una cama de matrimonio en cada esquina y un suelo que emulaba un estanque, con hojas y musgo aunque sin estar mojado. El origen de las risas, descubrió, era un gramófono que devoraba las piernas de uno de los maniquíes y que llevaba por título *Jamais*. Nunca. Nanée no podría estar más de acuerdo.

Alrededor de unas puertas giratorias colocadas sin ningún tipo de marco en el centro de la oscura habitación, que hacían las veces de expositor de fotografías, se había congregado una pequeña multitud. Y allí estaba Danny, con el pelo perfectamente engominado hacia atrás, gafas redondas de montura negra, nariz larga, pulcro bigote y su barbilla con un hoyuelo, con T a su lado, más menuda incluso que su marido, con su cabello oscuro cortado a lo chico y sus enormes ojos de color avellana, más bellos que bonitos.

Nanée abrazó a Danny e intercambió unos besitos con T. *La bise*.

—Mírala ella, qué chic —dijo T.

Nanée, que se había olvidado por completo de quitarse la cazadora de aviador y la bufanda, replicó:

—¿Te gusta? Lo llamo «Aero-Chanel». —Sonrió con ironía—. Disculpad el retraso. Soplaba un viento feroz.

—¿Acaso hay algún momento en tu vida en el que no soplen vientos feroces? —dijo Danny bromeando.

El escritor francés André Breton estaba al lado de las puertas giratorias con fotografías, uniendo y separando las manos, a punto de terminar su presentación de la obra y pidiendo a todo el mundo que se uniera a él para darle la bienvenida a Edouard Moss.

—¡Edouard Moss!

Las fotos de Edouard Moss que Nanée conocía eran las que publicaban periódicos y revistas: una niña adorable con coletas saludando con entusiasmo a Hitler; un hombre al que le estaban midiendo la longitud de la nariz con un calibrador metálico; un hijo bien afeitado cortándole la barba a tijera a su padre judío ortodoxo, que mantenía una expresión cruda y desgarradora. El fotoperiodismo de Edouard Moss y su arte habían puesto a Hitler contra él y lo habían obligado a huir del Reich.

—He pensado que Edouard te gustaría —dijo Danny.

—¿Edouard? Lo dices como si fueseis colegas de toda la vida, ¿no? —bromeó Nanée.

A Danny le encantaba entablar amistad con los artistas a los que ayudaba, puesto que utilizaba discretamente su posición para gestionar con la policía de París permisos de residencia para refugiados como Edouard Moss.

T alisó la solapa de uno de los bolsillos de la cazadora de Nanée.

—Yo he pensado que Edouard te gustaría —dijo.

Edouard Moss se acercó en aquel momento, con la corbata torcida y su pelo oscuro encantadoramente despeinado. Cara cuadrada. Un lunar en el extremo de la ceja izquierda. Finas arrugas marcando su frente y su boca. Llevaba de la mano a una niña de dos o tres años, con el pelo de color caramelo cuidadosamente trenzado y abrazando un canguro de peluche. Pero fueron los ojos del fotógrafo los que pillaron desprevenida a Nanée, de color verde sauce y cansados, pero tan intensos que al instante comprendió que el estado natural de aquel hombre era mirar, observar, preocuparse por los demás.

Puso mala cara al fijarse en una de las fotografías del expositor de las puertas giratorias, no la imagen central, que era la de un caballo de tiovivo captado en un ángulo aterrador, distorsionado y rabioso, sino una foto más pequeña, tal vez la espalda de un hombre desnudo haciendo flexiones. A menudo, Nanée no sabía muy bien cómo interpretar el arte surrealista, excepto en aquellas ocasiones claras en las que el artista quería que te enterases, por ejemplo, de que había cortado el cuerpo de una mujer por la mitad. La fotografía, improbablemente tierna, dejó a Nanée inmersa en una sensación que podía ser de vergüenza, de pena o de remordimiento. De dolor, habría afirmado, de no haber resultado ridículo. Ver toda aquella piel, la sombra ocultando el trasero… Era una imagen desesperadamente personal, como la espalda de un amante descendiendo para unir su cuerpo vulnerable al de ella.

Edouard Moss le dijo algo a André Breton, tan bajito que resultó imposible oírlo, aunque su expresión era de insistencia. Cuando Breton intentó responderle, Moss le cortó, y la cabeza de león de Breton dirigió un gesto a uno de los empleados de la exposición indicándole que retirara la fotografía de aquel hombre haciendo supuestamente flexiones.

Cuando el sonido de la galería se apaciguó, Nanée le dijo al oído a Danny:

—Tengo champán, si quieres invitar a tus amigos después para celebrarlo.

No sabía por qué acababa de hacer aquella invitación; su intención era pasar simplemente a saludar y largarse pronto, volver a casa y ponerse el pijama. Aunque ella siempre tenía champán.

Volcó de nuevo su atención en Edouard Moss.

—*Mutti!* —gritó la niña que lo acompañaba, y su rostro se iluminó de sorpresa y alegría.

Nanée miró a su alrededor, segura de que la madre de la niña debía de estar por allí.

Se volvió de nuevo hacia Edouard Moss, quien la miró durante un momento tan terriblemente largo y desconcertante que todo el mundo se volvió también para ver lo que él estaba viendo. Y todo el mundo fijó la vista en Nanée.

Moss esbozó una sonrisa incómoda, como queriendo disculparse —dirigida a la gente o quizá solo a ella—, y se agachó hasta quedarse al nivel de la niña para poder cogerle la carita entre las manos.

Aquel simple movimiento, el de un padre acuclillándose hasta ponerse al nivel de su hija, le removió las entrañas a Nanée. Aunque tal vez ni siquiera fueran padre e hija. La niña bien podía ser una sobrina o incluso la hija de un amigo. Había muchos padres que no podían o no querían huir de Alemania que estaban enviando a sus hijos a vivir con los familiares que pudiesen tener en el extranjero.

—*Non, ma chérie* —le dijo a la niña, y su voz sonó con la tonalidad de barítono de un violonchelo, casi sin rastro de acento alemán—. *Souviens-toi, Maman est avec les anges.*

«Recuerda, mamá está con los ángeles».

—*Mutti ist bei den Engeln* —dijo.

21

GALLERIE DES BEAUX-ARTS, PARÍS

Luki estrechó entre sus bracitos a Pemmy, consolada por el roce de la cabeza de canguro de la Profesora Ellie-Ratona, por su olor a lana caliente. Deseaba ir con su *mutti* transformada en ángel y preguntarle dónde había estado todo aquel tiempo, pero recordó la calidez de las manos de su papá, que le estaban acariciando la cara. Su papá siempre sonreía cuando hablaba de *mutti*, pero no se iba con ella. ¿Sería ahora un ángel como los de los cuentos? Y si la tocaba, ¿desaparecería? Luki no quería que desapareciese. Pemmy tampoco.

El ángel se parecía a *mutti* aunque era distinto, porque *mutti* vivía ahora con los ángeles, como cuando vivían en su antigua casa con *mutti* y hablaban con las palabras de antes, aunque ahora siempre hablaban con esas palabras nuevas, excepto cuando su papá quería asegurarse de que había entendido bien lo que le estaba diciendo. Luki normalmente lo entendía, pero le gustaba oír las palabras de antes, las palabras de *mutti*.

—*Maman est avec les anges, Moppelchen* —repitió su papá—. *Mutti ist bei den Engeln.*

—Pero *mutti* podría venir con sus amigos ángeles, papá, para ver tus fotografías —dijo Luki—. Y los ángeles podrían también venir luego a casa con nosotros. Les dejaría mi cama. Y yo podría dormir con *mutti* y contigo.

Estaba amaneciendo al otro lado de las ventanas en arco del elegante apartamento, pero Edouard seguía teniendo cosas que decir, por encima del sonido de fondo del champán descorchándose y de la cacofonía de voces hablando en francés, alemán, inglés y en el idioma compartido de las risas.

—¿Puedo? —le preguntó a Nanée, señalando la pulsera peluda diseñada por Meret Oppenheim que André Breton acababa de devolverle.

André. ¿En qué demonios estaría pensando ese hombre al colgar el *Salvador* en la exposición y rebautizándolo como *Desnudo, inclinado*, un título tan prosaico? Y después de retirar la fotografía, Edouard se había vuelto hacia ella y se había encontrado con la cara de Nanée mirándolo, como el fantasma de Elza. No era de extrañar que Luki se hubiera mostrado tan confusa.

Edouard cogió la pulsera y captó la calidez de la mano de Nanée al entrar en contacto, el aroma de ella en sus manos. Acercó la piel a la mejilla de Luki, antes de pensar que podía ser un gesto inapropiado.

—Dice Meret que lo que la inspiró para crear su taza de piel fue oír a Picasso bromeando en el Café de Flore.

—Esa taza me echó a perder durante meses el placer de tomar el té —dijo T—. Incluso hoy en día, cuando me llevo a los labios una taza de porcelana de primera calidad, no puedo dejar de imaginarme la boca llena de pelos.

—Y T se pone de un humor de perros cuando no puede disfrutar de su Earl Grey —dijo Nanée con sorna.

Con luz y sin el sombrero que llevaba en la galería se parecía menos a Elza —más rubia—, pero tenía la misma curvatura en la frente,

23

la misma naricilla encantadora, la misma boca pícara, la misma mirada directa cuando miraba cómo él la miraba, la misma ignorancia de su propio encanto.

—Pero precisamente esa obra fue la que dio fama a Meret —dijo—. El hecho de que no puedas quitarte de la cabeza su taza de pelo…

—El objetivo del surrealismo es provocar —los interrumpió André, apartando la atención de Nanée de Edouard para devolverla hacia él, como llevaba haciendo toda la noche.

Breton estaba casado con una pintora maravillosa y de enorme talento, Jacqueline Lamba, su segunda esposa, y tenían una hija más pequeña incluso que Luki, pero el matrimonio no era una barrera para un surrealista, puesto que la monogamia no era muy apreciada por un movimiento en el que era el mismo André el que fijaba las reglas.

—Buscamos derribar los límites de la sociedad…

—… para descubrir las maravillas del mundo —dijo André, interrumpiendo de nuevo—. Solo lo maravilloso es bello. Y la belleza es convulsiva. La belleza es un desorden desorientador y sorprendente de los sentidos. O es veladamente erótica, siempre explosiva, mágica de forma circunstancial, o no es.

Nanée sonrió, una sonrisa cálida y lenta, y a la vez desafiante.

—Creo que podría sentir más simpatía hacia el movimiento —le dijo a André— si alguien pudiera explicarme por qué «lo maravilloso» presenta mujeres desnudas con la cabeza dentro de jaulas o con el cuerpo desmembrado, mientras que los hombres siempre están intactos y vestidos.

André se inclinó hacia ella y dijo:

—Ah, me parece que tendríamos que presentarte a nuestra amiga Toyen, que cambió de nombre porque en su idioma checo nativo el apellido identifica a una persona como hombre o mujer, y lo que ella quiere simplemente es pintar, no ser una «pintora».

—Has esquivado mi pregunta —se quejó Nanée—. ¿Por qué las

mujeres aparecen desnudas y desmembradas mientras que los hombres lo hacen con el cuerpo entero y totalmente vestidos?

—La respuesta, por supuesto —respondió Edouard, antes de que le diera tiempo a André de hacerlo—, es que nosotros somos hombres.

Incluso André se echó a reír, pero Nanée se limitó a decir «pfff», con ese estilo que empleaban las francesas para decirlo. Porque ella era norteamericana y no lo era, del mismo modo en que él era alemán y no lo era.

—Estás pensando que esto no es una respuesta, lo de porque somos hombres —dijo Edouard—. Pero es simplemente una respuesta que no te apetece oír. De un modo similar a Freud, estamos interesados en explorar, sin ningún tipo de juicio moral, la obsesión, la ansiedad, incluso el fetiche.

Nanée cambió de postura, a todas luces incómoda, una incomodidad que Edouard no pretendía provocar, incluso siendo un surrealista.

André le pasó a Edouard un papel y le sugirió iniciar una ronda del Cadáver Exquisito, un juego inventado por el mismo André en el que los jugadores dibujaban por separado una parte de un cuerpo, una cabeza, y unas piernas o una cola, sin ver cuál era la contribución de los demás, para acabar creando una criatura compuesta que siempre resultaba de lo más extravagante. André justificaba sus juegos surrealistas como una manera de desbloquear mentes creativas, pero Edouard tenía la sospecha de que eran la excusa de su amigo para sacar a relucir las vergüenzas de los demás y que todo el mundo pudiera verlas. Edouard le devolvió a Nanée la pulsera de pelo y aceptó una pluma Waterman, de ágata color verde musgo con clip dorado y tapón mordisqueado y adornado con una banda de oro, y empezó a buscar con la mirada alguna cosa que copiar, para de este modo poder jugar al juego de André sin revelarse. Vio dos fotografías encima de un escritorio estilo Luis XV que había junto a la ventana; una enmarcada, con la imagen de Nanée mucho más joven junto a una diana, sujetando un trofeo y una pistola, y con su orgulloso padre a su lado; y la otra, una foto que había al lado de un sobre, reciente, de

Nanée con atuendo de aviador. Le quitó el tapón a la pluma y acercó la punta al papel, empezando con la larga línea del cuello que imaginó, cubierto por la bufanda en la foto, dibujando mal, puesto que siempre tendría la excusa de que Luki se había dormido en su regazo.

—Creo que los dos habéis dado con algo —dijo Nanée mientras Edouard dibujaba los huesos de las cavidades del globo ocular de ella consiguiendo, con la implacable tinta negra, un efecto ligeramente esquelético—. Y pienso que la respuesta a mi pregunta es que los hombres no estáis dispuestos a permitir que vuestras deficiencias se muestren al lado del ideal.

—¿Un ideal que no es otro que el cuerpo de la mujer? —replicó Edouard.

—Un ideal que es el cuerpo perfecto de un hombre, que es tan «maravilloso» como el de una mujer —sentenció Nanée—. Es una cuestión de ansiedad, como decís vosotros.

Todos se echaron a reír, y la atención de todos los reunidos se centró en la conversación al tiempo que Edouard procedía a dibujar los pómulos de ella y su barbilla, normal y corriente. Luki se agitó en sueños, no por el ruido, sino por la tensión que debió de percibir en la musculatura de su padre.

Añadió una jaula con filigrana al dibujo para que la cara de esqueleto de Nanée asomara por la puertecilla abierta, acatando, supuso, la tendencia de que las jaulas estaban de moda entre los surrealistas, pero imaginando también montañas de negativos flotando por encima de la cabeza exenta de Nanée en el interior de la jaula, libre de su cuerpo mortal.

—Si examinas tus palabras, Nanée —dijo—, verás que tu argumento apoya mi respuesta, que somos hombres.

—¿Eres entonces un surrealista? No he visto ningún órgano sexual femenino aislado en tus fotos.

Edouard volvió a mirarla, evaluándola de nuevo —¿una mujer que era capaz de pronunciar el término «órgano sexual» sin sentirse turbada?—, mientras envolvía el cuello de su esqueleto enjaulado con una bufanda similar a la que Nanée llevaba, dejándola volar como si estuviera a merced de un fuerte viento. El tipo de fotos que acababa ella de mencionar no le interesaban en absoluto. Lo que le atraía, o lo que solía atraerle cuando se dedicaba a la fotografía, nunca era el pecado, original o no. Ni siquiera el poder central, la tragedia, el desastre o la violencia. Eran los espectadores, los que se situaban al margen y nunca se imaginaban lo implicados que llegaban a estar.

Volvió a doblar el papel por el pliegue y le dio la vuelta, y asombrado descubrió que el esqueleto que le observaba desde el dibujo no era el de Nanée, sino el de Elza. La mandíbula de Elza. La nariz de Elza. Los pómulos de Elza. Elza. Su esposa, a la que todo el mundo describía como «perdida», como si pudiera encontrarla en cualquier otra parte que no fuera encerrada en una tumba. Lo miraba igual que en sus sueños, exigiendo saber por qué había permitido que su hijo muriera. No acusándolo de su propia muerte, ni siquiera de la de su hermana, sino llorando por su hijo nonato, el hermano que Luki nunca tendría.

Edouard cogió la pluma y rápidamente dibujó unas gafas de aviador sobre los ojos, volvió a doblar el papel y se lo pasó a André, que empezó a añadir un cuerpo sin pensárselo dos veces.

—Pensándolo bien —dijo Nanée—, no he visto ni un solo cuerpo desnudo en tus fotos, Edouard.

—*Desnudo, inclinado* —dijo André, sin levantar la vista.

Edouard se enfureció otra vez al escuchar la mención de aquel título para *Salvación,* pero corregir a André solo habría servido para llamar más la atención hacia una fotografía que no pretendía que viera nadie.

—Ni un solo cuerpo de mujer —continuó Nanée.

Ahora sí que André levantó la vista.

—¿Qué viste en esa foto, Nanée? —Hizo la misma pregunta que se estaba formulando para sí Edouard.

—Veamos… ¿Los hombros de un hombre inclinados hacia delante? ¿Haciendo flexiones, quizá?

—A veces, el espectador no ve todo lo que contiene el arte —dijo Edouard, silenciando a André—. A veces, ni siquiera lo ve el artista.

—Eso es lo mejor del arte —dijo André—, el subconsciente sin censura expresándose a sí mismo. —Dobló el papel y se lo pasó a Nanée—. Veamos qué más escondes sobre ti. ¿Habías jugado antes al Cadáver Exquisito? En esta versión, dibujamos *les petits personnages*. No pienses. Tú limítate a dibujar lo que se te pase por tu hermosa cabeza.

Nanée, de nuevo con la pulsera peluda en la muñeca, dudó unos instantes, pero enseguida aceptó la pluma.

En otro rincón de la estancia se oyó un fragmento de conversación: «Revelación del alma racial judía». Reinó de repente el silencio, incluso el tranquilo perro de Nanée, que estaba escondido debajo del sofá, movió la cabeza al oír la voz.

—Estábamos hablando sobre la guerra que ha emprendido Hitler contra el «arte degenerado» —dijo el hombre en tono jocoso. Como si no pudiera ni imaginarse la posibilidad de que aquella locura nazi pudiera llegar hasta Francia.

«Revelación del alma racial judía». La frase era la leyenda pintada en una de las paredes de la exhibición nazi *Entartete Kunst* («Arte degenerado»), en la que alrededor de seiscientas obras de arte moderno y abstracto —en su mayoría retiradas de las paredes de museos alemanes con la excusa de que insultaban los sentimientos alemanes, socavaban la moral del público o simplemente carecían por completo de arte— se presentaban con el único propósito de invitar al ridículo. Edouard no tenía ni idea de dónde habían sacado las dos fotos de su autoría que formaban parte de la «exhibición» de Múnich, una de ellas colgada entre otras obras de arte agrupadas bajo la leyenda «Naturaleza vista por mentes enfermas» y la otra en el apartado «Insulto a la feminidad alemana».

—Y ahora que la muestra ha terminado, piensan destruir todo ese arte —dijo Danny.

—Estoy segura de que lo venderán discretamente fuera de Alemania para llenar las arcas de Hitler —dijo Nanée—. Lo que los nazis quieren destruir es a los artistas.

—Razón por la cual todos los aquí reunidos con una pizca de sentido común habéis huido del Reich —dijo André, y todos se echaron a reír, ya que era mucho más fácil afrontar la verdad con risas. La mitad de los artistas presentes en el apartamento eran refugiados alemanes.

Edouard, al ver que Nanée doblaba el papel del Cadáver Exquisito y se lo devolvía a André, dijo:

—No muerdas la pluma.

—¿Morder la pluma? ¿Yo?

Edouard le cogió la pluma y le dio la vuelta para enseñarle el otro extremo, las marcas de los mordiscos.

—¡Oh! —Rio con ganas—. Era de mi padre. Cuando era pequeña siempre lo espiaba mientras estaba sentado en su mesa, en la biblioteca. Y mordisqueaba la pluma. Lo había olvidado por completo.

—¿Espiabas a tu padre? —preguntó André.

—¿Tan raro es eso? —Nanée cerró la mano sobre la pluma, como si quisiera esconderla.

—¿Y espiabas a alguien más? —continuó André.

Sin esperar su respuesta, abrió el papel doblado que contenía el dibujo y enseñó a todo el mundo la extravagante criatura con tres partes: la cabeza de esqueleto de Edouard, metida en la jaula, con gafas de aviador y la bufanda de Nanée en el cuello; el cuerpo de pulpo de André sujetando con sus tentáculos pinceles, escopetas, esvásticas y una cabeza cortada de Hitler chorreando sangre; y las caderas, piernas y rodillas nudosas de personaje de cómic de Nanée, con la entrepierna cubierta con una hoja de parra, zapatos muy similares a los de Edouard pero con los cordones atados entre sí y, en el suelo, al lado de la criatura, un canguro de peluche.

Mientras Edouard intentaba digerir la sorpresa de aquel pequeño canguro, André dijo con guasa:

—Ah, por lo que parece estoy en medio de algo.

Todo el mundo rio a carcajadas cuando André empezó a hablar de lo que parecía la cabeza de Nanée y la mitad inferior de Edouard con sus brazos entremedias. El ruido agitó a Luki, que se medio despertó y sonrió, adormilada.

—*Mutti*, ¿me cantas un poco? —le dijo a Nanée.

Edouard se alegró de que las risas sonaran tan fuerte, se alegró de que nadie excepto Nanée hubiera oído aquello. Acarició el cabello de Luki hasta que se quedó de nuevo dormida, una niña que se parecía en todo a su madre y en nada a él, y que era todo lo que le quedaba de Elza.

Se levantó para marcharse y le dijo a Nanée:

—Lo siento. Te pareces mucho a Elza y por eso está tan confusa. —Miró fijamente a Nanée, consciente de que estaba siendo maleducado pero incapaz de apartar la vista. También él estaba confuso—. Tendríamos que irnos marchando —dijo—. Gracias.

En la puerta, Edouard mantuvo en brazos a Luki, que seguía dormida, mientras Nanée le ayudaba a envolverla en su abrigo rojo favorito y luego le pasaba a él su abrigo. Le hizo entrega también del sombrero que tanto adoraba Elza y que tenía sus iniciales marcadas en la banda, como si él fuese el sombrero y el sombrero, él.

—Veo que no tiene ningún bebé —dijo Nanée—. La canguro. La bolsa está vacía.

Incluso dormida, Luki seguía abrazando con fuerza a su pobre canguro de peluche. La cría había desaparecido en algún punto del trayecto entre Viena y París y, por mucho que la habían buscado, no habían logrado encontrarla. Luki se había quedado desconsolada con la pérdida —«¿Se ha ido el bebé también con los ángeles?»—, y Edouard se había sumado a aquel desconsuelo pensando que perder la cría de canguro era un presagio aterrador. Porque si el destino se había llevado ya a la madre de Luki, ¿qué otro suceso aún peor podía presagiar aquello?

—Bueno, pues adiós —le dijo a Nanée.

Nanée se quedó mirándolo con expresión interrogativa. ¿No pensaba comentarle nada sobre la cría de canguro, o tal vez fuera que era incapaz de hacerlo?

—En Francia decimos *au revoir* —replicó, con un tono de voz más dulce de lo que él jamás se habría imaginado. No solo en voz baja, sino también dulce—. Hasta la próxima.

Mientras la fiesta continuaba detrás de ella, Nanée vio a Edouard aparecer en la acera de abajo y echar a andar, con su hija en brazos, por Avenue Foch. Desde la ventana, lo que podía observar era su espalda, la cabeza de la niña descansando sobre su hombro y el sombrero de fieltro gris, un sombrero que habría podido llevar a la perfección su padre, con su cinta de Petersham y su fina banda de cuero grabada con sus iniciales, «ELM», igual que estaban grabadas en el robusto y bello árbol al que ella solía trepar de pequeña.

T apareció a su lado y miró también por la ventana. Le dijo en voz baja:

—Sabía que este te gustaría.

—No lo dirás en serio —replicó Nanée, sin dejar de mirar a Edouard—. Tal vez tenga la costumbre de «sabotearme a mí misma con el amor», como a ti te gusta decir, pero no estoy tan loca como para enamorarme de un hombre que acaba de perder a su esposa.

Acercó la mano al cristal. Estaba frío, nada que ver con la sensación caliente de la piel de Edouard cuando la había rozado al devolverle la pulsera de pelo, después de haber acariciado con ella la vulnerable mejilla de la niña.

—No me sigues el juego —dijo T—. Cuando un hombre no te importa mucho, siempre me sigues el juego.

—Pfff.

—A los buenos los rechazas. Y los egos de los hombres son más frágiles de lo que tú les permites que sean.

—¿Que lo he rechazado? ¿Cómo?

32

Ahora que Edouard y su hija se habían perdido de vista, al doblar la esquina en dirección al metro, Nanée se volvió para apartarse de la ventana.

T la miró fijamente.

—¿Cómo? —repitió Nanée.

T le mostró el dibujo del Cadáver Exquisito que había quedado olvidado entre botellas y copas de champán: la cabeza —¿la cabeza de Nanée?— en la jaula, el pulpo intermedio, la entrepierna con la hoja de parra y las rodillas nudosas que ella había dibujado.

—¡Edouard me ha dibujado la cabeza metida en una jaula, por el amor de Dios! —exclamó Nanée, protestando pero sin levantar la voz, para no llamar la atención. Porque había algo que había aprendido hacía ya un tiempo: cuándo llamar la atención y cuándo evitarla. Las Reglas de Evanston.

Las Reglas de Evanston no estaban restringidas a Evanston, por supuesto. Aplicaban también a Marigold Lodge, la casa de verano de treinta y cuatro habitaciones que tenían en Míchigan, de estilo pradera, con chimeneas y buhardillas en ladrillo rojo, dos comedores, una biblioteca, porches soleados. Aplicaban asimismo a Nueva York. Y aplicaban a Miramar, la mansión de Newport diseñada siguiendo el proyecto de una amiga de su madre que había sobrevivido al Titanic mientras que su esposo y su hijo no lo habían conseguido, donde Nanée había pasado sus últimos meses en los Estados Unidos. Las páginas de los ecos de sociedad informaban de la llegada de su familia a Nueva York aquel junio de 1927 «de camino a un verano en Rhode Island, este año, en vez de en Míchigan», pero, de hecho, veranear en Miramar era la excusa y Nueva York el objetivo del viaje, para consultar a un especialista que pudiese explicar por qué los periodos de Nanée se habían interrumpido por completo.

No había mantenido aún relaciones íntimas con ningún hombre y le había sorprendido que sus padres imaginaran que sí, que hubieran consagrado todo un verano a protegerla contra el rumor de que su única hija podía estar embarazada. Sí, evitaba los corsés, pero es que los corsés eran cosa de la generación de sus padres, tanto como la idea de que una mujer no debería votar o de que, si lo hacía, debería votar lo mismo que votaba su marido. Su padre siempre había fomentado su independencia, y Nanée había emulado a su hermano mayor, Dickey, en todas las cosas, desde aprender a navegar hasta montar a caballo y practicar el tiro. Había leído las historias del rey Arturo y los caballeros de la Mesa Redonda porque Dickey las leía, aunque ella se había quedado sola en el intento de confeccionar una armadura con cartón, pegamento y una cantidad exorbitante de papel de estaño de la US Foil Company que, a pesar de todos sus esfuerzos, no paraba de arrugarse. Había seguido el ejemplo de Dickey y había empezado a fumar. Y a beber traguitos del *bourbon* de su padre (ilegal debido a la prohibición, pero lo que era bueno para los trabajadores no era necesariamente bueno para el jefe). Y a salir a hurtadillas por la ventana por las noches. Sí, sabía que su madre nunca lo había aprobado, pero el coche que conducía era un regalo de su padre y no lo prestaba nunca; conducía por las carreteras oscuras, deteniéndose a veces en el aparcamiento de algún tugurio de *jazz* para escuchar las suaves notas de los saxofones y los clarinetes, y a las mujeres cantando. Un tipo de música que dejaba a Nanée respirando un aire de libertad similar al que respiraba ahora a bordo del Vega Gull.

El discreto médico de Nueva York había asegurado a su padre y a su madre que su hija seguía «intacta». No sabía explicar el motivo por el cual su periodo había cesado ni si podría tener hijos. Nanée había permanecido sentada en silencio mientras el médico respondía a todas las preguntas de sus padres y ella se imaginaba un futuro en el que las partes más íntimas de su cuerpo quedarían eternamente expuestas y examinadas por metal frío y manos frías. Aún podía oír la voz de su padre, mientras viajaban en un vagón privado de Nueva York a Newport, diciéndole a su madre: «Lo que quiero decir es que si Nanée no es capaz de proporcionar un heredero a un hombre...». Y luego la réplica de su madre: «Un baile de debutantes no es una transacción comercial, por el amor de Dios. La incapacidad de tu hija para tener descendencia, si al final resulta que es eso, no arruinará tu reputación de fabricante de productos de confianza».

Pero en cuestión de días, su padre lo había dispuesto todo para enviarla a estudiar al Collegio Gazzolo, una escuela de élite italiana dirigida por una condesa que conocían. Nanée tenía un cerebro muy bien amueblado; habría preferido ir a Radcliffe, a Wellesley o a Smith, pero no le habían dado oportunidad de elegir. La enviaron a Europa para aprender a dominar poca cosa más que una buena postura, cómo lucir un vestido de noche y preparar un menú, además del elegante arte de no decir absolutamente nada de relevancia y conseguir al mismo tiempo que el hombre adecuado se sintiese importante y se quisiera casar con ella. «Para expulsar este salvajismo de su organismo en privado», le había insistido su padre a su madre, como si el exilio de Nanée a un país donde la familia fuera menos conocida pudiera salvarlo de la vergüenza. «Esa hija tuya prefiere ser una salvaje aun con el riesgo de acabar rompiéndose algo —había dicho su padre—. ¿No te preocupa que pueda acabar sola?».

Y había resultado que Nanée era la menos salvaje de todas las chicas de la *contessa*, la única que nunca había sobrepasado los límites excepto en su imaginación. A pesar de la influencia de sus compañeras, se portó tan bien que cuando terminó el curso su padre decidió que volviera a casa. Pero ella tenía en mente irse a vivir a París, simplemente para desafiarlo, dijo su padre. ¿Pero cómo pretendía mantenerse?

Al final su padre accedió a un año de estudios en la Sorbona con la condición de que viviera con la familia de Danny. Entonces fue cuando su padre ingresó en el hospital para someterse a una intervención quirúrgica menor de la que nunca se recuperó. 3 de noviembre de 1928.

Por aquel entonces no existía aún la hidrocanoa Clipper de Pan Am, no había otra forma de volver a casa que no fuera mediante un largo viaje en barco hasta Nueva York y luego en un tren hasta Chicago.

Su madre le dijo que no volviera, que cuando estuviera en mitad del Atlántico su padre ya estaría más que enterrado. Nanée comprendía ahora que su madre se había sentido libre por primera vez desde el día de su boda y que no quería que su hija viese la verdad que escondía detrás del velo de viuda. Tal vez su madre imaginaba que Nanée sentiría la misma indecorosa sensación de libertad. Tal vez eso era parte de lo que había sentido, parte del motivo por el que no había vuelto corriendo a casa.

Y lo que había hecho su madre era viajar a París. Había reservado habitaciones en el Hôtel Meurice y Nanée se había instalado allí. De entrada, le había gustado lo de ponerse vestidos de noche y joyas y frecuentar lugares como Bricktop's o Le Boeuf sur le Toit, donde el *maître* siempre encontraba una mesa para ellas. Pero cuando su hermano se les sumó para ir a esquiar por Navidad del año siguiente, ya se había cansado de todo aquello. O tal vez se hubiera cansado de Misha, un conde ruso exiliado que andaba en busca de una heredera norteamericana para recuperar su riqueza y con el que a su madre le gustaba ir de clubes, emborracharse y pelearse.

Habían esquiado en St. Moritz y, sorprendentemente, Nanée se había aficionado a aquel deporte, que le exigía estar todo el día al aire libre y pasando frío. Se había quedado allí hasta la primavera, hasta mucho después de que su madre volviera a los Estados Unidos con su ruso, que, al ser un conde de un país que ya no permitía la monarquía, fue recibido por la sociedad norteamericana con un baile organizado por todos los amigos. Y ahí fue cuando Nanée tuvo su primer amante, después de la segunda boda de su madre. Aunque tampoco volvió a casa para el acontecimiento. Siguió esquiando en los Alpes suizos mientras su madre y Misha disfrutaban de la confortable vida que su padre les había legado y ella se metía en la cama con un tipo al que creía amar. El gusto de Nanée por los hombres resultó ser tan nefasto como el de su madre, y carecía además del sentido común que había tenido su madre para sentar cabeza con el primer sinvergüenza que se había encontrado, que, al ser un conde, no había causado el escándalo que Nanée habría causado de casarse con alguien que no fuera un chico de buena familia de Evanston, Newport o Nueva York. Pero las Reglas de Evanston eran más condescendientes con el segundo amor de una viuda rica y madura que con una hija con la perspectiva de realizar su primer recorrido por el pasillo que la llevaría al altar.

T dejó el dibujo del Cadáver Exquisito en el escritorio de Nanée, al lado de la fotografía de Nanée vestida de aviadora que le había enviado otro de sus encantadores sinvergüenzas. ¿Era la suya la cabeza que había dibujado Edouard? Las gafas de aviador y la bufanda, sí, pero un artista con el talento que tenía él era capaz de dibujar una cabeza que fuera sin duda alguna la de Nanée, si esa era su intención. Con el papel cuidadosamente doblado, ella tampoco había sabido qué había dibujado él antes de dibujar la que era, inequívocamente, la mitad inferior prácticamente desnuda de Edouard.

—Me ha dibujado la cabeza metida en una jaula —repitió, oyendo de nuevo su voz: «La obsesión, la ansiedad, incluso el fetiche». Sin embargo, lo que había sentido al ver el dibujo había sido, curiosamente, entendido. Como si Edouard pudiera ver cómo se sentía ella a menudo, mirando el mundo a través de los barrotes de una jaula dorada de la que había conseguido abrir la puerta pero de la que, por algún motivo, se sentía incapaz de marchar—. De todos modos, nunca se puede conseguir a un hombre haciéndole saber que te sientes atraída por él.

Ese era el discurso de advertencia de la *contessa* —*Non puoi procurarti un uomo facendogli credere che sei attratta da lui*—, siempre acompañado por su insistencia en que las chicas debían casarse con alguien de su «propia clase», puesto que solo los hombres ricos y socialmente adecuados se casarían con ellas por amor y no por su fortuna.

—Yo le escribía a Danny cada día desde Londres —dijo T.

—Eso es distinto: la ventaja de un amor con un mar de por medio. —Nanée recordaba muy bien cómo Danny volvía cada día

37

corriendo a casa con la esperanza de que en la bandejita azul del recibidor le estuviera esperando un sobre remitido desde Inglaterra—. Él quería estar contigo, pero no podía. Y eso es justo lo que se necesita. Hacerle desear algo que no puede alcanzar.

—Y no arriesgarse a querer vivir feliz para siempre jamás cuando podría tratarse de un tipo realmente horrible cuyo único atractivo es que no iba a provocar un escándalo en Evanston.

—No soy ni mucho menos la esnob que te imaginas —protestó Nanée.

—Por supuesto que lo eres —dijo T, pero con cariño.

Deslizó el dibujo del Cadáver Exquisito por encima del escritorio para acercárselo a Nanée mientras a sus espaldas se descorchaba una nueva botella de champán. Las rodillas huesudas que había dibujado tenían perdón, pero lo del canguro… Era como si Nanée estuviera viendo ahora el dibujo con los ojos de T. Y se daba cuenta de que era despiadadamente cruel, por mucho que esa no hubiera sido su intención.

—Me recordaba a mi padre. —La confesión la sorprendió más a ella que a T—. La forma en que Edouard Moss se acuclilló para ponerse al nivel de su hija. Su forma de hablarle con aquella dulzura.

—Me parece una visión de tu padre más diáfana incluso de la que tu madre tendría.

—Era cuando estábamos en Marigold Lodge —continuó Nanée, recordando la cuidada península cubierta de césped y los sauces llorones que llegaban hasta las aguas de Pine Creek Bay y el lago Macatawa. «Para mi chica valiente», había dejado escrito su padre en el testamento, sorprendiendo a todo el mundo al legar la casa de verano de la familia a Nanée—. En Míchigan, mi padre era una persona distinta.

—Incluso así, Nan, tienes que abandonar esta búsqueda de un hombre que imaginas que lo habría hecho sentirse orgulloso de ti.

—Yo no hago…

—Lo haces. Estás tan ansiosa por no dejarte cazar por uno de tus «terribles sinvergüenzas» que ni siquiera te paras a pensar qué te gustaría realmente.

Nanée volvió a estudiar la cabeza metida en la jaula, las rodillas nudosas y el canguro que ella había dibujado, aquel animalito tan querido abandonado en el suelo por temor a que su necesidad de amor se reflejara negativamente en su padre.

—Ese hombre haciendo flexiones… ¿Por qué supones que le pidió a André que retirara la fotografía?

Lo dijo pensando en que preguntaría por la foto en la galería y que la compraría si era posible. También la había dejado con la sensación de ser comprendida, en un sentido que le resultaba imposible describir.

—Mañana marcha a Sanary-sur-Mer —dijo con delicadeza T—. Edouard, me refiero.

Miraron las dos de nuevo por la ventana, la amplia avenida vacía y el sol que ya empezaba a clarear.

Nanée dobló otra vez en tres partes el dibujo del Cadáver Exquisito, luego volvió a doblarlo en tres más y lo encerró en el hueco de su mano.

—Hoy a última hora —dijo T corrigiéndose—. Esta noche, en el tren nocturno.

—Sanary-sur-Mer —repitió Nanée.

Era uno de los lugares más soleados de Francia.

El tren trazó una curva y allí, bajo la luz del amanecer, el mar empezó a extenderse infinitamente, azul y blanco espumoso. Edouard abrió la ventana y aspiró el humo del carbón y, por debajo de él, captó lo salobre del mar y la intensidad de los pinos, y también unas notas de aroma a tomillo silvestre. Cogió rápido su Rollei en cuanto oyó que el revisor anunciaba: «Gare d'Ollioules, Sanary-sur-Mer». El pequeño pueblo de pescadores de la Provenza se había convertido en un lugar de reunión de escritores y artistas. Aldous Huxley había escrito allí *Un mundo feliz*, y a su estancia se le habían sumado con entusiasmo D. H. Lawrence, Edith Warton y otros escritores y artistas refugiados y antinazis, tal cantidad que en los últimos años el lugar había empezado a ser conocido como «la nueva capital del arte y la literatura alemanas». André Breton había encontrado una casita para Luki y Edouard a orillas del Mediterráneo y le había asegurado que las ventas que resultaran de la exposición servirían para cubrir el precio de compra. Tal vez, rodeado de otros artistas, Edouard podría empezar de nuevo con sus fotografías.

—Ya hemos llegado, Luki —dijo sacudiendo a su hija cuando el tren empezó a aminorar la marcha hasta detenerse en un pequeño cobertizo que hacía las veces de estación, donde encontrarían un autocar que los conduciría, a ellos y a su equipaje, hasta su nueva casa.

Luki le dirigió una sonrisa adormilada, tan similar a la de Elza que Edouard pensó que rompería a llorar.

—¿Dónde está *mutti*? —preguntó la niña.

Se colgó la Rollei al hombro y se levantó, luego cogió a Luki en brazos y se incorporó al grupo de pasajeros que esperaba para bajar del tren; el peso del dolor de su hija se le hacía insoportable. ¿Cómo hacerle entender a una niña a quien su madre le había enseñado a bailar incluso antes de que empezara a caminar que nunca jamás volvería a bailar con ella? ¿Cómo hacerle entender a una niña que la pérdida no era culpa suya, que ella no había hecho nada malo y que por muy bien que se portara no conseguiría que su madre volviera?

—*Mutti* te quiere más que a nadie —dijo—, pero tiene que quedarse con los ángeles. Me ha encargado que cuide de ti. Y ahora vamos a nuestra nueva casa, ¿lo recuerdas?

—¿Y yo tengo que cuidarte a ti? —preguntó Luki.

Edouard pestañeó para contener las lágrimas.

—¿Hueles eso, Luki? Es olor a tomillo.

Chanel N.º 5. Ese era el aroma de aquella pulsera de piel. El perfume que utilizaba Elza, y que utilizaban muchas mujeres más.

—¿Y cómo nos encontrarán? —dijo Luki.

Edouard se quedó mirando la cara expectante de su hija, intentando entender qué le estaba preguntando.

—¿Los ángeles?

—Sí. ¿Cómo nos encontrarán para traer a *mutti* a nuestra nueva casa?

Alguien en el andén gritó el nombre de Edouard. ¿Lion Feuchtwanger?

—He venido a acompañaros hasta vuestra casa para que los bancos de madera de esa tartana de autobús no os impidan luego venir a sentaros a tomar algo con nosotros en Chez Schwob —dijo el novelista alemán.

—Pero… ¿cómo sabías que veníamos?

—Aquí en Sanary todo el mundo lo sabe todo, a menos que no quiera saberlo.

—Te presento a la Profesora Ellie-Ratona —dijo Luki.

—Oh, hola, ¿qué tal estás, profesora? —dijo Feuchtwanger—. Te pareces mucho a un canguro, para ser un ratón.

—¡Es que es una canguro! Tiene una cría, Joey, pero no la encontramos por ningún lado. Cuando nació medía tan solo un par de centímetros, pero ahora es más grande y canta y todo. En Australia, que no tiene nada que ver con Austria, que es de donde somos nosotros, Pemmy y Joey vivirían en una manada de cincuenta canguros. Y si eres malo con ellos, aporrean el suelo con esos pies tan grandes que tienen y te dan patadas y te muerden.

Feuchtwanger hizo un gesto como si estuviera muerto de miedo.

—Pues, ya que me lo adviertes, iré con mucho cuidado para no ofender nunca a la profesora.

Cargaron el equipaje en el coche de Feuchtwanger y partieron de la estación en dirección a la bahía de Sanary, con Luki pegada a la ventana para ver mejor las callejuelas flanqueadas por tiendas, que acababan de subir las persianas para iniciar la jornada, pintadas en colores pastel y con las puertas protegidas con cortinas de cuentas: carnicerías y colmados, *laiteries* donde vendían leche y mantequilla, un zapatero, una ferretería, *bonneteries* donde ofrecían medias e hilos, sombreros de playa, alpargatas. Las barcas de pesca estaban descargando la captura de la noche —langostas, sardinas y lubinas— y preparándolo todo para venderlo allí mismo, en el muelle. Las gaviotas volaban en círculos y no paraban de gritar, mientras las mujeres remendaban las redes bajo el potente sol matutino, charlando entre ellas, y los niños cogían mejillones que iban guardando en cubos.

—Papá, ¿podré ir a jugar al mar? —preguntó Luki.

—Cuando te haya enseñado a nadar —respondió Edouard.

—Y Pemmy también vendrá. Los canguros saben nadar. Se ayudan con la cola.

Edouard, imaginando al canguro de peluche hundiéndose en las aguas del Mediterráneo, dijo:

—Ya veremos.

En una plaza que había delante del puerto y el paseo con palmeras vieron a un anciano, con la ropa tan arrugada como la cara, sentado delante del edificio estucado en color rosa del ayuntamiento, rodeado por cajas de aceitunas, manzanas y peras, naranjas y mandarinas, coles, zanahorias, patatas y endivias.

—¡Lo tengo todo a veinte céntimos! ¡Veinte céntimos! —pregonaba con voz nasal su producto, como cuando se subastaba el pescado en las lonjas para ser enviado luego a París, Bruselas y Londres.

Edouard pensó que, cuando estuviera ya instalado, compraría pescado fresco, verduras y pan. Volvería a hacer fotos y Luki iría algún día a la escuela. Y harían nuevos amigos y vivirían sanos, seguros y en libertad.

Feuchtwanger aminoró la marcha cuando pasaron por delante de las terrazas frente al mar del Café du Port y del Hôtel de la Tour, donde la gente estaba tomando su primer café y comenzaban las primeras partidas de cartas. Feuchtwanger les ofrecía de vez en cuando explicaciones o respuestas: Sanary no tenía una biblioteca muy grande, pero en Au Grand Tube tenían las estanterías bastante bien surtidas y artículos de arte y fotografía de buena calidad. Edouard tenía que probar el enorme queso de Gruyère que servían en Chez Benech, pero para hoy, la esposa de Feuchtwanger les había dejado preparado un *poulet à la crème*.

—¿Hay algún cine? —preguntó Edouard. A Elza le encantaba el cine.

¿Por qué no la habría traído a visitar todo aquello cuando aún podía hacerlo?

—Hay un garaje reconvertido donde pasan películas los domingos por la noche, pero para ver cualquier cosa filmada en esta década, tendrás que ir a Tolón.

Al llegar a una lengua de playa pedregosa protegida por una empalizada, empezaron a ascender hacia unos acantilados escarpados y llegaron hasta la punta, donde viraron a la izquierda y enfilaron una calle estrecha. Delante de una casa encalada de dos pisos, la Villa la Tranquille de Thomas Mann, un camino conducía hasta una casita pintada en amarillo ocre, con contraventanas azules y un cartel colgado en la verja de hierro forjado: Atelier-sur-Mer.

* * *

Edouard deshizo el equipaje de Luki en la habitación que tenía la ventana más bonita, desde donde se veía el mar a lo lejos enmarcado por un pino enorme y los restos de otro árbol caído, muerto tiempo atrás y ya sin ramas. Dejó una fotografía de los tres en la mesita de noche junto con un papel lleno de ecuaciones matemáticas escritas con la pulcra caligrafía de Elza y que Luki quería conservar. Preparó una comida estupenda con el *poulet à la crème* y dejó a Luki jugando mientras él se instalaba con sus cosas en el otro dormitorio: cámaras, fotografías y negativos. Colocó en el escritorio la foto de *Salvación*, aún con el marco de la exposición, se tumbó en la cama y cerró los ojos unos instantes para intentar liberar su corazón de las espinas de los recuerdos.

¿Cuánto tiempo se habría quedado dormido? Reinaba un silencio inquietante, interrumpido tan solo por el canto de las aves nocturnas al otro lado de la ventana, iluminada por las tonalidades rojizas y doradas del sol poniente, y el sonido rítmico del mar rompiendo contra las rocas. ¿Podría Edouard vivir con tanto silencio? ¿Podría Luki?

—¡¿Luki?! —gritó, repentinamente alarmado.

Había demasiado silencio. A buen seguro, también Luki se habría quedado dormida.

—¿Luki? —repitió, sin gritar tanto, por miedo a despertarla, pero corriendo ya hacia su habitación.

Luki había dormido en el tren mientras él había pasado casi toda la noche en vela, temiendo que su hija pudiera salir del compartimento.

En la habitación no estaba.

Volvió a llamarla, una y otra vez, constantemente, a gritos, y salió de la casa y echó a correr hacia la empalizada.

Dios, ¿en qué estaría pensando cuando se había decidido por una casa junto a un acantilado sobre el mar para vivir con una niña que ni siquiera tenía tres años?

Tropezó con la raíz de un árbol. Cayó de bruces al suelo. Se incorporó y echó de nuevo a correr, gritando a todo pulmón el nombre de su hija.

Y allí estaba, gracias a Dios allí estaba, acababa de volverse al oírlo.

Corrió hacia ella y la cogió en brazos para retirarla del tronco del pino caído donde se había instalado. La abrazó muchísimo rato antes de sentarse en el tronco y acomodar a la niña en su regazo.

—*Moppelchen* —dijo, intentando calmarse para no asustarla. Ni siquiera se había acercado a la imponente caída hacia las rocas y el mar—. *Moppelchen* —repitió. Era el mote que le había puesto Elza a su rollizo bebé, su gordita. La estrechó contra él, hundió la barbilla entre su cabello y susurró—: ¿Qué estabas haciendo aquí solita?

—Los he oído cantar. ¿Los has oído tú también?

—Cantar —repitió Edouard, que ya se estaba preguntando si podrían encontrar otra casa, más alejada del mar—. Sí, el sonido de las aves y el mar. Es precioso, ¿verdad?

—De las aves, del mar y también de los ángeles.

Edouard se alejó un poco de la cabeza, para poder verle mejor la frente, que era igual que la de su madre, la naricilla, sus labios de cereza.

—¿Ángeles que cantan? —dijo, intentando desviarla de otra conversación en torno a dónde había ido Elza—. Así que resulta que ahora eres sonámbula, *moppelchen*.

—Escucha..., están cantando con *mutti*.

Se puso a cantar, la nana que Elza le cantaba por las noches. Edouard la abrazó y empezó a repetir *moppelchen, moppelchen*, mientras sus pensamientos chocaban contra las olas y el dorado rojizo del cielo del anochecer, contra el azul acerado del agua bajo la luz de última hora de la tarde, contra el dulce e intenso olor del cabello de Luki pegado a su cara. Estrechó más si cabe el abrazo y cantó con ella, *Wie ist die Welt so stille / Und in der Dämmrung Hülle / So traulich und so hold*. «El mundo se detiene en el velo del crepúsculo, tan dulce y acogedor».

Sí, se quedarían allí, donde quizá el mundo acabara paralizándose. Colocaría una valla alrededor del recinto de la casa. Se encargaría de ello por la mañana y vivirían sanos y salvos, escuchando a Elza y a los ángeles cantando a coro con las aves y el mar mientras ellos soñaban, sentados en aquel tronco.

Veinte meses después. Martes, 5 de septiembre de 1939
GARE DU NORD, PARÍS

Había llegado el momento. Alemania había invadido Polonia, incitando a Francia y el Reino Unido a declarar la guerra. El milagro que Nanée y toda Francia confiaban en que acabara salvándolos no se había producido. Todo lo contrario, los carteles de *appel immédiate*, llamando a los hombres franceses a alistarse —carteles que habían sido retirados después de la crisis de Múnich del año anterior—, habían salido de nuevo a las calles. Y, esta vez, la llamada era real.

Nanée miró a Danny, arrodillado en el suelo con torpeza, enfundado en su nuevo uniforme de soldado mientras se oía de fondo el ajetreo de su regimiento, que ya empezaba a embarcar. Acercó los labios a los rizos rubios de su hijo de dos años. Peterkin echó la cabeza hacia atrás y lo miró desde debajo de sus largas pestañas, una expresión ya identificable como la mirada de descontento del niño. Dejó caer al sucio suelo del andén su nuevo conejito de peluche y sacó de su cartuchera dos pistolas de juguete.

—Tengo dos pistolas, papá —anunció—. Una para mí y otra para Bunnykins.

Nanée le dio la mano a T, lo que atrajo la mirada de Danny.

«Eres más familia que mi propia familia —le había dicho al pedirle que los acompañara a la estación—. T necesitará tenerte allí para que le des la mano cuando me marche».

—Ojalá pudieras venir conmigo, campeón —dijo Danny al niño—. Seguro que serías mejor intérprete de francés que yo, pero eso no se lo diremos al ejército británico.

Eso era un mínimo consuelo para T, y también para Nanée: que la única arma que Danny tendría que empuñar en la guerra sería su gran conocimiento de idiomas.

—Eres un chico valiente —le dijo Danny a su hijo.

«Eres una chica muy valiente», le había dicho su padre a Nanée en una ocasión. Para aquel entonces, ella tenía siete años, lo bastante mayor para recordarlo, lo cual no era el caso de Peterkin.

Danny estrechó a Peterkin y a T entre sus brazos una última vez y su barbilla acarició el pelo cortado a lo chico de T.

—Nanée —dijo entonces—, confío en ti para que me devuelvas a estos dos en tan buena forma como los dejo ahora.

T, secándose una lágrima, intentó replicar con el mismo tono de humor y esperanza.

—¿Y quién cuidará de Nanée mientras ella los cuida a ellos?

—Nanée sabe cuidarse a sí misma y a muchos más —dijo Danny, y cogió el macuto y besó una última vez a T y a Peterkin.

Nanée lo vio subir al tren y mirarlos después a través de la ventanilla sucia. Cuando el tren desapareció envuelto en vapor, con su clac, clac, clac desvaneciéndose entre el bullicio de la estación, recogió a Bunnykins del suelo y abrazó a la vez a T y a Peterkin, como Danny acababa de hacer.

—Tú también deberías irte, Nanée —le dijo T en voz baja, con un dolor desgarrador impregnándole la voz—. Deberías volver a casa.

Nanée se echó hacia atrás y miró fijamente a su amiga.

—Pfff —dijo—. ¿Solo porque el embajador Bullitt me lo ordena? —Y a continuación, en un tono más amable—: No pienso abandonarte, T.

—Si yo tuviera una casa en los Estados Unidos a la que volver, me iría.

Nanée tiró de las orejas del conejo de peluche y lo acurrucó contra la carita de Peterkin mientras intentaba imaginarse cómo sería vivir de nuevo en Evanston, o incluso en Marigold Lodge.

—Si tuviera una casa en los Estados Unidos, T —dijo—, también me iría yo.

Sábado, 14 de octubre de 1939
SANARY-SUR-MER

—¿Es usted Edouard Moss?

Edouard, que observaba desde el andén del apeadero cómo su amiga Berthe acomodaba a su hija y a Luki en el vagón de tren, se volvió al ver a dos policías.

—Acompáñenos.

—¿Que los acompañe? No, tengo toda mi documentación en orden. —Se sacó los papeles del bolsillo de la chaqueta—. Lo siento, el tren está a punto de irse. Denme un momento para despedirme de Luki.

Luki, dentro del vagón, le estaba enseñando su nuevo yoyó a su amiguita, con la que hablaba un francés inmaculado. Con cuatro años, llevaba toda la vida que recordaba viviendo en Sanary-sur-Mer y no tenía recuerdos de Viena o de Berlín que no fueran a partir de fotografías o de las historias que le contaba su padre cuando se sentaban en el tronco de los sueños. Habían decidido que Berthe se adelantara con las niñas en el viaje a París, para que él pudiera acabar de desmantelar la casa y dejarlo todo preparado para su venta.

—Acompáñenos —insistió el policía—. A comisaría.

Edouard, incapaz de disimular su miedo, respondió tartamudeando:

—No entiendo nada. —Luego le dijo a Berthe, entre gritos—: La canguro es la Profesora Ellie-Ratona. Da clases de matemáticas, como todo canguro de peluche que se precie.

Habló intentando aplicar un tono desenfadado a su voz, intentando mantener la compostura. Un día más. Era lo único que necesitaba. París sería un lugar más seguro para Luki y para él. Una ciudad grande. Anónima. Sin vecinos paranoicos. Sin nadie que al verlo con la luz encendida en plena noche pudiera sugerir que su única bombilla, sin emitir parpadeo alguno, estaba transmitiendo algún mensaje en clave a un barco nazi. Una única luz detrás de alguna película vieja mientras buscaba una imagen que revelar y vender para poder tener que comer, y para acabar revelando, siempre, *Salvación*, como si encontrar el tiempo correcto de exposición, de polarización, de aclarado y de quemado de aquella única imagen para conseguir una fotografía perfecta pudiera servir para salvarlo. Pero eran fotografías que no se traducían en dinero para ir a la compra, eran fotografías que ni siquiera intentaba vender.

Le dijo gritando a Berthe:

—¡A Luki le encantan los números! —Como a Elza—. Si se pone inquieta porque no estoy —se pondría como loca si no aparecía al día siguiente, como le había prometido—, repasa con ella las tablas de multiplicar; eso la calma mucho. —Sabía que, de seguir hablando, Berthe se daría cuenta de lo que estaba pasando y así podría explicarle algo a Luki si él acababa retrasándose—. También le gusta elevar números al cuadrado, y al cubo.

—¿Edouard? —dijo Berthe.

—Un número multiplicado por sí mismo, luego multiplicado otra vez por sí mismo. —Dirigió un breve ademán al primer policía, después al otro.

Berthe se quedó sorprendida al percatarse de la presencia de la policía.

Edouard dijo entonces a los policías:

—Mi Luki…

—Serán solo unas pocas preguntas.

El tren seguía allí, en la estación. Podía hacer bajar a Luki. Podía hacer que se quedase con él. Podía ganar un día más con ella, ¿verdad?

Miró a los policías e intentó mantener la calma. Estaban en Francia. Aquello no era Alemania.

—¿Quiere que le acompañe la niña? —le preguntó uno de los policías.

Berthe tenía a Luki en brazos, se había acercado con ella a la ventana y decía:

—Dile adiós a papá. Dile adiós, cariño.

Edouard gritó:

—¡Te quiero, Luki! ¡Te quiero!

Luki le dijo adiós con la manita.

Luki apretó su yoyó con fuerza y pensó en lo mucho que le habría gustado que Pemmy no se hubiera quedado escondida en la maleta, envuelta en una toalla. Notaba las manos de *tante* Berthe rodeándola por la cintura, sujetándola para que pudiera mirar por la ventana. Le dijo adiós a su papá. Intentó no llorar. Tenía suerte porque volvería a ver a su papá al día siguiente. Su amiga Brigitte no volvería a ver a su papá tan pronto porque su papá era soldado. Y Pemmy ni siquiera tenía papá, aunque el papá de Luki era como un papá para ella aun sin ser un canguro.

Volvió a decirle adiós a su papá y su papá le devolvió el saludo.

—*Tante* Berthe —dijo—, ¿son amigos de papá esos señores?

Tante Berthe no respondió.

Aquellos señores parecían muy enfadados. A Luki le habría gustado poder decirles que fueran amables con su papá, que él nunca se enfadaba con nadie, ni siquiera cuando Pemmy se metía en la bañera con ella para nadar un poco y luego salpicaba con agua sus fotografías. Que su papá decía que no eran más que fotografías y que Pemmy podía salpicarlas siempre que quisiese, pero que era mejor que se secaran porque abrazarse no era nada divertido si estaban empapadas, y que quizá, para un canguro, con un baño en la vida era suficiente.

Su papá volvió a decirle que la quería. Y entonces el tren empezó a moverse. El tren la estaba alejando de él. Su papá se volvía cada vez más pequeño. Muy pequeño. Hasta que, al final, desapareció.

Mientras los policías esperaban fuera de la casa, Edouard metió algunas cosas en una maleta que había sido de Elza. Un pijama. Una muda para el día siguiente. Gran parte de su vida estaba ya embalada en las cajas que lo rodeaban por todas partes. ¿Por qué no habría metido de cualquier manera en una última caja las cosas de la sala oscura que había improvisado en el cuarto de baño para poder irse en aquel tren con Luki? Podría haberle dejado una llave a algún vecino y gestionado la venta de la casita desde París. Pero los franceses llevaban mucho tiempo portándose bien con los refugiados. Habían acomodado en el país a un millón de personas desde que España había caído en manos de Franco, e incluso el decreto de Daladier autorizando el internamiento de «indeseables» con la excusa de la seguridad nacional no había sido más que palabras y deseo de exponer una postura, sin que al final hubiera habido campos de internamiento de por medio. Sí, una circular fechada el 30 de agosto llamaba, en caso de guerra, a congregar a los hombres de «los antiguos territorios pertenecientes al enemigo», ahora Francia estaba en guerra con Alemania, sin embargo él era judío, un refugiado de la brutalidad de Hitler, por el amor de Dios. ¿Cómo podía pasársele a alguien por la cabeza que pudiera ser un espía del Reich?

Sacó su Leica de una caja, la metió en la maleta y buscó película, como si aquel momento fuera a liberarle para poder empezar a fotografiar de nuevo. Reunió todo el dinero que tenía, pensando que debería haber enviado más con Luki. Cogió una pluma y una caja de papel de escribir que había comprado para escribirle una nota de agradecimiento a Nanée Gold por aquel encuentro en su apartamento en París, tanto tiempo atrás. Dejó de lado la carta que había quedado a medio escribir, el texto que nunca había sido capaz de terminar, y separó una hoja en blanco.

Todo esto estaría solucionado antes de que su tren partiera al día siguiente por la mañana. Estaría en París antes de que Luki pudiera empezar a echarle de menos. Pero, de todos modos, escribió apresuradamente unas palabras:

Luki mía, espero estar contigo antes incluso de que te llegue esta carta. Pero por si acaso mi tren se retrasa, o me retraso yo, quiero que sepas lo muchísimo que te quiero.
PAPÁ

Metió la nota en un sobre y lo dirigió a Berthe, en su dirección en el Quai d'Anjou, en la Isla de San Luis. Guardó la caja de papel y la pluma en la maleta, cogió la fotografía que tenía en su mesita de noche —Elza, Luki y él en el apartamento de Viena, hacía un millón de años— y la manta que le habían dicho que llevara. Cerró bien la puerta, dejó la llave debajo de la maceta de los geranios y se encaminó hacia los policías, que seguían esperándolo.

Domingo, 15 de octubre de 1939
CAMP DES MILLES

Con la maleta y la manta, Edouard saltó del camión de ganado para incorporarse a una fila de hombres, custodiada por soldados franceses, que se dirigía hacia un edificio de cinco pisos que era una fábrica de ladrillos, situada en las afueras de Aix-en-Provence, con sus chimeneas industriales perfilándose con crudeza contra un cielo de un azul imposible. Fue empujado hacia una verja por la que apenas podría pasar un coche, dejó atrás la garita del centinela y accedió a un patio cubierto con una capa de polvo de ladrillo tan gruesa que al caminar sus pies levantaban una neblina roja. Se volvió para mirar, a través de una valla de barrotes de hierro coronada con una alambrada, un pequeño pueblo francés y unas colinas con olivos, viñedos dorados ya por el otoño y, a lo lejos, un acueducto que tal vez llegaba hasta Marsella, a cuarenta kilómetros de allí. Habría más de ochenta hasta Sanary-sur-Mer y centenares de kilómetros hasta París. Hasta Luki.

La verja se cerró con un estrépito metálico.

Su grupo no había sido el primero en llegar. Había colada secándose en la valla y en el otro extremo del patio se veía a un hombre sentado delante de un caballete, pintando, contra toda lógica. Largas colas esperaban para visitar las letrinas. Más adelante, los internos eran registrados en mesas montadas entre dos astas que enarbolaban la bandera tricolor de la república francesa: azul, blanca y roja.

Había pasado horas bajo el sol, y el pintor hacía rato que había guardado su caballete cuando Edouard llegó por fin a la bandera, a las mesas y a poder hablar con alguien a quien exponer su caso.

Empezó a decir:

—Mi Luki…

—¿Dinero? —preguntó el soldado.

—No puedo quedarme aquí. Luki. Está sola. Solo tiene cuatro años. Su madre murió.

Le vino a la cabeza la imagen de Luki, sentados los dos en el tronco de los sueños y preguntándole por qué tenían que irse de allí.

—¿Dinero? —repitió el soldado.

Edouard le entregó su dinero y el hombre empezó a registrarle la maleta sin esforzarse por mostrarse cuidadoso.

—No puedo quedarme aquí —insistió Edouard—. Luki está en París con una amiga que…

—Tiene el número ciento treinta y dos. ¡Siguiente!

—¿Pero es que no me entiende? Tengo…

Intuyó la presencia, luego captó en su visión periférica a un soldado bien armado, con una pistola desenfundada.

No era un prisionero. No podía ser un prisionero. No era ningún peligro para Francia. Todo aquello era un error.

Recogió sus cosas y siguió la fila que se dirigía al edificio de la fábrica. Se paró un momento para adaptarse a la penumbra; el polvillo le envolvía la garganta y le provocaba escozor en los ojos. El suelo estaba tan cubierto de polvo de ladrillo que incluso había grumos. En la pared del fondo, unas escaleras de madera conducían hacia las entrañas de la fábrica abandonada.

El campamento estaba lleno de gente que Edouard conocía por su reputación: artistas e intelectuales de Alemania que se habían instalado en Sanary-sur-Mer, Arlés y otras partes de la Provenza. El que estaba antes con el caballete en el patio era Max Ernst, pintando con material que le había traído su amante artista. Su colega fotógrafo, Hans Bellmer, también estaba allí. Y el ganador del Premio Nobel, Otto Meyerhof. O Lion Feuchtwanger, que debía de haber sido detenido en Sanary-sur-Mer mientras Edouard estaba ocupado recogiendo cosas y no había tenido ni tiempo de frecuentar el café junto con sus amigos. A lo largo de toda la nave donde estaban los hornos que en su día cocían tejas, centenares de hombres intentaban crear algún tipo de arte.

—El trabajo apacigua el hambre y la rabia a partes iguales —dijo Hans Bellmer.

A lo que Max Ernst añadió:

—Y ayuda a que no acabemos convirtiéndonos también en polvo de ladrillo.

Los dos estaban trabajando en un extraño mural: dos mujeres encorvadas sobre dos hombres muertos, con los brazos de uno de los hombres saliendo de un marco pintado para agarrar por el tobillo un esqueleto gigante surrealista que era todo pelvis y piernas e intentaba escapar de una bota de tacón alto que duplicaba en tamaño los demás elementos del cuadro. Edouard no sabía muy bien si el arte era un espejo para reflejar la realidad o más bien un martillo con el que darle forma. Creía que el arte tenía siempre algún objetivo y que, en sus mejores ejemplos, revelaba la verdad de los corazones. Sin embargo, lo que en aquel momento más deseaba era tener entre sus manos un martillo, artístico o no, y agitarlo en todas direcciones, no para dar forma a aquella realidad, sino para hacerla pedazos.

Pero si los demás sentían su misma rabia, no lo demostraban. En un pequeño e improvisado antro, había actores representando obras de teatro e incluso cantando ópera mientras, sentados entre ellos, los escritores escribían sus diarios en letra minúscula para ahorrar papel. Poetas. Dramaturgos. Traductores. Había también escultores y arquitectos. Directores de cine. Directores de orquesta. Letristas y compositores. Pianistas, cantantes y músicos de todo tipo. Profesores de universidad ofrecían clases y conferencias. Los cómicos compartían chistes, aunque podría decirse que ahora todo el mundo era un cómico, puesto que el arte que creaban era sin la menor duda irónico. Arte, intelecto y humor: servían para acabar con el aburrimiento, mantener la moral alta y permitir, en cierto sentido, un mínimo de dignidad. Los pocos que no se dedicaban a crear arte de cualquier tipo estaban sentados en ladrillos apilados y concentrados en partidas de ajedrez que jugaban con piezas esculpidas a partir de fragmentos de madera sobre tableros dibujados en el suelo, o mantenían acaloradas discusiones en uno de los hornos, en el que habían colgado un cartel anunciando *Die Katakombe*, en clara alusión al *cabaret* de Berlín que había sido un semillero de ideas políticas hasta que Joseph Goebbels acabó por clausurarlo.

Por la noche, después de que Max y Hans dejaran descansar los pinceles, todo el mundo se vistió con sus mejores galas, como si fueran a disfrutar de una velada en el teatro, y se reunieron en el hangar del campamento, en el centro de la fábrica de ladrillos, donde se habían instalado un escenario, un foso para la orquesta y unos asientos improvisados. Incluso el personal del campamento se había acercado para ver el espectáculo.

Adolf Sieberth, que había sido director de Radio Viena con solo veinticuatro años, estaba esperando a que todo el mundo le prestara atención.

—*Coraje* —anunció.

Se volvió entonces hacia los músicos, dando la espalda al público, y empezó a dirigir a la orquesta de refugiados con la misma dignidad que habría aplicado de estar en un auditorio de verdad.

«Coraje siempre y a seguir adelante», tocaron y cantaron, el inicio de una representación que habría sido alabada por la crítica en cualquiera de los recintos más famosos del mundo. Comedia. Parodia. Teatro. El hombre al que estaba dedicado el espectáculo, el comandante del campo, Charles Goruchon, daba a los internos toda la libertad posible. Los judíos practicantes rezaban en el patio central. Los internos recibían cartas y paquetes. Podían comprar cosas en una tiendecita que se había montado en el campamento, y recibir visitas. Pasaban las tardes creando y compartiendo ideas, imaginando durante unas pocas horas que las arañas de cristal iluminaban su arte en un mundo distinto al de aquel campo de internamiento francés rodeado por rejas coronadas con alambradas.

* * *

57

Cuando aquella primera noche sonó la orden para ir a dormir, Max Ernst le sugirió a Edouard que se instalara a su lado, y como todo el mundo admiraba a Max, los demás hombres, para hacerle hueco a Edouard, movieron un poco sus colchones de paja por encima del suelo duro de la fábrica, una planta entera del edificio que contenía filas y filas de colchones de paja. Todos contribuyeron con un poco de paja para improvisarle a Edouard un colchón, sobre el cual extendió la manta que había llevado con él. Abrió entonces la maleta, donde había dejado pulcramente doblado el pijama. La ropa que había llevado durante el día estaba sucia, pero era más gruesa. Y él también se sentía sucio, con los poros taponados por el polvo de ladrillo.

—Mantén tus rutinas en la medida de lo posible —le dijo Max—. Merece la pena recordar constantemente que somos humanos. Utiliza tu maleta para conservar un poco de privacidad.

Edouard sacó del bolsillo de la chaqueta la fotografía enmarcada que llevaba encima desde que lo habían hecho prisionero en Sanary: la boca pícara de Elza y su mirada directa, Luki con solo seis meses de edad, y la cara de Edouard por encima de ellas, mirando a la cámara. La foto había sido tomada más de un año después de que el ejército alemán se mantuviera al margen mientras Hitler realizaba su purga de Röhm, durante la cual murieron asesinados los líderes militares y políticos opositores, junto con docenas, o tal vez centenares, de periodistas antinazis. En cuestión de semanas, el ejército juró obediencia incondicional no a Alemania o su constitución, sino a Hitler. ¿Por qué no vio entonces que aquel era el momento de huir? ¿Por qué no vio todo lo que estaba poniendo en peligro? No lo había visto porque albergaba la grandiosa idea de que sus fotos servirían para que el mundo acudiese en defensa de su país, su simple cámara, cuando ni siquiera Europa entera había sido capaz de detener la locura que era la Alemania nazi.

Edouard se desnudó rápidamente y se puso el pijama. Dobló con esmero la ropa que había llevado durante la jornada y la guardó en la maleta, debajo de la ropa limpia. Sacó su Leica, el papel de carta y la pluma, y depositó la maleta a modo de murete de separación entre Max y él. Puso la fotografía enmarcada encima de la maleta y se sentó en el colchón de paja, contento de estar situado justo debajo de una de las tres bombillas de la amplia habitación, la única luz que ofrecía la oscura planta de aquella fábrica. Acercó la mano a la fotografía, luego a la cámara, y se imaginó a Luki en París, preguntándose dónde estaría su padre. «Luki mía», escribió. Tal vez era mejor que estuviera lejos. Porque de verlo en aquellas circunstancias se asustaría mucho.

—¡Luces apagadas! —anunció el corneta.

Primero una, luego la segunda de las tres bombillas que iluminaban la estancia se apagaron después de que alguien tirara de sus respectivas cuerdecillas, dejando solo la que colgaba por encima de la cabeza de Edouard como barrera contra la oscuridad.

—¡Luces apagadas! —repitió el corneta.

Edouard, incapaz de encontrar palabras para explicarle a Luki dónde estaba o por qué, cuánto tiempo pasaría antes de que pudiera reunirse de nuevo con ella en París, dejó el papel encima de la maleta, al lado de la fotografía, y depositó la Leica encima para que no volara.

—¿Todo bien? —preguntó Max Ernst.

Edouard hizo un gesto de asentimiento. Max se incorporó y apagó la luz.

—Buenas noches, Luki —musitó Edouard, con los ojos adaptándose a la oscuridad.

En poco tiempo consiguió ver la silueta de la fotografía enmarcada sobre la maleta. Sabía que estaba allí, aunque ya no pudiera ver las figuras de la familia que en su día habían sido.

Domingo, 15 de octubre de 1939
ISLA DE SAN LUIS, PARÍS

Luki estaba acostada en la cama a oscuras, abrazada a la Profesora Ellie-Ratona, mientras las voces del exterior se filtraban a través de la ventana.

—No pasa nada, Pemmy —murmuró—. Dijo papá que llegaría hoy, y hoy aún no se ha acabado. —Acarició con la naricilla la cinta de color verde claro que llevaba Pemmy al cuello, consolándose con su tacto suave y resbaladizo y aspirando el aroma a lavanda y olivo de la barbilla de Pemmy, que había lavado con jabón, no con agua, porque a pesar de que Pemmy había permanecido envuelta en la toalla dentro de la maleta durante todo el viaje en tren, estaba aún húmeda de cuando había estado nadando. A Luki le habría gustado tener también a Joey. Le habría gustado darle cuerda para poder oír su música. A Pemmy le gustaba dormirse con la cancioncilla de Joey. Luki no tenía intención de dejarlo en casa después de que lo hubieran vuelto a encontrar, pero seguro que su papá se lo traería—. Papá se ha quedado para acabar de recogerlo todo —le explicó a Pemmy—. Para él es más fácil recoger sin tenerte a ti saltando por todos lados y sacando las cosas de las cajas.

Ocho meses más tarde. Miércoles, 5 de junio de 1940
AVENUE FOCH, PARÍS

Bajo un calor abrasador, Nanée, con T, Peterkin y su querido Bunnykins arrastrado por las orejas, estaban viendo pasar a los soldados franceses, grupos irregulares de hombres exhaustos y embarrados que intentaban despojarse de sus uniformes militares franceses para que los alemanes no les dieran caza.

—No podemos quedarnos en París, T —empezó a decir de nuevo Nanée—. Han pasado dos semanas desde que el gobierno rezó en Notre-Dame para salvar a Francia de su incompetencia y, pfff, aún nada. Me temo que Dios ha abandonado a los franceses.

Una dependienta de una tienda próxima, con un gran lazo de seda adornando su máscara de gas, un elemento que ya se había vuelto habitual, se acercó a ellas para observar la escena en silencio. En el sótano del edificio donde vivía Nanée habían instalado un refugio antiaéreo, igual que en casa de T. Se habían acostumbrado a cubrirse a toda prisa con el albornoz y bajar corriendo para sumarse a sus vecinos, a los que saludaban estrechando educadamente la mano y diciéndoles buenas noches. Al principio, en el edificio de Nanée, el conserje había adquirido la costumbre de servir café y caldo, y todo el mundo charlaba hasta que se oía la señal de fin de la alerta. Pero a medida que las noches se fueron repitiendo, con las mismas sirenas y sin que llegara la guerra de verdad, la mayoría de los vecinos dejó de tomarse la molestia de bajar, y al final incluso Nanée se limitó a taparse hasta la cabeza con las mantas. «La guerra falsa», empezaron a llamarla. Pero ahora era real.

—No se va a producir ningún milagro, T —dijo Nanée, muy seria—. Ni siquiera los soldados que se retiran en busca de un lugar seguro se quedan aquí.

—¿Y cómo podrá localizarnos Danny si nos vamos? —murmuró T.

Nanée cogió a Peterkin en brazos y descansó su cabeza contra su pecho.

—Todos los que consiguieron sobrevivir a Dunkerque están en Inglaterra.

—¿Y si él no lo consiguió?

Nanée intentó transmitir con una mirada las palabras que era incapaz de pronunciar, que si Danny no estaba en Inglaterra, no estaba en ningún lado.

—Hitler restaurará el orden —dijo la dependienta—. Será lo mejor para Francia.

A Nanée le habría gustado poder reprender a aquella pequeña idiota, pero había demasiados como ella para acabar con todos.

Le preguntó a uno de los soldados, un chico con el ojo cubierto con un vendaje, de dónde venía.

—Francia está perdida —respondió—. Los Panzer alemanes…

—Sí, pero ¿de dónde?

—De cerca de Abbeville.

Le dijo Nanée a T:

—Esto está a poco más de ciento cincuenta kilómetros de aquí. Piensa que los alemanes tomaron toda Dinamarca en tan solo cuatro horas.

—No. Danny no podría localizarnos.

—Pero tienes que pensar en Peterkin, T. Danny os querría a vuestro hijo y a ti fuera de peligro. Tienes que pensar en vuestro hijo.

Jueves, 6 de junio de 1940
CAMP DES MILLES

La oscuridad y los sonidos del sueño inquieto de los prisioneros —toses secas, ronquidos, alguno que hablaba en sueños— quedaron interrumpidos, como siempre, por el toque de diana interpretado de manera esplédida por el corneta. Edouard se levantó del colchón de paja, tiró de la cuerdecilla de la bombilla, se vistió a la vez que daba rápidamente los buenos días a la imagen de la pequeña Luki en la foto y bajó de dos en dos las escaleras de madera para salir al exterior. Mierda. A pesar de todos sus esfuerzos, una cola larguísima de hombres tan delgados y desaliñados como él estaba esperando ya delante de las siete asquerosas letrinas. Los había aún en pijama y con gorros de dormir, debatiendo en voz baja; debían de llevar horas allí. Era una locura, tantos refugiados, antinazis todos ellos sin excepción, encerrados como «sujetos enemigos» sin otra razón que la xenofobia y la incompetencia administrativa. Era tan absurdo que todo aquello te convertía en surrealista si no lo eras ya. Incluso Max Ernst, puesto en libertad en noviembre junto con algunos de los internos más famosos, había sido encerrado de nuevo hacía unas semanas, como si la proximidad del ejército alemán pudiera hacer más peligrosos para Francia a los hombres que estaban allí, cuando en realidad mantenerlos cautivos hacía que Francia fuera más peligrosa para ellos. Max no sabía explicar por qué había vuelto a la Ardèche, a su casa, en vez de huir de Francia cuando podía haberlo hecho; pero era difícil imaginar que la situación pudiera empeorar aún más, hasta que acabó haciéndolo.

Edouard pasó el tiempo en la cola practicando el inglés con otro hombre, una manera de mirar hacia delante, de imaginarse que existía un futuro en el que Francia no caería entera en manos de Hitler.

Los carros blindados y las motos que circulaban por la carretera del otro lado de la verja… ¿iban hacia el frente o estaban en retirada?

—Mi Luki está en París con una amiga —le explicó a su compañero de cola. Acababa de recibir una carta de ella el día anterior, esta vez no escrita por Berthe explicándole qué tal estaba Luki, sino consistente en unas cuantas palabras en letras muy grandes, con la «k» mirando en sentido contrario y los números mejor formados. «Te quiero, papá», había escrito Luki, y había incluido un dibujo de él con ella montada en sus hombros, como solía llevarla a menudo, y del tronco de los sueños de Sanary-sur-Mer. Edouard había dormido con la carta a su lado. Y ahora la llevaba en el bolsillo—. Luki está aprendiendo a leer y escribir —dijo, engullendo la tristeza de pensar que era Berthe quien le estaba enseñando a hacerlo, y no Elza—. Tiene una risa que parece un relámpago difuso —añadió—. Le encanta jugar a imaginar cosas. Y no para de hacer preguntas, como su madre.

Justo cuando llegaba al final de la cola de las letrinas, varios soldados se colaron delante de él. No le quedaba otro remedio que esperar.

Una veintena de soldados entraba en el patio cuando Edouard salió por fin de las apestosas letrinas y mientras los internos se amontonaban a la espera de que pasaran lista, como cada mañana. Los internos esperaron con aburrimiento a que un sargento con un fez rojo fuera llamándolos por número para responder: «¿Uno? Uno». «¿Dos? Dos». «¿Cuatro? Cuatro». El afortunado número tres había sido puesto en libertad en otoño y había huido de Francia antes de que se iniciaran las redadas de primavera.

Los legionarios extranjeros que se estaban llevando los barriles con los desechos de las letrinas descansaron un minuto en el patio.

—¡Helado! ¡Aquí tenéis vuestros helados! ¿Alguien quiere? —gritó uno de ellos.

Y solo ellos rieron.

—¿Ciento treinta y dos? —gritó finalmente el soldado.

A lo que Edouard respondió:

—Ciento treinta y dos.

De nuevo dentro, Max Ernst se alisó el pelo blanco y sucio sobre una cabeza con calva incipiente y sirvió el café, extrayéndolo con un cucharón de un cubo en el que ya se había asentado una fina capa de polvo rojizo. Edouard, sosteniendo con cautela su taza de hojalata, puesto que ahora quemaba, sumergió el pan en el café y le dio un mordisco.

—Hoy parece que el pan está mejor —dijo.

—Lo que notas es el sabor de la sopa de habichuelas que aún debe de quedar en tu taza. —Max bajó después la voz—: Tater va a traer cerdo esta mañana, y puedes comprarle algo siempre y cuando el jefe de este tugurio te autorice a sacar algo de tu dinero.

—Ese hombre alimenta a sus cerdos con nuestra basura y luego nos la devuelve cocinada, cortada a lonchas y envuelta en periódicos viejos —dijo Edouard, que no gastaba su dinero en otra cosa que no fuera en sellos para las cartas que le enviaba a Luki—. El barbero puede conseguirte la prensa del día, ya lo sabes, y una silla plegable para sentarte a leerla.

—Seguro que las noticias solo van a peor, y cuando me vaya, tendría que dejar la silla aquí.

—Tú siempre tan optimista.

El siguiente hombre de la cola protestó diciendo que no le había llenado la taza del todo.

Max, haciendo caso omiso, siguió hablando, aunque bajando aún más la voz.

—Feuchtwanger está intentando convencer al comandante para que nos devuelva la documentación y podamos tener la oportunidad de estar lejos de aquí cuando lleguen los alemanes. Para poder coger un tren hasta la frontera con España.

Llevaba días hablando de aquel plan.

—Yo antes tengo que ir a París a buscar a Luki —dijo Edouard—. No puedo marcharme de Francia sin ella.

Volvió con la taza y el pan a su colchón. En el otro extremo de la estancia, las motas de polvo se hacían visibles en el estrecho rayo de luz que se filtraba por una ventana. Cerca de donde estaban, un ladrillo cayó al suelo y se rompió, levantando más polvo.

Jueves, 6 de junio de 1940
AVENUE FOCH, PARÍS

Nanée depositó una última lata de gasolina en un remolque de dos ruedas que había enganchado a su pequeño Citroën y en el que había cargado todas sus pertenencias, y entró en el coche, donde la esperaban ya T, Peterkin y Dagobert. Se ajustó al cuello el pañuelo blanco, puso el coche en marcha y enfiló Avenue Foch, que estaba ya congestionada por parisinos que huían como ellos. La silueta del Arco de Triunfo se perdió en la distancia. El tráfico fue abundante y la circulación lenta hasta que llegaron a Châteauneuf-sur-Loire, a ciento treinta kilómetros al sur de la ciudad, donde dejó a T para que se alojara con unos amigos de la familia de Danny; aceptó la invitación para quedarse a cenar, luego se puso de nuevo en marcha con Dagobert, siguiendo el curso de un lánguido río, pasó por delante de prados, huertos y viñedos y llegó a la casita que había alquilado en Le Mesnil. La vivienda constaba de un minúsculo dormitorio, un saloncito, una cocina y un baño con algo similar a una bañera, con forma de cuba redonda de un metro de diámetro que se llenaba con agua calentada en los fogones. Descargó todas sus cosas del coche y dejó para el final la pistola Webley con la culata decorada con perlas que había escondido debajo del asiento del conductor y que le había regalado en su día su padre, un arma con la que había ganado su primer concurso de tiro al blanco, en el que participaban adolescentes con pistolas de cañones recortados. Ella había sido la más joven, con solo catorce años, además de la única niña.

—Pues aquí estamos, Daggs —dijo—, bienvenido a tu nueva casa.

Pero solo una semana después, estaban de nuevo a bordo del Citroën, listos para recoger a T y a Peterkin por el camino y dispuestos a poner rumbo hacia el sur. Los alemanes habían entrado en París y la ciudad estaba cubierta de hollín y de una neblina asfixiante provocada por el humo procedente de los tanques de petróleo y gas que los franceses habían destruido en su retirada.

—Dios mío, ¿es que nunca acabará este calor? —dijo Nanée.

¿Y dónde demonios estaban? Su intención era cruzar el Loira en Sully con el fin de evitar el embotellamiento de Orleans, luego seguir trescientos veinte kilómetros en dirección sur hasta llegar a La Bourboule, donde pasarían la noche en casa de otros amigos de la familia Bénédite antes de continuar hacia los puertos de la costa atlántica y subir a bordo de un barco que los llevaría a Inglaterra. Pero aquella pista de tierra terminaba en un campo embarrado y un bosque.

Tal vez eso explicara la ausencia de tráfico.

Bajo el calor abrasador, Nanée estudió el mapa que había extendido por encima del volante, con el ruido de fondo de los aviones y las bombas alemanas. Dio marcha atrás con la intención de dar la vuelta, pero lo único que consiguió fue hundir más si cabe los neumáticos en el fango y atascar el remolque y el coche. Incluso el pequeño Peterkin bajó para ayudar a desenganchar el remolque, mientras Dagobert olisqueaba y marcaba el territorio por si acaso a algún otro perro se le ocurría reclamarlo. Buscaron en el remolque alguna cosa que pudieran usar a modo de herramienta improvisada y después empezaron a golpear y a tirar para intentar desatascar el carrito, que se negaba a moverse, sin dejar de oír a lo lejos el sonido de las bombas y los aviones. ¿Sonaban tal vez más cerca?

—Si desenganchamos esto —dijo T—, a lo mejor somos incapaces luego de volver a engancharlo.

—La gasolina que tenemos nos llevará más lejos sin el remolque —explicó Nanée.

—Ya, pero las latas de gasolina van en el remolque.

—Pfff. Las guardaremos en el maletero.

Nanée pensó si en el remolque llevaba algo especialmente importante para ella. Los libros, sí, que sería imposible cargar en su totalidad en el coche. ¿Y además de eso? Ni siquiera la única obra de arte que se había llevado era la que más deseaba; no era el hombre haciendo flexiones de Edouard Moss, para cuya compra se había desplazado hasta la Galerie des Beaux-Arts al día siguiente de visitar la exposición surrealista, sino una fotografía de otro artista que había adquirido al descubrir que la que buscaba no estaba en venta: la cara de una mujer y unos pechos desnudos que parecían flotar en agua sucia. *Ser un ángel*, se titulaba. Ni siquiera había llegado a colgarla nunca, y, aun así, era la única obra de arte que se había llevado, como si no dejar el apartamento de París para encontrárselo intacto a su regreso, cuando aquella locura acabara, fuera a traerle mala suerte.

Se dieron por vencidos con el remolque, y la ausencia de golpes dejó un inquietante silencio. ¿Habría acabado el ataque de los alemanes, donde quiera que se estuviera produciendo?

Nanée se instaló de nuevo en el asiento del conductor para intentar poner el coche en marcha, Dagobert la siguió rápidamente para no quedarse en tierra. Consiguió hacer avanzar el coche unos centímetros, luego puso marcha atrás y después primera, marcha atrás y después primera, maniobrando continuamente con el volante. Una y otra vez, desplazándose cada vez cuatro o cinco centímetros, hasta que logró dar la vuelta con el carrito aún atascado.

T gritó de alegría y Peterkin, sin soltar la oreja de su conejo, con ella. Nanée salió a celebrar con ellos aquella pequeña victoria. Dagobert sacó las patitas por la ventana y ladró.

De pronto, sonó sobre sus cabezas un rugido aterrador y vislumbraron las alas invertidas de gaviota de un Stuka alemán volando muy bajo. Y de repente, empezó a disparar.

¿Disparaba contra ellos? ¿Disparaba contra un niño? La incredulidad se apoderó de Nanée aun viendo que Peterkin estaba justo en la trayectoria del ataque.

Corrió a por él.

T echó también a correr.

Nanée llegó primero.

Lo cogió en brazos.

Corrió hacia los árboles.

El rugido de los aviones —de repente eran más— era ensordecedor, y el ratatatá de las ametralladoras, puro infierno.

Uno de los aviones los siguió, sin dejar de disparar, como si aquello fuese un tiro al blanco de una caseta de feria. Pero sin parecerse en nada a eso. Aquello no era de broma. No era una pesadilla. Unos gritos reales inundaron los oídos de Nanée, chillidos de verdad. Era T gritando: «¡Peterkin!» y Peterkin gritando en brazos de Nanée. ¿Estaría herido? ¿Lo estaría T?

Nanée, sin dejar de correr, miró hacia atrás para confirmar que T corría justo detrás de ella.

Se impulsó hacia los árboles, buscando el refugio de los troncos robustos y la cobertura de las hojas.

No pensaba llorar. No lloraría.

T había aterrizado en el suelo a su lado, le había cogido a Peterkin y lo estaba protegiendo con su propio cuerpo.

Nanée miró hacia el coche, colocado hacia la única dirección que podía seguir el camino, hacia los aviones alemanes que empezaban a perderse de vista. Dagobert, temblando, la estaba mirando desde el otro lado de la ventanilla.

Se incorporó rápidamente y echó a correr hacia el coche, T con Peterkin en brazos siguiéndola muy de cerca.

El coche olía a orines y el pobre perro saltó de inmediato sobre Nanée, que puso el coche en marcha, levantando una nube de gravilla y tierra, sin dejar de decir todo el rato:

—Tranquilo, todo va bien, todo saldrá bien.

El puente de Sully estaba sembrado de cuerpos atrapados por el bombardeo alemán. La cola que esperaba a cruzarlo se prolongaba hasta el infinito: coches con matrículas del número 75, el código correspondiente a París; autobuses, tractores y bicicletas; incluso viejos chirriones, esos carros abiertos de dos ruedas que en su día se utilizaron para conducir a los prisioneros a la guillotina. Y todos los vehículos iban cargados con colchones, vajillas, comida, juguetes, libros e incluso, a pesar del terrible calor, abrigos de piel. Pero la mayoría de la gente iba andando. Los más afortunados empujaban carros con sus pertenencias. Y todo el mundo iba hacia el sur, hacia el mar.

Aquel primer día a duras penas lograron cubrir ochenta kilómetros, a pesar de que circularon hasta altas horas de la noche, con los focos del Citroën —oscurecidos con pintura azul para acatar la normativa vigente en tiempo de guerra— reflejando una llovizna tan desagradable que Nanée se vio obligada a conducir asomando la cabeza por la ventanilla para poder ver. Finalmente, se detuvieron en un oscuro granero que encontraron en una carretera oscura cerca de Vierzon. Nanée bajó a explorarlo, linterna en mano, y regresó para informar de que en la parte superior había un pajar y que podían instalarse allí a pasar la noche si Peterkin conseguía subir por la escalera de mano.

—Un pajar solo para nosotros —dijo Nanée—. Suena de auténtico lujo, ¿verdad?

Instaló la linterna en el suelo, apuntó con ella la base de la escalera y empezaron a trepar. Estaban ya casi arriba, con Peterkin cargado en las espaldas de su madre, con T ahogándose por la presión de los brazos del niño sobre su cuello y con Nanée siguiéndolos muy de cerca para pillarlo en caso de que ocurriera algún percance, cuando uno de los peldaños crujió bajo el peso del pie de T. Nanée gritó, pero la madera ya se estaba partiendo.

Una cara fantasmagórica apareció por encima de ellos iluminada por el haz de la linterna y Nanée pensó que su padre venía ya a buscarla para llevársela con Dios.

—*Mon Dieu!* —dijo una voz masculina, acompañada por un brazo que emergió del pajar para sujetar a T por la muñeca mientras aparecía de la nada otro hombre para agarrar a Peterkin por el brazo.

—*Ne bougez pas* —dijo la voz, firme, directa y sorprendentemente tranquila.

El cerebro de Nanée estaba paralizado, incapaz de procesar el idioma francés. El hombre se impulsó hacia delante hasta quedarse colgando por la cintura, y sus manos, grandes y robustas, enlazaron la caja torácica de Peterkin y lo alzaron con cuidado hacia arriba.

T saltó el peldaño roto, haciendo un esfuerzo, y consiguió llegar al pajar.

Las caras miraron a Nanée desde arriba.

—Déjenme…, déjenme coger la linterna —pidió.

La expresión de las caras fue de perplejidad.

—¿La lin…? —dijo Nanée, y empezó a buscar mentalmente la palabra—. *La lampe de poche?* —Le temblaban las manos. ¿Sería capaz de bajar la escalera y volver a subirla?—. *Et mon chien, Dagobert.*

El segundo día circularon por carreteras secundarias muy lentas que atravesaban la campiña y zonas de pastoreo interminables, inquietantemente tranquilas a pesar de los soldados franceses en retirada y los restos de la guerra: rifles y ametralladoras tirados en las cunetas, cañones abandonados, algún que otro vehículo militar, vacío siempre de gasolina. Por la noche, llamaron a la puerta de un opulento *château* en las afueras de Le Berry para preguntar si podían pasar la noche en el granero, pero fueron informados por un pomposo mayordomo de que la condesa no aceptaba refugiados. Nanée no se había considerado hasta aquel momento una vagabunda, pero al oírlo cayó en la cuenta de que llevaba cerca de una década siendo una refugiada. Iba sucia. Estaba muerta de hambre, pero no quería comer nada que supusiera dejar a Peterkin sin alimento. Su padre se equivocaba: el dinero no podía comprarlo todo.

Probaron luego suerte con una granja modesta, donde una niña no mucho mayor que Peterkin llamó rápidamente a su madre diciendo: «¡Mamá! ¡Refugiados!», como si nada la complaciera más que ver finalmente en carne y hueso a aquellas criaturas extrañas sobre las que había oído hablar en la radio. La madre le preparó a Peterkin un cuenco amarillo enorme con leche caliente y a ellas la primera comida decente en dos días. Incluso Dagobert durmió estupendamente bien en aquella acogedora casa.

El tercer día, con menos tráfico, ascendieron colinas boscosas con castaños cargados de hojas, terreno pedregoso, pueblos más pobres. Justo después del mediodía llegaron a Guéret, donde encontraron la plaza llena de gente enfrascada en una intensa conversación y con expresión preocupada.

—¿Qué ha pasado? —preguntó Nanée mientras bajaba la ventanilla del coche.

El grupo de gente preocupada se quedó mirándola. ¿Era posible que no se hubiera enterado?

—El mariscal Pétain ha pedido un armisticio.

La guerra había acabado. En un solo mes, Francia no solo se había rendido, sino que además había desperdiciado cualquier poder de negociación que tuviera para conseguir la paz, suplicándola. En todas partes había empezado igual. En Austria, en Checoslovaquia, en Polonia. La gente se rendía sin presentar batalla. Y en aquel pequeño pueblo del centro de Francia, todo el mundo parecía aliviado por la decisión que se había tomado.

Lunes, 17 de junio de 1940
DINARD

Luki se despertó sorprendida con el sonido de alguien que llamaba a la puerta. Brigitte seguía durmiendo a su lado en la cama, en la casa grande, al lado del mar, pero *tante* Berthe ya había ido a abrir la puerta. Al otro lado de la ventana aún era de noche, pero hacia el final.

—No pasa nada, Pemmy, no tengas miedo —dijo en voz muy baja Luki.

Le palpó la bolsa donde vivía el minúsculo Flat Joey que le había hecho con papel doblado para que Pemmy no echara tanto de menos a su Joey de verdad. A simple vista parecía solo un papel lleno de números, pero Luki podía darle la forma adecuada siempre que quisiera.

Madame Bouchère, que siempre saludaba a Pemmy cuando iban a la carnicería, le estaba diciendo a *tante* Berthe:

—Los alemanes estarán aquí en cuestión de dos horas.

Los alemanes no gustaban a nadie. Por eso *tante* Berthe se había instalado allí con Brigitte y con ella, en la casa donde había vivido cuando era pequeña, porque no quería quedarse en París con los alemanes. *Mutti* y su papá eran alemanes, y también Luki, pero eran alemanes distintos de esos que nadie quería. Cuando Luki había preguntado qué tipo de alemanes eran ellos, *tante* Berthe se había quedado sin responder mucho rato, y al final le había dicho que su papá era fotógrafo, no soldado, y que todo el mundo querría siempre a Luki.

Tante Berthe y *madame* Bouchère estaban hablando sobre una barca. Una barca que zarpaba en tan solo dos horas, y *madame* Bouchère estaba diciendo que podía conseguir que Luki subiera a bordo.

—¿Sola? ¿A Inglaterra? —preguntó entonces *tante* Berthe—. Pero si apenas tiene cinco años.

—Los Klein se ocuparían de ella.

Pemmy le dijo al oído a Luki que no quería ir a ningún lado con los Klein, y que Flat Joey tampoco. A veces, el anciano *monsieur* Klein se ponía a gritar cosas sin sentido.

—No puedes retenerla aquí —dijo entonces *madame* Bouchère—. Nos pondrá en peligro a todos.

¿Y cómo la encontraría su papá si ya no estaba con *tante* Berthe?

Con mucho cuidado, Luki saltó de la cama con Pemmy y Flat Joey. Abrió el baúl que había a los pies de la cama, se metió dentro, cerró la tapa y se cubrió con las sábanas y las mantas que había. Se quedó allí, inmersa en un silencio amortiguado, abrazando a Pemmy. Oyó que *tante* Berthe la llamaba, pero se mantuvo en silencio, y Pemmy también. Echaba mucho de menos a su papá. A veces pensaba que a lo mejor se había ido con *mutti*. Pero cuando lo insinuaba, *tante* Berthe le recordaba que su papá le escribía una carta cada semana. «La gente que está en el cielo no puede escribir cartas», decía *tante* Berthe. Luki no sabía por qué no podían, pero debía de ser verdad, porque *mutti* nunca le había escrito ninguna carta. Aunque, últimamente, su papá tampoco.

—¿Dónde se ha metido Luki, Brigitte? —preguntó *tante* Berthe.

Brigitte no lo sabía.

Tante Berthe estaba como una histérica, y no paraba de repetir que tenían que encontrarla. Pero Luki siguió guardando silencio en el interior del baúl. Pemmy estaba asustada, pero no tan asustada como lo estaría de estar a bordo de una barca con los Klein rumbo a un lugar donde su papá jamás podría traerles al Joey de verdad.

Mientras *tante* Berthe miraba por la ventana, Luki y Brigitte estaban sentadas la una frente a la otra en el baúl, enlazando una cuerdecita entre sus dedos para formar figuras como la cuna del gato y la Torre Eiffel; Pemmy no tenía dedos, así que no podía jugar con ellas. *Tante* Berthe había dicho que vendrían unos hombres. Que no eran muy agradables. Y que cuando llegaran, Luki tenía que volver a jugar al escondite.

—Muy bien, niñas —dijo *tante* Berthe—. Ya llegan.

Brigitte salió del baúl para ir a la planta baja y esperar a que los hombres llamaran a la puerta. Y entonces iría a buscar a *tante* Berthe.

—Recuerda —le dijo *tante* Berthe a Luki— que esos hombres pueden ser malvados conmigo e incluso con Brigitte, pero tú no te preocupes. Limítate a permanecer callada dentro del baúl, jugando al escondite. No debes llorar ni nada de nada. Porque si esos hombres te encuentran, te llevarán con ellos.

Luki se tumbó sobre las mantas.

—¿Me llevarían con los ángeles, para estar con mi *mutti*? —preguntó.

Tante Berthe tiró de ella para sacarla del baúl y la abrazó con tanta fuerza que le clavó a Pemmy en los huesos.

—No, Luki, eso no debes ni pensarlo —dijo en voz baja *tante* Berthe, dándole un beso tras otro en la coronilla—. Eso no debes pensarlo.

Recostó a Luki en el baúl, con cariño, como siempre hacía su papá.

—Tú quédate aquí tumbada y piensa en cosas bonitas.

—¿Como cuando me cantaba mi papá?

—Sí, eso. Quédate aquí muy callada e imagínate que tu papá te está cantando hasta que yo vuelva. Pero solo tiene que cantar tu papá. No es necesario que cantes con él.

—Pemmy tampoco cantará —susurró Luki.

—Eres una niña muy buena, buenísima —dijo *tante* Berthe—. Pues ya está. Oigas lo que oigas, tú quédate dentro del baúl hasta que yo venga a abrirlo.

Tante Berthe la tapó con sábanas y mantas.

Luki abrazó a Pemmy y acarició una de las florecillas de la sábana que le cubrió la cara. Era una tela muy bonita. Muy suave. Olía al jabón que utilizaba *tante* Berthe para la colada, también al aire salado del exterior, porque *tante* Berthe tendía la colada fuera para que se secase, y olía además un poco a las rocas de la costa, donde el mar, al chocar, levantaba a veces grandes nubes de espuma, más grandes incluso que las que se veían desde el tronco de los sueños.

—No tengas miedo, Pemmy —musitó Luki cuando la tapa del baúl las dejó sumidas en la oscuridad—. Tú eres muy veloz, como todos los canguros. Puedes escapar de quien sea.

A Pemmy no le gustaba nada aquel juego del escondite, que ahora había dejado de ser un juego.

Oyó entonces la voz de Brigitte que decía: «Ya llegan a la puerta, *maman*», junto con un sonido metálico en la parte exterior del baúl, justo por encima de su oído. Y luego pasos, los de *tante* Berthe y Brigitte yéndose.

El sonido del mar al otro lado de la ventana era más potente aquí que en la casita que compartía con su papá, y Luki seguía oyéndolo, igual que lo oía desde la cama por las noches. Y oyó también otra cosa en el interior de su cabeza, a su papá cantándole como lo hacía cuando se sentaban en el tronco de los sueños. *Wie ist die Welt so stille.*

Tante Berthe estaba hablando con los hombres. Los hombres no se estaban callados como Pemmy y ella, sino que no paraban de hablar con una voz fuerte y ronca. No sonaban en absoluto agradables. Luki tenía a Pemmy cogida de la mano e intentaba retener en la cabeza la voz de su papá.

Pemmy tenía mucho calor y estaba muy asustada, y quería saber, aunque no lo decía, cuánto tiempo continuaría la canción. Y entonces, de pronto, las voces desagradables se acercaron. *Tante* Berthe no paraba de decirles a los hombres que haría lo que ellos le pidieran pero que lo sentía mucho, que no entendía qué le estaban preguntando. Las palabras que utilizaban aquellos hombres eran algunas de las que salían en la canción, palabras como las de su papá. ¿Sabrían aquellos hombres dónde estaba su papá? Quería preguntárselo, pero le había prometido a *tante* Berthe que no emitiría ni un solo sonido.

Los hombres estaban preguntando ahora sobre el baúl, sobre la cerradura.

Luki experimentó una oleada de miedo. ¿Estaba encerrada con llave allí dentro? ¿Acaso no sabía *tante* Berthe que se portaría bien? Ella era muy buena niña y Pemmy era muy buena canguro, e incluso Flat Joey se portaba muy bien.

—No los entiendo, lo siento.

La voz de *tante* Berthe no sonaba muy bien. Demasiado aguda. Hablaba como Pemmy cuando estaba asustada.

—*Diese französischen Idioten* —dijo uno de los hombres.

Se oyó un traqueteo justo al lado del oído de Luki, un traqueteo rabioso y una voz pidiéndole a *tante* Berthe que abriera el baúl.

Luki se hizo pipí encima. Ni se dio cuenta de que se le había escapado hasta que se le escapó. No pudo evitarlo. Aunque hacerse pis no hacía ruido.

—Lo siento, no los entiendo —seguía repitiendo *tante* Berthe.

—*Der Schlüssel!* —insistió el hombre.

Luki sí que lo entendía. Quería la llave. ¿Debería decírselo a *tante* Berthe? El hombre parecía muy enfadado, como si estuviese a punto de pegar a alguien.

Lunes, 17 de junio de 1940
LA BOURBOULE

—Puedes irte, Nanée —dijo T—. Puedes irte a América. Podrías llevarte a Peterkin contigo. Podrías decir que es tuyo.

Estaban en La Bourboule, en los altos picos de la región de la Auvernia, donde los Anglada, médicos ambos y amigos de la familia de Danny, gestionaban un balneario para niños con enfermedades respiratorias. Los árboles estaban llenos de pájaros cantándole al sol matutino y Dagobert se sentía feliz, adorado por todos los niños. Allí no había ni rastro de guerra, aunque Nanée no sabía muy bien si era porque Francia había pedido la paz o porque estaban en un lugar muy remoto. Mientras se preparaban para continuar, después de haber desenganchado el remolque para ahorrar gasolina, ahora que habían conseguido ayuda, Nanée intentó imaginar cómo sería todo si se quedaban. Pero aún había barcos que zarpaban de Burdeos hacia Inglaterra, o ese era al menos el rumor, y en solo unos días, en cuanto se firmara el armisticio, una litera en un barco con destino a un país enemigo sería imposible de obtener.

—Desde Burdeos, zarparemos en un barco hacia Inglaterra, T —dijo—. Los cuatro: tú, yo, Peterkin y Dagobert.

T miró por encima del remolque a Nanée.

—Me hice francesa cuando me casé con Danny. Ya no soy británica, y Peterkin no lo ha sido nunca.

Dagobert, percibiendo el estado de alarma de Nanée, le dio un golpecito en el brazo y se acurrucó bajo su mano. Nanée le acarició el pelaje recién lavado y se esforzó por mantener la calma. Ella tenía pasaporte estadounidense. Disfrutaba de la neutralidad norteamericana. Seguiría sana y salva incluso en una Francia ocupada por los nazis, al menos por unos días. Sin embargo, T estaba casada con un hombre que había ayudado a los que desafiaban a Hitler. Peterkin —Pierre Ungemach Bénédite— era hijo de un hombre que podía estar muy fácilmente en una de esas listas que los nazis llevaban con ellos cuando conquistaban un país, para ser arrestados por haber desafiado al Reich.

—Podría solicitar recuperar la nacionalidad británica —dijo T— y salir de Francia solo si Danny estuviera…

Estuviera muerto.

El deseo de huir se apoderó de Nanée. Incluso armada con la neutralidad norteamericana, le daba miedo lo que estaba por llegar, cómo sería la vida bajo la ocupación alemana. Era un miedo irracional, y no lo era a la vez. Estaba ayudando a Danny al ayudar a su familia, y la Gestapo era tan desagradable con aquellos que ayudaban a sus enemigos como con dichos enemigos.

Nanée se concentró en el contacto con la lengua rasposa de Dagobert, que le lamía la muñeca, en el calor reconfortante de su amor. Podía llevarse a Peterkin. Nadie la culparía por ayudar a un niño. Y llevarse con ella a Peterkin a un lugar seguro de los Estados Unidos le permitiría marcharse con la dignidad intacta.

Dios, pero ¿realmente le preocupaba su dignidad?

Abrazó a Dagobert contra ella como si fuese su hijo y escuchó la voz de su padre: «Eres una chica muy valiente». Volvía a tener siete años. Volvía a estar en Marigold Lodge. Habían encendido una hoguera junto al lago, o se la habían encendido los criados, y sus hermanos y ella estaban sentados en un árbol caído al que llamaban el «tronco sofá», asando malvavisco. Los adultos estaban sentados en sillas instaladas allí expresamente durante la temporada y un fotógrafo de uno de los periódicos de Grand Rapids tomaba fotografías para las páginas de sociedad justo en el momento en que la hoguera emitió una explosión y lanzó una magnífica nube de chispas. Una brasa impactó contra la palma de la mano de Nanée, sorprendiéndola de tal manera que no pudo hacer más que quedarse mirando fijamente la quemadura mientras su padre se acuclillaba para ponerse a su nivel, le cogía la mano y le estampaba un beso en el lugar del contacto. «Eres una chica muy valiente —le dijo—. Ni siquiera has llorado». A la mañana siguiente, salió publicada en los periódicos una fotografía de aquel momento, con un pie que insinuaba que Nanée estaba hecha de la misma madera que su padre, una fotografía que su padre acabó enmarcando y que colocó en su mesa de trabajo. Y al final le legó Marigold Lodge. La casa y el terreno, que se extendía hasta el tronco sofá y el lago. «Para mi chica valiente», había dejado escrito en el testamento, como si lo que el periódico había publicado en su día sobre Nanée tuviera algo de verdad. Cuando su padre murió, Nanée le pidió a su madre que le enviara aquella foto. Pero la fotografía que le había enviado su madre era la de Nanée con su padre después de que ella ganara el concurso de tiro al blanco con catorce años, y cuando le pidió otra vez la foto del periódico, su madre no supo ni de qué le estaba hablando.

Nanée miró la cara suplicante de T y luego miró a Dagobert y le tiró de las orejas. Dagobert meneó la cabeza, con ese gesto tan suyo.

—Todo irá bien, T —dijo—. Encontraremos un barco que nos lleve de Burdeos a Inglaterra. Diremos que has perdido la documentación. Nadie pondría en duda que eres británica. Y nadie pondría en duda que Peterkin es tu hijo.

Incluso circulando en punto muerto en las bajadas para ahorrar combustible, llegaron a Brive en reserva y, después de esperar una hora en la cola de la estación de servicio, uno de los coches que tenían delante acabó con la poca gasolina que quedaba. Era primera hora de la tarde. Al menos, había por allí un hotel decente donde, durante la cena —con Brive lleno a rebosar de refugiados—, T comentó que se había encontrado con una conocida.

—Una mujer infame que estuvo un día a punto de llegar a las manos con Danny. Una archirreaccionaria. Estoy segura de que su marido debe de haberse instalado ya en algún puesto de alto nivel del gobierno derrotista de Pétain. Pero tiene un coche, tiene gasolina y está tratando de llegar a Burdeos con esa bestia fascista que tiene por marido.

—Estoy segura de que no tenemos necesidad de llegar a estos extremos, a tener que meternos apretujadas en un coche con un fascista —replicó Nanée—. Lo que sí podemos hacer es comprarle algo de gasolina.

—No te venderá ni una gota, y no puede llevarnos a todos, o no quiere hacerlo. Solo tiene espacio para una persona más. Y ha accedido a llevarte con ella.

—¿A mí? ¡Pero si ni siquiera me conoce!

—Considera que eso de tener un pasaporte estadounidense en el coche es una ventaja. Hay espacio para ti y para que Peterkin viaje en tu falda. Llévatelo, hazlo por mí, Nan. Por Danny y por mí. Llévatelo a los Estados Unidos contigo.

—Pero…, pero si ni siquiera tenemos un pasaporte para él.

—La situación es caótica. Con la caída del gobierno francés, los norteamericanos están cargando barcos con su gente para llevarlos a un lugar seguro.

—Pero, T…

—Me llevaré a Dagobert conmigo a La Bourboule —insistió T—. Los niños de allí lo adoran. Entre todos lo cuidaremos bien.

Abrazó a Nanée con pasión, como si Nanée ya se hubiera mostrado de acuerdo.

—Gracias, Nanée, por salvar a mi hijo.

EN UNA CARRETERA DE BRETAÑA

Luki iba sentada en el coche justo al lado de *tante* Berthe, y así tenía menos miedo; *tante* Berthe conducía muy rápido. Luki llevaba el vestido blanco que lució Brigitte el día de su primera comunión, y *tante* Berthe no paraba de repetirle que, si le preguntaban, Luki tenía que decir que era católica, y que Pemmy también, que Pemmy era una profesora canguro católica.

—No eres una niña judía, eso lo has entendido bien, ¿verdad?

Luki movió la cabeza en un gesto afirmativo, aunque no entendía nada de nada, pero sabía que era importante porque *tante* Berthe no paraba de repetírselo. Esta vez solo se cambiaban de casa Luki y Pemmy, para ir a vivir con la hermana de *tante* Berthe, o con todas sus hermanas, en una iglesia donde Luki se arrodillaría, por mucho que su papá no se arrodillara nunca en esas iglesias. Temía que, si le decía de nuevo a *tante* Berthe que no lo entendía, *tante* Berthe rompiera a llorar, pero tampoco es que le gustara mentir. Su papá le había dicho que no tenía que mentir nunca. De modo que se limitó a asentir con la cabeza, lo cual imaginaba que no era mentir, porque mentir se hacía con palabras.

El coche siguió avanzando a toda velocidad. Al otro lado de la ventanilla, se veían vacas comiendo hierba.

—Si Pemmy fuese una vaca —dijo Luki—, comería hierba. Pero Pemmy no es una vaca.

—Si Pemmy se quedara sin nada que comer, podría comer hierba. A veces, tenemos que fingir que somos un poco distintos a lo que en realidad somos.

Luki rio entre dientes, imaginándose a Pemmy comiendo hierba del suelo. Pemmy no lo encontró muy gracioso, pero Flat Joey Letras sí que rio con ella.

—Luki —dijo *tante* Berthe—, si alguien te pregunta, dile que tu papá también se arrodilla. Estoy segura de que él querría que dijeras eso. Porque así estarás más segura.

—A Pemmy le gustaría que papá viniera a buscarnos.

Tante Berthe extendió un brazo para atraerla hacia ella mientras que con el otro seguía manejando el volante.

—Le explicaré a Pemmy que no pasa nada, aunque no podamos recibir las cartas de papá —dijo Luki—, porque él sigue escribiéndolas. Sé que no está con los ángeles porque nos escribe cartas, aunque hayamos tenido que echarlas todas al fuego.

Tante Berthe se quedó un buen rato sin decir nada. Luki se preguntó si sabría de la existencia de Flat Joey Letras y de la fotografía que supuestamente Luki no debía conservar. Luki había creado a Flat Joey Letras antes de echar a Flat Joey Números al fuego. Le había dicho a Pemmy que no pasaba nada porque los Flat Joey no eran de verdad, sino solo una manera de recordar que Joey estaba sano y salvo con su papá, donde quiera que estuviese su papá.

—Luki —dijo *tante* Berthe—, tu papá aún te escribe. Sé que lo hace. Igual que el papá de Brigitte también le escribe a ella. Sus cartas no pueden llegarnos en estos momentos. Pero te prometo que tu papá está escribiéndote.

Martes, 18 de junio de 1940
BRIVE

Nanée se vistió aquella mañana con sus pantalones de franela gris favoritos y algunas de sus mejores joyas —un anillo de diamantes y sus pendientes de esmeraldas—, pero con el collar de perlas de su abuela debajo de la blusa, el broche de diamantes que llevaba generaciones en manos de la familia de su padre prendido en la parte interior del bolsillo del pantalón y la pulsera de piel de Schiaparelli, que solo le había pertenecido a ella, escondida también allí. No había cogido más que unos pocos productos de aseo con la intención de reservar el espacio de la pequeña bolsa que podría llevar a los pies para el conejito de Peterkin y su ropa. T estaba cumpliendo con las formalidades de prepararlo todo y su voz, que siempre se había mostrado tan firme, sonaba ahora plana y sin expresión, pronunciaba las palabras necesarias y ni una sola más. T no podía permitirse que sus sentimientos se interpusieran porque, si lo hacían, sabía que sería incapaz de hacer lo que estaba haciendo, y tenía que hacerlo. Nanée la entendía perfectamente.

En el coche que los llevaría hasta Burdeos —un modelo barato que ningún norteamericano valoraría de forma especial—, su propietario fascista la miró con decepción, preguntándose sin duda si Nanée era realmente el tipo de norteamericana que les abriría las carreteras que pudieran encontrar cerradas. La criada de la mujer infame iba sentada en el asiento de atrás, rodeada de maletas apiladas de forma tan precaria que Nanée pensó que a la primera curva la pobre chica acabaría recibiendo un golpe en la cabeza. Era evidente que aquella mujer valoraba más sus posesiones que la vida de los demás.

Nanée les ofreció la mejor de sus sonrisas.

—Muchas gracias por acceder a llevarnos a Pierre y a mí.

Pierre. Sonaba más de clase alta que Peterkin. Un detalle que resultaría importante para aquella tonta.

T concentró toda su atención en Peterkin. Posó las manos en sus pequeñas mejillas y lo forzó a mirarla a los ojos.

Nanée se agachó para quedarse a la altura de Dagobert. Era incapaz de ver a T despidiéndose de su hijo. Le resultaba insoportable, pensando en lo insoportable que le iba a resultar a ella despedirse de Dagobert.

Se quitó el pañuelo de seda blanca —bastante menos limpio que el primer día— y lo anudó alrededor del cuello de Dagobert. Así olería a ella. Le dio dos besitos, a la manera francesa, dejándole sendas manchas de pintalabios en las mejillas.

—Yo tampoco quiero irme —le susurró—. Pero es por Danny.

Dagobert le dio un lametón en la muñeca, luego en la cara. Nanée le dio unos golpecitos cariñosos en el lomo y volvió a estamparle dos besos.

—Estoy segura de que incluso esos alemanotes te querrían —dijo.

Se alegraba de que no pudiera entender lo que le estaba diciendo.

Enterró la cara entre el pelaje de Dagobert, abriendo tanto la boca que incluso pudo saborearlo, saborear su pelo y su naricilla negra, esos ojos que no habían dejado nunca de quererla, ni siquiera en sus momentos de cobardía.

Subió al asiento del lado del acompañante, T le instaló a Peterkin en la falda y ella cerró la puerta para que no tuviera que hacerlo T. Se negó a llorar, incluso cuando se pusieron en marcha, con Peterkin abrazado a su conejito y mirando a través de la ventana a T y a Dagobert.

AMBOISE

Luki no quiso mirar aquellas ventanas tan bonitas de colores porque había un hombre que daba miedo y sangraba por culpa de una corona de espinas que llevaba en la cabeza. La iglesia le había parecido muy hermosa cuando había estado allí antes con la hermana Therese, cuando el hombre con la túnica estaba hablando, se oía música y la monja le había dado la mano a Luki y había cantado con una voz muy melodiosa. Olía como al humo de esa pipa que fumaban los amigos de su papá, y la Dama María no le daba miedo, porque era la *mutti* de Dios, aunque Luki ya no podía decir nunca más la palabra *mutti*. La madre superiora decía que a su *mutti* tenía que llamarla *maman* y que nadie tenía que saber que Luki era alemana.

—Ya sé que da miedo, pero es lo que hacen las buenas niñas católicas —le dijo Luki a Pemmy mientras recorría con cautela el pasillo lateral, donde sabía que encontraría a la Dama María, manteniéndose lo más alejada posible de la pared y de esas pinturas terribles.

Pemmy era ahora una profesora canguro católica y ella era una niña católica, y las niñas católicas iban a la iglesia y rezaban, que consistía en arrodillarse y hablarle a una estatua. A Luki no le gustaba nada aquel hombre que sangraba, pero la cara de la Dama María era hermosa y por eso había decidido rezarle a ella.

Contuvo un grito: ¡el hombre que sangraba estaba allí tumbado y tenía el brazo extendido, como si quisiera agarrarla!

Se volvió y echó a correr lo más rápido que pudo, para desandar el pasillo, cruzar la puerta y salir al sol, que era tan brillante que la cegó.

* * *

En el sótano estaba incluso más oscuro que en la iglesia. Luki se acurrucó al lado de la hermana Therese. Estaba muy cansada. Quería dormir, pero aquellos bums sonaban muy fuerte y lo hacían temblar todo. Descansó la cabeza sobre Pemmy, notando los bordes de Flat Joey Letras y la fotografía que escondía en su bolsa.

—No tengas miedo, Pemmy —dijo, intentando hablar con el mismo tono con el que le hablaba la hermana Therese.

La hermana Therese también parecía asustada cuando le decía aquello, pero oír su voz le hacía sentirse mejor.

Se oyó otro bum y luego más ratatatá, así una y otra vez, y más voces de hombres, no voces amables como la de su papá, sino gritos. Voces malas. Algunas hablando con las palabras de antes y otras con las de ahora, pero incluso las voces que hablaban con las palabras de ahora sonaban muy enfadadas.

Otra vez más bums, uno tras otro, y tras otro, y tras otro. La hermana Therese sentó a Luki en su falda y se puso a cantarle al oído para que no pudiera oír los bums. Las otras monjas cantaron con ella; Luki oía sus voces entre aquellos sonidos que daban tanto miedo. Intentó escuchar solo las voces, intentó pensar en los ángeles sobre los que cantaban las monjas, los ángeles que estaban con su *mutti*, que le cantaba siempre al ir a dormir antes de que su papá fuera el único que lo hiciera. *Il te couvrira de ses plumes; tu trouveras un refuge sous ses ailes.* «Te cubrirá con sus plumas, encontrarás refugio bajo sus alas».

Sábado, 22 de junio de 1940
CAMP DES MILLES

—Tienes que venir con nosotros, te lo digo de verdad —insistió Max.

Pero Edouard se limitó a seguir mirando entre los barrotes de la valla mientras la cola avanzaba hacia el otro lado de la puerta de Camp des Milles, en dirección a los vagones que estaban esperando. Sabía que Max tenía razón, que bastaba con escuchar las noticias de la retirada, regimiento tras regimiento, camión tras camión, tanque tras tanque. Si los internos seguían en el campo cuando los alemanes invadieran Aix-en-Provence, sus circunstancias se volverían muy complicadas.

Por la mañana, cuando Edouard se había despertado, había visto que Walter Hasenclever, que dormía separado de él por solo una maleta, no se movía. Incluso con la tenue luz que se filtraba a través de una ventana alejada y sucia, había sabido que el novelista checo estaba muerto, que en algún momento de la noche se había tomado la sobredosis de veronal que llevaba encima cuando había sido internado en el campo. Sin embargo, más de dos mil de los tres mil internos del campo habían decidido recoger su documentación y subir a bordo del tren que los conduciría hasta la frontera para intentar salir del país antes de que llegaran los alemanes. Goruchon, el comandante del campo, había tomado la decisión de dejar en libertad a los hombres; la subprefectura no sabía nada al respecto.

Max volvió a gritarle a Edouard:

—¡No seas loco! ¡Ven con nosotros!

—¿Y dejar a las pobres pulgas, piojos y chinches sin nadie de quien alimentarse? —replicó Edouard.

No estaba loco, pero el tren permanecería cerrado hasta que cruzaran la frontera, y en cuanto estuviera en España ya no habría marcha atrás, ninguna manera de conseguir localizar a Luki en Francia.

Antes de que los alemanes tomaran París, había podido escribirle una vez por semana y había ido recibiendo cartas de Berthe y de ella, pero no tenía noticias de Luki desde aquella carta que le había escrito ella sola, que guardaba en el bolsillo. No sabía si Berthe y su hija habían salido de París, si Berthe se había llevado a su hija con ella, ni dónde podían estar en caso de haberlo hecho. Pensar que Luki estuviera viviendo con Berthe bajo el dominio nazi resultaba aterrador. Pero también lo resultaba la idea de que pudiera estar en cualquier otro lugar de Francia, o incluso del mundo, sin él saber dónde.

No quería esperar a que el tren se marchara. No quería darle tiempo al miedo para que lo tentara a cambiar de idea. Regresó a su colchón de paja bajo la bombilla y abrió la maleta. Sacó la Leica y la dejó a un lado. Cogió una hoja de papel de carta y, sin separar una mano de la cámara, empezó a escribir con la letra más diminuta que le fue posible. «Luki mía…». Otra carta que no podría enviar.

Tenía que haber una salida. Tenía que haberla. No era tan ingenuo como para pensar que Goruchon abriría las puertas y permitiría que Edouard y los demás se fueran de allí. El comandante del campo estaba corriendo un gran riesgo incluso con el tren, pero un tren entero cerrado siempre podía explicarse como un grupo de prisioneros en tránsito perdidos en el caos de la invasión alemana. Cualquier otra cosa marcaría el destino de Goruchon cuando los alemanes entraran en Aix-en-Provence. Pero con el caos de la invasión, habría una manera de salir de allí, igual que la había habido de salir de Alemania.

Aunque para Elza no había habido salida.

Sábado, 22 de junio de 1940
BIARRITZ

Era la cuarta vez en cuatro días que Nanée visitaba el consulado norteamericano en Biarritz, en busca de un permiso que le permitiera llevarse a Peterkin a los Estados Unidos. A pesar de los contactos de la mujer infame que los había conducido hasta allí y de su excepcional habilidad para dar marcha atrás y acelerar para sortear controles insalvables, no había habido manera de llegar a Burdeos. Nanée y Peterkin habían llegado con ella hasta un *château* en las afueras de Biarritz, donde Nanée había pasado una sola y larga noche aterrada ante la certidumbre de los amigos fascistas de aquella mujer de que Hitler traería la paz y el orden a Francia. A la mañana siguiente, había reservado habitaciones en un hotel de la ciudad donde se había alojado anteriormente tan a menudo que el conserje la recordaba a la perfección. Había contratado los servicios de una chica para que cuidara de Peterkin, se había comprado un traje de chaqueta en su tienda favorita —se arrepentía de haber dejado en el remolque en La Bourboule el Robert Piguet con el que era capaz de convencer a cualquiera— y se había consagrado a intentar abrirse camino entre los burócratas.

—Tal y como mis colegas le han explicado —estaba diciéndole el último burócrata del grupo—, usted puede marcharse cuando desee. Tiene su pasaporte en vigor. Pero no podemos permitir que se lleve con usted a este niño francés sin pasaporte y sin un visado de salida francés válido.

Nanée se preguntó si no habría alguna manera de saltarse a aquel bruto burócrata y seguir adelante sin tener que pasar por él.

—Para cuando obtenga el permiso de los franceses —insistió Nanée—, el armisticio ya estará más que firmado. Y cualquier permiso que los franceses me concedan hoy es muy posible que no sea válido mañana.

El asqueroso funcionarillo replicó:

—En este caso, debería estar preguntándose por qué sigue aquí sentada en vez de correr a preguntar a las autoridades francesas.

Nanée presentó su pasaporte en la prefectura francesa de Bayona, como si fuera ese el único documento que pudiera necesitar para zarpar hacia los Estados Unidos con un niño francés. El hombre del otro lado del mostrador lo examinó como un joyero examinaría con lupa una joya para saber si era falsa.

—Por supuesto que puede obtener un visado de salida en cualquier momento —dijo.

Nanée le dio el nombre de Peterkin acompañado por su apellido.

—Tendré que ver el pasaporte del niño —dijo el funcionario.

¿Cómo era posible que, cuando deberían estar presas del pánico, las autoridades francesas estuvieran mostrando una habilidad excepcional para aferrarse al «no» como respuesta para cualquier cosa? Pero Nanée sabía que no podía correr el riesgo de ofender el frágil orgullo francés de aquel patán.

Le explicó al hombre que Peterkin había sido separado de su madre en el transcurso del vuelo desde París; una historia que podía relatar con la confianza de una mujer que cuenta la verdad.

Al hombre le daba igual.

—Peter tiene una tía en Maine que se ocupará de él —le explicó—. No pretenderá usted que un niño norteamericano permanezca en Francia durante una guerra.

—La guerra ha terminado, *mademoiselle.*

Nanée bajó la vista, mostrándose tan avergonzada como le fue posible. Dijo entonces en voz baja:

—La verdad, señor, es que es hijo mío.

El hombre fijó la vista en las manos de Nanée, desprovistas por completo de anillos.

—Solo mío. El padre no tiene ni idea de su existencia.

Lo dijo evitando la palabra «ilegítimo», lo que llevaría a aquel hombre a pensar peor de ella. Y a mostrarse menos compasivo. Menos dispuesto a ayudarla.

—Eso tendrá también que demostrarlo, *mademoiselle* —replicó el funcionario, escupiendo la última palabra casi con asco.

Por el amor de Dios, ¿de verdad había tropezado con el único hombre absolutamente mojigato de toda Francia?

No se quedó a la espera de que le explicara lo que ya sabía: que incluso los hijos ilegítimos tenían su partida de nacimiento.

De vuelta en el hotel, envió un telegrama que confiaba en que le llegara a T. Había fracasado. Era necesario que se reunieran en alguna parte para poder devolverle a Peterkin, aunque no tenía ni idea de cómo gestionar el encuentro. Los trenes no funcionaban y se había quedado sin coche, y tampoco tenía la certeza de que le permitieran llevarse a Peterkin donde ella quisiera.

Sin nada más que hacer, se despertó a la mañana siguiente, miró si había respuesta de T, aunque sabía que era imposible que hubiera llegado ya, y salió con Peterkin a dar un paseo por la playa para que jugase con la arena.

Una semana más tarde, sin haber recibido aún noticias de T, un retumbo despertó a Nanée, un sonido que interpretó sin haberlo escuchado jamás. Saltó de la cama, se puso un pantalón, cogió en brazos a Peterkin, que seguía dormido, y bajó corriendo a un vestíbulo que estaba iluminado por una sola lámpara encendida sobre el mostrador vacío de recepción.

Desde allí, el pum, pum, pum de las botas sobre la calzada era ensordecedor, pero el niño seguía durmiendo.

Se sumó al desaliñado recepcionista del hotel, dando la espalda a los salones donde, en los años pasados, había bailado, bebido champán y coqueteado con hombres vestidos de esmoquin, sin imaginarse jamás que aquellos tiempos tocarían a su fin.

Abrazó a Peterkin con más fuerza cuando empezó a divisar una riada interminable de vehículos y tanques y armas alemanas desfilando por la calle, soldados marchando en ordenada formación, altos y rubios, bien afeitados y quizá guapos, si no sabías que eran tan horripilantes. Inspiró hondo para aspirar el olor ligeramente agrio del pelo y el cuero cabelludo de Peterkin, un niño dormido que no era su hijo, que nunca lo sería. Le acarició la cara con la nariz y le susurró, a él o al dios que estuviera cuidando de ellos, aunque eso era difícil de imaginar:

—Así que han llegado.

SEGUNDA PARTE

DOS MESES DESPUÉS
Septiembre de 1940

«Villa Air-Bel llegó a nuestras vidas, primero como una casa lejos de la ciudad para los Bénédite y para mí. [...] Los surrealistas que se encontraban en la región no tardaron en acercarse para disfrutar de la compañía de Breton y de tardes y noches de conversación y juegos. [...] Curiosamente, rara vez nos referíamos a la casa como Air-Bel o "la villa", sino que la llamábamos el *château*, lo cual era una exageración tremenda y no tenía razón de ser en boca de gente tan democrática y de izquierdas».

Mary Jayne Gold, *Crossroads Marseilles, 1940*

Jueves, 5 de septiembre de 1940
MARSELLA

En el paseo marítimo de Marsella, donde Nanée siempre había comprado postales, cacahuetes y helados Eskimo Pic, la voz ronca de un solo vendedor ambulante ofrecía un periódico que nadie quería leer. Francia había aceptado la paz bajo términos muy onerosos: los alemanes tenían retenidos a dos millones de prisioneros de guerra franceses, habían obtenido fuertes compensaciones económicas y habían dividido Francia en dos. Alemania controlaba el norte y la costa atlántica, mientras que Philippe Pétain, el primer ministro de la Francia de Vichy, tan autoritario como Hitler y sometido a él, exigía un «nuevo orden moral» en el sur y sustituía el lema francés de *Liberté, égalité, fraternité* por el de *Travail, famille, patrie* —trabajo, familia, patria—, con lo que se pretendía avergonzar a cualquier mujer que se atreviese a cortarse el pelo a lo chico, tomar una copa, ponerse a trabajar o llevarse a un hombre a la cama. Nanée había aprovechado el interés de los nazis por alejar a los extranjeros de los puertos del Atlántico para conseguir reunir de nuevo a Peterkin con T, que estaba entonces en Tours para visitar a la madre de Danny y había dejado a Dagobert con los adorables niños de La Bourboule. Nanée consiguió billete en un tren de carga para viajar con Dagobert, su coche —que T había llevado hasta allí— y el remolque con sus cosas. Pero no soportaba la idea de regresar a un París ocupado por los nazis, razón por la cual acabó instalándose en Marsella, una ciudad infestada de ratas, repleta de burdeles y absolutamente siempre soleada.

Su intención era volver a casa a bordo de un Clipper de Pan Am desde Portugal o, en caso de no conseguirlo por esa vía, en un barco en el que tendría que rezar para que los submarinos alemanes respetasen la neutralidad. Pero cuando llegó el momento de abandonar Francia, no fue capaz de imaginarse qué haría cuando llegara a los Estados

Unidos. ¿Se instalaría en la casa de Evanston con su madre y Misha? ¿Viviría sola en Marigold Lodge? ¿Se quedaría en Nueva York con la esperanza de contribuir de algún modo al esfuerzo de la guerra, a pesar del terco aislacionismo de su país y de su total falta de habilidades para hacer algo en ese sentido? Renovó, pues, su permiso de residencia y se quedó en una ciudad donde se hablaban todos los idiomas, donde los refugiados provocados por las purgas de Stalin y Hitler, después de recorrer Europa, abarrotaban los hoteles, las cafeterías y los tranvías, junto con los soldados cipayos, zuavos y senegaleses que habían combatido con los franceses y pretendían volver a casa.

Con los mejores hoteles llenos, se consideró afortunada al poder encontrar una pequeña y oscura habitación en el Continental, demasiado cerca del puente transbordador del puerto viejo y de los pesqueros para ser elegante, incluso sin el papel pintado descolorido de las paredes, con unas flores en tonos azules imposibles de encontrar en la naturaleza. Pero la habitación tenía —además de una cama con deslustrado cabezal de latón, un tocador, un armario, tres sillas de respaldo recto dignas de una cámara de torturas, una mesa de madera clara y una única lámpara de sobremesa de color rosa— un cuarto de baño privado con un lujo definitivo: una bañera con patas.

Colocó la fotografía de ella y de su padre en el tocador, al lado de la fotografía artística de la mujer que parecía estar nadando en agua sucia, *Ser un ángel*, y llenó la habitación con sus libros. Almacenó en el armario latas de carne, galletas y chocolate, también botellas de *whisky* y vino en la estantería superior, donde había guardado su Webley. Y pagó un precio exorbitante por una radio de tres bandas con armazón de madera de nogal astillada, mandos descascarillados de baquelita y un dial doble de latón totalmente intacto, con la que podía sintonizar las noticias de la BBC.

Su amiga Miriam Davenport vio su nombre en una lista del consulado norteamericano y enseguida empezaron a pasar todo su tiempo juntas. Miriam no podía ser más distinta de Nanée. Llevaba el pelo rubio ceniza peinado con raya en medio desde la frente hasta la nuca y recogido en dos trenzas sujetas en lo alto de la cabeza, recordando más a la caricatura de una lechera que a una graduada por el Smith College que estaba en Francia con una beca Carnegie. Su risa era escandalosa y la ropa le caía sin ninguna gracia. Estaba prometida; se había desplazado hasta Marsella para encontrar la manera de llegar hasta su prometido, que estaba desplazado en Yugoslavia. Igual que Nanée, había perdido a su padre, pero mientras que el padre de Nanée le había dejado una fortuna, el de Miriam solo le había dejado deudas.

Se reunían cada tarde a última hora en el Pelikan Bar, donde Miriam saludaba siempre a Dagobert exclamando «¡Hitler!, ¡Hitler!», un nombre que solo con su mención le provocaba unos ladridos de loco, con lo que hacía reír a todo el mundo. Cenaban fuera, puesto que el racionamiento de carne y de pan no aplicaba aún a los restaurantes, luego seguían en algún bar con sus conversaciones, que giraban siempre en torno a cuándo acabarían los alemanes ocupando toda Francia. Las noches solían acabar con amigos, apiñados en la habitación del hotel de Nanée para escuchar el noticiario de la una de la madrugada de la BBC, y turnándose para sumergirse en la bañera de Nanée: una radio, una copa y un baño, lujos que Nanée se sentía feliz de poder compartir.

Nanée caminaba con Dagobert, sujeto por la correa, en dirección al Hôtel Splendide, donde Miriam iba a presentarle a su jefe, Varian Fry. Fry había llegado recientemente a Marsella, enviado por el Centre Américain de Secours, o CAS —Comité de Rescate de Emergencia Norteamericano—, de reciente formación, con una lista de alrededor de doscientos artistas e intelectuales destacados: Picasso, Chagall, Lipchitz y Matisse; escritores como Hannah Arendt; ganadores del Premio Nobel; e incluso el periodista que había puesto al Partido Nacional Socialista Alemán el apodo de «nazi», que en bávaro significaba 'palurdo' o 'simple', un mote que se extendió de tal manera que a Hitler no le quedó otro remedio que adoptarlo. Fry estaba trabajando con el pretexto político de ofrecer una ayuda legal a los refugiados y la posibilidad de «afiliarse» al CAS, bajo el amparo de la respetada Cruz Roja de los Estados Unidos, para de este modo gestionar discretamente la huida ilegal de Francia para todos aquellos que estuvieran incluidos en la lista. A buen seguro, ese tal Fry podría beneficiarse de alguna manera de la ayuda de Nanée, y también de su dinero.

Pero Varian Fry se mostraba incluso reacio a conocer a Nanée, le había advertido Miriam; no creía que gente como Nanée tan siquiera existiese.

«¿Se imagina que soy una espía de la Gestapo, de Vichy o de ambos a la vez?», había dicho Nanée cuando Miriam se lo había comentado, y ambas se habían echado a reír, porque se reían de todo.

A lo que Miriam le había respondido, de forma práctica: «Me temo que Varian piensa que el espionaje funciona así, infiltrando a mujeres guapas».

Nanée quería hacer algo para ayudar, igual que lo querría cualquier persona decente en aquel nuevo mundo tan espantoso. Después de haber fracasado en el intento de sacar a Peterkin de Francia y de localizar a Danny, estaba empeñada en conocer a alguien que supiera qué se traía entre manos. Y entre los nombres de la lista de Varian Fry había mucha gente a la que Danny había gestionado los permisos de residencia antes de la guerra. Si no podía ayudar a Danny o a su familia, tal vez sí pudiera ayudar a aquellos a los que Danny había ayudado.

Nanée cruzó un vestíbulo repleto de refugiados, pálidos y demacrados todos a pesar de que el largo verano de la Provenza estaba tocando a su fin, y desesperados después de muchos días vestidos con la misma ropa y escondidos en cuartos sucios y reducidos. Subió por la escalera hasta la habitación 307, una habitación individual llena de voluntarios que estaban entrevistando a refugiados desde los pies de la cama, apoyados en los radiadores o sentados en el suelo; una cacofonía de conversaciones entre los chillidos y los gritos de un patio al que daba la ventana de la improvisada oficina. Y allí estaba Miriam, entrevistando a la gente, apoyada en un espejo reconvertido en mesa, cuyo lugar original quedaba claramente visible por la superficie de pintura no descolorida de una de las paredes.

Apenas tuvieron que moverse en la abarrotada habitación para llegar hasta un hombre con gafas con montura de concha, camisa arremangada y corbata de Harvard con el nudo flojo. Mantenía con decencia la compostura. De constitución delgada, calvicie incipiente, frente abombada y nariz ancha. Resultaba complicado entender cómo Miriam podía encontrar atractivo a ese tal Varian Fry, un hombre serio, de treinta y pico años y con aspecto de ratón de biblioteca, cuando la mayoría de las mujeres prefería que sus héroes fueran guapos y con frecuencia veían solo lo que querían ver.

Fry, que hablaba empleando un monótono y entrecortado acento de la Costa Este, estaba enseñándole a un refugiado una lista de nombres y preguntándole:

—¿Conoce usted el paradero de alguna otra persona de esta lista?

¿Quién se habría imaginado que la parte más dura de ayudar a escapar a refugiados famosos pudiera ser localizarlos? Pero el tratado de paz con Alemania exigía a Francia «entregar bajo demanda» a cualquier persona para la que la Gestapo exigiera su extradición, y la Gestapo tenía en mente dar caza a cualquier voz que se hubiera levantado contra Hitler, incluyendo a la mayoría de los integrantes de la lista de Fry. En la policía de Marsella, por otra parte, había de todo, desde quienes miraban hacia otro lado hasta los que llevaban a cabo arrestos en masa de refugiados y los encerraban en campos de internamiento. Lo que un oficial pudiera hacer en un momento dado dependía de su estado nervioso. En Marsella había en aquel momento unos doscientos mil refugiados, y el caos de los trabajadores temporales de la cosecha de la aceituna y de la vendimia, junto con la red de crimen organizado, hacían posible pasar desapercibido mientras se buscaba una manera de huir del país. Nadie daba información sobre dónde vivía, por miedo a acabar en Camp des Milles o en el infierno de Saint-Cyprien o, sobre todo, en manos de la Gestapo.

El refugiado que estaba hablando con Fry señaló uno de los nombres de la lista.

—Este vive en el bar Mistral, en Point Rouge.

Otro, un crítico de arte y especialista en escultura negra, se había ahorcado en la frontera española cuando no le habían permitido salir de Francia.

—No quiero acabar como él —dijo el pobre hombre.

—Hay formas de sacar a la gente de aquí —le aseguró Fry.

El hombre rompió a llorar cuando Fry le facilitó dinero para ropa, después de llevar meses sin recibir una palabra amable.

Varian le ofreció su pañuelo, disculpándose porque no estaba muy limpio, y lo despidió.

—Nos vemos pronto en Nueva York —dijo.

«Un optimista», pensó Nanée, aunque Varian Fry no llevaba mucho tiempo en Francia, claro.

Cuando Miriam la presentó, Fry miró de reojo el traje de chaqueta de Robert Piguet que Nanée se había puesto para impresionarlo: un azul más oscuro y menos llamativo que el azul real, aunque no tan soso como el azul marino de diario, con raya diplomática en amarillo claro, falda conservadora hasta media pantorrilla y chaqueta corta que escapaba del aburrimiento gracias a su forro amarillo y sus elegantes solapas, que llegaban hasta los hombros. Fry puso mala cara al ver a Dagobert, que no era para nada el típico caniche, melindroso, con ese corte de pelo especial y que ni siquiera estaba bien peinado, pero Nanée vio enseguida que Fry estaba sumándolo a una ecuación que daba como resultado una mujer tan frívola como parecería Dagobert de ser un perro mimado y chic.

—Siento mucho, señorita Gold, que Miriam la haya puesto en este aprieto —dijo Fry—, pero en realidad no necesitamos...

—No soy una diletante, señor Fry —dijo Nanée, interrumpiéndolo pero sin levantar la voz, arrepintiéndose ahora del pañuelo de aviador que se había atado al cuello a modo de amuleto de la buena suerte, de nuevo blanco aunque algo maltrecho por el amor de Dagobert.

—No digas eso, Varian —interrumpió entonces Miriam—. Nanée donó su aeroplano al ejército francés mucho antes de que a nadie se le pasara por la cabeza ayudar...

Fry la silenció y se encaminó hacia el cuarto de baño, indicándoles a las dos con un gesto que lo siguieran. En el minúsculo baño, un tipo tumbado en la bañera estaba dictándole una carta a una mujer instalada en el bidé con su máquina de escribir. Los dos levantaron la vista, en absoluto sorprendidos por tener compañía, recogieron rápidamente sus cosas y se fueron, cerrando la puerta a sus espaldas mientras Fry se encargaba de abrir los grifos de la bañera y del lavabo.

—Debemos suponer que nos están espiando con micrófonos ocultos —dijo—, y, en cualquier caso, las paredes son finas como el papel.

Nanée se dispuso a contradecirlo.

—Pero si simplemente están entrevistando…

—Somos extremadamente meticulosos con la terminología que empleamos —dijo Fry—. La gente a la que pretendemos rescatar… Picasso, Chagall, Matisse…

—Picasso ha colgado un cartel en la puerta de su estudio en Grands Augustins donde se puede leer simplemente: *Ici*, aquí, dejando patente su intención de no abandonar para nada París —replicó Nanée, con la rabia consumiéndola—. Chagall está tan concentrado en su pintura que ni siquiera se ha enterado de que los alemanes han tomado Francia. Y Matisse insiste en que, si todos los mejores se van, Francia no sobrevivirá. Usted tiene la intención de ayudar a los famosos, que con frecuencia ni siquiera quieren ser ayudados, cuando…

Miriam la interrumpió.

—Lo que Nanée está intentando decir es que…

—Es que es demasiado habladora para un puesto que exige la máxima discreción —dijo Fry.

Dagobert eligió ese momento para poner las patas en el borde de la bañera y lamer el agua que caía del grifo. Luego sacudió la cabeza, remojando el pantalón de Fry. La cara de Fry dibujó una mirada que quería decir claramente: «Ni siquiera es capaz de controlar a su perro».

—Lo que estoy intentando decir, tal vez con poca elegancia —dijo, dulcificando el tono—, es que ayudar a artistas y pensadores famosos a huir de Francia está muy bien, ¿pero por qué una vida se valora por encima de las otras? ¿Por qué dilapidar los pocos recursos que existen intentando localizar a los que desean permanecer escondidos cuando hay muchísimos refugiados tan desesperados por salir de aquí que incluso hacen cola delante de su puerta, totalmente pública, por cierto?

—El Comité de Rescate de Emergencia me ha enviado aquí con una lista de gente para la cual podemos gestionar visados norteamericanos —dijo Fry—. Y esa gente es mi prioridad. Y aunque Vichy tal vez no sea Hitler, Hitler…

Dagobert empezó a ladrar como un loco, sorprendiendo a Fry.

Miriam se echó a reír con sus estruendosas carcajadas.

—Hitler, Hitler —le dijo a Dagobert, provocando de nuevo sus ladridos.

—Dagobert no admira especialmente al hombre del bigotito —explicó Miriam.

Varian, desconcertado, continuó:

—Nuestros recursos no son ilimitados.

—No lo son —dijo Nanée, mostrándose de acuerdo con él. Miriam le había contado que ya había gastado los tres mil dólares que había traído consigo y que, a pesar de la generosidad de amigos como Peggy Guggenheim y Janet Flanner, del *New Yorker*, se había quedado sin efectivo—. Y, aun así, les paga a los gánsteres de Marsella un porcentaje de sus dólares simplemente para que se los conviertan en francos, cuando la mafia gana mucho dinero al convertir dólares a francos. Yo, que tengo pasaporte de los Estados Unidos…

—Como yo —dijo Fry.

—Su pasaporte indica que acaba de llegar hace tan solo unas semanas para ayudar a los refugiados. Pero el mío indica que llevo una década viviendo en Francia. ¿Quién de los dos supone que puede moverse con más facilidad por Francia para, por ejemplo, transmitir mensajes o, incluso, trasladar gente?

Con los muelles de Marsella vigilados estrechamente por la policía de Vichy, la frontera con España se había convertido en la única vía de escape para la mayoría de los refugiados. Pero para llegar hasta la frontera, los refugiados necesitaban visados de tránsito franceses, que no podían obtener sin notificar a Vichy su paradero y ser, en consecuencia, susceptibles de sufrir una redada. Luego, para cruzar la frontera con España, los refugiados necesitaban visados de salida, que Vichy ya no expedía para quienes habían sido ciudadanos del Reich, por miedo a ofender a Hitler permitiendo que los que se mostraban críticos con él escapasen de su ira. A veces, el control fronterizo en la estación de tren de Cerbère hacía la vista gorda. Había refugiados que se servían de un mapa para cruzar los Pirineos a través de algún sendero secreto. Pero las personas apátridas sorprendidas viajando sin un salvoconducto corrían el riesgo de acabar encarceladas en Francia, deportadas a un campo de trabajo alemán y morir de hambre y de agotamiento en lugares como Dachau, o incluso frente a un pelotón de fusilamiento. Cualquiera, apátrida o no, que fuera capturado intentando salir ilegalmente de Francia corría ese riesgo, y también quienes los ayudaban a hacerlo.

Nanée acarició el broche de diamantes que había prendido en la solapa del traje de chaqueta y regaló a Fry su mejor mirada de «heredera atractiva capaz de convencer a cualquiera de cualquier cosa». Tiró ligeramente de la correa de Dagobert para que adoptara una postura coqueta y cogió a Miriam por el brazo. Sacó del bolso su único juego de documentación y se lo ofreció a Fry como si tuviera en la mano dos juegos.

—Nuestros visados de tránsito, oficial —dijo.

La intención era hacerlo reír. No rio.

—¿Así que quiere ser nuestra mensajera? —preguntó Fry.

Lo que Nanée quería era ser útil, tener un objetivo.

—Tal vez su jefa de mensajeros. Sería una tapadera formidable. Los nazis jamás se imaginarían que una mujer pudiera hacer eso. —Sonrió con intención a Fry—. Muy poca gente en el mundo se lo imagina.

Miriam le lanzó una mirada.

—Nanée quiere además ayudar a financiar nuestra iniciativa.

—Aunque cualquier cantidad con la que contribuya deberá ser utilizada para salvar almas normales y corrientes —dijo Nanée.

Fry frunció el entrecejo.

—Los refugiados de mi lista han contribuido a…

—Puedo llevar mensajes allí donde necesite que los lleve —dijo Nanée interrumpiéndolo—. Puedo ayudar a aquellos de sus amigos que no tengan visados franceses de tránsito a llegar hasta la frontera. Incluso puedo ayudarlo a cambiar moneda sin tener que utilizar a la mafia francesa, pero…

—No creo que pueda.

—Esa gente a la que está ayudando tiene francos que querrá convertir en dólares cuando llegue a los Estados Unidos. Esa gente podría dejarle esos francos aquí, para subvencionar sus operaciones, y yo podría entregarles a ellos la cantidad equivalente en dólares sacando el dinero de las cuentas que tengo en los Estados Unidos. *Voilà*. Y así, el dinero que tengo en los Estados Unidos serviría para subvencionar su iniciativa sin necesidad de dejar un rastro de transferencias que pudiera poner en alerta a Vichy.

Fry la miró fijamente, aunque de otra manera, pero al final dijo:

—No creo que valore mucho el esfuerzo que exige obtener visados norteamericanos para personas que no…

Miriam abrió la puerta del cuarto de baño que daba acceso a la habitación abarrotada de refugiados a los que Fry estaba intentando ayudar, aunque no formaran parte de su lista.

Fry se quedó mirándolos un buen rato y a continuación, contra todos los pronósticos, se agachó para situarse a la altura de Dagobert, lo miró a la cara y le dijo en voz baja:

—¡Hitler! ¡Hitler!

Dagobert ladró con tanto entusiasmo que Fry retrocedió antes de ofrecerle con cuidado el dorso de la mano. Dagobert lo olisqueó y empezó a lamerlo.

Fry le acarició las orejas.

—Veo que en el fondo no eres tan mal tipo, ¿verdad? —dijo.

Se incorporó, se colocó bien las gafas y volvió a observar con mala cara el traje de chaqueta de Nanée.

—Pondremos en marcha una segunda lista —claudicó—. De gente para la cual no tenemos todavía la promesa de un visado.

—En honor a Nanée —dijo Miriam—, la llamaremos la Lista Gold.

—No le defraudaré, señor Fry —dijo Nanée.

—Varian —replicó Fry, y movió la cabeza en dirección a la puerta abierta del cuarto de baño, invitando a las señoras a salir en primer lugar.

Miriam empezó a presentar a Nanée al alegre grupo: *monsieur* Maurice, un médico rumano, era el *consiglieri* de Varian. Beamish Hermant, economista de origen alemán, era el especialista en preparar pasaportes falsos y cambiar dinero en el mercado negro. Heinz Oppenheimer organizaba las entrevistas y llevaba las cuentas. Charlie Fawcett, un escultor norteamericano que hablaba francés con un fuerte acento de Georgia que nadie lograba entender, era el encargado de hacer pasar a los refugiados a la oficina y de controlar la posible llegada de la policía de Vichy. Lena Fischmann dominaba la taquigrafía en francés, alemán e inglés, hablaba además español, polaco y ruso, y era una maestra en camuflar en las cuentas los gastos ilegales. Y Gussie, de diecinueve años, polaco y judío, parecía un flaco chico ario de catorce años y gracias a ello era el encargado de llevar los telegramas en clave a la oficina de correos e ir de *tabac* en *tabac* a comprar documentos de identidad en blanco para su falsificación sin que nadie lo detuviera jamás.

—Mañana nos mudamos a otro sitio —le explicó Miriam a Nanée—. Un peletero judío, por miedo a que la policía de Vichy se la confisque, ha vaciado toda una planta del edificio donde almacenaba su mercancía y nos la ha cedido. Es el número 60 de Rue Grignan. Entrevistamos de ocho a doce del mediodía y luego nos reunimos todo el tiempo que sea necesario para decidir a qué entrevistados debemos ayudar.

Miércoles, 11 de septiembre de 1940
OFICINA DEL CAS, MARSELLA

La nueva oficina del CAS —al final de una oscura escalera en la parte posterior de un edificio, en una planta dividida en dos salas, con la oficina de Varian ocupando la sala de atrás— seguía oliendo a cuero. En la pared de delante de las ventanas, en lugar de estanterías con bolsos, maletines y carteras, había ahora colgada una bandera de los Estados Unidos. El resto de la sala de delante estaba ocupado por mesas cuadradas de madera y sillas duras, similares a la que ocupaba en aquel momento Nanée para entrevistar a un encantador y joven artista austriaco, con la esperanza de ayudarle a superar la pesadilla burocrática que era el primer paso para cualquier refugiado que pretendiera huir de Francia.

—¿Tiene algún pasaporte que pueda utilizar? —le preguntó, puesto que era la siguiente pregunta del guion. Con Austria formando ahora parte de Alemania, un pasaporte austriaco no te llevaba a ningún lado, y todos los alemanes judíos habían perdido su ciudadanía. Pero, en determinadas circunstancias, los refugiados habían conseguido pasaportes de otros países—. ¿Otros documentos para viajar? —A veces, un país podía emitir un documento de otro tipo en vez de un pasaporte—. ¿Un visado de entrada transatlántico, preferiblemente a los Estados Unidos o México? ¿O a cualquier otro sitio?

Eso le ahorraba tener que preguntar discretamente si sus documentos eran auténticos. Marcó las respuestas en su cuadro de codificación.

—¿Alguien en los Estados Unidos que pudiera patrocinarlo?

El artista tenía un agente que representaba su obra en Nueva York. Eso era algo, al menos.

¿Visado de tránsito español y portugués? ¿Permiso de residencia temporal francés? ¿Permiso de trabajo? ¿Dinero? No, no y otra vez no.

Había tenido un permiso de residencia, pero lo había destruido. Era uno de los refugiados que había viajado a bordo del tren fantasma que había partido de Camp des Miles, el tren con dos mil pasajeros que había estado a punto de llegar a la frontera con España pero que había dado media vuelta al recibir la noticia de que estaba llegando un tren de alemanes que los haría prisioneros a todos. Todo el mundo había destruido su documentación, porque era mejor no tener ninguna prueba que acreditara que eran refugiados huyendo del Reich, pero poco después se habían enterado de que el supuesto tren lleno de alemanes era, irónicamente, su propio tren. Unos pocos, como aquel hombre, habían conseguido abrir un vagón y habían saltado del tren cerca de Arlés, pero la mayoría había decidido seguir a bordo y ser devueltos al campo, antes que correr el riesgo de ser descubiertos y morir víctimas de un disparo alemán.

—Muy bien. ¿Podría contarme algo que haya hecho en oposición a los nazis?

Había diseñado carteles contra los nazis en Austria, algo que podría valerle un billete hacia la libertad, aunque eran difíciles de localizar. Pero, aun así, si tenía referencias, su nombre podría quizá figurar en la lista de solicitudes de visado que se llevaban cada noche, en primer lugar, a una comisaría de policía situada en un callejón tristemente iluminado al lado de Rue Colbert para el imprescindible sello policial, y luego a la ventanilla nocturna de la oficina de correos de detrás del edificio de la Bolsa, donde el empleado que respondía al timbre contaba las palabras, las marcaba en tinta de color morado, les hacía firmar para dar fe de que aquellas palabras no tenían ningún significado oculto y lo telegrafiaba a los Estados Unidos. El hombre le dio varios nombres y Nanée tomó debida nota, aunque no conocía a ninguno, y todas las referencias debían ser de gente que conociera Varian o cualquier voluntario del CAS, para no ser engañados y acabar ofreciendo una huida ilegal a alguien que podía ser un infiltrado alemán o del gobierno de Vichy.

—Edouard Moss respondería por mí —sugirió el refugiado.

Edouard Moss. El fotógrafo que había pasado la noche entera con su hija en el regazo en su apartamento de París, incluso mientras dibujaba la cabeza de Nanée con gafas de aviador y metida en una jaula, una cabeza que era y no era la suya. Guardaba todavía aquel dibujo, escondido detrás de la fotografía artística que lucía sobre el tocador de su habitación en el hotel, la de la mujer nadando, la fotografía que había comprado cuando se enteró de que la fotografía de Edouard Moss que tanto le gustaba, la del hombre haciendo flexiones, no estaba a la venta.

Dagobert salió de debajo de la silla para saludar a Gussie, que le dijo a Nanée que Varian quería verla un momento cuando estuviera libre.

—Dile que voy en un minuto. —Ofreció a Gussie su mejor sonrisa.

El chico estaba tan prendado de ella que Varian se burlaba de él sin piedad, tanto que Nanée empezaba a pensar que acabaría matándole al pobre chico cualquier ilusión que pudiera llegar a sentir por el amor. Pero Varian insistía en que nadie tenía una oportunidad real para enamorarse y que divertirse, al menos, estaba bien.

Nanée le preguntó al refugiado:

—¿Está en los Estados Unidos? ¿Edouard Moss?

—Estuvo conmigo en Camp des Milles antes del armisticio.

—¿Y subió también a ese tren?

—¿Al tren fantasma? No lo sé. En mi vagón no estaba.

En este caso, Edouard Moss podía estar en cualquier parte, o en ninguna.

—¿Alguien más que pudiera responder por usted?

—Tal vez Danny Bénédite. Fue quien me consiguió en su día el permiso de residencia.

—Estupendo —dijo Nanée—. Conocemos a Danny.

Acababa de enterarse de que T por fin lo había localizado. Había sido evacuado de Dunkerque, pero luego había regresado a Francia para continuar la lucha junto con seiscientos hombres de su división.

Se hallaba en una estación de tren en Poitiers cuando Pétain pidió la paz, y después había estado viviendo sin despertar sospechas en Meyrueis, esquivando las redadas contra soldados franceses hasta que se había enterado del paradero de T a través de un conocido de un conocido, tal y como te enterabas de todas las cosas en la Francia de Vichy. Y, ahora, se estaban instalando discretamente los tres —T, Peterkin y él— en la granja de un tío suyo en Languedoc.

Nanée acabó con la entrevista y lo archivó todo antes de dirigirse, con Dagobert siguiéndole los pasos, al despacho de Varian, una sala más pequeña llena hasta los topes para liberar espacio de la otra estancia: estanterías vacías, cajas, inventario diverso, maletines, bolsos y carteras. Varian, sentado detrás de una mesa de gran tamaño repleta de papeles, le hizo un gesto a Lena, que cerró su bloc de taquigrafía sin que nadie tuviera que pedírselo y se marchó, cerrando la puerta a sus espaldas.

Nanée imaginó que se había metido en problemas. Aunque ella no era el origen de los rumores. La irreprochable Lena le había comentado que Varian viajaría a Portugal, y quería que Nanée lo convenciera de que trajese jabón; incluso la honesta Miriam se había tomado la molestia de visitar el consulado norteamericano con el único objetivo de birlar pastillas de jabón de los baños de señoras, puesto que en toda Francia era imposible encontrar un jabón decente.

Se quedó a la espera, con Dagobert calladito a su lado, por suerte.

—Estaré unos días fuera de la oficina —le comunicó Varian.

Entonces era cierto, a diferencia de la mayoría de los rumores que circulaban por Marsella: el Comité de Rescate de Emergencia en los Estados Unidos insistía en que el tiempo de Varian aquí se había acabado y que tenía que volver a su país. No podía marcharse, pero tampoco podía detallar por carta los motivos por los que necesitaba prolongar su estancia, puesto que el gobierno de Vichy leía todo el correo. De modo que iba a viajar a Portugal para defender su caso. Nanée se preguntó si el resto del rumor sería también cierto: decían que durante el trayecto escoltaría personalmente a cuatro de sus *protégés*,

111

como a él le gustaba llamar a los refugiados que ayudaba, para asegurarse de que cruzaban la frontera y que luego iría a comprobar el estado de otros cinco que habían sido capturados por la Gestapo en España. Con todo ello corría el riesgo de acabar en la cárcel, en un campo de trabajo o delante de un pelotón de fusilamiento.

—Dejaré a Maurice al cargo de todo —dijo—. ¿Puedo contar contigo para que lo ayudes a que todo siga funcionando debidamente?

—Por supuesto, Varian —replicó sin alterarse Nanée—. Cualquier cosa que necesites.

Pensó que Varian, al dejar a un hombre como responsable, tampoco era tan distinto del nuevo gobierno francés cuyo lema era «Trabajo, familia, patria». Pero no, pensar eso no era hacerle justicia. Varian era un auténtico príncipe comparado con esa asquerosa banda de derrotados que gobernaba desde Vichy. Estaba casado con una mujer que había trabajado como editora en el *Atlantic Monthly*. Cargaba con mucha responsabilidad tanto a Lena como a Miriam. Pero a ella no le confiaba los detalles de lo que pretendía hacer, por mucho que hubiera entregado ya cinco mil dólares para cambiar por francos de los refugiados y así financiar la iniciativa, por mucho que cada mañana estuviera allí más temprano que nadie, se pasara el día entero sentada en la oficina haciendo entrevistas y ni en una sola ocasión hubiera sugerido que su libertad para moverse por cualquier lado gracias a su pasaporte estadounidense estaba siendo infrautilizada, porque así era.

—De acuerdo, pues —dijo Varian—. Gracias.

—Pero será viernes trece —replicó Nanée.

Si Varian marchaba mañana, sus *protégés* y él llegarían a Cerbère por la noche e intentarían cruzar la frontera el día siguiente, viernes.

—Gussie vendrá conmigo hasta la frontera —dijo Varian—. Y llevará, como siempre, su ejemplar de *L'envers et l'endroit* para que la suerte esté de nuestro lado.

Nunca nadie había parado a Gussie, pero Nanée lo atribuía a su americana y corbata, a su pelo rubio rojizo y a su dulce y juvenil cara más que a los ensayos de Camus, que consideraba su libro de la suerte.

—¿Por qué tú, Varian? —preguntó entonces, con un impulso.

Varian dejó la pluma en la mesa y se quedó mirándola.

—¿Lo dices porque no soy más que un norteamericano, editor de revistas, sin cualificaciones aparentes para sacar de Francia a gente que persiguen los nazis? Pero hablo francés y alemán, y precisamente mi falta de talentos hace que sea poco probable que esté fichado por la Gestapo. ¿Y tú, Nanée?

Su «falta de talentos» era muy similar a la de ella.

—¿Cómo conseguiste que nuestro país accediera a darte visados para toda la gente de tu lista? —insistió—. Son gente de izquierdas, incluso comunistas declarados, y en su mayoría judíos, y Dios sabe perfectamente que el antisemitismo, por mucho que quede camuflado bajo las barras y estrellas, está vivo y coleando.

Varian se recostó en su asiento.

—El comité envió a dos representantes para convencer a la señora Roosevelt —explicó—. Tampoco estuvo de más que, justo dos días antes, la señora Roosevelt hubiese visto una foto de su amigo Lion Feuchtwanger internado en Camp des Milles, solo semanas después de que hubiese sido recibido en audiencia por el presidente francés Lebrun. Antes de que nuestra delegación abandonara su despacho, ya había llamado por teléfono a su marido para decirle que si se negaba a autorizar los visados que pedíamos, líderes inmigrantes alemanes, con la ayuda de amigos norteamericanos, alquilarían un barco para traerlos a Washington y empezarían a navegar arriba y abajo por la Costa Este hasta que el pueblo norteamericano, por vergüenza y por rabia, los forzara a él y al Congreso a darles permiso para desembarcar.

Nanée se quedó a la espera, una de las pocas habilidades útiles de Evanston: dejar que los hombres fanfarronearan hablando de ellos.

—Vine yo porque nadie más estaba dispuesto a hacerlo —dijo Varian.

Dagobert ladeó la cabeza, estudiando a Varian, y se acercó correteando hasta él. Sorprendiendo realmente a Nanée, Varian posó con delicadeza una mano sobre su cabeza.

—En julio de 1935 estuve en Berlín —continuó—, y coincidí por casualidad con un ataque antijudío, en el que un grupo de nazis pateó brutalmente y escupió a un hombre que estaba tendido impotente en la acera, con la cabeza cubierta de sangre. La policía no hizo nada para impedirlo, y tampoco lo hice yo. Cuando volví a casa escribí sobre lo que había visto, un artículo que no leyó prácticamente nadie.

Era, imaginaba Nanée, el mismo motivo por el que ella se había incorporado a aquella iniciativa: porque no podía vivir en paz consigo misma si no ayudaba de alguna manera. Él había dejado atrás un buen trabajo, una esposa, un hogar y amigos, porque nadie más estaba dispuesto a hacerlo. Tal vez, detrás de aquella corbata de Harvard, detrás de sus amonestaciones diciendo «no me parece que sepas valorar bien las cosas», detrás del optimismo implacable que siempre le había atribuido, hubiera un alma mucho más interesante de lo que parecía.

—Que tengas muy buen viaje, Varian —dijo—. Y, por favor, tráenos algo de jabón.

Miércoles, 11 de septiembre de 1940
CAMP DES MILLES

Edouard levantó uno de los últimos ladrillos de la montaña apilada al lado de una de las torres de vigilancia y se lo pasó a Max, que a su vez lo pasó al interno siguiente, que a su vez lo pasó al otro. A aquellas alturas, los hombres eran casi tan uniformes como los ladrillos: cabeza rapada, ropa andrajosa, cuerpos huesudos, caras huesudas. La fila se extendía por todo el patio hasta llegar a otra montaña de ladrillos, situada esta vez al lado de la puerta de la fábrica. El campo estaba de nuevo lleno, puesto que la mayoría de los hombres que había estado a punto de escapar a bordo del tren fantasma estaba de vuelta. Los viejos tiempos con el comandante Goruchon y la disciplina relajada se habían acabado. En teoría, Les Milles era ahora un campo de internamiento para «extranjeros de la raza judía» que pretendían emigrar, ¿y quién entre ellos no intentaría salir de Francia si tuviera oportunidad de hacerlo? Pero el gobierno de Vichy había transferido la administración del campo a los *gardes mobiles*, una sección especialmente cruel de la policía francesa.

Al otro lado de los barrotes de hierro y la alambrada, había una mujer.

—¡Jumbo! —gritó Max—. ¡Tu esposa!

Jumbo salió de una de las letrinas, soltó la fregona y miró hacia la verja. Su esposa ya no estaba allí; no estaba permitido pasar y observar el interior del campo. Pero, igualmente, Jumbo corrió a toda velocidad hacia el muro detrás del cual había desaparecido la mujer, y Edouard y Max lo ayudaron a encaramarse para que pudiera mirar desde arriba.

—¡Isabelle!

Uno de los centinelas obligó a bajar a Jumbo.

Y Edouard y Max volvieron rápidamente a su trabajo con los ladrillos.

—Debe de estar muy bien eso de tener una esposa que se desplaza una vez por semana desde Marsella solo para pasar por delante de este recinto e intentar verte de refilón —dijo Max, pensando que Leonora había decidido finalmente vender la casa que tenían en Francia para volver a España.

Edouard hizo rodar en su boca una brizna de paja, la cosa más sólida que tenía para mascar y aplacar el hambre ahora que habían desaparecido los palillos que hacía durar tantos días. A la semana siguiente le tocaría trabajar en las cocinas, siete días seguidos de recoger mondas de patata del suelo al final de la jornada, restos que intentaría en vano que le duraran durante las semanas que transcurrieran hasta que volviera a tocarle trabajar allí.

—Al menos hoy no nos tocan las letrinas —dijo Max—. Este ejercicio me va bien para dormir.

—¿Acaso puedes dormir aquí? —preguntó Edouard, bromeando, y los dos rieron con tristeza.

—¿Yo? No, me tumbo y permanezco despierto, intentando buscar distracciones para no pensar en que el bromuro que echan en la comida nos destroza la memoria.

Mientras le pasaba otro ladrillo a Max, Edouard recordó la sensación de despertarse en su cama en la casita de Sanary-sur-Mer, reconfortado por el mar mientras Luki dormía en la habitación contigua. Seguía sin conocer el paradero de su hija, no sabía si vivía escondida o si incluso seguía todavía en París. No había tenido noticias de ella desde hacía tres meses. Con el armisticio, Alemania había decretado la interrupción del correo entre la zona libre y la zona ocupada, haciendo imposible que Berthe pudiera informarle de nada. Tampoco podría llegar hasta allí en el caso de que, por algún tipo de milagro, consiguiera escapar de Camp des Milles; ni siquiera los ciudadanos franceses judíos estaban autorizados a regresar a la Francia ocupada. Los nazis querían tener vía libre para confiscar todas sus riquezas y transferirlas al Reich.

Edouard ni siquiera sabía qué había pasado con la casita. ¿La habría confiscado Vichy? Estaba en un rincón tan alejado del mundo que era posible que ni supieran que estaba allí, o que estaba vacía. Su intención era reclamarla para proteger su propiedad, puesto que era la única cosa de valor que podría vender para conseguir dinero y comprar un pasaje hacia otro país para Luki y para él, pero preguntar al respecto, preguntar si se la habían confiscado, sería llamar la atención. El gobierno de Vichy estaba haciéndose con las propiedades que habían dejado abandonadas incluso ciudadanos franceses como los Rothschild o Charles de Gaulle. Pero Edouard sabía bien que nunca le dejarían salir de Camp des Milles. Que la única manera de salir de aquel campo que no fuera custodiado por un centinela armado era teniendo la documentación necesaria para emigrar, el pasaje pagado y un barco a punto de zarpar. Y si en aquel momento era posible que los papeles de alguien pudieran estar todavía en regla era porque la Gestapo no había organizado aún la aplicación del artículo 19 del armisticio franco-alemán, la cláusula de «rendición bajo demanda». Nadie estaba trabajando en la liberación de Edouard, y aquel aplazamiento no duraría mucho.

—Esta noche me pondré a trabajar en ese fresco —dijo, intentando animar a Max igual que Max solía hacerlo con él.

—Mientras sigamos creando arte, seguiremos con vida —dijo Max.

Uno de los centinelas gritó entonces:

—¡Cambio!

Los hombres refunfuñaron, pero cambiaron la dirección del flujo de ladrillos. Bajo el sol abrasador, Edouard devolvió a la pila el ladrillo que acababa de sacar de allí y aceptó de Max el ladrillo que acababa de pasarle para apilarlo justo en el mismo lugar de donde lo había sacado.

A última hora de la tarde, Edouard se puso a pintar con Max una pared del sótano de la antigua fábrica de ladrillos. Sabía que debería estar capturando todo aquello con su cámara, los hombres trabajando y el arte que se desplegaba por todas partes. Pero no podía. Cada vez iba a peor, la distancia que lo separaba de su producción artística. Al principio, aún era capaz de mirar a través de la lente. Encuadraba imágenes. Calculaba los pasos de luz. Enfocaba. Y entonces racionalizaba lo siguiente: tenía una cantidad limitada de película y ninguna manera de revelarla, ni siquiera el agua que corría por allí le habría servido de lo sucia que estaba.

—No sé ni por qué hacemos esto —le dijo a Max—. Por qué seguimos creando arte a partir de nada mientras devenimos polvo de ladrillo.

Max se quedó mirándolo, cogió un ladrillo y empezó a hacerle un agujero con una navaja. El polvo se reflejaba en la luz que emitía la tenue bombilla del techo. Poco a poco, los demás se congregaron a su alrededor para ver cómo Max seguía escarbando en el ladrillo, que empezó a adquirir la forma de una cara.

—Para matar el hambre, para esto sirve el arte —le recordó Max—. Es un bálsamo para la rabia. Tú tienes una hija, Edouard. Y yo tengo un hijo. Somos afortunados. Tenemos hijos y por ellos hemos de seguir vivos.

Max siguió con el ladrillo. Edouard siguió a su vez observándolo y preguntándose si Max estaría esculpiendo a su hijo, a su hijo como el niño que en realidad nunca había convivido con Max o como el hombre adulto que vivía sano y salvo en Nueva York en la actualidad. Edouard se preguntó también si Max se habría preguntado alguna vez si se merecía llamar «hijo» a aquel chico.

—Tengo que ir a París —dijo entonces—. Tengo que volver con Luki.

—Si tu hija sigue todavía en París —replicó Max—, confío en que esté bien escondida de los alemanes.

—No lo sé —dijo Edouard—. Ni siquiera lo sé.

Max le posó una mano en el hombro, como hacía a menudo, como queriendo recordarle que seguían siendo humanos, que aún podían tener sentimientos.

—Pero sabes que está en alguna parte —dijo—. De no ser así, te lo diría tu corazón.

Aquella noche, como todas las noches, Edouard se sentó en el colchón de paja, bajo la luz de la solitaria bombilla, y abrió la maleta. Sacó la cámara, la dejó a un lado. Luego la caja con el material de escritura. Cerró la maleta. Abrió la caja. Sacó la hoja de arriba, que ya estaba llena por una cara con la letra más pequeña que le era posible trazar; le quedaba muy poco papel.

Giró la hoja para obtener la cara vacía y descansó la mano sobre la cámara. No sabía por qué aquella rutina era tan importante para él. Cerró los ojos para percibir mejor el cuerpo metálico de la cámara bajo los dedos y se imaginó a Luki sentada en el tronco de los sueños de Sanary-sur-Mer, Luki vigilada por Elza. Intentó acallar el sonido de los hombres que pululaban a su alrededor, sustituirlo por la voz cantarina de Luki y por el sonido de las olas del mar, por el de la madre de Luki acudiendo a su lado. Se imaginó a Luki volviéndose hacia él. Se imaginó enmarcando la imagen. La sonrisa de la cara de Luki emergiendo de una fotografía que siempre llevaría con él, porque siempre la llevaba con él.

Cogió la pluma y empezó a escribir: «Luki mía». Una carta más que nunca enviaría, pero escribirla le mantenía con vida.

Lunes, 30 de septiembre de 1940
OFICINA DEL CAS, MARSELLA

Nanée siguió a Varian hasta el reducido cuarto de baño de las oficinas del CAS, donde él abrió el grifo para poder mantener con tranquilidad la conversación. Dagobert levantó de inmediato las patas para apoyarlas en el borde de la bañera y beber agua, algo que se había convertido ya en su rutina. Varian siempre se mostraba satisfecho con su compañía.

—¿Sabes ese clic y ese zumbido que se oyen en el teléfono? —le dijo Varian a Nanée—. Es un micrófono. Un amigo de la prefectura lo ha confirmado.

Se quedó mirándola, como si sospechara que ella había colocado el micrófono. ¿Se imaginaría que confesaría tan fácilmente de haberlo hecho? Varian estaba bajo mucha presión. Había conseguido comprar jabón durante su viaje a Lisboa, pero no convencer al gobierno de los Estados Unidos de que lo dejase seguir trabajando aquí. A su llegada, le esperaba un telegrama enviado el 18 de septiembre a través del cónsul general de los Estados Unidos: «Este gobierno no puede —repito, no puede— permitir las actividades del señor Fry, puesto que el desarrollo de dichas actividades conlleva transgredir las leyes de países con los que los Estados Unidos mantienen relaciones amistosas». El pasaporte de Varian tenía validez hasta enero, pero todo el mundo lo estaba presionando para que abandonara Francia de inmediato, antes de que acabara siendo arrestado o expulsado. La Embajada de los Estados Unidos en Vichy, el Consulado de los Estados Unidos en Marsella, el Departamento de Estado de los Estados Unidos, el Comité de Rescate de Emergencia e incluso su esposa se lo habían dado a entender. Pero Varian había ignorado los esfuerzos para devolverlo a su país y trabajaba con más urgencia que nunca para sacar refugiados de Francia. Sin embargo, también eso se estaba complicando, puesto que la presión ejercida por Vichy obligaba a que todas las comunicaciones fuesen clandestinas y cualquier información sensible tuviera que comunicarse en persona. Incluso habían adquirido la costumbre de desconectar el teléfono entre llamada y llamada.

Le dijo entonces Varian a Nanée:

—He pensado que ha llegado el momento de que empieces a entregar mensajes para nosotros.

—Lo que sea con tal de ayudar, jefe —dijo Nanée, contenta de haber sido por fin aceptada como una colaboradora leal, fiable y justa, y no tomada por una espía del Departamento de Estado de los Estados Unidos, de Vichy o de quien fuera.

—Es mucho más peligroso de lo que te imaginas.

—No es necesario que me adules haciéndome pensar que esto parece importante. Me alegro de poder hacer todo lo que sea necesario.

—Tendrás en tu poder información que te colocará en el lado contrario a la ley. Información que guardamos aquí, sí, pero ten en cuenta que aquí tenemos a Charlie en la puerta para avisarnos de cualquier incidencia. Tú estarás sola, tendrás que reunirte con refugiados buscados por Vichy. Ser mensajera… es una de las cosas más peligrosas que puedo pedir a alguien que haga.

—Pero Gussie…

—Gussie parece un estudiante guapo del que nadie sospecharía, pero no te creas que no pone su vida en peligro. Y hay lugares en los que Gussie destacaría, donde su presencia sería cuestionada. —Varian dudó un instante—. Lugares como el Panier.

—¿Quieres que entregue mensajes en el Panier?

Era el casco antiguo de la ciudad. Escondrijos. Antros de juego. Burdeles. Sótanos unidos de un edificio al siguiente, con habitaciones ocultas aisladas de cualquier edificio, con criptas en las que se podía encontrar, justo al lado de los muertos, lingotes de oro, joyas, obras de arte robadas y cocaína. El lugar ideal para que un refugiado pudiera esconderse, siempre y cuando pudiera soportarlo; allí podía permanecer desaparecido durante semanas o meses, hasta conseguir escapar. Pero mientras que la policía de Vichy no incordiaba a nadie en el Panier, la mafia sí que podía hacerlo. Se decía que aquel barrio era el origen de todas las cabezas que aparecían flotando en las cloacas de Marsella, y que los criminales sabían qué cloacas iban a parar a las aguas del puerto para de este modo eliminar fácilmente a todo aquel que se oponía a sus deseos.

—Un chico tan pulido como Gussie llamaría la atención allí —dijo Varian—, mientras que por las calles de la *vieux ville* siempre circulan mujeres. Cierto tipo de mujeres, sí, pero...

Entre las prostitutas del Panier había variedad suficiente para que, siempre y cuando Nanée no se vistiera muy elegante, resultara menos sospechosa que Gussie, con su carita tan dulce, su americana y corbata y su ejemplar de la suerte de *L'envers et l'endroit*.

Dijo entonces Varian:

—Lo entenderé si no puedes...

—Puedo —replicó Nanée—. Lo haré.

Podía comprarse un par de faldas baratas en una tienda de ropa de segunda mano, puesto que solo tenía la falda del traje que se había puesto para impresionar a Varian, demasiado elegante para confundirse con la gente de allí, y últimamente todo el mundo miraba con mala cara a una mujer con pantalón, un símbolo de la inadecuada emancipación femenina. Vichy estaba intentando hacer retroceder a la mujer un centenar de años con la excusa de que no quería que las «damas» pareciesen o se comportasen como hombres. Disfrutaría fingiendo acatar las expectativas de feminidad de Vichy —comportándose tal y como debería comportarse una mujer, que era no hacer nada de relevancia—, cuando en realidad estaría desafiándolas.

Dijo entonces Varian:

—Me gustaría que antes, sin embargo, te acostumbrases a hacer entregas. —Le pasó una dirección en la playa del Prado, justo en el otro extremo de la ciudad con respecto al Panier, y le dio las instrucciones—: Llamarás a la puerta dos veces, después tres, luego solo una. Si estás en el lugar correcto y con la persona correcta, entregarás el mensaje con seguridad. La persona que te abra la puerta dirá «¿Mensajera?» para identificarse, a lo cual tú responderás «Sí, por supuesto». Si la persona no dice nada, si dice Nanée o cualquier otra cosa que no sea esa palabra, «mensajera», te marcharás de inmediato. No entrarás. No intentarás ayudar a nadie. Y nos lo comunicarás lo más pronto posible, preferiblemente a Lena o a mí. Pero no hagas nada por tu cuenta. ¿Ha quedado claro?

—Sí, por supuesto.

—El hecho de que estés autorizada a estar aquí, en Marsella, no te protegerá. Y la gente a la que entregarás mensajes tampoco lo está.

—Entendido —dijo Nanée—. No puedo permitirme que me capturen ayudándolos.

«Y no me capturarán», pensó. Pero no lo dijo en voz alta porque no quería tentar al destino.

—Memoriza la dirección que te doy. No lleves ningún dato contigo cuando vayas allí. No lleves nada que pueda sugerir lo que estás haciendo.

—Sí, por supuesto —repitió.

Varian sonrió aun sin quererlo. Y Nanée se sintió orgullosa de ello. Arrancar una sonrisa de los labios de Varian era una de las cosas más difíciles de conseguir en todo Marsella.

—No siempre podrás llevarte a Dagobert contigo. Tendrás que encontrar el equilibrio entre cuando te sirve para parecer una inocente norteamericana y cuando hace que llames la atención. Si necesitas dejarlo en algún lado, puedes traérmelo aquí.

Nanée, sin saber muy bien qué decir, se acuclilló para ponerse a la altura de Dagobert y le rascó las orejas.

—Es probable que alguna vez te sigan —dijo Varian.

—Ya tengo el lema de la mensajera: «Si te sigue una sombra, el correo ni se nombra».

Varian rio de verdad. Fue un sonido tan inesperado que Nanée imaginó que media oficina se habría vuelto para mirar en dirección a la puerta cerrada del cuarto de baño. Y fue una risa sorprendentemente cálida.

—Pues muy bien —dijo Varian—. Gracias.

Nanée y Dagobert ya estaban cruzando la puerta cuando Varian añadió:

—La verdad es que no te pareces en nada a la típica heredera norteamericana que esperaba encontrarme.

Nanée se volvió, atónita.

—Te has apuntado un tanto —dijo Varian—. Buena suerte y que Dios te acompañe, Nanée.

No había pasado ni siquiera una hora y Nanée, acompañada por Dagobert, ya estaba apeándose de un tranvía en la playa del Prado, dejando el cementerio de Saint-Pierre a sus espaldas. Llamó a la puerta dos veces, luego tres y finalmente una. El corazón le latía como el de un caballo en la puerta de salida de Churchill Downs.

Si un chico como Gussie era capaz de hacer aquello, también podía hacerlo ella, se dijo.

Esperó. ¿Se habría equivocado de casa? ¿Estarían observándola?

Miró a su alrededor. Nadie. Solo Dagobert sentado educadamente a su lado.

Daba la impresión de que llevaba mucho rato esperando. ¿Debería marcharse?

La puerta se abrió ligeramente, detenida por una cadena. Y por la rendija asomó un ojo.

Luego un susurro:

—¿Mensajera?

—Sí, por supuesto.

El ojo se retiró. Se cerró la puerta.

El sonido de la cadena al deslizarse. La puerta se abrió un poco más.

Una anciana encorvada y apoyada en un bastón tiró de ella para que entrase y Nanée pasó a una estancia abarrotada de obras de arte y antigüedades.

—Ha llegado sano y salvo a Lisboa —dijo Nanée—. Mañana embarca hacia Nueva York.

No parecía un mensaje muy peligroso, puesto que el *protégé* ya estaba a salvo lejos de Francia. Una prueba. Pero la mujer rompió a llorar de puro alivio.

Dos semanas más tarde, Nanée estaba en el tranvía dispuesta a llevar a cabo su decimotercera entrega, y era además 13 de octubre, recordó, intentando quitarse de encima la sensación de que esta vez debería cancelar la entrega. ¿Era simplemente superstición? Se atrevió a mirar de reojo al hombre que creía que la estaba siguiendo desde que había salido de la oficina del CAS, que o bien estaba vigilando la oficina o bien la estaba vigilando a ella, tampoco es que fuera de gran importancia. El mensaje que llevaba era para dos refugiados que estaban estrictamente escondidos, puesto que la policía estaba tan interesada en la pareja que era un riesgo que los descubrieran. Cruzó y descruzó las piernas, sin dejar de sentir en ningún momento la mirada de aquel hombre, que no dejaba de observarla a pesar de la insulsa gabardina gris que llevaba por encima de su falda de segunda mano. No, no era una simple mirada de admiración dirigida a las piernas de una mujer. No se equivocaba. Aquel hombre la estaba siguiendo.

De tener un poco más de agallas, se las apañaría para iniciar una charla informal con él, para camelarlo. Para pillarlo desprevenido. Pero igualmente tenía un plan.

Miró por la ventanilla del tranvía mientras llegaban a las afueras de Marsella. Varian no le había encargado aún ir a transmitir mensajes al Panier, pero el camino hasta la playa del Prado lo había recorrido ya tantas veces que se conocía de memoria todas las paradas y todos los portales. Hasta el momento había conseguido entregar todos los mensajes que Varian le había confiado, y el de aquel día era urgente. Buenas noticias urgentes. No la mejor noticia, sin embargo. Nunca había conseguido entregar la mejor noticia posible: que el receptor del mensaje estaba incluido en el siguiente grupito que viajaría hacia la frontera. Le gustaba imaginarse haciéndolo. Le gustaba imaginarse anunciando en voz baja a través de la rendija de una de aquellas puertas que a alguien le había llegado el turno de escapar de allí. ¿La abrazarían, o se sentirían tan aterrados ahora que había llegado el momento que tal vez cambiaran de idea? Le gustaba imaginarse liderando la loca huida hacia la frontera con España, pero solo los que estaban directamente involucrados en el tema de los convoyes estaban autorizados a saber cuándo se iban, y Varian aún no le había confiado esa tarea.

El tranvía pasó la parada, pero Nanée no se apeó. Por su visión periférica vio que el hombre seguía observándola. Fingió estar concentrada en la lectura del libro que llevaba con ella, el libro de la suerte de Gussie, que le había prestado por ser su entrega número trece y 13 de octubre.

No llevaba nada encima que pudiera incriminarla, se recordó. El hombre podía tal vez llevársela a comisaría para ser sometida a un interrogatorio, pero cualquier elemento de la policía de Vichy quedaría intimidado cuando descubriera que tenía pasaporte estadounidense. Nadie quería ser la persona que cometiera un acto contra un súbdito norteamericano que pudiera ser la excusa para que Roosevelt se despojara de su fino velo de neutralidad y se sumara a los británicos para entrar en guerra. Roosevelt, naturalmente, no tomaría ninguna decisión basándose en lo que los franceses pudieran hacerle a Nanée, pero ¿dónde estaba la lógica en una guerra que había empezado con un falso ataque polaco contra una emisora de radio alemana, llevado a cabo por los matones de Hitler para de este modo tener una excusa por la que iniciar la invasión?

Justo cuando el tranvía daba por terminada su siguiente parada y se disponía a ponerse de nuevo en marcha, Nanée cerró el libro y se levantó de un brinco, como si acabara de percatarse de que estaba a punto de saltarse la parada.

El hombre que se había convertido en su sombra, del todo desprevenido, tuvo que sortear a una mujer obesa cargada de bolsas de la compra.

Nanée aprovechó la distracción para meterse en un portal a esperar.

¿Habría conseguido apearse del tranvía aquel hombre? ¿Habría visto hacia dónde había ido Nanée? Se atrevió a asomar la cabeza. El hombre estaba en la calle, buscándola con la mirada mientras el tranvía empezaba a alejarse.

Una mujer que también había bajado del tranvía estaba enfilando la calle e intercambió un breve saludo con un adolescente que caminaba en dirección a Nanée.

Nanée se cobijó en el umbral, mirando las vías del tranvía.

El chico apareció en su ángulo de visión, a escasa distancia de ella. Siguió caminando unos metros más hasta que se paró a esperar el tranvía en dirección al centro de Marsella.

Al cabo de poco rato, el chico, intuyendo la presencia de Nanée, miró por encima del hombro. Nanée cogió las llaves de su casa con la intención de fingir que vivía allí, confiando en que el hombre que la seguía no estuviera mirando hacia el portal. Confiando en que hubiera seguido andando en el otro sentido.

Oyó el sonido metálico de un tranvía aproximándose, esta vez en dirección al centro de Marsella.

Prestó atención al chirrido del vehículo al aminorar la marcha.

Lo vio pasar por delante de ella.

Lo vio pararse. El tranvía estaba justo enfrente.

Observó, aún desde su escondite en el portal, cómo se apeaban una anciana y una chica.

El chico subió al tranvía.

Oyó pasos, corriendo hacia ella justo en el momento en que el tranvía volvía a ponerse en movimiento.

Corrió a por él. Saltó justo a tiempo.

Y demasiado tarde para que el hombre que la seguía pudiera subir al tranvía.

No volvió la cabeza. Ni lo saludó con la mano, por tentador que le resultara.

Ya por fin en la dirección, Nanée llamó dos veces, tres, luego una, a la puerta de la habitación de un hotel. Se abrió mínimamente.

—¿Mensajera?

—Sí, por supuesto.

La puerta se abrió por completo: la invitación para entrar en la habitación.

Dos personas la miraban con expectación, dos personas que cualquier amante del arte conocería.

—Sus pasaportes checos están listos —dijo Nanée sin levantar la voz.

Varian tenía ahora un trato con Vladimír Vochoč, el cónsul checo en Marsella. Vochoč proporcionaría un pasaporte para todos los antinazis que Varian recomendara y, a cambio, Varian le proporcionaría el dinero necesario para poder imprimirlos en Burdeos, justo delante de las narices de los nazis. El cónsul tenía poderes para imprimir pasaportes en Francia, que tenían cubiertas de color rosa en vez de verde, pero los pasaportes checos de color rosa se habían vuelto tan habituales que los verdes, que eran los legales, podían llegar a ser tan cuestionados o más que los de color rosa, los ilegales. Dos veces por semana, Varian quedaba para desayunar con un amigo del cónsul checo en la habitación del hotel de la estación, donde se hospedaba aquel hombre, y allí intercambiaba un sobre con fotografías, descripciones y dinero por los pasaportes de los solicitantes previos. Varian no le daba a Nanée los pasaportes para que hiciera la entrega, pensando en su seguridad. Porque si la atrapaban con documentos falsos encima, ni siquiera su pasaporte estadounidense podría protegerla.

Dijo entonces a los dos artistas:

—Pasen mañana por la mañana por la oficina para recogerlos.

Le dieron generosamente las gracias, como si creyeran que el peligro había terminado, cuando no había hecho más que empezar.

Domingo, 20 de octubre de 1940
OFICINA DEL CAS, MARSELLA

Danny cogió un documento de identidad de la mesa de Varian. Varian, alarmado, lo recuperó rápidamente. No era, pensó Nanée, un comienzo muy propicio para un trabajo que Danny necesitaba de verdad, ya que T, Peterkin y él no habían sido capaces de sobrevivir con los ingresos que habían obtenido en los mercados del Languedoc con la venta de las uvas de los viñedos de su tío.

—Es falso —dijo Danny.

Varian tiró de él por la manga de la camisa, lo arrastró hacia el cuarto de baño y abrió el grifo. Nanée, con Dagobert pisándole los talones, los siguió y cerró la puerta.

—¿Con qué fundamento afirmas que esa *cart d'identité* es una falsificación? —preguntó Varian.

—Cuando Danny trabajaba con la policía de París, antes de la invasión alemana —respondió Nanée—, expedía discretamente documentos de naturalización y permisos de residencia para refugiados alemanes. Puede traducir tu correspondencia a la jerga burocrática francesa que llega a las autoridades. Sabe cómo obtener permisos que nadie quiere conceder. Y sabe dónde encontrar a la gente que andas buscando.

Dijo entonces Danny:

—Vichy no lo publicita, claro está, pero he oído comentar entre la red clandestina de refugiados que la mayoría se encuentra en un campo de internamiento cerca de Nimes, o de nuevo en Camp des Milles.

Obtener visados norteamericanos para gente que estaba internada en los campos era muy complicado. Las autoridades de los Estados Unidos sospechaban de ellos por el simple hecho de haber sido arrestados, y en el caso de que Vichy o los nazis acabaran liberándolos, podría darse la preocupación de que fueran simpatizantes nazis o, incluso, espías. Sin embargo, Varian tenía poderes para emitir visados para todos los integrantes de su lista.

—¿Crees que podrías sacarlos de allí? —preguntó Varian.

Nanée empezaba a encontrar aquella escena de lo más cómica. El cuarto de baño. El lavamanos. El triste espejito. El murmullo de voces al otro lado de la puerta. La mayoría de la gente que trabajaba en la oficina en aquel momento no tenía ni idea de las actividades ilegales del CAS; Varian había creado un grupo de voluntarios que ayudaba a los refugiados de maneras legales como tapadera del trabajo de rescate ilegal que llevaba a cabo.

—Sí, claro —respondió finalmente Danny—. Entraré y preguntaré quién hay por allí y si pueden marcharse conmigo.

Los ojos de Varian se iluminaron un instante antes de que interiorizara que Danny estaba diciendo una locura.

Dijo entonces Nanée:

—Si alguien consigue averiguar quién está encerrado allí, creo que podría intentar sacarlos.

La miraron ambos con incredulidad.

—Me infravaloráis, los dos —dijo.

Cuando Varian se fue, Nanée retuvo un momento más a Danny y abrió el grifo que Varian ya había cerrado.

—¿Cómo has sabido que ese documento de identidad era falso? —preguntó.

Gussie compraba documentos de identidad oficiales en los *tabacs*, y Bill Freier, el encargado de manipularlos, era capaz de imitar el sello oficial con solo unos pincelazos. Freier, quien había sido arrestado en Austria por crear dibujos y caricaturas antinazis y había escapado posteriormente del campo de internamiento francés de Le Vernet, vivía bajo un nombre falso en Cassis y se dedicaba a hacer falsificaciones para ayudar a otros refugiados y subsistir económicamente, tanto él como su prometida, mientras Varian intentaba gestionar los documentos de inmigración a los Estados Unidos. Nadie —absolutamente nadie— era capaz de distinguir sin una lupa los documentos de identidad creados por Bill Freier, y a veces ni siquiera así. Su firma era también increíblemente buena y lo hacía todo por el CAS por cincuenta céntimos el documento, cuando otros cobrarían trescientas veces eso.

—¿Qué tienes pensado para sacar a los refugiados de los campos, Nanée? —preguntó Danny.

—¿Cómo has sabido que ese documento de identidad era falso? —insistió ella.

—No será tan fácil como camelarse a un simple centinela, si eso es lo que estás pensando —replicó él—. Esos campos tienen rejas, torres de vigilancia y hombres armados.

—El documento de identidad, Danny.

Danny frunció el entrecejo.

—No ha sido por el documento en sí, sino por la cara que ha puesto Fry cuando lo he cogido.

Dagobert, esperanzado, se levantó y meneó la cola cuando Nanée se acercó al lavabo, pero ella se limitó a mojarse un poco las manos con el agua que seguía corriendo.

—Aun en el caso de que pudiéramos sacar a esos hombres de los campos —dijo Danny—, necesitan pasaportes, visados de tránsito y de salida franceses, visados de tránsito españoles y portugueses, un visado de destino final y una prueba de que tienen un pasaje para zarpar desde Lisboa. Portugal no quiere encontrarse repleta de refugiados cuando todo esto termine.

—Por lo que a la prueba del pasaje se refiere, la venerable agencia de viajes Cook nos proporcionaría billetes transatlánticos falsos por doscientos francos —dijo Nanée—. Y en cuanto a los visados de entrada, los chinos venden unos en los que puede leerse: «El portador de este documento tiene estrictamente prohibido, bajo cualquier circunstancia y en cualquier momento, pisar suelo chino». Por suerte, ni los franceses ni los portugueses saben leer chino.

Dagobert se tumbó en el suelo, escondiendo la cabeza entre las patas. Aquello iba a llevar su tiempo.

—Lo del resto de documentos es complicado, pero no imposible.

Durante las últimas semanas, los pasaportes temporales checos con los que habían trabajado hasta la fecha se habían cancelado. Y lo mismo había sucedido con los lituanos, en cuya obtención se habían gastado una fortuna. Y con los holandeses. Y con los panameños. Las nuevas normativas españolas y portuguesas hacían casi imposible conseguir visados de tránsito para ambos países al mismo tiempo, y Varian imaginaba que todos los nombres que se telegrafiaban a Madrid para obtener un visado de tránsito español acababan en manos de los agentes de la Gestapo que operaban en España. Lo cual significaba que, ahora, los refugiados solo podían ser enviados hacia España en el caso de no ser lo bastante famosos como para ser reconocibles y, además, tenían que viajar con nombre falso hasta llegar a Lisboa, lo que suponía un riesgo más. El CAS había pasado de enviar refugiados hasta la frontera por su propia cuenta a tener que escoltarlos, incrementando con ello el peligro para el personal de la organización. Y por mucho que lo hubiera intentado Varian, no había conseguido sacar refugiados del país en barco; los puertos y las costas estaban fuertemente vigilados.

—Hay un camino a través del Pirineo que esquiva a los guardias fronterizos franceses.

Nanée confiaba en que eso siguiera siendo cierto, o que volviera a ser cierto. La vía de escape por Cerbère, siguiendo la pared del cementerio hasta cruzar la frontera, estaba tan vigilada que ya no podía utilizarse.

Danny cerró el grifo y Dagobert se levantó de un brinco, esperanzado.

—¿Estás cambiando de idea? —preguntó Nanée, que abrió de nuevo el grifo.

Dagobert emitió un pequeño y desalentado ladrido y volvió a instalarse en el suelo y a esconder la cabeza entre las patas.

—La mayoría de los refugiados son judíos, Danny. —Los franceses tenían ahora una definición incluso más amplia que los alemanes de lo que era un judío, y Pétain y Laval estaban intentando llamar la atención de Hitler para demostrarle que también podían contribuir a su proyecto favorito, que eran capaces de perseguir judíos tan bien como lo hacían los nazis, para de este modo obtener un lugar privilegiado para Francia en la Europa de Hitler—. Sé que crees que sé más de lo que debería —continuó—, pero Varian no me ha contado nada. Funciona siempre con lo que estrictamente debe saber cada uno. Y por eso me parece que se te ha olvidado que soy una fisgona excelente.

—Ni se te pase por la cabeza, Nanée, que eres mejor fisgona que la Gestapo, incluso que los de Vichy.

—De modo que te sumas a nosotros.

No era para nada una pregunta. Después de una década de intentar convencer a Danny de que hiciera lo que ella quería, interpretaba sin problemas la aquiescencia en su tono de voz. Cerró el grifo.

Dagobert saltó a su lado, meneando de nuevo la cola.

—Tenemos que traer a T y a Peterkin aquí —dijo Nanée—. Y encontraros un lugar donde vivir.

Viernes, 25 de octubre de 1940
TRANVÍA DE LA LÍNEA 14, MARSELLA

Nanée, T y Miriam subieron al tranvía de la línea 14 en dirección este, que partía de la estación de Noailles, cruzaba el túnel de la Plaine y pasaba por el cementerio de Saint-Pierre. Habían dejado a Dagobert en la oficina, por miedo a que asustara a los potenciales arrendadores. Nanée había visto que en las colinas de La Pomme había casas con terreno, un lugar mucho mejor para el pequeño Peterkin (que estaba ahora con la madre de Danny, cerca de Cannes) que un hotel de ínfima categoría o una habitación realquilada en un edificio infestado de ratas y lleno de cucarachas en el centro de Marsella. Se apearon del tranvía para preguntar por los alquileres en una cafetería y, luego, siguiendo un impulso, cruzaron un paso subterráneo y llegaron a un lugar con vistas encantadoras de las colinas y los valles de Saint-Cyr. Enfilaron un camino largo y serpenteante flanqueado por plátanos de sombra y bojes, donde pilares de ladrillo delimitaban una finca, hasta que encontraron un cartel de «Prohibido el paso». Grabadas en uno de los pilares se leían las palabras «Villa Air-Bel», escritas en mayúsculas, un nombre tan similar al del hotel Paradis Bel-Air, un edificio repleto de pulgas donde se alojaba Miriam, que no pudieron resistir la tentación. Reinaba el silencio. No había tráfico. No había gente gritando al salir de los bares. No se oían los silbatos de la policía ni los ruidos del puerto. Nada, excepto el canto de los pájaros, el delicado crujido de las hojas a merced del viento, un goteo de agua en algún lado. Nanée empezó a ponerse un poco nerviosa, como si el ruido fuese una droga de la que se había vuelto dependiente para acallar sus pensamientos.

Justo cuando coronaban la larga cuesta y espiaban entre un grupo de árboles para vislumbrar una mansión en lo alto de la colina, blanca con contraventanas verdes, se oyó gritar una voz:

—¡Esto es una propiedad privada!

Un hombre encorvado corría hacia ellas por encima de dos planchas de madera que cubrían un canal de riego. Nanée le respondió diciéndole que estaban buscando una casa de alquiler.

El doctor Balthazar Thumin, según se presentó el hombre, se mostró fingidamente reacio —el alquiler les resultaría muy caro—, pero las condujo de igual modo por un sendero empinado hasta una villa de tres plantas con paredes cubiertas de hiedra hasta el tejado de tejas de terracota. Antes, se detuvo un momento en la casita del guarda para ir a buscar un llavero enorme cargado de llaves y siguió por un sendero poco cuidado, donde la gravilla empezó a clavársele a Nanée en los pies; había hecho reparar la suela de los zapatos, pero volvía a tenerla gastada de tanto andar para entregar los mensajes de Varian.

Los jardines estaban desatendidos, el estanque de forma oval cubierto por un moho verde apestoso y rodeado por setos descuidados y geranios, cinias y caléndulas con las flores marchitas; los senderos solo eran distinguibles por la diferencia entre las malas hierbas que luchaban por abrirse paso a través de la gravilla y las que prosperaban en suelo margoso. Las vistas desde el belvedere, sin embargo —simplemente una galería abierta flanqueada por plátanos de sombra, pero belvedere sonaba mucho más poético— eran amplias e infinitas y parecían suplicar que un pintor se instalara allí con un caballete. Pinos de afiladas agujas y los tonos plateados y verdes grisáceos de los olivos se prolongaban hasta las vías del tren y del tranvía, que corrían en paralelo, y, más allá, se vislumbraban un mar maravilloso y un cielo salpicado de nubes. Durante un brevísimo instante, Nanée se sintió transportada al belvedere de Marigold Lodge, contemplando la cuidada superficie de Superior Point, cubierta de césped y sauces, que se extendía hasta Pine Creek Bay y el lago Macatawa.

Cuando el doctor empezó a abrir las contraventanas de los seis pares de puertas dobles de la villa, T le dijo a Nanée en voz baja que incluso en el caso de que el interior estuviera tan descuidado como los jardines, Danny y ella jamás podrían permitirse aquello. Pero mirar no costaba nada, ¿y qué era la riqueza de Nanée sino un accidente de nacimiento, de hecho? Podía conservar también su habitación en el centro, pero de repente deseó que Peterkin se criara en una casa similar a aquella en la que ella se había criado, donde pudiera sentarse en un banco de ventana, o en las ramas de uno de aquellos árboles con un libro sobre el rey Arturo o Juana de Arco y leer en inglés igual que ella había leído en francés con su institutriz, y donde pudiera crear un disfraz de armadura a partir de papel de estaño. Se encontró deseando tener espacio a su alrededor, jardines tranquilos por los que poder pasear, personas que amara y que la amaran durmiendo bajo aquel mismo y curioso techo.

Debía de scr la edad —acababa de cumplir los treinta y uno—, o tal vez el momento en el tiempo que estaban viviendo. Había cumplido los treinta en un mundo que se había declarado en guerra casi sin darse cuenta. Pero los nazis ya se habían encargado del tema, ocupando París y media Francia e instalando a sus perros falderos en Vichy para dirigir el resto del país. Ahora, con la paz declarada, la guerra parecía mucho más real, y parecía también que no había hecho más que empezar. Solo aquella mañana, por ejemplo, se habían despertado con los periódicos mostrando unas fotos sorprendentes en las que se veía a Pétain estrechándole la mano a Hitler en Montoire. Y a pesar de que el pasaporte de Nanée seguía siendo estadounidense, Francia se había convertido en el único hogar que conocía, el único que quería tener.

—Echemos un vistazo —insistió. Y subiendo el tono de voz, para que el doctor la oyera—: Me recuerda a mi casa, aunque, claro, esta es mucho más pequeña.

El doctor sacó del bolsillo un paquete de Gauloises Bleues y encendió un pitillo. No les ofreció ninguno. Era un tipo anticuado y no le cabría en la cabeza que una mujer pudiera fumar.

—Hay dieciocho habitaciones —dijo—. Como he dicho, el alquiler resulta muy caro.

—¿Quiere negociar el precio antes de enseñarnos la casa? —preguntó Nanée.

En el interior, un vestíbulo con baldosas de mármol en blanco y negro daba acceso al *Grand Salon*, uno de los tres salones de la planta baja. Tenía un piano, una elaborada lámpara de araña, una cantidad abundante de mobiliario estilo Luis XV, una chimenea de piedra tan alta como Nanée, fría ahora pero con morillos de latón a la espera de recibir nuevos troncos, y un montón de cables feísimos recorriendo los zócalos por todas partes. ¡Electricidad! Nanée observó su imagen reflejada en un espejo manchado por el tiempo colgado encima de la chimenea, enorme, dorado y, sin necesidad de prestar mucha atención, revelando su regocijo más absoluto en su cristal ahumado. Al lado del espejo, las manecillas paradas de un reloj de pared anunciaban las 11:45, aunque ya era media tarde. La escalera hasta la segunda planta terminaba en una biblioteca muy similar a la de Evanston, con estanterías desde el suelo hasta el techo y una escalera de mano para alcanzar los libros más altos. Las puertas de la biblioteca daban paso a dormitorios espaciosos, todos ellos con una cama de matrimonio de madera de caoba, chimenea de mármol, armario y un detalle que a Nanée no le gustó mucho, un lavamanos con orinal discretamente camuflado. Pero, por suerte, en aquella planta había un inodoro con cisterna y en la tercera planta había otro. Y todo estaba en tremendamente buen estado para ser una casa que parecía estar habitada solo por fantasmas.

—No, no hay teléfono. No, tampoco hay gas. Ni calefacción central.

—Y no hay bañera —dijo Nanée.

Lo de la bañera no era, de todos modos, un punto excluyente. Más bien una protección para no ser estafada por ser norteamericana.

—Ah.

El doctor Thumin volvió a guiarlas hasta la planta baja, donde pasaron por una sala de desayuno con un encantador lavamanos de mármol, desde donde accedieron a una cocina con unos fogones cuya longitud multiplicaba por tres la altura de Nanée, un fregadero de esteatita con agua corriente, utensilios de cocina y vajillas. Y allí, abrió otra puerta que daba acceso a un tercer cuarto de baño, en la cocina, ¡por el amor de Dios!

—Un regalo de bodas para mi *grandmère* —explicó el doctor.

Nanée no estaba segura de si se refería a la bellísima bañera de zinc con un elegante grifo de bronce dorado emulando el cuello de un cisne o al cuarto de baño en su totalidad, pero no quiso preguntar por miedo a que la satisfacción de su voz pudiera delatarla.

Cuando salieron a la terraza desde la que se veía el mar, Nanée respiró hondo el aire de la campiña. Allí no había ratas. Ni peleas de taberna. Ni matones.

Se sorprendió al ver algo que descendía en picado hacia el abandonado jardín: el naranja-marrón moteado de una bella criatura salvaje que extendía unas alas blancas veteadas en negro.

—Un aguililla calzada —dijo Thumin—. O águila de Bonelli, como también se la conoce. Se sabe que es joven por la coloración. Deberían ver mi colección, para observarla de cerca.

—¿De cerca? —repitió Nanée.

—Soy un buen taxidermista —continuó Thumin—. Puedo enseñarles también un águila dorada, que se cuenta entre las aves más grandes y más escurridizas. Pasan días posadas sin moverse, lo que las hace imposibles de detectar. Son excelentes cazadoras.

Nanée estudió el águila intentando disimular su repugnancia. ¿A quién podía gustarle ver a una criatura salvaje como aquella destripada y rellenada y, mucho menos, hacerlo uno mismo? ¿Había, además, criatura más bella que una paloma huilota? Un ave preciosa, tan pequeña y tan vulnerable. Un ojo certero, decía siempre su padre cuando hablaba de la habilidad de Nanée con un arma de fuego. Una mano firme. Su padre le había enseñado a sujetar el cuerpo gris claro de la paloma moribunda, caliente aún en sus manos, y partirle el cuello dándole un golpe seco contra el cañón. Le había enseñado a limpiar la sangre de su pico color melocotón y a retirar el plomo que pudiera mancharle la carne. A sazonarla y cocinarla. Su padre la sentaba a su lado en una de las mesas de comedor de Marigold Lodge y comían la paloma para cenar porque eso era lo que hacían los cazadores: comerse lo que cazaban. Nanée cortaba la carne del ave en trocitos diminutos y cerraba los ojos antes de cada bocado, sin poder evitar recordar la sensación de aquel corazón acelerado sobre su mano. Engullía sin masticar y acompañaba cada devastador bocado con un enorme trago de leche.

El doctor dio el precio: mil trescientos francos al mes.

Una habitación ridícula con baño compartido en un hotel asqueroso de la ciudad costaba cuatrocientos cincuenta francos. La habitación de Nanée en el Continental le costaba casi mil trescientos.

—Pensarán ustedes que es demasiado, pero no voy a poder convencer a mi hermana de que acepte un solo franco menos —dijo Thumin—. El precio es este, y no negociaremos.

Se instalaron todos en la villa aquel mismo domingo: Nanée, Danny y T, con la idea de ir a buscar a Peterkin a casa de la madre de Danny al día siguiente. Miriam se les sumó para pasar sus últimos días en el país antes de partir en busca de su prometido a Yugoslavia. El *consiglieri* de Varian, Maurice, ocupó una de las habitaciones. Y, por supuesto, Gussie no podía quedarse atrás. Todos los demás miembros del CAS estaban conformes con sus viviendas, con la posible excepción de Varian; Miriam quería invitarlo a incorporarse a la casa, pero la idea de convivir con él le parecía a Nanée abrumadora.

Pusieron sábanas en las camas talladas a mano y entregaron las cartillas de racionamiento a *madame* Nouget, la cocinera que había contratado T junto con una criada llamada Rose, e instalaron la radio de Nanée en el *Grand Salon*, donde encajaba a la perfección con el espejo neblinoso y el bello e inútil reloj.

Estaban justo empezando a desembalar sus cosas cuando llegó Varian. Miró maravillado a su alrededor, como si hubiera olvidado que fuera de la oficina existía un mundo. A Nanée le sorprendió ver que su siempre reservado jefe no solo se subía las mangas de la camisa para ayudar, sino que además parecía tan emocionado como ella por la abundancia de espacio. Lo invitaron a quedarse a cenar en el comedor, con su mesa oscura y sus sillas con respaldo de cuero manchado, junto con Charlie Fawcett y su amigo, Leon Ball, un norteamericano que se dedicaba a vender nada más y nada menos que manteca, y que habían llegado acompañando a Varian. Charlie estaba cada vez más ausente de su labor de vigilancia de la puerta del CAS, y a veces no aparecía durante varios días, lo que empujaba a Nanée a sospechar que podía estar dedicándose ahora a guiar a los refugiados hacia España por el camino de los Pirineos, junto con ese tal Leon Ball.

Mientras comían sus exiguas raciones, Varian, con el infiel Dagobert sentado debajo de su silla en vez de debajo de la de Nanée, explicó que habían localizado a André Breton escondido, junto con su esposa pintora y su hija, en una casita de pescadores abandonada de Salon-de-Provence.

—Los hemos trasladado a la villa que tiene el cónsul norteamericano, Harry Bingham, en La Corniche mientras intentamos encontrar la manera de sacarlos de Francia, aunque es peligroso para todos los implicados.

Miriam propuso invitar a los Breton a ocupar dos de las habitaciones de la villa.

—Tu propuesta es muy fácil para ti, ya que te largas —dijo Nanée, recordando la noche en que André había estado en su apartamento de París. «¿Espiabas a tu padre? ¿Espiabas a alguien más?».

—André siempre ha puesto muy nerviosa a Nanée —dijo Danny.

—Pfff, ni siquiera lo conozco bien —comentó Nanée, en tono de protesta.

—André pone nervioso a cualquiera que tenga sentido común —argumentó T—. Pero es francés y no es judío, ¿verdad?

—El gobierno de Vichy considera que sus escritos son contrarios a su *révolution nationale* —dijo Varian.

Serían solo unas semanas, hasta que Varian los sacara de Francia. Acabada la cena, se reunieron en el *Grand Salon* para leer los periódicos, no periodicuchos franceses colaboracionistas, sino la prensa suiza, que ofrecía más información (aunque ni siquiera allí se criticaba a

Vichy), y los periódicos de una sola página que publicaba la Resistencia, como *Aujourd'hui*. Danny manipuló uno de los mandos descascarillados de la radio de Nanée para buscar la opaca señal de las noticias de la BBC.

—¡Espera! —exclamó Nanée cuando se oyó débilmente una música.

Danny siguió manipulando con cuidado la radio y subió el volumen. Música de *big band*. *En forma*, de Glenn Miller y su orquesta. ¿De dónde saldría?

Charlie Fawcett, que tocaba la trompeta, se levantó y con entusiasmo simuló estar tocando el trombón de Miller. Leon Ball se le sumó con el invisible saxofón.

Nanée se levantó también y agarró a Gussie.

—¿Sabes bailar, niño? ¡Vamos!

Varian levantó a Dagobert del suelo, cogió una de sus patas de la mano y empezó a bailar también. Y al instante, todo el mundo estaba bailando algo tan prohibido en la Francia de Vichy como era el *jazz*. Bailaron al ritmo de *I Let a Song Go Out of My Heart* de Duke Ellington y de *Frenesí* de Artie Shaw, con Charlie tocando un clarinete invisible incluso mientras bailaba con Nanée, y luego al ritmo de Judy Garland cantando *I'm Nobody's Baby*.

—¿Y esa chica canta que nadie la quiere? —dijo Charlie—. Pues no le pega ni con cola.

Ball y Charlie se lo pasaron en grande bromeando y diciendo que estarían encantados de que Judy fuese su chica y, entre tanto, Nanée se preguntó, igual que hacía Garland en la canción, si existiría en el mundo alguien que no fuese el bueno de Dagobert que decidiera darse una oportunidad con ella en el amor, o ella con él.

Sorprendentemente, la música procedía de una emisora de onda corta de Boston. En noches despejadas como aquella, en pleno campo, podían incluso escuchar música de los Estados Unidos.

Cuando dieron por terminada la velada, más tarde de lo que deberían, Ball dijo que Charlie y él dejarían a Varian en su casa por el camino, mostrándose evasivos en cuanto a cuál era exactamente su destino.

Pero Nanée le dijo a Varian:

—¿Por qué no ocupas la habitación azul? Podemos traer tus cosas desde Marsella mañana, cuando acabemos de trabajar. Pero Dagobert duerme conmigo, eso tenlo claro.

BARRIO DEL PANIER, MARSELLA

Nanée enfiló un callejón serpenteante flanqueado por burdeles decrépitos y bares, caminando pegada al fanguillo apestoso de la cloaca abierta que corría por el medio, pero si tenía que desaparecer, pensaba, tenía claro que quería que todo el mundo viera cómo desaparecía. Una rata que rondaba los edificios se paró para encaramarse a un cubo de basura y meterse dentro, menos amenazada por la presencia de Nanée que ella por la presencia de la rata. Otra cruzó como un equilibrista los tendederos instalados en las ventanas, donde colgaba deslucida ropa interior mezclada de forma imposible con ropa infantil de colores intensos. A Nanée le habría gustado llevarse a Dagobert con ella, pero sabía que estaría todo el rato tirando de la correa para meter la nariz en la cloaca, correr detrás de aquellas ratas y meterse de cabeza en el cubo de basura. Se arrepentía también de haber dejado su pistola con la culata con perlas incrustadas en la estantería más alta del armario de su nueva habitación, en la villa, por miedo a que pudiera incriminarla de algún modo si la policía la detenía de camino a entregar el mensaje cuyo significado Varian ni siquiera había querido compartir con ella. Había entendido, sin que Varian tuviera que decírselo, que no podrían torturarla para revelar lo que no sabía.

Estaba anocheciendo y el cielo era tan gris como la calle. Las ancianas sentadas en las puertas empezaban ya a enrollar las madejas de lana y a recoger las agujas de tejer para entrar pronto en casa, mientras que las prostitutas jóvenes salían para vender su mercancía. En Place des Moulins, una plaza con un café donde la gente se sentaba a tomar una última copa de cualquier cosa antes de que la humedad gélida de la noche hiciera su aparición, una mesa de hombres borrachos gritó para preguntarle a Nanée cuánto pedía. Se tragó una réplica inteligente y siguió andando hasta doblar por un callejón que quedaba a su derecha, repitiéndose para sí el mensaje: «Me temo que no habrá noticias de París». Debía entregarlo sin cruzar la puerta. No tenía que ver quiénes eran los receptores. Y tenía que marcharse inmediatamente. «Ni un momento más del necesario una vez que hayas entregado el mensaje, tanto por la seguridad de ellos como por la tuya».

La callejuela ascendía hasta tener una vista de los muelles más nuevos del puerto industrial, llenos de barriles, contenedores y gigantescas montañas de carbón cuyo destino era Inglaterra pero que no iban a ninguna parte debido al bloqueo. Empezó a lloviznar sobre el carbón, sobre la calle sucia y sobre Nanée.

Y allí estaba por fin la casa que andaba buscando. Las contraventanas que Varian le había descrito como rosas tenían el color del Pepto-Bismol que tomaba su padre. Una mujer entrada en carnes con una falda con un corte interminable y blusa escotada se inclinó en un umbral para ajustarse la liga, dejando los pechos a la vista de todo el mundo. Nanée miró por encima del hombro para ver quién era el objetivo de la prostituta, uno de los hombres de la mesa. ¿Estaría siguiéndola?

Pensó en su padre. Estaría revolviéndose en la tumba. Pero el hecho de que Varian le hubiese dado aquel encargo era un signo de la confianza que tenía depositada en ella.

Fingió que buscaba en los bolsillos algo para protegerse la cabeza de la lluvia mientras el hombre pasaba por delante de ella. El hombre aminoró el paso para mirar libremente los pechos de la mujer. Cuando continuó su camino, Nanée pasó de largo a la mujer y cruzó una puerta que daba acceso a una estancia llena de mujeres en paños menores y hombres mirándolas. Encontró la escalera al fondo y subió unos peldaños sucios y en mal estado hasta el cuarto piso. Llamó a la segunda puerta de la izquierda, dos veces, luego tres y luego una.

La puerta se abrió una rendija, retenida por una cadena que impedía la entrada.

—¿Mensajera?

—Sí, por supuesto —respondió Nanée—. Me temo que no habrá noticias de París.

—¡No! —gritó la mujer, un sonido desgarrador.

A sus espaldas se oyó un gemido, el dolor de un hombre. Pero Nanée dio media vuelta, dispuesta a volver a bajar por aquella escalera asquerosa.

—No se vaya, por favor. —La mujer estaba llorando—. No nos deje así. Esto es insoportable.

Nanée dudó al oír el tintineo de la cadena. La pobre mujer estaba intentando abrir la puerta y estaba tan aturdida que ni se daba cuenta de que tenía que cerrarla antes para retirar la cadena.

—Mi marido no lo soportará.

La mujer lloraba con más fuerza, el hombre estaba ansioso.

Nanée quería dar marcha atrás para consolarla. Siempre que había dado malas noticias, había podido hablar con los receptores para asegurarles que lo que acababa de comunicarles no significaba que nunca llegarían a conseguir sus papeles, que nunca llegarían a cruzar la frontera, sino que simplemente se había producido un retraso.

¿Pero aquello, «no habrá noticias de París», significaba algo más? ¿No solo que en aquellos momentos no había ayuda para esos refugiados, sino que no la habría nunca? ¿Que un padre o un hijo u otro ser querido que esperaban que pudiera huir tendría que quedarse en el país? ¿Que alguien había muerto?

¿De verdad que no podía pasar ni unos instantes consolando a aquella pobre pareja?

Sin embargo, en aquel momento vio que se abría una puerta, alguien atraído por la conmoción incluso en aquel lugar, donde nadie quería ser visto. Nanée oyó la voz de Varian en su cabeza, vio de nuevo su mirada cuando le había preguntado qué significaba aquel mensaje. «Ni un momento de más, Nanée. Ni una sola palabra más. Entregas el mensaje y te vas».

Jueves, 31 de octubre de 1940
CAMP DES MILLES

Edouard tiró de una ramita de digitaria que asomaba por una grieta del suelo del patio, el primer trocito de verde que comía en semanas. Era última hora de la tarde y los internos habían salido a respirar un poco de aire fresco. Solo Max se había quedado en el sótano dando forma a otro ladrillo, como si el arte excavado de una piedra fabricada de forma artificial fuera a salvarle.

—¡Todos dentro! —gritó el corneta.

Cuando Edouard se volvió, junto con los demás, hacia ese bostezo negro que eran las puertas de la fábrica, vio de reojo una figura que salía del campo, que acababa de cruzar ya ante la verja y se encaminaba hacia la estación de tren.

—¡Danny! —gritó, confiando por un brevísimo instante en que la espalda que se estaba alejando perteneciera a Danny Bénédite, aunque a saber el aspecto que tendría ahora Danny después de un año de guerra.

El hombre no se volvió. Y no podía ser Danny, naturalmente. Danny había estado en Dunkerque. Era lo último que había sabido Edouard de su amigo, y era demasiado esperar que el hombre que lo había salvado una vez pudiera volver a salvarlo.

Bajo la tenue luz de la bombilla colgada del techo, Edouard se desnudó, dobló con cuidado la ropa a pesar del polvo que contenía y la guardó en la maleta. Se puso el pijama y extendió la manta por encima de la paja. Costaba entender por qué se aferraban todos a aquella apariencia de normalidad, aunque valía la pena recordar que eran humanos, tal y como Max le había sugerido aquella primera noche, incluso después de tantos meses. La alternativa era empezar a perder la cabeza.

Con una mano en la cámara, escribió las líneas que cada noche dirigía a Luki, palabras que, a medida que la probabilidad de que llegaran algún día hasta ella menguaba, eran cada vez más honestas. Los demás hombres, que ocupaban hasta el último centímetro del espacio que se extendía a su alrededor, charlaban entre ellos, pero Edouard no quería hablar. Ver a aquel hombre que con toda probabilidad no era Danny le había devuelto un hilillo de esperanza, no porque alguien pudiera acudir a salvarle, sino porque alguien que hubiera conocido en algún lado pudiera salvar a Luki. Y con esa esperanza llegó un aluvión de recuerdos: la altura de Elza enfundada en un vestido plateado la primera vez que la vio, en un tugurio clandestino de Berlín cuando aún era posible reunirse clandestinamente; sus ojos delicados mirándolo desde detrás de un encaje delicado cuando él le prometió cuidarla y quererla, cuando la posibilidad de un para siempre parecía real; el primer contacto de su mano con la cara del bebé —para nada delicada— al que Elza había querido poner por nombre Lucca, en honor a la ciudad italiana amurallada donde Edouard había hecho la primera fotografía artística que había conseguido vender. Elza lo conocía muy bien. Sabía que era un egocéntrico. Había entendido a la perfección que conmemorar el momento en que se había convertido en artista en la minúscula y nueva alma de Luki lo uniría para siempre a la criatura. Aunque se había equivocado con respecto al significado de la fotografía tomada en Lucca. Era algo que resultaba difícil de ver hasta que alcanzabas un mínimo de éxito: que el éxito no era lo que te convertía en artista. Que se nacía artista. Que podías tener éxito en cuanto a vender o no vender tu obra, pero que la venta de arte no convertía a un hombre en artista más de lo que lo convertía en hombre. Que un artista simplemente lo era.

Todos aquellos hombres bajaban cada noche a trompicones los peldaños que conducían hasta los hornos fríos y vacíos del sótano para pintar o esculpir, para cantar o tocar música, para interpretar, para escribir palabras o notas musicales, y el hecho de que Edouard se hubiera ganado en su día la vida con su arte no lo hacía más artista que cualquiera de ellos. Lo que convertía a una persona en artista era la necesidad de crear. La necesidad y el hacer, el crear con lo que tuvieras a tu disposición. Y todos creaban arte mientras su cámara se mantenía inactiva, mientras los carretes de película que había llevado con él seguían sin ver la luz. Sí, hacía sus pinitos en otros medios. Ayudaba a Max con un fresco. Intentaba esculpir un ladrillo. Pero no se volcaba en la fotografía, que era su propio arte.

—¡Luces apagadas! —gritó el corneta desde lo alto de la escalera, otro que también era artista.

Max lo había dibujado tocando la corneta hacía tan solo unas horas. No las notas agudas del toque de diana que interpretaba cada mañana, sino una pieza de *jazz* tan cálida y triste que a Edouard le habría costado creer que salía de una corneta si no la hubiera oído personalmente.

Se apagó una de las bombillas. Luego otra. La última de las tres brillaba débilmente por encima de la cabeza de Edouard.

—¡He dicho que luces apagadas! —gritó el corneta, no enfadado, pero jugándose también el tipo y con tanto que ganar manteniendo allí la luz encendida como tocando *jazz* ilegal.

Max, al otro lado de la maleta de Edouard, dijo:

—Hoy te toca a ti.

Edouard se levantó y tiró del cordel para apagar la luz.

Alguien cerró una ventana en el otro extremo de la habitación.

—Déjala abierta, ¿puedes? —gritó Max—. El pestazo que hay aquí dentro es insoportable.

—Si la dejamos abierta por la noche, acabaremos helándonos —replicó alguien que dormía más cerca de la ventana.

Por toda la habitación se alzaron voces a favor y en contra de dejar la ventana abierta.

Max bajó la voz para decirle a Edouard:

—Dicen que hoy ha venido alguien. Alguien que busca a artistas e intelectuales que Hitler pretende silenciar. Y muy en concreto, a ti.

Edouard notó el corazón en la garganta, como la primera vez que tuvo a Luki en sus brazos, cuando Elza le hizo repetir sus palabras, cuando le pidió que se mostrara de acuerdo con su sugerencia: «La llamaremos Luki».

—¿Y algún rumor sobre si se trataba de un amigo o un enemigo? —consiguió decir.

La voz de Max flotó casi silenciosa en la oscuridad.

—Si tienes amigos por el vecindario, me encantaría conocerlos.

—Pero la Gestapo no opera aquí, tampoco en Vichy.

—Edouard, me parece que no eres tan joven como para ser tan ingenuo.

Edouard se recostó en su jergón, con la esperanza rezumando entre sus huesos cansados. Hacía mucho tiempo que no se sentía joven.

—Se ve que hay un grupo que está visitando los campos para identificar a quiénes de nosotros pretenden deportar a Alemania —le explicó Max.

Edouard cerró los ojos, planteándose de nuevo cómo escapar de allí. No podía permitirse correr ese riesgo. Ningún fugado había conseguido recorrer gran distancia antes de ser pillado, y mucho menos llegar a París, donde podría encontrar a Luki, o quizá no encontrarla. Pero si la Gestapo venía a por él, ¿qué otra alternativa le quedaba?

Viernes, 1 de noviembre de 1940
VILLA AIR-BEL

Nanée se quedó sorprendida por lo rápido que pusieron en marcha su vida conjunta en Villa Air-Bel. Por las mañanas, *madame* Nouget, T o cualquiera de los demás iban a ordeñar la vaca que habían adquirido clandestinamente, a la que habían bautizado como Madame LaVache-à-Lait, por los litros de leche que producía a diario. T, y después de que llegaran los Breton, también Jacqueline, daba cada mañana a sus hijos grandes tazones de leche, caliente aún de la vaca. Reservaban otro tazón para que se lo tomaran los niños antes de ir a dormir, de modo que incluso con el racionamiento —un cuarto de kilo de pasta y doscientos gramos de arroz al mes por persona, trescientos gramos de carne y ciento treinta de mantequilla y queso a la semana, y doscientos gramos de pan al día, todo ello escrito y contado en trozos de papel barato que se manejaban como tarjetas del bingo— no se fueran a dormir con hambre. Compartían el resto de la leche con madres del vecindario, que se presentaban cada mañana en la casa cargadas con jarras, una generosidad nacida de la preocupación por los niños, pero también una garantía de que nadie informara de la existencia de la vaca ilegal.

Casi todas las mañanas, Nanée, T y Miriam pasaban un buen rato en el belvedere con una taza de *ersatz*, una palabra de sonido agradable utilizada para describir un líquido de color claro elaborado a partir de bellotas y amitas o, con un poco de suerte, de raíz de achicoria o cebada, que solo era bebible con unas gotitas de zumo de uva a modo de edulcorante. Rose limpiaba y *madame* Nouget se ocupaba de la compra, una tarea que le llevaba horas debido a la escasez, consecuencia de que gran parte del alimento que se obtenía en Francia se destinara a la guerra alemana. Una chica española llamada María cuidaba

150

de Peterkin y de Aube Breton, mientras André escribía en uno de los invernaderos o en la biblioteca, la única estancia de la casa en la que mantenían la chimenea encendida todo el día, por su parte Jacqueline se dedicaba a sus pinturas. Todos los demás marchaban en tranvía a trabajar a la oficina del CAS. Varian había congeniado tan rápidamente con Danny que ya lo había nombrado director administrativo, el responsable de la oficina y la persona clave para localizar refugiados. T, con sus perfectos francés e inglés, trabajaba también con ellos.

Se reunían de nuevo a las siete para la cena comunitaria, en la que la comida tal vez fuera escasa pero nunca la compañía. Después, leían los periódicos y escuchaban la radio, a menudo hasta que la BBC acababa su emisión con una emocionante interpretación del *Dios salve al rey*, claro que sí. Jugaban a juegos inventados, siendo el favorito aquel que consistía en hacer una lista de diez personas que te gustaría ver muertas. Cantaban, siempre con Varian al piano y Gussie entonando con entusiasmo. Y si la noche era lo bastante despejada, intentaban recuperar aquella emisora de *jazz* de Boston, enrollaban las alfombras y bailaban.

El mismo día que los Breton se instalaron en el *château*, como se habían acostumbrado a llamar a aquel desvencijado lugar, los surrealistas de la zona se enteraron de la noticia y empezaron a dejarse caer por la villa a todas horas para rendir homenaje al fundador del movimiento, interrumpiendo constantemente el trabajo de André. La solución de Breton fue encargar a Gussie que hiciera correr la voz de que solo recibiría visitantes durante un «salón» que tenía pensado celebrar, el primero de los cuales tendría lugar en La Toussaint, el Día de Todos los Santos, una jornada destinada a honrar a todos los pobres santos que no se conmemoraban en un día especial. Cualquiera que quisiera visitarlo tendría que acudir a la casa de doce del mediodía a siete de la tarde para rezar a los buenos santos de las artes, quienesquiera que fueran, y disfrutar de comida, vino y juegos.

Aquella mañana —en pleno veranillo de San Martín, noviembre, pero aún lo bastante cálido como para poder ir en mangas de camisa—, colocaron mesas y sillas en el belvedere, manteles blancos, platos y cubertería para la escasa comida que *madame* Nouget había sido capaz de reunir, y grandes cantidades de vino. También blocs de papel, lápices y ceras de colores y plumillas, tijeras y pegamento, y revistas antiguas para los juegos. André quería que todo el mundo jugara.

Danny se encaramó a una escalera que le sujetaba Nanée y de allí a una rama de un árbol. Nanée, desde el primer peldaño, le pasó un cuadro. Algunos de los amigos de André que tenían intención de asistir a aquel primer salón habían contribuido con obras de arte que ahora pensaban colgar en los árboles. Danny cogió el cordel que sujetaba el lienzo, dejando el cuadro en manos de Nanée mientras él se encargaba de enrollar el cordel en la rama.

—Ya está —dijo Danny.

—¿Tú crees que es seguro?

Danny se quedó mirándola.

—Es un Miró, por el amor de Dios —dijo Nanée—. No seré yo la que le diga a André que se me ha caído desde tres metros de altura, que se ha estampado contra las piedras y que ya no vale nada, da igual el dinero que podría haber recaudado para ayudar a los refugiados.

Soltó con cuidado el cuadro. Este quedó colgando en un ángulo extraño, pero la escalera era demasiado precaria para atreverse a colocarlo bien y, de todos modos, le gustaba la inclinación que había adoptado.

Desde aquella altura, vio que Varian estaba sentado con Dagobert, buscando al parecer su consejo sobre si debería tener su propio perro. Últimamente, Dagobert pasaba tanto tiempo con los niños o con cualquiera de los demás como con Nanée, y era como si hubiese crecido y hubiese dejado de ser el niñito que siempre quería estar con su mamá para transformarse en un adolescente que prefería a sus amigos. Y su mejor amigo era, curiosamente, Varian.

Jacqueline Breton apareció justo en aquel momento, con el tintineo de sus pulseras como queriendo anunciar la llegada del móvil que le entregó a Nanée: una composición con pequeñas fotos en blanco y negro obra de Man Ray, que había conseguido huir de París a Los Ángeles. Sin color, a diferencia de los de Calder que tanto adoraba Nanée, móviles concebidos por vez primera en el estudio de Mondrian en París gracias a los juegos de la luz sobre una cartulina de colores pegada a la pared, de un modo similar, suponía Nanée, a como la luz del sol se reflejaba ahora en los cristalitos de colores que adornaban el cabello rubio de Jacqueline.

—Un poquito de arte pensado para ser colgado —dijo Jacqueline, que parecía una mujer mucho más madura que Nanée aun siendo las dos prácticamente de la misma edad. ¿Sería porque estaba casada con André, que le sacaba quince años? ¿Porque era madre de una niña de cinco años?

—Creo que deberíamos colgarte, Jacqueline —dijo Nanée, con la intención de hacerle un cumplido por el peinado pero con un resultado de lo más idiota—. Lo que quiero decir es que tú misma pareces una obra de arte.

—Si alguien pujara por mí, habría que venderme, por supuesto —replicó con brillantez Jacqueline—. Nunca se sabe. ¡A lo mejor sería una prostituta excelente!

Cuando Jacqueline volvió a la casa, Nanée le dijo a Danny:

—Tengo una idea para sacar a Edouard de Camp des Milles.

Danny sonrió.

—¿Edouard? Eso suena a amigos íntimos, ¿no te parece?

La noche anterior, Danny había vuelto tarde después de visitar Camp des Milles, donde había conseguido sobornar a uno de los vigilantes para que le dejara ver la lista de prisioneros. Y efectivamente, allí estaban retenidos varios de los hombres de la lista de Varian: Max Ernst, Hans Bellmer y, también, Edouard Moss. «¿Quién es Edouard Moss?», le había preguntado Varian. Moss era conocido en Europa, pero en los Estados Unidos no lo era tanto, y no hasta el punto de poder ser incluido en la lista de Varian.

153

—Podríamos amenazar con ir a la prensa si no lo liberan —propuso Danny—. Con Lion Feuchtwanger funcionó.

—Incluso mi madre, que rara vez lee, ha leído *Los hermanos Oppermann* —dijo Nanée—. Edouard Moss no es Lion Feuchtwanger.

Madame LaVache-à-Lait mugió a lo lejos. Siendo como era una vaca ilegal, estaban intentando enseñarle a no hacerlo, pero era menos obediente que Dagobert.

—Podríamos reunir a un grupo de artistas que ayudaran a incrementar su visibilidad, como hizo el PEN Club francés con Walter Mehring —sugirió Danny.

El PEN había escrito tantas cartas insistiendo en la liberación de Mchring que al final lo habían soltado.

—Eso fue antes de Vichy y de la demanda de rendición —dijo Nanée—. No hay demasiadas personas con tantas probabilidades de estar en una lista de la Gestapo como Edouard Moss.

Nanée recordó de nuevo las cosas odiosas fotografiadas por Moss, cosas que inspiraban un terror más absoluto en cualquier corazón decente que los gritos de las masas nazis o los desfiles militares: la niña saludando a Hitler, el hombre al que le estaban midiendo la longitud de la nariz, el hijo cortándole a tijera la barba a su padre judío ortodoxo. Gente normal y corriente. Que podría ser cualquiera de todos ellos.

Cuando hubo terminado de colgar el móvil en el árbol, Nanée bajó de la escalera, eligió otro lienzo de la pila de cuadros apoyados contra el tronco y volvió a subir.

—¿Has oído lo que te he dicho? —dijo, dispuesta a entregarle el lienzo a Danny.

Este hizo caso omiso del lienzo.

—Supongo que no te imaginarás que el comandante de un campo de internamiento te entregará a sus prisioneros solo porque tú se lo pidas.

—No a los prisioneros, sino solo a uno. —Imaginaba que era la bromita de Jacqueline sobre la posibilidad de ser una prostituta excelente lo que le había puesto la idea en la cabeza—. Aunque a Varian no le gustará el plan —dijo, ya decidida y deseosa de bajar corriendo a la estación de tren de Marsella en aquel mismo instante. Sabía, sin embargo, que debía calcularlo todo muy bien.

—No existe la más mínima posibilidad, Nanée, de que Varian te permita…, te permita…

—Creo que la frase que estás buscando es «poner en peligro mi virtud por nada más que la vida de un hombre».

Sonrió y volvió a ofrecerle el lienzo.

Danny se quedó mirándola a través de sus gafas de montura redonda. Sabía que Nanée ponía en riesgo su vida entregando mensajes, y ya estaba bien, ¿y ahora se sentía incómodo ante la idea de que fuera a ofrecerle a un hombre un poco de cariño que en absoluto sería sincero?

—Tal vez sea profético eso de que se me conozca como «la mensajera» —dijo Nanée—. Trafico con hombres. —Sonrió con picardía—. Y de verdad, Danny, te prometo que la virtud que pueda aún mantener intacta seguirá estando intacta.

Alcanzó una rama baja, pasó ella misma el cordel e instaló sin problemas el cuadro. La virtud era algo muy relativo, incluso cuando corrían buenos tiempos, y, en cualquier caso, tampoco era algo a lo que le diera gran valor desde que había salido de aquel caserón de Evanston.

Viernes, 1 de noviembre de 1940
VILLA AIR-BEL

Nanée estaba a la sombra de los plátanos del belvedere, viendo desde allí cómo André, como si el *château* fuese de su propiedad, saludaba a todos y cada uno de los cuarenta y pico escritores y artistas que iban llegando en tranvía para asistir a aquel primer salón. Muchos de los asistentes estaban en la lista de Varian y a la espera de recibir visados estadounidenses, muchos de ellos radicales en algún sentido, mientras que otros, como el mismo André, estaban excluidos por ser demasiado izquierdistas para el gusto norteamericano. Villa Espère-Visa, apodó el escritor ruso Víctor Serge a Villa Air-Bel aquella tarde. «Esperando un visado».

André decidió inaugurar el salón con la lectura de un poema escatológico por parte de su autor, Benjamin Péret, que fue recibido con silbidos y vítores. Luego invitó a los asistentes a participar en una versión en palabras del juego Cadáver Exquisito, en el que tenían que unir a ciegas una cadena de adjetivo, sujeto, verbo, adjetivo y objeto para formar frases descabelladas. De hecho, el nombre del entretenimiento provenía de una frase acuñada años atrás mediante este juego: *«Le cadavre / exquise / boira / le vin / nouveau»*. «El cadáver exquisito beberá el vino nuevo». Cuando a Nanée le tocó el turno de aportar el sujeto, le vino a la cabeza la palabra «canguro». Rodillas nudosas. Hoja de parra. No utilizó, sin embargo, nada de todo eso, y se decantó por «tren» y «estación», «prisa» y «encarcelado», pensando en que debería estar marchándose ya para intentar liberar a Edouard Moss de Camp des Milles. Pero el juego siempre era divertido y estuvo riendo con ganas. André decidió ir pegando en papelitos al árbol todo lo que le hacía especialmente gracia.

—Así podré mirármelo bien más tarde —dijo mientras servía otra ronda de vino.

Después pasaron a la versión con dibujos del Cadáver Exquisito, creando personajes estrafalarios, dibujando y utilizando también tijeras y pegamento, hojas caídas, corteza de árbol, ramitas, una etiqueta de una botella de vino e incluso trozos de comida, e incorporándolo todo para crear *collages*. Una de las criaturas resultantes se parecía tanto a una versión surrealista de Philippe Pétain, el primer ministro de Vichy, que André le puso por título *El primer colaboracionista*, y la pegó en el árbol.

André cogió un lápiz y creó un personaje entero, medio dibujo, medio *collage*, sirviéndose de hierba seca para el bigote y pedacitos de corcho tintados de rojo a modo de ojos.

—Hitler —dijo Jacqueline.

Y todo el mundo metió baza diciendo: «Sí, Hitler», lo que hizo que Dagobert, al que habían dejado encerrado arriba en la habitación de Nanée, con un hueso del caldo, se pusiera a ladrar como un loco. Era, de hecho, un Hitler cómico, una composición que podía provocar el arresto de todos si alguien la descubría. André lo tituló *Teppichfresser*, «Masticador de alfombras», por la rumoreada inclinación de Hitler a echar espuma por la boca, tirarse al suelo presa de rabia y acabar mordiendo la alfombra, literalmente. André lo habría pegado en el árbol al lado del cómico Pétain, pero la cola no estaba aún seca. Empezaron a crear otros *collages* emulando a personajes destacados y tratando de adivinar quién podría ser. Rara vez era obvio, pero nunca se quedaron sin adivinarlo. Era un juego divertido, emocionante y peligroso.

Óscar Domínguez —el artista que, en colaboración con Pablo Picasso, había creado *Jamás*, aquel gramófono que devoraba las piernas de un maniquí y que emitía aquella risa inquietante en la exposición surrealista de París— presentó al grupo su obra *Freud*. Parecía un naipe, lo que le dio a André la idea de que podrían diseñar una nueva baraja de cartas. No una baraja de tarot, sino una baraja normal y corriente con la que poder divertirse y jugar.

—Empezaremos con el *Freud* de Óscar.

—Podría ser el rey de la baraja —dijo Varian.

—¿Sabíais que las barajas de cartas tienen su origen en el ejército? —No era una pregunta, sino un conocimiento que André se disponía a compartir—. El trébol sugiere la paga militar, el corazón el amor del soldado. Pero en nuestra baraja habrá que prescindir de cualquier enfoque militar y monárquico. Nada de reyes, ni reinas, ni caballeros en los que no creemos.

Necesitaban cartas que reflejasen a sus héroes y sus valores, en eso se mostraron todos de acuerdo.

—En vez de rey-reina-caballero, podríamos tener ello-ego-superego —sugirió Jacqueline.

—Ahí te olvidas de la libido —dijo Óscar Domínguez.

—Un genio —dijo André—. Freud podría ser nuestro genio.

—Y en vez de caballeros, podríamos tener juglares —sugirió Danny—. O hechiceros.

—O brujos —apuntó Nanée.

—Magos —dijo André—. Como un brujo pero sin ningún mal.

—Aunque eso tiene cierto matiz religioso —dijo Nanée—. Creía que lo de la religión no te iba mucho, André.

—Pero me gusta la idea de la sabiduría —insistió André, y nadie puso ninguna objeción. Era la idea de André. El juego de André. El salón de André.

—Si no te importa lo de la religión, nomino a Juana de Arco para la tercera carta con rostro —dijo Nanée, pensando en Juana de Arco, el rey Arturo y su fracasada armadura de papel de estaño. ¿Qué protección había pretendido obtener con aquello?—. Una mujer guerrera, a quien la Iglesia católica se negó a reconocer durante siglos y a la que los ingleses condenaron por herejía y travestismo, creo que podría ser útil para cualquier surrealista.

—Nada de santos —pidió André.

—*Dosis sola facit venenum* —dijo Jacqueline—. El veneno está en la dosis.

—Ah, sí, Paracelso —comentó André—. El médico suizo,

alquimista y filósofo del Renacimiento alemán, que nos aportó el valor de la observación combinada con la sabiduría.

Jacqueline propuso a Paracelso como genio, en vez de Freud, y enseguida tomaron la decisión de que podían tener un genio distinto para cada palo, Freud y Paracelso.

—¿Y qué tal una sirena para el tercer personaje? —sugirió René Char.

—¿Una cantante tentadora? —replicó Nanée, dubitativa.

—Creo que una sirena me gustaría, Nanée —dijo André—, por el poder que ejerce sobre nosotros, los hombres.

La votación la dejó en minoría. Habría una sirena.

Empezaron entonces a imaginar los nuevos palos. En vez de picas, pensaron en una llave del conocimiento, hasta que al final decidieron quedarse con el ojo de la cerradura, el espacio que parece vacío pero que en realidad contiene los mecanismos ocultos que la llave debe activar. En vez de corazones, la rueda ensangrentada de la revolución.

—Esto empieza a parecer un juego comunista —añadió Varian, poniendo objeciones.

—En los Estados Unidos podréis llamarlo «la sangre del cambio» —dijo André tranquilizándolo—. Si consigues llevarnos allí, te legaremos los derechos sobre el cambio de nombre de la rueda.

Estrellas negras para los sueños, lo que le pareció a Nanée que no tenía ningún sentido.

—Las estrellas no son negras; lo que es negro es el cielo que las contiene. Y negro sería para las pesadillas.

—Hablando de pesadillas —dijo Victor Serge—, ¿es cierto eso que dicen de que la muerte de Walter Benjamin fue por suicidio?

Benjamin había llegado a la frontera española a finales de septiembre a través de una nueva ruta que tan solo unos días antes había funcionado a la perfección para Lion Feuchtwanger. A pesar de los consejos de viajar con poco equipaje para no llamar la atención, había insistido en cargar una maleta llena de manuscritos durante la caminata de diez horas por las montañas. Lo había conseguido, pero cuando se presentó en el puesto fronterizo español, le dijeron que ya no aceptaban la entrada de personas apátridas. Fue custodiado hasta un hotel cercano a la estación de tren de Portbou para ser devuelto a Francia. Murió en una habitación de aquel hotel. Un derrame cerebral, diagnosticó el médico, pero Benjamin había llevado consigo una cantidad de morfina suficiente para acabar con su vida. Ningún refugiado tenía seguridad total hasta que llegaba a su destino final.

—Necesitamos un nombre para el juego —dijo Nanée, para cambiar de tema.

—Con esa Comisión Kundt rondando por ahí, habrá más suicidios —reconoció Serge—. Un grupillo de los peores elementos de la Gestapo cuyo objetivo es deportar a Alemania a cualquiera de Rivesaltes, Gurs o Camp des Milles que pueda haber dicho alguna palabra desagradable sobre el Führer.

—Necesitamos un palo más —dijo Nanée, intentando eliminar de su cabeza la imagen de Edouard colgándose de una viga con una soga hecha con las mangas de su camisa en una habitación mugrienta de cualquier campo mugriento—. Para el juego.

—Algo para sustituir al rombo —dijo André—. Rojo.

—¿La llama ardiente del amor? —sugirió Jacqueline lanzándole una mirada cómplice a su marido—. Podríamos llamarlo *Le Jeu de l'Amour*.

El juego del amor.

Pero André quería conmemorar aquel momento, aquel lugar, aquel tiempo.

—*Le Jeu du Air-Bel?* —lanzó Danny—. *Le Jeu des Nazis?*

—Nada de santos ni pecadores en este juego —declaró André—. Nada de juicios de valor.

—*Le Jeu sans Compter?* —propuso T.

Compter: contar, pero también rendir cuentas, como en el juicio final. Un doble sentido. A André siempre le habían gustado los juegos de palabras.

—Eres una optimista, T —dijo Jacqueline—. Pero sugiero que no nos echemos el mal de ojo insinuando que vamos a acabar enfrentándonos a nuestro juicio final aquí en Marsella.

—Marsella —dijo André—. Eso es. Llamémoslo simplemente *Le Jeu de Marseille*.

Cada día que vivían en Marsella era un riesgo, pensó Nanée. Cada minuto que vivían en Marsella era un momento en el transcurso del cual podía perderse una vida. Debería haber ido aquella tarde a Camp des Milles. Debería haberse puesto en marcha en el instante en que se le había ocurrido la idea de cómo sacar a Edouard de allí. De todos modos, su plan debía implementarse a partir del anochecer. Y debería estar haciéndolo ya, en vez de perder el tiempo jugando bajo las estrellas de pesadilla de Marsella.

Sábado, 2 de noviembre de 1940
VILLA AIR-BEL

Nanée eligió el traje de chaqueta azul de raya diplomática de Robert Piguet que se había puesto cuando tuvo la primera entrevista con Varian, un traje que para ella gritaba a voces «Evanston». «Convincente», era como lo había calificado T, y aunque Nanée, con descaro, le había replicado «¿convincente de qué?», conocía la respuesta: convincente de que era una mujer importante, acostumbrada a ser escuchada y a ser tomada en serio. Y eso que el traje no era en absoluto aburrido. Acompañado por un cinturón negro y unos guantes negros, atraía la mirada de los hombres. Se cubrió con la gabardina gris. Le habría gustado ponerse un sombrero, pero una mujer con sombrero llamaba la atención, y sin salvoconducto ni manera de obtener uno sin tener que dar explicaciones de dónde quería ir, necesitaba ser lo más discreta posible hasta que se reuniera con el comandante de Camp des Milles.

Varian prentendía que hiciese un viaje de ida y vuelta en un solo día, que expusiera alguna historia sobre la hija de Edouard y pidiera que lo autorizaran a desplazarse a Marsella para gestionar la documentación para obtener un visado. Vichy permitía aquel tipo de cosas solo muy ocasionalmente, siempre y cuando se viajara custodiado por un oficial, lo que llevaría tiempo organizar. Nanée se había opuesto a la idea porque no quería atraer la atención hacia Edouard, a menos que pudiera salir del campo acompañado por ella, por miedo a que su visita lo hiciera más vulnerable aún ante la Comisión Kundt de la Gestapo.

—Miento fatal —dijo.

—Sabemos que eres una mentirosa excelente —replicó Varian—, incluso cuando lo niegas, me parece verdad.

Incorporó al conjunto un broche de diamantes y un anillo también de diamantes, guantes y una pizca de Chanel N.º 5 en la base del cuello, intentando no pensar en que era el aniversario de la muerte de su padre. Puso en una bolsa una muda de ropa interior, una blusa y un pantalón. El pantalón quedaría arrugado, pero estaría ya de regreso, y además tenía su pasaporte norteamericano; ¡al diablo con todo!

—Volverás esta noche, ¿no? —dijo T, al verle la bolsa.

—Sí, ese es el plan.

Estaba asustada, evidentemente. No había ninguna garantía de que su plan fuese a funcionar mejor que el de Varian. Pero la vida con garantías la había dejado atrás, en Evanston, y ya era demasiado tarde para pretender recuperarla.

—Hay un tren antes. ¿No quiere ir antes? —le preguntó la taquillera.

Nanée estaba comprando un billete con destino Arlés para evitar sospechas, puesto que no existía ningún motivo que pudiera empujarla a viajar hasta el pequeño pueblo de Les Milles excepto visitar el campo de internamiento. Para poner su plan en marcha —no el plan de Danny ni el de Varian, sino el suyo—, tenía que llegar al campo a última hora de la tarde, y le resultaría más fácil pasar el tiempo en Marsella que en la minúscula población de Les Milles, donde llamaría la atención.

—Un billete para el tren que sale más tarde —le insistió a la taquillera—. Y dos billetes de vuelta.

Armada ya con los billetes, bajó por la amplia escalera blanca de la estación para regresar al Boulevard de Athènes, pasó por delante de los urinarios, con su publicidad del aperitivo Amer Picon, y se dirigió hacia las fuentes del Palais Longchamp. Vio infinidad de establecimientos con carteles anunciando «nueva empresa francesa», lo cual quería decir que sus propietarios eran franceses, no judíos, hasta que encontró una cafetería sin el dichoso cartel, donde pasó medio día tomando tazas y tazas de café *ersatz*. Si Danny o Varian supiesen que había decidido tomar el tren más tarde para así intentar convencer al comandante del campo durante las tenues horas del atardecer y no a plena luz de día, le habrían impedido rescatar a Edouard de la única manera que imaginaba que acabaría funcionando.

Media hora antes de la salida prevista del tren, cubrió su traje con la gabardina gris y regresó a la estación. Allí, para evitar al atento encargado de validar los billetes y al policía que lo escoltaba, que tal vez querrían ver el permiso francés de desplazamiento que no poseía, fue directamente al Buffet de la Gare. Pidió una taza más de café *ersatz* y, cuando estuvo segura de que nadie la estaba mirando, corrió hacia la puerta del otro lado, que daba directamente a los andenes. Se sintió orgullosa de su astucia y su inteligencia, de su comportamiento ilegal. Naturalmente, sabía que durante el trayecto podían pedirle la documentación y que, de no disponer de la protección de su pasaporte de los Estados Unidos, las consecuencias de ser sorprendida en un desplazamiento sin los documentos necesarios podían ser espantosas. Pero tenía su pasaporte, y con él recorrió apresuradamente el túnel hasta la vía correcta, subió al tren correcto y se sentó en un asiento de ventanilla, como cualquier mujer norteamericana viajando por Francia haría.

Al llegar a la estación de Les Milles, Nanée se fijó en que en la misma calle había un hotel modesto donde en caso necesario podría reservar habitaciones, y luego fue directa al campo: varios edificios espantosos de una antigua fábrica detrás de una valla también espantosa, vigilantes armados observándola desde discretos escondrijos en lo alto, y hombres sucios y macilentos trabajando en el patio, una imagen que la inquietó más aún que los vigilantes y las armas.

—Vengo a ver al comandante —anunció en la puerta.

Podía ser cualquiera. La esposa del comandante. Su hija. Su hermana. Su amante.

El centinela dudó.

Se desabrochó la gabardina con la mano enguantada en negro, como si estuviera acalorada de andar deprisa, y dejó entrever el traje de chaqueta azul y el broche de diamantes.

—Un momento —dijo el centinela, invitándola a pasar al patio y cerrando la verja tras ella.

Mientras esperaba, Nanée estudió a los prisioneros, confiando en poder ver a Edouard o que él pudiera verla, pero si estaba entre los hombres que se pasaban ladrillos entre ellos de un lado al otro sin ningún objetivo evidente, ya le resultaba irreconocible. Las conversaciones de los hombres se interrumpieron. La miraron. Pero siguieron moviendo ladrillos.

Otros prisioneros cruzaron el patio cargados con tinas con lo que debía de ser la cena de los hombres. ¿Habría mesas en el interior? ¿Un comedor?

—¿Qué puedo hacer por usted? —preguntó un hombre, sorprendiéndola.

El comandante era alto para ser francés, con ojos pequeños y lo que en Evanston sería calificado de barriga opulenta. Alentadoramente poco atractivo. Los hombres sencillos, poco dados a la arrogancia, eran mucho más fáciles de encandilar.

Sonrió con toda la dulzura que le fue posible, sabiendo que incluso los peores hombres se sentían atraídos hacia las mejores chicas, aquellas que ni siquiera se imaginaban que pudieran llegar a tener algún día.

—Siento mucho llegar justo a la hora de la cena —dijo.

El comandante le devolvió la sonrisa y la hizo pasar a la caseta del centinela donde, dijo, tendría menos frío.

Una vez dentro, Nanée se despojó de la gabardina. La mirada del comandante se entretuvo en ella. Sí, le gustaba el traje de chaqueta. A todos los presentes en la caseta les gustó.

Nanée bajó entonces la voz.

—¿Habría, quizá, algún lugar más privado? El asunto por el que estoy aquí es… delicado.

Se ajustó bien el broche y pensó en cuánto le habría gustado tener un sombrero que le oscureciese la cara.

—A lo mejor aún no ha cenado —dijo el hombre.

Nanée sonrió de forma sugerente, aunque no demasiado.

El comandante se volvió hacia el centinela.

—Espero que *madame*…

—*Mademoiselle* —dijo Nanée.

—Ordene, por favor, que nos suban dos cenas a mis estancias privadas —le dijo al centinela.

Nanée dudó. Porque cualquier buena chica dudaría. Haciéndole desear al comandante algo que estaba fuera de su alcance.

—Le pido disculpas —dijo el comandante—, pero aquí no tengo un lugar mejor que poder ofrecerle.

Nanée sonrió, disculpándolo, y lo siguió.

CAMP DES MILLES

Nanée y el comandante tomaron asiento en una mesita de la sala de estar de una especie de apartamento, no el uno delante del otro, sino formando esquina, en una disposición más íntima; si Nanée no iba con cuidado de apartar las piernas, acabaría tocándolo. Y por eso fue cuidadosamente no cuidadosa cuando se quitó primero un guante, y luego el otro. Y entonces entrelazó las manos, de tal modo que el anillo de diamantes quedara justo delante de él.

—Muy amable por su parte, por dar de comer a una viajera cansada, *monsieur…*

—Robert —replicó el comandante.

Nanée apartó recatadamente la vista por miedo a que aquel hombre viera la repugnancia reflejada en su mirada. ¿Qué tipo de francés podía ser capaz de dirigir un campo como aquel? De haber sido un alemán, encontraría repulsivo tener que controlar a hombres que vivían tan miserablemente. Pero era un francés que debería estar luchando a muerte por salvar a su país. Y, en cambio, estaba dejando que los prisioneros se murieran de hambre mientras a él le servían pollo asado a las hierbas, patatas nuevas y delicadas judías verdes en una vajilla excelente y en una mesa puesta con cubertería de plata y adornada con un jarrón con las últimas rosas de la temporada.

—Robert —repitió Nanée, un nombre que resultaba más suave en francés que en inglés.

«Bobby». *Robe Heir*, sonaba en francés, un resultado muy cómico, puesto que traducido al inglés sería «el heredero de la bata». Se lo imaginó como un niño triste y patético, que jugaría enfundado en una bata vieja que habría sido de su abuelo. O de su abuela. Sí, un triste *robe heir*, el heredero de la vieja y deshilachada bata de su abuela.

Abrió una botella de vino tinto de la región.

Nanée extendió el brazo y le rozó la mano, cogió la botella de vino y le sirvió primero a él, después a ella, y dejó la botella junto a su plato para controlar la bebida. Se acercó la copa a la boca, mirándolo a los ojos y aparentando beber cuando simplemente se mojó los labios con el vino.

Sí, todo estaba yendo según el plan. Pero ¿cómo aguantaría aquel hombre la bebida? ¿Conseguiría emborracharlo lo suficiente como para que le entregara el permiso de residencia de Edouard y un permiso de salida del campo a cambio de nada de nada? Los hombres, a veces, eran tontos de remate. ¿Conseguiría, con pequeñas muestras de afecto, que siguiera bebiendo hasta que cayera dormido, sin que recordara nada de lo sucedido durante la noche, más allá de lo que su imaginación le permitiera?

La conversación fue fácil. O, mejor dicho, el diálogo en el que Nanée formulaba preguntas y dejaba que él hablara sobre sí mismo, lo cual en la alta sociedad quedaba sobreentendido como una conversación estupenda. ¿Acaso existía algún hombre en el mundo cuyo tema favorito no fuese él mismo? Cuanto más hinchaba las plumas como un gallo patético, más asco sentía Nanée, pero se esforzó por mostrarse en todo momento atenta a lo que le contaba, por reír elegantemente con chistes que no eran en absoluto graciosos y, con la frecuencia que le resultaba soportable, permitir con cuidado que sus piernas entrasen por un breve instante en contacto con las de él.

Trajeron una segunda botella de vino. Nanée se encargó de servirle al comandante y llenó también hasta arriba su copa. Por desgracia, aquel hombre gestionaba el alcohol maravillosamente bien.

—Tengo un amigo aquí, Robert —dijo: «Robe Heir».

—¿Ah, sí? Mejor no hablar de estas cosas durante la cena.

La chimenea estaba encendida para apaciguar el frío de la noche. Nanée miró por la ventana. Las chimeneas echaban humo, ¿para calentar quizá a los prisioneros? Lo único que se veía desde allí era campo; desde las habitaciones del piso superior, había que acercarse a la ventana para poder ver la alambrada que rodeaba la totalidad del campo. Sin embargo, no necesitaba volverse hacia la ventana que dominaba el patio y la fábrica para saber que el único calor que recibían los que estaban allí encarcelados era la proximidad de los cuerpos sucios de los demás apiñados en un espacio inapropiado y la compañía de pulgas y piojos, chinches, disentería y de los hombres que morían durante la noche.

Reapareció el asistente. Miró el plato de Nanée. Sí, había acabado, estaba delicioso, le dijo, preguntándose si el joven se comería a escondidas los restos.

—¿Le apetece un coñac? —preguntó Robert—. ¿Postre o queso?

Mandó al asistente a buscar coñac primero, luego a ver qué dulces había en la cocina.

—Y ahora, *mademoiselle,* tal vez pueda ya contarme qué puedo hacer por usted —dijo Robert ofreciéndole un cigarrillo.

Nanée lo aceptó, obligándose a rozarle la mano y a acercarse un poco más a él para que pudiera oler su perfume antes de que quedara ofuscado por el tabaco. Una pequeña parte de ella deseaba reír, como habría hecho de ver aquel momento representado en una pantalla de cine. Pero eran simplemente nervios. Nervios y asco.

—Tengo un amigo aquí —repitió.

Robert le encendió el cigarrillo. *Robe Heir.*

—¿En serio? Estoy seguro de que sabe que no puedo poner a nadie en libertad por el simple hecho de que su bella amiga me lo pida.

Nanée lo miró a los ojos mientras daba la primera calada y exhalaba el humo con elegancia.

Finalmente, el comandante continuó:

—Tal vez podría empezar dándome el nombre de su amigo.

Sacudió la ceniza en el pequeño cenicero de plata situado entre ellos. ¿Podía confiar en aquel hombre? Si le daba el nombre, ¿pondría a Edouard en un peligro aún mayor?

Se desabrochó la chaqueta como si quisiera ponerse más cómoda, revelando una pizca del suave forro amarillo de seda de la chaqueta y el cinturón que le ceñía la cintura.

—No es lo que se imagina —dijo—. Es un amigo.

El comandante esperó, observándola, poco convencido.

—Mi amigo es padre —prosiguió Nanée—. La madre de su hija falleció hace unos años. Su hija se ha puesto enferma y necesita de verdad a su padre. Vivimos tiempos sumamente difíciles para una criatura, incluso gozando de buena salud.

El plan de Varian, pero siguiendo la agenda de Nanée. Estaba decidida a salir de aquel campo acompañada por Edouard Moss.

—Son tiempos difíciles para toda Francia, por supuesto —dijo Robert.

Nanée cruzó y descruzó las piernas, asegurándose de que las medias de seda crujían suavemente, de forma casi inaudible, cuando sus muslos se rozaban debajo de la conservadora falda de raya diplomática.

El comandante apartó la vista y su nuez de Adán se movió de forma visible en su garganta.

—Si tuviera su nombre, podría plantearme la posibilidad de estudiar su dosier —dijo, cediendo mínimamente.

El asistente reapareció con una botella de Rémy Martin y dos copas. Robert le dijo:

—Necesito que me traigas el dosier de…

Miró a Nanée. El asistente la miró también.

Nanée dudó, pero ¿qué otra alternativa tenía, llegado aquel punto, que no fuera lanzarse a la piscina?

—Edouard Moss —dijo en voz baja.

El comandante le dijo al asistente que dejara la botella en la mesa y lo despidió sin darle las gracias. Se sirvió primero él, luego le sirvió a ella; el aroma punzante del coñac se incrementó al chocar contra el cristal.

Bebieron y charlaron, comentando que por mucho que los franceses anduvieran escasos de todo, aún tenían buenas reservas de vino y coñac. Nanée estaba empezando a imaginarse cosas terribles —que tal vez estaban castigando a Edouard porque ella había preguntado por él, o que Edouard ya no estaba allí porque, igual que habían hecho

Hasenclever o Benjamin, había claudicado de todas sus esperanzas y se había quitado la vida—, cuando reapareció el asistente con el dosier y un plato de *madeleines*.

Nanée esperó a que el asistente se fuera, a que el comandante centrara otra vez toda su atención en ella, para partir por la mitad una *madeleine* y llevarse un trocito a la boca.

La nuez de Adán del comandante se agitó de nuevo en su garganta.

La pasta estaba grumosa y agria, como todos los fragmentos de aquella cena que había sido capaz de engullir. Bebió un poco de coñac.

El comandante la invitó a sentarse con él en el sofá donde, le aseguró, sería más fácil poder consultar juntos el dosier. Tomó él asiento, después de coger la copa y el dosier, por lo que Nanée no tuvo más remedio que seguirlo.

El comandante abrió el dosier y leyó rápidamente su contenido. Levantó la vista y se quedó mirando a Nanée.

—¿Y está pidiéndome solo que se le conceda permiso para ir a…? ¿Dónde ha dicho que se encuentra su hija? —Su voz sonó algo más aguda, excitada—. Si la niña está en Marsella con usted, podría tal vez disponerlo todo para que lo escoltasen y realizar una breve visita.

Nanée cogió otro cigarrillo y se inclinó hacia él para que se lo encendiese. Esperó, ni siquiera imaginándose esta vez la posibilidad de reír ante la escena.

Se desabrochó el primer botón de su blusa de crepé de China, como sugiriendo que en la estancia, generosamente caldeada, hacía mucho calor.

—Parece usted un hombre de honor, Robert —dijo—. ¿Es usted un hombre de honor? ¿De los que cumplen sus promesas?

Domingo, 3 de noviembre de 1940
CAMP DES MILLES

Fuera estaba oscuro, era más de medianoche, pero aún se oía un leve murmullo bajo la ventana. Nanée se levantó y vio a los hombres a la luz de la luna, haciendo cola para visitar las letrinas. Se envolvió con la gabardina, intentando imaginarse en cualquier otro sitio lejos de allí mientras el comandante roncaba, dormido en el sofá. Y lo que le vino a la cabeza fue aquella fiesta en su apartamento de París, con Edouard Moss explicándole por qué en el arte surrealista las mujeres solían aparecer desnudas y desmembradas: porque los hombres estaban interesados en explorar, sin ningún tipo de juicio moral, la obsesión, la ansiedad, incluso el fetiche.

«Sin ningún tipo de juicio moral», se dijo. Con una vida en juego. Era creíble. Sí, perfectamente creíble.

Pero todo había salido mal. Habían estado sentados en el sofá con el dosier de Edouard y un permiso para salir del campo en la mesita de centro. Dos besos castos, nada más. Ella le había puesto la pluma en la mano. Y él le había parecido de lo más complacido por poder hacerle aquel favor.

Entonces, él había dejado la pluma al lado del permiso sin firmar y le había tocado el hombro con la punta del dedo, como si quisiera un último beso. El dedo había ido descendiendo por una de las rayas del traje hasta su pecho. Ella había puesto claramente reparos.

Le había puesto entonces la mano en la nuca y había enredado los dedos en su cabello. Quería otro beso; de acuerdo, un beso más.

Pero no la había besado, sino que le había acercado la boca al oído y le había susurrado.

—Quiero que me lo supliques.

¿Se había reído ella? No, había querido hacerlo, pero se había dado cuenta de que hacerlo sería muy peligroso.

Y entonces él se había colocado encima de ella en el sofá, había introducido la mano en su blusa, después en el sujetador. ¿Le había hecho daño? ¿Le había dolido? Aquel tipo estaba borracho. Estaba borracho y era grande y el peso de su mano sobre su cuello le había dificultado respirar.

Era él quien debería sentirse avergonzado, se dijo. No ella. Pero se sentía sucia. ¿Qué habría hecho para permitirle creer que los «juegos» que le atraían a él podrían resultarle atractivos a ella? Porque eso era lo que significaba para él: un juego. Se había convencido a sí mismo de que su cara de cerdo y su barrigón eran de lo más atractivos para Nanée. Que admiraba el poder que tenía para humillar a los demás, para humillarla también a ella. Que le gustaba el «juego duro». La obsesión. La ansiedad. El fetiche. Y en cuanto hubo acabado, le había dicho que sabía cómo satisfacer a un hombre. Se lo había dicho como un cumplido, como una forma de excusar su fetichismo proyectándolo en ella.

Seguía roncando, seguía en el sofá. Nanée quería marcharse, huir de aquella habitación espantosa y de aquel hombre espantoso. Pero si le insinuaba de algún modo que no había disfrutado de sus atenciones, si se iba para regresar por la mañana a recoger a Edouard, o incluso si se cambiaba y se vestía con ropa limpia antes de que se hiciera de día, se reiría de la idea de que le había prometido algo. ¿Y qué recurso le quedaría entonces?

Por fin salía el sol. En el patio se oían voces, más que el simple murmullo de los hombres haciendo cola para ir a las letrinas. Intentó concentrarse en ellas, escucharlas, distinguir entre esas miles de voces la de Edouard, que había oído una sola noche hacía casi tres años.

Horrorizado, sí. Su padre estaría horrorizado. Habría sido capaz de matar de un tiro al comandante con tal de defender el honor de su

173

hija, pero lo sucedido era también la humillación de ella, su vergüenza… Su padre lo veía así. Y su madre. Y sus hermanos. Cualquier conocido. Se había puesto en una posición comprometida. Y al hacerlo, había permitido que sucediera lo que había sucedido. Lo había provocado ella misma, pensaría mucha gente. Y un domingo por la mañana, nada más y nada menos. El día del Señor. El mismo día en que, hacía una docena de años, el Señor se había llevado a su padre.

En el patio, empezaron a pasar lista, por número. Intentó no pensar en nada más que no fueran las voces. Finalmente, el carcelero gritó: «Ciento treinta y dos». El número de Edouard. Eso sí lo había averiguado Danny.

Silencio.

Nanée experimentó una oleada de náuseas, la sensación de que había hecho todo aquello para nada. Pero Danny le había confirmado que Edouard Moss estaba allí. Y el dosier de Edouard seguía allí.

«Ciento treinta y dos», respondió por fin una voz, una voz insegura. ¿Era la voz de Edouard? Nanée habría jurado que su voz sonaba más joven, más grave y más cálida. Pero era normal que sonara más mayor. Ahora, todo el mundo envejecía muy rápido.

Cogió la bolsa y la gabardina gris y se encerró en el cuarto de baño privado del comandante. Se moría de ganas de ducharse, pero en la puerta no había pestillo. Abrió la bolsa y sacó la ropa interior limpia, la blusa, el pantalón, los calcetines y su pañuelo de aviador. Solo cuando lo tuvo todo listo se liberó rápidamente de la chaqueta y la blusa. Humedeció la punta de una manga de la blusa sucia, se quitó el sujetador, se lavó un poco el pecho y se vistió con la ropa interior y la blusa limpias. Se quitó el liguero, las medias y las bragas y se limpió como pudo con la manga de la blusa, y solo entonces se despojó de la falda para ponerse el pantalón. Se cubrió con la gabardina gris y se envolvió el cuello dándole una vuelta al pañuelo, rematándolo con un nudo flojo.

Habría dejado la ropa en el suelo de no haberse imaginado al comandante sobándola. *Robe Heir*. El triste heredero de la vieja y deshilachada bata de su abuela. Guardó de forma apresurada la ropa en la bolsa, la cerró y se lavó las manos. Y entonces, finalmente, se miró al espejo, cuando todo lo que él había tocado estaba limpio o fuera de la vista.

Tenía un moratón en la base del cuello que empezaba a adquirir un tono azulado. «Quiero que me lo supliques».

Colocó bien el pañuelo para ocultarlo y se subió además el cuello de la gabardina. Nadie podía enterarse de aquello. Porque cambiaría la forma en que los demás la verían, independientemente de que la culparan o no de lo sucedido. La mirarían fijamente, intentando ver, imaginándose cosas.

Volvió a la habitación e hizo ruido suficiente para que a aquel hombre no le quedara otro remedio que despertarse.

—Necesito llevar a *monsieur* Moss con su hija —dijo.

Sabía que lo adecuado sería comentar lo mucho que había disfrutado de la velada con él, pero a pesar de la confianza que Varian y Danny tenían depositada en su talento para la mentira, sabía que sus dotes no llegaban tan lejos. «Odio tener que meterle prisa de buena mañana», intentó obligarse a decir, pero le resultó imposible. «Le estaría agradecida si pudiese…». Pero no podía estarle agradecida por nada, jamás.

Acarició el permiso de residencia de Edouard protegido en el bolsillo de la gabardina, donde lo había guardado en cuanto pudo levantarse del sofá, cuando el comandante se quedó dormido. La autorización para abandonar el campo estaba en la mesa, junto a la pluma.

El comandante se rascó la barriga peluda por debajo de la camisa que no se había quitado desde la noche y lanzó una mirada de desaprobación hacia el pantalón de Nanée.

—Debe firmar la autorización y pedir a alguien que me conduzca hasta él —dijo Nanée con firmeza—. Debe decir a sus hombres que Edouard Moss se va a marchar conmigo.

Domingo, 3 de noviembre de 1940
CAMP DES MILLES

Los hombres estaban apiñados en la fábrica alrededor de unas tinas con café que iban sirviendo en tazas de metal a cucharones. El comandante no la había acompañado personalmente, por supuesto, sino que había encargado a uno de sus hombres que la llevara hasta Edouard Moss, que le sería entregado siguiendo sus órdenes.

—¿Edouard Moss? —preguntó Nanée al primer prisionero que encontró, esforzándose por no subirse el pañuelo hasta la nariz para defenderse del hedor que desprendían tantos hombres conviviendo en la planta inhabitable de aquella fábrica. No era culpa de ellos, lo sabía bien, pero era insoportable.

Un murmullo se transformó en una oleada de silencio y todo el mundo se quedó mirándola.

—¿Edouard Moss? —gritó.

No hubo respuesta.

—¡Edouard Moss! —insistió—. Vengo a buscarlo. Tengo un permiso para llevarlo a Marsella.

Otro murmullo, no extendiéndose esta vez sino simultáneo, y muchos de los hombres miraron hacia el centro del espacio, donde colgaba una de las tres bombillas peladas.

Pero siguió sin haber respuesta.

Se acercó a la bombilla, con miedo a lo que pudiera encontrar. Edouard podía haber muerto por la noche mientras ella estaba con el comandante. ¿Por qué había esperado? ¿Por qué no había pedido la liberación de Edouard aquella misma noche? Pero se había visto obligada a avanzar con cautela porque el comandante podría haber cambiado muy fácilmente de idea. De hecho, aún podía cambiar de idea.

Los hombres se apartaron para dejarla pasar. El carcelero se mantuvo a los pies de la escalera, sin ganas de sumergirse en aquel hedor.

—Creo que está en las letrinas —dijo un anciano.

Miró a Nanée a los ojos y luego miró una maleta que estaba de pie en el suelo, entre un camastro de paja y otro. Encima de la maleta había una foto: Edouard y una mujer tan parecida a Nanée que podrían ser hermanas. Elza Moss, que seguiría eternamente tan segura de sí misma y tan joven como en aquella foto, incluso cuando la niña que tenía en sus brazos se hiciera mayor, incluso cuando el pelo de su marido encaneciera, incluso cuando Nanée viera aparecer arruguitas en las comisuras de sus ojos.

—¿No ha dicho alguien que ha visto a Edouard en la cola de las letrinas? —dijo el hombre mirando a los que tenía a su alrededor. Y entonces, ante la estridencia de la respuesta que recibió, le susurró a Nanée—: Hace dos noches estaba aquí, pero no se le ha vuelto a ver desde ayer por la mañana.

Nanée pensó que iba a vomitar, por la sensación de pérdida, por el dolor y por la rabia. Había llegado tarde para salvar a Edouard, igual que había llegado tarde para salvar a su padre aquel mismo día, doce años atrás; había llegado tarde incluso para verlo. Y el comandante, el malvado heredero de la bata, sabía que llegaba tarde. Le había hecho creer que quería ofrecerle lo que él quería hacer suyo a cambio de la liberación de un hombre que sabía que estaba muerto.

—Vinieron preguntando por él —continuó el anciano—. La Gestapo.

¿La Gestapo? No, el que había preguntado por él había sido Danny.

—Los de la Gestapo vendrán a por él —dijo el hombre—. No permitas que se enteren de que no está aquí. Concédele todo el tiempo que te sea posible.

—¿Así que no está muerto?

El rostro del hombre reflejó su sentimiento de alarma. Nanée había subido demasiado la voz.

Dijo el anciano en un murmullo:

—Te han dado permiso para que vinieras aquí a buscarlo, Nanée.

Nanée se quedó sorprendida al oír su nombre. ¿Cómo sabía aquel hombre quién era ella? Lo miró con atención: una cara alargada que le resultaba familiar, una calvicie incipiente, los párpados caídos.

—Tenía miedo de que… —dijo el anciano—. A veces los hombres mueren en las letrinas por la noche y ni siquiera sabemos dónde van a parar. Su foto, con su esposa y su hija. Estaba seguro de que estaba muerto. Podía imaginármelo dejando aquí la maleta, pero nunca la foto. Pero el hecho de que te hayan dado permiso para entrar a buscarlo sugiere que creen que todavía sigue aquí.

—Ha respondido cuando han pasado lista. Lo he oído —dijo Nanée, comprendiendo, al mismo tiempo que decía aquello, que lo que había oído era la voz de aquel hombre—. No puedo marcharme sin él —musitó.

—Si lo encuentran, lo enviarán a Dachau, como ejemplo para el resto de nosotros. Dachau. Es un campo de trabajo alemán.

Lejos de ayudar a Edouard, lo había puesto más en peligro al revelar el hecho de que ya no estaba allí y se había dado a la fuga.

—Venga conmigo —dijo—. Fingirá que es Edouard.

El hombre se quedó mirándola, confuso.

—Sería demasiado peligroso. Soy muy conocido.

—Finja que es Edouard —insistió Nanée—. Lo sacaré de aquí.

El guardia llamó a Nanée, intentando indicarle que se llevara de una vez a su presa de aquel maldito lugar.

—Pero… es que soy Max Ernst —dijo el interno—. Incluso el carcelero más tonto sabe perfectamente quién soy.

Nanée intentó disimular su asombro, pero vio en el rostro de Max que también había llegado tarde para eso. Sí, era su nariz romana, sus ojos hundidos. Max Ernst había estado en su apartamento de Avenue Foch la noche de la exposición surrealista, acompañado por Leonora Carrington. Nanée los había visto posteriormente a los dos en otras reuniones. Tenía el pelo blanco y fino ya entonces, pero ahora casi no tenía, igual que tampoco tenía apenas salud.

—Y ese de ahí no es de los que se saltan las reglas —dijo.

El carcelero, viendo que Nanée miraba hacia él, le indicó de nuevo con un gesto que se diera prisa. Pensó que podía desafiarlo; que hacerlo no tendría probablemente consecuencias para ella. ¿Pero qué pasaría con aquellos hombres? ¿Qué pasaría con Max Ernst?

—Si das a entender que Edouard no está aquí —dijo Ernst—, todo Vichy saldrá a buscarlo.

¿Y qué otra elección tenía?

—Invéntate algo —dijo Ernst—. Cualquier cosa. Di que volverás a por él. Si les dices que no está aquí, lo encontrarán y lo enviarán a Dachau. ¿Hasta dónde puede haber llegado a pie solo en un día?

Cogió la fotografía de encima de la maleta y se la entregó.

—Cógela —dijo Ernst—. Encuéntralo. Y dale la foto, con recuerdos de mi parte.

—Pero si lo devuelven aquí, si lo capturan y lo devuelven aquí, la necesitará más que nunca.

—Ya te he dicho que, si lo capturan, no lo devolverán aquí.

Domingo, 3 de noviembre de 1940
CAMP DES MILLES

Nanée no se reunió de nuevo con el carcelero hasta que los hombres empezaron a salir para comenzar su jornada de trabajo, hasta que el patio estuvo lo bastante concurrido como para que no fuera tan evidente que cruzaba aquel espacio vacío sin la compañía de Edouard.

—¿Y el prisionero? —preguntó el carcelero.

Nanée acarició el marco de la foto que se había guardado en el bolsillo de la gabardina, mientras que la documentación de Edouard seguía en la otra.

—Está en las letrinas —respondió—. Al parecer sufre disentería, y se trata de un caso tan grave que le resulta imposible viajar.

El carcelero la miró con escepticismo. Nanée imaginó que a aquellas alturas el campo entero sabía cómo había pasado la noche.

—La acompañaré, entonces, hasta el comandante.

—Me temo que tengo que darme prisa si no quiero perder el tren.

No, no la creyó. Al final resultaba que no sabía mentir tan bien como decían. Miró de reojo a Max Ernst, que la estaba mirando tal y como habían planificado. Nanée se inclinó hacia el carcelero y le dijo en voz baja:

—No creo que a ningún carcelero de este campo le ayude mucho que el comandante piense que un prisionero al que acaba de acceder a liberar se haya escapado. No creo que le guste quedar como un tonto. —Calló unos instantes para permitir que la idea se captara, se asentara, lo alarmara—. Cuando nadie mire, me abrirá la verja y me iré.

De este modo, si conseguía encontrar a Edouard, tendría su documentación y parecería que había salido legalmente de allí. Pero, por otro lado, no podía ser vista marchándose sola, sin él.

—¿Cómo voy a hacer para que nadie vea cómo se marcha una mujer como usted? —replicó el carcelero.

—Ya me encargo yo de esto.

El hombre se quedó mirándola. Y Nanée se dio cuenta de que estaba en un dilema. Debería haber sentido lástima de él, pero aquel hombre era un francés que sabía cómo estaban obligados a vivir todos aquellos internos y que no hacía nada por ayudarlos. Ni siquiera se rebajaba a acceder al espacio donde dormían.

Nanée se llevó la mano a los labios, la señal que había acordado con Max, que estaba saliendo en aquel momento al patio con otros hombres.

Max asintió. Sí, la había visto.

—De acuerdo, pues —le dijo Nanée al carcelero—. Ahora me llevará a recoger mi maleta en la caseta del centinela y me acercará todo lo posible a la verja sin que dé la impresión de que voy a marcharme.

Lo cogió del brazo y él echó a andar a su lado en dirección a la salida de la fábrica.

—Garantíceme que no castigará a los hombres que van a salvarle el pellejo con lo que están a punto de hacer —dijo Nanée—. Convencerá al comandante y a los demás carceleros y a todo aquel que sea necesario de que ya se ocupará usted de esos internos, y si me entero de la más mínima sugerencia de que han sufrido algún maltrato, visitaré de nuevo a su comandante. ¿Entendido?

La nuez de Adán del carcelero se sacudió de arriba abajo. Cuando un hombre era débil, deseo y miedo iban prácticamente de la mano.

Llegaron a la caseta del centinela, recogieron la maleta que Nanée había dejado allí al llegar y salieron por el otro lado, el que quedaba más próximo a la verja de entrada. Max, que observaba la escena desde la fila de hombres que ya habían empezado a mover ladrillos, la siguió con la mirada. Instantes después, dio un puñetazo al hombre que dormía a su lado en aquel maloliente sótano, tal y como habían acordado. Todo el mundo se volvió hacia la pelea y los carceleros se dispusieron a intervenir.

El carcelero que acompañaba a Nanée le abrió la verja y ella abandonó el recinto, con los documentos de Edouard Moss, aunque sin él.

Domingo, 3 de noviembre de 1940
VILLA AIR-BEL

Nanée llegó por fin a su habitación con su maletita y Dagobert la recibió lamiéndole los zapatos y los tobillos.

—Tranquilo, Daggs —dijo—. Estoy bien.

Pero ni siquiera tenía energía para acariciarlo.

Había entrado a Villa Air-Bel lo más sigilosamente posible, sin ganas de responder preguntas de nadie sobre el campo o sobre el largo trayecto de regreso en tren, durante el cual había mostrado al revisor solo su pasaporte norteamericano y su billete, y después había contenido la respiración y había sonreído con inocencia mientras él lo estudiaba —¿no tenía permiso de desplazamiento? ¿Y por qué había subido en Les Miles con un billete desde Arlés?—, hasta que el hombre había dado por bueno el billete sin hacerle preguntas y había pasado al pasajero siguiente.

Cerró la puerta de la habitación y encendió la chimenea. Después, se incorporó y contempló el fuego, reconfortada por los lametazos de Dagobert.

—Estoy bien —volvió a decir, tanto para sí misma como para Dagobert.

Cuando la leña prendió bien, dejó la maleta encima del tocador y la abrió. Se miró en el espejo, los pronunciados círculos oscuros bajo los ojos. Se colocó bien el pañuelo para ocultar una marca que era cada vez más morada.

La ropa interior y la blusa con la manga aún húmeda estaban arrugadas en la parte superior de la maleta, encima del traje de chaqueta de Robert Piguet. Volvió a mirarse en el espejo. El que tenía que sentir vergüenza era él, no ella. *Robe Heir*. Cogió la blusa y la echó al fuego; prendió lentamente. Dagobert se sentó a su lado y

182

observó también el fuego. Echó a continuación las bragas, el sujetador. Cogió entonces de la maleta las medias de seda, que seguían sujetas aún al liguero, y las arrojó asimismo al fuego. Unas medias de seda de calidad. Imposibles de conseguir actualmente. Se encogieron con las llamas, desprendiendo un olor a apestosa carne chamuscada.

Miró el traje. Por alguna razón, el traje de chaqueta era lo peor.

Acababa de coger la chaqueta cuando alguien llamó con suavidad a la puerta.

—Enseguida bajo —dijo.

La puerta se abrió un poquito. Y T asomó con cautela la cabeza.

—Nanée, no te olvides de que Miriam se marcha mañana.

Nanée intentó decir que por supuesto no lo había olvidado, aunque por supuesto que lo había olvidado por completo. Era la última noche de Miriam en la casa antes de partir hacia Yugoslavia con la intención de regresar con su prometido a los Estados Unidos.

—¿Nanée? —llamó T cuando vio la blusa y las medias en la chimenea.

—Enseguida bajo para ayudar en los preparativos de la fiesta.

T le cogió la chaqueta del traje con delicadeza.

—Espera, Nanée. Espera un momento.

—No voy a ponérmela nunca más.

Incluso ella misma captó la rabia en su voz.

T examinó la chaqueta. El broche de diamantes seguía en la solapa. Miró entonces a Nanée, con una mirada franca y evaluadora.

—Edouard no estaba.

—Oh, Nan.

T se acercó a ella, pero Nanée dio un paso atrás. No soportaba la idea de que alguien pudiera tocarla.

T sacó la falda de la maleta y dobló las dos piezas con cuidado. Se quedó allí, con el traje de chaqueta en la mano, viendo cómo ardían la blusa y las medias.

—¿Quieres contármelo?

Obsesión. Ansiedad. Fetiche. Pero Nanée no quería contárselo a nadie. No podía permitir que T se imaginara nada de todo aquello.

—¿Qué quieres que te cuente? —replicó, asumiendo su rabia—. He fracasado.

T dejó el traje y cogió a Nanée de la mano igual que cogía la mano de Peterkin. Nanée pensó en rechazarla, pero no quería dar explicaciones. Dejó que T tirara de ella hasta la silla y se sentó.

—Estás agotada —dijo T—. Claro que lo estás. Ha sido un viaje largo y nunca has llevado muy bien lo de no conseguir lo que querías. Pero lo has intentado.

Cogió el traje de chaqueta.

—No pienso ponérmelo nunca más —insistió Nanée.

—Pero puede ponérselo otra persona. Es un traje convincente. En un momento en el que mucha gente necesita parecer convincente. El traje de chaqueta de una mujer importante. En un momento en que necesitamos muchas más como tú.

Cuando vio que Nanée dejaba de poner objeciones, T la miró de forma extraña, diferente.

—¿Nanée? —Miró todo lo que estaba ardiendo en la chimenea, luego volvió a mirar a Nanée—. Oh, Nan.

Nanée miró por la ventana, la larga extensión de césped, el tren y las vías del tranvía, el mar.

—¿Estás segura de que no quieres contármelo? —preguntó con delicadeza T.

A lo lejos, un tranvía se arrastraba por las vías.

—Voy a prepararte un buen baño caliente en la cocina, ¿te parece? —dijo T—. Un baño caliente y una copa de algo fuerte.

—Que no sea coñac.

—Me parece que queda algo de Calvados. Dame unos minutos y… No, subiré a buscarte.

Se paró en la puerta y se volvió de nuevo hacia Nanée.

—Has hecho una buena obra, Nan —dijo.

Domingo, 3 de noviembre de 1940
EL SÓTANO DE UN BURDEL

Edouard estaba sentado en silencio, con la espalda recostada en la pared, mientras el frío húmedo del suelo del sótano empezaba a calarle hasta los huesos. Las sombras que corrían a toda velocidad en la oscuridad habían dejado de alarmarle, pero lo que le alarmaba ahora eran los pasos desconocidos que oía en la planta de arriba. Dobló rápidamente la carta de Luki, palabras imposibles de ver sin luz pero que se sabía de memoria, y la guardó de nuevo en el bolsillo de la camisa junto con las cartas que él le había escrito. Envolvió con la mano la empuñadura del cuchillo que había robado en la cocina del burdel a primera hora de la mañana, después de que el último cliente se hubiera marchado y la casa se hubiera tranquilizado, justo antes del amanecer.

A regañadientes, retiró la reja de hierro que cubría el agujero del suelo del sótano y se metió dentro. El agua sucia empapó sus pies al instante y el hedor subterráneo le llenó los pulmones.

Oyó que se abría la puerta de lo alto de la escalera. Y la luz iluminó de repente los desvencijados peldaños. No era la cocinera que bajaba a buscar patatas; de haber sido aquella mujer, su tos le habría alertado.

Edouard no veía los pies, pero sí escuchó a la perfección una pisada potente primero, luego otra. Estaba en una posición ventajosa, se dijo. Sus ojos se habían adaptado con creces a la oscuridad. Si no aparecía una segunda persona, la ventaja estaba de su parte. Y hacía además mucho tiempo que había dejado correr la idea de que nunca sería capaz de matar a un hombre.

Avanzó lo más silenciosamente posible a través del túnel de escasa altura con el objetivo de alejarse de la reja para que, en caso de que se abriera, no pudieran verlo desde arriba. Fue a parar a una capilla

185

subterránea abandonada, una pequeña cueva en el otro extremo del túnel que, según la propietaria del burdel que había accedido a esconderlo, databa de tiempos del Terror, cuando los revolucionarios franceses ejercían contra el clero católico el mismo tipo de violencia que ahora ejercían los nazis contra los judíos franceses. Resultaban curiosas las cosas a las que recurría la mente con tal de apaciguar el miedo. La piedra desnuda que había en medio debía de haber sido el altar. Jesús en la cruz detrás de él. Lo había visto cuando la madama le había hecho ir hasta allí con una linterna para que supiera dónde debía esconderse si llegaba alguien. Nadie que no estuviera dispuesto a meterse en un pozo con agua podía conocer la existencia de la capilla. La única persona que sabía de su existencia era el comunista ruso que había permanecido escondido allí antes que él.

En el sótano se oía el ruido sordo de unos pasos cautelosos. Edouard no vislumbraba ningún tipo de luz, aunque desde donde estaba era imposible verla a no ser que estuviera enfocada directamente hacia la reja.

¿Qué haría si a alguien se le ocurría meterse en el pozo, si bajaban a investigar? Podía sumergirse en el agua. Pero mejor esperar en el inicio del túnel, para tener el factor sorpresa de su lado. Porque incluso en el caso de que fueran más personas, el túnel era tan estrecho que solo permitía pasar de uno en uno.

¿Sería mejor permanecer escondido en aquel agujero de mierda que seguir en Camp des Milles? ¿En qué estaría pensando cuando había saltado al camión de Tater en el momento en que se marchaba cargado con la basura para alimentar a sus cerdos? Había pensado que estaba de suerte cuando se habían parado justo al lado de otro camión cargado de vino y los dos conductores se habían quedado fumando y charlando amigablemente un rato. Había aprovechado el momento para saltar de un camión a otro, sin tener ni idea de hacia dónde se dirigía el camión del vino, solo confiando en que cuando descubrieran su desaparición pudiera estar más lejos que en la granja de Tater.

Debería haber esperado a que algo conocido lo llevara hacia París, en lugar de alejarlo. Aquel había sido su gran error. Porque ahora estaba más lejos de Luki, no más cerca.

Aunque, en realidad, ni siquiera lo sabía, porque no sabía dónde estaba Luki. No tenía dinero. No tenía cartilla de racionamiento para conseguir comida. No tenía documentación. Si lo encontraban en territorio francés, estaría perdido.

Pero con la Comisión Kundt persiguiéndolo, era mejor estar escondido en una capilla apestosa y abandonada abierta en un sótano húmedo que convertirse en presa fácil. ¿Qué otra alternativa tenía? Si hubiera huido a pie por la campiña, ya lo habrían localizado. Nadie que hubiese optado por esa vía había conseguido durar más de un día.

Y ya llevaba casi dos días fuera. Quien estuviera arriba debía de ser alguien que andaba buscándolo, o buscando refugiados en general. Corrían rumores de que había centenares de refugiados escondidos en la ciudad, buscando la manera de salir de Francia. Por eso había decidido seguir en aquel camión cuando se había dado cuenta de hacia dónde se dirigía. Si en la ciudad había refugiados, debía de haber también gente que los estaba ayudando. En aquella ciudad nadie sentía un cariño especial por las autoridades y la mayoría vivía fuera de la ley en un sentido u otro.

Solo los pasos de una persona. De eso estaba seguro.

¿Por qué eran pasos tan silenciosos, tan cautelosos?

La reja se arrastró por el suelo del sótano.

El haz de una linterna iluminó el agua negra.

Edouard se quedó inmóvil, empuñando el cuchillo.

Domingo, 3 de noviembre de 1940
VILLA AIR-BEL

—¿Eras la favorita de tu padre? —le preguntó André a Nanée.

Había formulado la pregunta sin venir a cuento. Ninguno de los presentes sabía que aquel día era el aniversario del fallecimiento de su padre. Ninguno de los presentes sabía que Nanée estaba en Francia cuando su padre murió, que ella había insistido en ir a París cuando él le pidió que volviera a casa, que no había vuelto ni siquiera para asistir a su funeral.

Estaban sentados en una mesa larga que habían arrastrado hasta el belvedere para disfrutar de la cálida tarde de noviembre, la última velada que Miriam pasaba con ellos. La sopera antigua, que *madame* Nouget había llenado para la ocasión con verduras colocadas de tal manera que parecieran un asado de carne, estaba completamente vacía y rodeada por botellas de vino con las que André iba rellenando las copas mientras jugaban a su juego favorito, el interrogatorio. A Nanée le habría gustado poder decirle que dirigiera su intromisión exageradamente autoritaria, perspicaz e insistente hacia sí mismo. Pero sabía que si estaba pensando eso era por puro agotamiento, y no quería echar a perder la última noche de Miriam en la casa.

Descansó la mano sobre la cabeza de Dagobert, que estaba sentado en su falda, y musitó: «¡Hitler!, ¡Hitler!», y Dagobert respondió ladrando como siempre y todos rieron; rostros sinceros, ardientes y felices sentados en la penumbra que regalaba la luz de la luna, mientras destellos de luz eléctrica se filtraban a través de las puertas acristaladas de acceso al jardín. Nanée intentaba satisfacer con cautela el ego de André, y también el ego de Varian, accediendo a jugar a aquel juego, ya que a ambos les encantaba practicarlo a modo de excusa para poder formular preguntas candentes a los demás sin tener que responder ellos a ninguna. André le había puesto por nombre el Juego de la Verdad, pero tanto Nanée como T y Miriam lo llamaban en secreto «Confesiones sexuales». Porque esa era aparentemente la verdad a la que André pretendía siempre llegar. Nanée pagaba los gastos del *château* y cabría pensar que a cambio recibiría cierto respeto, pero era lo bastante inteligente como para entender que los hombres que necesitaban lo que ella podía ofrecerles presentaban siempre menos probabilidades de respetarla, no más. Y eso era también lo que había sucedido la noche anterior; el comandante tenía necesidad de creer que no necesitaba nada que no pudiera tener.

El comandante, se dijo pensando en aquel hombre y borrándole el nombre, como si con ello pudiera borrar también la rabia que la embargaba. Quería borrar esa rabia por el bien de Miriam, pero rebosaba rabia, por la pérdida de la compañía de Miriam, por miedo a que su amiga no consiguiera llegar nunca a Yugoslavia, por miedo a que de conseguirlo no lograra salir de allí. Por la pérdida de su padre aquel mismo día hacía muchos años y por su incapacidad de convertirse en la mujer que él siempre quiso que fuera. Por haber fracasado en su plan y no haber conseguido salvar a Edouard. ¿Por qué se le habría ocurrido que ella era la que podría salvarlo? ¿Por qué se habría imaginado que iba a ser capaz de hacerlo? Edouard, que había dibujado aquella cabeza con gafas de aviador encerrada en una jaula dorada que era su cabeza, pero tampoco lo era del todo, que incluso antes de haberlo conocido había hecho fotografías que la hacían sentirse comprendida.

—¿Lo eras? —insistió André, mientras las risas se apaciguaban y se servía más vino—. ¿La favorita de tu padre?

«¿Espiabas a tu padre? ¿Espiabas a alguien más?».

—No estoy segura de que mi padre tuviera un hijo favorito —dijo, palpándose el pañuelo para confirmar que seguía allí, que seguía escondiendo el moratón del cuello.

Le habría gustado tener una excusa para ir a buscar un jersey con el que protegerse del frío, que cada vez era más pronunciado, pero ya se había cubierto los hombros con su chaqueta de lana de cachemira favorita, una de color rosa pálido, del color de la infancia inocente. Sabía que André no pretendía incomodarla. Porque Nanée había aprendido a reconocer esa mirada tan peculiar que dirigía a la gente a la que realmente quería incomodar. Su manera de estudiarla antes de formular cada una de sus estudiadas preguntas era más suave y amable, e imposible de resistir. Era como si la despellejara y extendiera toda su piel sobre la mesa; como si pudiera ver directamente su cerebro y su corazón.

André se quedó a la espera. Eso sabía hacerlo muy bien. Guardar silencio. Esperar más.

—Lo cual sugeriría que a mi padre le importaba más quiénes éramos que cómo pudiéramos dañar su imagen —respondió Nanée por fin. Unas palabras amargas. ¿Por qué las habría dicho? ¿Acaso era eso verdad?

—¿Y cómo «dañaste» tú su imagen? —preguntó André.

Nanée sonrió igual que lo habría hecho si su padre estuviera allí. Las Reglas de Evanston: una joven siempre debe mantener sus sentimientos negativos fuera de la vista de todo el mundo. Lo curioso del caso era que una parte de ella deseaba responder a la pregunta de André. No quería que los demás la oyeran, pero sintió en su interior la necesidad de responder.

—Yo era una buena chica.

André se echó a reír. Todos rieron. Era lo que ella buscaba, aunque su respuesta era además la verdad.

—¿Lo eras realmente?

El tono de André sugería que sí, que la creía. Era buenísimo para esas cosas. Nadie escapaba de un Juego de la Verdad con André sin haberse abierto en canal. Sabía distinguir, por alguna razón, lo que era cierto de lo que no lo era, y consideraba además que estaba haciéndole un servicio al interrogado, creía que decir la verdad era una liberación.

Nanée fijó la vista en el oscuro paisaje, en las estrellas apagadas por la neblina nocturna que cubría el mar.

—Sí. En Evanston era una buena chica.

André replicó provocadoramente.

—¿Por tu padre?

—¡Cómo eres, André! —exclamó Jacqueline.

—Me temo que esto es más común de lo que nos imaginamos —dijo André—. Pero por la expresión de sorpresa que refleja el dulce rostro de Nanée, entiendo que la respuesta es no. —Volvió a mirar a Nanée, uniendo y desuniendo las manos, un gesto muy típico de él—. ¿Y en Europa? ¿También fuiste buena chica en Europa?

Nanée acarició el borde de su copa de vino, de nuevo vacía.

André cogió la botella y le sirvió lo poco que quedaba.

—¿Fuiste buena chica en Europa? —repitió.

Nanée se cubrió mejor los hombros con la chaqueta, contemplando la infinita oscuridad y sintiendo el frío de la niebla. ¿Era el sonido de un coche lo que acababa de oír? Miró en dirección a los postes rematados con piedra caliza que delimitaban la finca, hacia la carretera, las vías del tren y del tranvía. ¿Era aquello un tenue resplandor de luz filtrándose a través de unos focos delanteros pintados de azul? ¿Sería su coche? Rara vez lo utilizaban debido a la escasez de combustible, pero, justo después de cenar, Varian le había preguntado si podía prestárselo a Danny, aunque ninguno de los dos le había explicado con qué fin. Seguro que era Danny. Pero ¿y si no lo era? ¿Y si era alguien enviado por el comandante para arrestarla? Nadie traía buenas noticias a aquellas horas de la noche.

—Nada de lo que hice aquí habría puesto a mi padre en una situación incómoda —le dijo a André—, porque ningún conocido suyo se habría enterado nunca.

—Así que en Europa sí que has sido una mala chica.

«Quiero que me lo supliques». ¿Había sido realmente un juego para el comandante o quizá había visto en su expresión que podía estar riéndose de él?

—¿En Italia? —preguntó André presionándola—. Porque ahí fue donde estuviste viviendo primero, ¿no?

—No —dijo Nanée—. Quiero decir que sí, viví en Italia. Pero… allí fui una buena chica. Creía que estaba siendo… atrevida. —Introdujo los brazos en las mangas del jersey. Se tocó el pañuelo; seguía en su lugar—. La primera vez que compré un condón en Italia no sabía cómo se llamaba en italiano, así que pedí *qualcosa per fermare la concezione*, algo para impedir la concepción. —Pensó que ofrecerle a André una pequeña anécdota serviría para distraerlo, le permitiría desviar la conversación hacia otra dirección—. El condón era para una amiga y formaba parte de un complicado plan para convencer al hombre del que estaba enamorada de que su maltrecha virginidad estaba intacta. Le había dicho que no había estado nunca con un hombre, pero que «se lo hacía a sí misma» con «una especie de cosa para ponerse contenta».

André se echó a reír.

—¿Una especie de cosa para ponerse contenta? —repitió.

—Sí —dijo Nanée, recordando cómo le había sorprendido la disposición de su amiga para reconocer que había perdido algo tan importante como la virginidad y para sugerir en voz alta una alternativa para darse placer—. De modo que tuvimos que construir una especie de cosa para ponerse contenta para enseñársela a aquel tipo. De ahí la necesidad de un condón.

André volvió a reír. También todos los demás sentados a la mesa.

—Y ese *amour* de tu amiga —dijo— ¿se tragó vuestra estratagema?

—Le propuso matrimonio aquella misma noche.

El matrimonio no duró ni dos años, pero en aquel momento las dos lo consideraron un auténtico triunfo.

—Pero aquel «atrevimiento» era por tu amiga.

Nanée lo miró a los ojos.

—Sí, efectivamente.

—¿Y cuándo te convertiste tú en una «mala chica»? Mala en el sentido de las Reglas de Evanston, lo cual según entiendo significa que una chica tiene un amante.

«Tener un amante». Así era como lo llamaban también las chicas europeas de la escuela de la *contessa*. Mucho más sofisticado que decir que «habías llegado al límite», aunque menos cierto.

—¿Y tú? ¿Cuándo te convertiste en el chico malísimo que eres, André? —replicó Nanée.

—¿Lo veis? Intenta esquivar la pregunta —dijo André—. Razón por la cual sabemos que nos está escondiendo algo.

—En Suiza —dijo Nanée, sorprendiéndose a sí misma con la facilidad con la que acababa de reconocerlo.

Había sido después de la muerte de su padre, después de que su madre se instalara en París e iniciara su relación con Misha, después de que sus hermanos, su madre y Misha volvieran a los Estados Unidos y ella se quedara en Europa para esquiar. Se preguntó por qué se sentía tan turbada con aquellos detalles, por qué se sentía incapaz de reconocerlos. Se preguntó si André podía leerlos en su cara u oírlos en su voz.

—Y ese primer hombre ¿era un buen amante?

—Era un buen sinvergüenza, André. Por lo que parece, siempre me he sentido atraída por los sinvergüenzas.

T, Jacqueline y Miriam rieron. Cuánto echaría de menos las carcajadas exageradas de Miriam.

—Ya vuelve a evitar la pregunta —dijo André, dirigiéndose a todos los reunidos en torno a la mesa. Se volvió de nuevo hacia Nanée y repitió—: ¿Era un buen amante?

¿Lo era? Se había imaginado que estaba enamorada de él para así justificar el hecho de haber llegado al límite, y después había empezado a salir con un sinvergüenza tras otro, como queriendo castigarse por haber sido tan tonta y haberle entregado la virginidad a un hombre para el cual no significaba absolutamente nada.

—En aquel momento no tenía con qué compararlo.

—Pero ahora sí.

En Barcelona, Tony, amable y comprensivo, le había enseñado que el sexo estaba hecho para sentir. Imaginaba que había tropezado con él por error, puesto que era un poco más decente que los hombres que solía elegir. Pero a diferencia de los otros hombres con los que había salido, Tony no era de «su clase». No era un hombre que pudiera presentar en su casa.

—¿Fue el de Suiza un buen amante? Supongo que no, aunque, sorprendentemente, muy pocos hombres lo son —dijo Nanée, con una mirada que sugería que quizá también André resultara menos placentero de lo que él se imaginaba.

Las mujeres de la mesa volvieron a reír. Pero André se limitó a unir y desunir las manos de nuevo, satisfecho con la confesión, con la idea de una Nanée más joven acostada en una cama en Suiza y sin entender muy bien qué se estaba perdiendo.

—Y desde entonces, ¿has tenido mejores amantes?

Nanée miró otra vez hacia la carretera. ¿Seguro que aquel leve resplandor eran las luces de un coche? Debía de ser Danny, cuyo regreso distraería a Varian, y también a André. Pero nadie más miraba hacia allí.

—¿A lo mejor incluso hombres a los que has amado? —insistió André.

—Eso pensaba —replicó Nanée. De nuevo con descaro. De nuevo la verdad.

—¿Pensabas que eran mejores en la cama o que te amaban?

—Esa no era la pregunta. Tu pregunta era si yo los amaba.

Miraron de repente todos hacia la carretera. Sí, ahora todo el mundo lo había oído. Siguieron el lento avance de una sombra coronando la cuesta.

—Tu último amante —dijo André— ¿fue mejor o peor que ese primer hombre?

Nanée cogió la copa y bebió un poco. Se alegraba de que todo estuviera oscuro. Se había imaginado capaz de controlar al comandante, cuando en realidad no había controlado nada de la situación. Se había imaginado que rescataría a Edouard Moss, cuando resultaba que lo había puesto más en peligro que en menos.

—Estoy agotada —dijo T—. Y tú también debes de estar agotada, Nan. ¿Entramos en casa?

Nanée estaba concentrada en los focos del coche, en el tenue resplandor que había girado hacia ellos ahora que el vehículo se acercaba a la entrada. Forzó la vista, con la esperanza de vislumbrar el perfil del coche, pero era imposible ver nada con los focos encendidos, por mucho que estuvieran atenuados.

—¿Mejor o peor? —repitió André.

—No era un amante —consiguió decir Nanée.

—Me parece que ya es suficiente, André —dijo Jacqueline.

—¿Cuánto tiempo hace? —presionó André.

—¡Déjalo ya, André! —dijo T—. ¡Déjala en paz de una puta vez!

Todos se volvieron hacia T, sorprendidos. T nunca se enfadaba, jamás.

T pretendía ayudarla, pero Nanée sabía que habría sido más fácil dar simplemente alguna respuesta, una pequeña verdad que escondiera todo el resto.

—Es que… —empezó a decir Nanée.

El coche se detuvo justo al otro lado de la verja. Se abrieron las puertas. Un crujido de pasos sobre la gravilla. Jacqueline se levantó y dijo, alarmada:

—¿Varian?

Santo Dios, era alguien del campo. Aquel imbécil de carcelero no había podido mantener la boca cerrada.

—Todo bien —dijo Varian, haciéndose visible cuando la verja se abrió.

Oyeron entonces el murmullo de otras voces: la de Danny, gracias a Dios. Dos pares de pies subiendo las escaleras, no más. Dos sombras cruzando el belvedere bajo el haz de luz que se filtraba desde el interior a través de las puertas acristaladas.

—Hola —dijo Danny—. ¿Estáis todavía aquí fuera?

—Edouard —dijo Varian—. Bienvenido.

—¡Edouard Moss! —exclamó André—. Vaya susto nos diste, hombre. Danny, deberías habernos informado de que ibas a volver con compañía. Ya hemos abierto todo el material de calidad.

Se habían levantado todos. Nanée también.

—Señor Fry —estaba diciendo Edouard, declinando el ofrecimiento de la mano de Varian por lo sucias que tenía las manos y la ropa. Sus zapatos y sus pantalones olían y parecían haberse sumergido en una cloaca.

—Varian —remachó Varian sirviéndole a Edouard una copa de vino, insistiendo en que la aceptara—. Me alegro mucho de tenerte aquí. ¿Por qué no te sientas y comes un poco? Le pediré a *madame* Nouget que te prepare algo.

—André —dijo Edouard saludándolos—. Jacqueline.

Mantuvo la distancia, turbado.

—Supongo que recuerdas a T —dijo Danny—. Y a Nanée.

Edouard se quedó mirándola, claramente tan pasmado por ver allí a Nanée como ella por verlo a él.

—Podrías haber estado aquí ayer si no te hubieses fugado, por cierto —dijo Danny—. Nanée fue a buscarte a Camp des Milles, y resultó que ya no estabas.

Edouard miró a Nanée y luego volvió a mirar a Danny.

—Oh… Nanée, vaya sorpresa. No…, no tenía ni idea de que seguías en Francia.

Nanée, llevándose la mano al pañuelo, dijo:

—¿Dónde te ha encontrado Danny?

—Ayer nos llegó información a la oficina de que Edouard estaba por aquí —dijo Varian—, escondido en un sótano del Panier.

Nanée, sintiendo que el miedo se filtraba en sus huesos exhaustos, consiguió decir:

—¿Ayer?

—Ni siquiera una hora después de que partiera tu tren —dijo Varian—. De haber podido avisarte de que abortaras la misión lo habríamos hecho.

Ayer, mientras ella estaba sentada con su traje de chaqueta azul en aquella cafetería al lado del Palais Longchamp, pasando el tiempo hasta que llegara la hora de salida del último tren.

—Pensamos en que habría que trasladarlo a algún lugar más seguro que el Panier —dijo Danny—. Y por eso lo hemos traído al *château*.

—Tememos, Nanée, que tu visita pueda haber alertado al campo de que Edouard se ha fugado —dijo Varian—. No es culpa tuya. Por supuesto, tú no tienes culpa de nada. Ha sido solo mala suerte. Danny intentó traerlo anoche, pero las calles estaban llenas de policía. —Se volvió hacia Edouard—. Te hemos reservado una de las mejores habitaciones del *château*. En la segunda planta. Siento decirte que todas las «*suites* biblioteca» están reservadas esta noche, pero al final del pasillo hay una habitación muy agradable.

Edouard seguía mirando a Nanée, que estaba de pie justo donde daba el haz de luz procedente del interior de la casa.

—Estás temblando, Nanée —dijo acercándose a ella y despojándose de la chaqueta para dársela.

Con luz, su cara se veía incluso más cuadrada de lo que ella recordaba. Más delgada. Mucho más arrugada. Sus labios finos mostraban una mueca de dolor más acentuada aún que la de aquel enero, cuando se conocieron, justo después del fallecimiento de su esposa. El lunar al final de la ceja izquierda, sin embargo, seguía siendo el mismo. Y sus ojos conservaban aún aquel verde tan atractivo, incluso con tan poca luz.

Edouard se paró antes de llegar a ella.

El que debería estar temblando era él, pensó Nanée. Tenía los pantalones mojados hasta la altura de las rodillas.

—Danny, voy muy sucio —dijo entonces Edouard—. ¿Puedes prestarle a Nanée tu chaqueta? Está temblando.

TERCERA PARTE

NOVIEMBRE DE 1940

«Cambiábamos más frecuentemente de país que de zapatos».
Bertolt Brecht, *A los que vendrán después*

Lunes, 4 de noviembre de 1940
VILLA AIR-BEL

Nanée observó al pequeño Peterkin llevar con mucho cuidado su tazón de leche, caliente aún de la vaca, para ofrecérselo a Edouard; con los huesos afilados que le sobresalían de la cara, los hombros y las muñecas, incluso el niño era capaz de ver que Edouard estaba prácticamente muerto de hambre. Aunque esta mañana tenía mejor aspecto, después de un buen baño y de haber dormido en una cama decente. Miriam había partido ya hacia Yugoslavia y casi todo el mundo se había marchado a hacer sus tareas, quedando en la casa tan solo T, Peterkin y Nanée en el comedor, mientras Varian y Edouard hablaban con Bill Frier para decidir si era mejor que los documentos de Edouard se emitieran bajo un nombre falso. Nanée fijó la vista en su café *ersatz,* con miedo a que su cara revelara de algún modo su sentimiento de culpa. Debería haberles explicado de inmediato que tanto el permiso de residencia francés como la autorización de salida de Camp des Milles obraban en su poder, pero no tenía ni idea de que Varian ya le había encargado a Bill Frier la tarea de preparar la documentación falsa para Edouard ni tampoco sabía cómo explicar por qué tenía ella sus documentos auténticos. De todas maneras, para salir de Francia, Edouard necesitaría muchos papeles más. Visados de tránsito y de salida franceses, visados de tránsito españoles y portugueses, visado de destino y un pasaje de un barco que zarpara de Lisboa.

Varian estaba explicando que los hombres menores de cuarenta y dos años acababan a menudo siendo detenidos en la frontera, aun teniendo todos los papeles en orden, para impedir que lucharan con los británicos.

—Exploraremos la posibilidad de hacerte un certificado de desmovilización —dijo.

—Nunca estuve en el ejército —replicó Edouard.

Nanée acarició a Dagobert, que estaba tan tranquilo sentado en su falda, mientras Varian empezaba a describir el plan. Había un sargentillo de Fort St. Charles que, a cambio de doscientos francos, proporcionaba a quien fuera un *certificat de démobilisation et route de marche*. Le dabas un nombre falso que sonara mínimamente francés, unos pocos detalles sobre dónde habías luchado por Francia —aunque, claro está, si realmente hubieras luchado por Francia no tendrías necesidad de hablar con él—, y te emitía un certificado conforme a que eras un soldado francés con residencia en el norte de África. *Voilà*, no solo estabas en la cola para ser transportado «a casa», sino que además el pasaje en barco hasta Casablanca —terreno neutral desde el cual un refugiado podía viajar a cualquier parte— te lo pagaba el gobierno de Vichy.

—Pero tenía entendido que esa vía de escape estaba cerrada —dijo Nanée—. Y que el sargento había sido arrestado, junto con todos los «soldados» que se presentaban en la administración portuaria para preguntar por camarotes disponibles.

—Siempre hay emprendedores que buscan conseguir dinero fácil —replicó Varian—. Confiamos en que haya alguien que haya tomado do el relevo.

Algo que había que agradecer a las contradicciones e ineficiencias de Vichy.

—Pero, aun en el caso de que exista ese alguien, ¿qué pasa con Luki? —Edouard esbozó una sonrisa, como queriendo disculparse—. Solo tiene cinco años, no es lo bastante mayor como para enrolarse.

Varian recorrió con la mirada los platos vacíos que habían quedado en la mesa, sin una sola miga de pan. *Madame* Nouget había adquirido la costumbre de pesar cada mañana el pan para obtener porciones iguales y repartir a cada uno su ración para que la fuera consumiendo a lo largo del día.

—Danny no me contó que tenías una hija —dijo Varian—. ¿Y sigue todavía en Francia?

—No veo a Luki desde hace más de un año, desde que la puse en un tren rumbo a París. —Los ojos verde sauce de Edouard estaban húmedos—. Debe de vivir camuflada como no judía y no puedo correr el riesgo de empezar a hacer averiguaciones en caso de que sea así.

Parecía estar sugiriendo que solo iría a por ella de saber dónde estaba, aunque, desde mediados de agosto, los alemanes habían prohibido a los judíos regresar a las zonas ocupadas. Intentar recuperar a su hija si realmente seguía en París sería un suicidio para Edouard.

—No puedo irme sin Luki —dijo Edouard, que parecía recuperar fuerzas cada vez que pronunciaba el nombre de su hija.

—Acabas de fugarte de un campo de internamiento. Quedarte aquí es demasiado peligroso, no solo para ti sino también para todos nosotros. —Varian se ajustó las gafas a la cara, un tic que Nanée entendía que le servía para apaciguar su enfado—. Permíteme que te explique todo lo que tenemos que hacer para sacarte del país. Para conseguir el visado norteamericano, debo transmitir tu nombre a las autoridades de los Estados Unidos sin alertar a Vichy de tu paradero, para que no acabes de nuevo en otro campo o en algún destino peor. Y eso no puedo hacerlo simplemente enviando un telegrama. Esos tiempos se han acabado.

Lo que hacían ahora para comunicar de manera clandestina los nombres de los visados era copiarlos en finas y largas tiras de papel pegadas de extremo a extremo, que enrollaban firmemente, revestían con caucho, e introducían en el fondo de tubos de dentífrico, que luego volvían a recomponer y enviaban junto con los refugiados; en el caso de que alguien controlara sus maletas, solo encontraría ropa y productos de aseo.

—Luego, alguien en los Estados Unidos tendrá que presentar tu formulario al Comité Interdepartamental de Refugiados Políticos, que es un ente tan engorroso como suena, con representantes del FBI, del Departamento de Estado, de las divisiones de inteligencia del Departamento de Guerra y de la Marina y de la sección de inmigración del Departamento de Justicia. Se dedican a presentar recomendaciones y prestan ayuda a los cónsules para la consideración de las solitudes de visado. Para albergar alguna esperanza de que lleguen a considerar tu solicitud, necesitarás declaraciones juradas que la apoyen, a poder ser de ciudadanos estadounidenses de cierto renombre.

—Hace años trabajé con varios periodistas estadounidenses que podrían recomendarme —sugirió Edouard.

—Entonces, si se lograra convencer al comité —continuó Varian—, el cónsul general de los Estados Unidos podría concederte una entrevista. Él tiene su propia opinión respecto a muchas cosas y, si quieres que te sea sincero, es frío como un témpano de hielo y no siente ninguna simpatía por los refugiados. Piensa que los alemanes ganarán esta guerra y, por lo tanto, ¿qué necesidad hay de ofenderlos? Si no le gustan tus ideas políticas, tu religión, tu corte de pelo o el simple hecho de que hables alemán, tu solicitud de visado quedará denegada. A lo mejor, la suerte te acompaña y el cónsul general anda muy ocupado y supervisa tu caso el vicecónsul Bingham. —Este era un gran aliado de los refugiados; había alojado a André en su mansión y había rescatado a Lion Feuchtwanger de St. Nicola con una argucia extraordinaria, disfrazando al famoso escritor con un abrigo de mujer, gafas oscuras y un pañuelo en la cabeza y haciéndolo pasar por su anciana tía—. Naturalmente, podemos intentar gestionarlo todo para que nuestras solicitudes caigan en manos de Bingham, pero lo que no podemos es controlar cuándo o cómo el comité enviará tu información al consulado. Y eso es solo en lo referente al visado norteamericano, la parte más sencilla. La parte complicada es sacarte de Francia.

Varian se ajustó de nuevo las gafas.

—Hagamos lo siguiente. Tengo un listado de solicitud de visados que sale mañana. Permíteme que Lena incorpore tu nombre. Y puedo enviar también un telegrama en clave para iniciar el paso de conseguir declaraciones juradas de tus amigos periodistas. Con lo complicado que está el tema de las comunicaciones, no nos enteraremos de cómo está avanzando todo hasta que el Consulado de los Estados Unidos en Marsella te llame para una entrevista, si es que llegan a hacerlo, y eso es lo que pondría entonces en marcha el resto del proceso.

Nanée, que estaba observando la cara de Edouard, lo recordó aquel día, en su apartamento de París. «¿Estás pensando que esto no es una respuesta? Es simplemente una respuesta que no te apetece oír».

—De verdad que aprecio mucho todo esto —dijo Edouard—. Pero no puedo irme de Francia sin Luki.

Por la tarde, Nanée estaba sentada a solas en el pequeño invernadero, acurrucada en una vieja silla de mimbre, al lado de las herramientas de jardín oxidadas, cuando alguien llamó ligeramente a la puerta de cristal, sobresaltándola. Estaba concentrada en su libro, *Le morte d'Arthur*, intentando dar algún sentido a las palabras escritas allí, intentando sumergirse en las historias de Malory sobre el rey Arturo, Lancelot, Merlín y Ginebra, Tristán y la bella Isolda, la esposa de su tío, un lado oscuro presente incluso en la caballería.

—Siento molestarte —dijo Edouard en cuanto se abrió la puerta. Se quedó allí, ni dentro del invernadero ni tampoco fuera, como si necesitara hablar con ella pero no le gustara tener que hacerlo—. Solo…, solo quería darte las gracias.

Durante un momento de alarma, Nanée creyó estar segura de que, de un modo u otro, Edouard se había enterado de lo que había pasado en Camp des Milles. Bajó de nuevo la vista hacia el libro, hacia la dureza de las páginas en blanco y negro que contrastaban con la suavidad de la piel de la pulsera de Schiaparelli. No sabía por qué se la había puesto. La había visto allí, en el joyero, justo al lado del broche de diamantes.

—Tengo tu documentación —dijo Nanée.

El pensamiento, de repente, se hizo voz. Los papeles seguían en el bolsillo de la gabardina gris. No le ayudarían a conseguir el visado norteamericano y ni siquiera podría obtener un visado francés con ellos, pero sí impedirían que fuera arrestado y encerrado de nuevo en un campo mientras no consiguiesen sacarlo de Francia.

—¿Mi documentación de verdad? —Detrás de la pregunta había tal vez una acusación; no le ayudaba en nada pensar que la documentación falsa era auténtica—. No, es imposible. Mi documentación está en Camp des Milles.

Nanée fijó de nuevo la vista en el libro, una letra tras otra, formando frases, párrafos, páginas, una historia que no era real pero que revelaba una verdad.

—Me…, me la dio el comandante del campo.

—¿Te dio mis papeles, así, sin más?

—Se lo pedí con amabilidad —respondió Nanée.

Intentó esbozar su sonrisa más inocente, aun sin sentirse en absoluto inocente. *Robe Heir*. Bobby. Su olor seguía impregnándola por todas partes, a pesar del baño que le había preparado T al llegar y otro que se había dado por la mañana. Lo notaba en las manos y en el pelo, en la nariz y en la boca, en las rodillas que, enfundadas en sus medias de seda, tan seductoramente había cruzado, y entre las piernas.

Miró hacia el exterior a través de las paredes de cristal del invernadero, hacia las ramas desnudas de los rosales. ¿Cuándo habrían caído las últimas hojas?

—Hombres malvados como él son a veces capaces de hacer las cosas más extraordinarias del mundo cuando se encandilan con una chica —dijo.

Edouard se quedó mirándola un buen rato, como si estuviera viendo que la documentación era efectivamente la auténtica y lo que ella había hecho para obtenerla.

Le habría gustado tener a Dagobert con ella, pero se había marchado encantado con los niños.

—Pues por lo que parece —dijo Edouard—, no puedo irme utilizando mi nombre real, ni siquiera con buenas falsificaciones. Vichy no me dejará escapar tan fácilmente.

—También tengo la autorización para abandonar el campo —insistió Nanée, con una rabia repentina tan espinosa como las ramas de los rosales—. No tienes que preocuparte si te quedas, porque no estás poniéndonos en ningún peligro. Te lo traeré luego, cuando entre. —Necesitaba que se marchara antes de que lo entendiera—. Estaba…, estaba leyendo.

—Oh, claro —dijo, con un matiz cortante en su tono de voz que a Nanée le pareció apreciar también en sus ojos, en la tensión de su mandíbula cuadrada, en ese único lunar, pero siguió con la vista fija en el libro, incapaz de enfrentarse con su mirada.

—Siento haberte molestado —dijo Edouard.

—No es ninguna molestia —dijo ella mirando aún las letras, negro sobre blanco.

—Bueno, pues te dejo con tu libro.

Pero continuó allí. Nanée sentía el peso de su mirada mientras fingía leer.

Finalmente, cuando se apartó del umbral, la luz cambió y a continuación se oyó el clic de la puerta al cerrarse. Durante todo aquel rato, ni siquiera había entrado.

Lunes, 4 de noviembre de 1940
VILLA AIR-BEL

Qué cosa tan extraña, tener paredes a su alrededor y una puerta cerrada, una chimenea para calentarle y comida suficiente para comer, y hacerlo en una silla de verdad, delante de una mesa de verdad, con vajilla, cubertería y vino servido en una copa de cristal, en vez de estar sentado en su jergón de paja, sobre un suelo de hormigón y beber algo similar al engrudo en una taza de metal. Eso era lo que Edouard estaba pensando —intentando redactar mentalmente una carta a Luki para describirle la villa— cuando Nanée se presentó en la puerta de su habitación.

—Tus papeles —dijo, mostrándoselos como para demostrar que eran inequívocamente auténticos.

Edouard se levantó corriendo, turbado al ver que Nanée asimilaba la cama hecha en medio de una habitación vacía. No tenía nada. Incluso las prendas que llevaba eran de otra persona. Rose, la criada, se había encargado de quemar su ropa y todos los bichos que venían con ella. Lo había hecho la noche anterior, mientras él se bañaba. Luego había pasado más de una hora peinándolo para quitar los piojos, mientras él reprimía las lágrimas que amenazaban con emerger solo por sentir el contacto de unos dedos sobre su cuero cabelludo. Jacqueline había ido a la ciudad para buscar ropa de su talla. Tanta amabilidad era casi insoportable.

Avanzó los pocos pasos que lo separaban de Nanée, se acercó lo suficiente para coger los papeles pero no más; no quería ofenderla como le parecía que había hecho en el invernadero. Pensó que debería explorar en su arte aquel deseo de tocar el jersey de Nanée por el simple hecho de sentir su generosa suavidad, su anhelo por sentir el pelo de aquella pulsera que un día ella había acercado a la mejilla de Luki.

Pero ya ni siquiera tenía una cámara y no había hecho ni una sola foto desde la serie de la mujer con capa que había capturado el día antes de la muerte de Elza.

Luki. ¿Cómo daría con ella?

—Gracias. —Aceptó la documentación y la dejó en el tocador.

Cuando se volvió de nuevo, la expresión en aquella cara tan similar a la de Elza había cambiado. ¿Se habría percatado Nanée de sus dudas?

Si los papeles fuesen falsos y ella lo supiera, se lo habría dicho. No era tonta. Si eran falsificaciones, Nanée comprendería que él necesitaba saber cuándo debía utilizarlos y cuándo debían ser destruidos. Por lo tanto, o bien eran falsos y ella no lo sabía, o eran auténticos. Pero, si eran auténticos, ¿cómo los había conseguido?

Nanée parpadeó para contener una emoción incomprensible y le ofreció una sonrisa que parecía una mera pantalla, que escondía alguna cosa. Edouard se preguntó por un instante dónde estaría su perro.

—Toma también esto —dijo—. No quería llevármela por si acaso volvías al campo. Jamás me imaginé que volvería a verte algún día. Pero tus amigos me aseguraron que no volverías allí. Que no acabarías en aquel campo.

Si lo hubiesen capturado, lo habrían enviado a un lugar mucho peor.

Le tendió la foto de Elza, Luki y él, el marquito que cada noche dejaba encima de la maleta antes de escribir cartas a Luki que nunca podría enviarle.

Estaba abrazando a Nanée incluso antes de darse cuenta de lo que estaba haciendo, de lo inapropiado que podría parecer, de lo presuntuoso. ¿Y si Rose no le había quitado todos los piojos?

—Lo siento —dijo apartándose a regañadientes.

Pero Nanée lo abrazó con más fuerza, casi como si necesitara su contacto tanto como él necesitaba el de ella.

—No pasa nada —dijo, y su voz suave fue como un bálsamo para Edouard.

Y entonces se dio cuenta de que estaba llorando. Llorando por el simple contacto con otro ser humano, con alguien que no había tropezado sin querer con él y se disculpaba a continuación por invadir su minúsculo espacio vital. 14 de octubre, hacía un año y veinte días, esa era la fecha de la última vez que había abrazado a alguien. A Luki, en la estación de Sanary-sur-Mer. Una despedida rápida porque tenía muchas cosas pendientes aún de embalar en su casa y porque al día siguiente vería de nuevo a Luki en París.

—No pasa nada —repitió Nanée—. Estás aquí. Y vamos a cuidar de ti.

Sin darse ni cuenta, vio que estaban sentados en el borde de la cama, charlando. Luego sentados el uno al lado del otro, con la espalda recostada en las almohadas. Edouard deseaba tocarle la mano, o sus delicadas pestañas, pero no quería correr el riesgo de ofenderla como ya había hecho antes.

La foto de Elza y Luki estaba en la mesita de noche. ¿La había aceptado él de su mano? Era lo único que había en la habitación además del pijama que le había prestado André, colgado ahora en el armario, y los muebles.

—Está un poco vacía, lo sé —dijo Edouard, refiriéndose a la habitación, pero dándose cuenta al hablar de que en realidad se refería a su vida.

Sin embargo, Luki estaba en alguna parte. Max tenía razón. Si no estuviera, Edouard lo sabría. Y aquella fotografía era suya. Era algo. Una familia. Un futuro.

—¿Te…? ¿Te gustaría poder trabajar? —preguntó entonces Nanée—. ¿Hacer fotos? —Y, antes de que le diera tiempo a responder, añadió rápidamente—: Estabas en Sanary-sur-Mer, ¿verdad? ¿Dejaste tus cámaras en casa de alguien? Podría ir a buscártelas.

Sus cámaras. La correa de cuero gastada de su Rollei. El frío cierre de su estuche. El suave metal del *flash* Speed Graphic. El escaso grosor de una película y la dureza del mando de la ampliadora. La presión de un ocular contra su cara.

—Puedo ir a Sanary-sur-Mer —sugirió—. Imagino que donde vivías era un lugar realquilado, pero tal vez…

—Es mía. La casita. La compré para que Luki tuviera un hogar.

¿Seguía siendo suya la casa? Lo más probable era que el gobierno de Vichy la hubiera confiscado con la excusa de que era extranjero, o judío, o simplemente porque estaba en el Mediterráneo y podía suponer un riesgo para la seguridad, o sin ninguna excusa, igual que se lo habían llevado a él.

—No necesito mis cosas —dijo—. Necesito a Luki.

—Lo siento. Por supuesto, lo único que importa es encontrar a Luki.

Se llevó una mano al bolsillo, a la carta que Luki le había enviado y las muchas que él le había escrito y no le había podido enviar.

—Mi amiga Berthe se llevó a Luki a París —dijo—, pero ni siquiera sé si Berthe sigue en Francia o si Luki está con ella. No puedo escribirles, no puedo enviarles cartas. Si Berthe está fingiendo que Luki es su hija, las pondría en peligro.

—Claro —dijo Nanée—. ¿Por qué…, por qué no voy a buscar papel y pluma y nos vemos en la biblioteca?

Tan sencillo. Tan fácil. Redactarían juntos una carta, una mujer que había vivido en París escribiendo a otra que aún vivía allí, como si fueran viejas amigas. Nadie sospecharía. De este modo, podría ponerse en contacto con Berthe sin que ello supusiera un peligro para Luki y para ella.

Pero ¿cómo sacar a Luki de la zona ocupada? Los nazis dispararían contra ellos nada más verlos.

Un paso, pensó entonces. Un paso y luego otro, porque así había sobrevivido en el campo. Localizar a Luki. A lo mejor estaba ya sana y salva fuera de Francia.

Siguió a Nanée hasta la biblioteca, donde encontraron a André y Jacqueline dibujando en una mesita de un rincón. Mientras Nanée iba a buscar el papel, Edouard se quedó mirando el naipe que Jacqueline estaba creando: triángulos rojos, amarillos y azules y espirales que podrían haber estado perfectamente pintadas por Miró.

—Es Baudelaire —le explicó Jacqueline.

Nanée se sumó a ellos y dijo:

—Y supongo, André, que ese pulpo también debe de ser algún personaje «maravilloso», ¿no?

Los tentáculos eran muy similares a los del dibujo que André había hecho aquella noche en París, el del cuerpo de un pulpo estrujado entre la cabeza que Edouard había dibujado emulando a Nanée y las piernas de Edouard que ella había dibujado.

¿Cómo habría acabado André viviendo en la villa de Nanée?, se preguntaba Edouard. Con Jacqueline, aunque no sería la primera vez que un surrealista realizaba un *ménage a trois*.

—Están creando una baraja —le explicó Nanée—. Un juego de cartas con el que imagino que André insistirá en que juguemos…, después de que estipule las reglas a su conveniencia.

Nanée sonrió con aquella sonrisa tan suya, suavizando su desafío. Tomó asiento y cogió aquella pluma tan bella, de ágata color verde musgo con clip dorado, una banda de oro y el tapón mordisqueado. La pluma que Edouard había utilizado para dibujar la cara que no era la de Nanée y que había encerrado en una jaula; los ojos tampoco eran los de ella, y los había escondido detrás de sus gafas de aviador, como si fuera tan fácil capturar y contener el dolor que sentía.

Nanée acercó la pluma al papel.

—Y ahora, empecemos a buscar a Luki, ¿de acuerdo?

Martes, 5 de noviembre de 1940
VILLA AIR-BEL

Edouard estaba en el *Grand Salon*, delante del plato de pudin de polenta endulzado con zumo de uva que le había preparado *madame* Nouget, obligado a comer despacio lo que para todo el mundo eran raciones escasas, mientras Danny manipulaba el dial de la radio e interpretaba la voz del locutor de la BBC que solo él era capaz de captar a través de las interferencias. Roosevelt había sido elegido presidente de los Estados Unidos por tercera vez. Los alemanes habían hundido un barco mercante británico, el Jervis Bay, mientras que Irlanda se negaba a permitir que Gran Bretaña utilizara sus puertos. A los judíos del sudoeste de Alemania les habían dado un plazo de treinta minutos para abandonar sus casas y ser enviados a los campos de la zona libre francesa, y los franceses estaban protestando porque no querían convertirse en el vertedero de los judíos alemanes. Los franceses necesitaban etiquetarlo, pensó Edouard. Una excusa más para alejarse de allí. Porque antes de que Francia perdiera la guerra, la etiqueta era «alemán», con la sugerencia de que tal vez fuera simpatizante o incluso espía de los nazis. Pero ahora que Francia se había alineado con Hitler, la etiqueta que le correspondía era la de «judío».

—Muy bien —dijo André—, vamos a jugar al Juego del Asesinato.

Ya había sacado una jarra con papelitos y la estaba haciendo circular.

—¿Lo ves? Típico de André —le dijo Nanée a Edouard—. Se niega a creer que el mundo no pueda querer exactamente lo mismo que él quiere.

Pero Jacqueline y T ya se habían levantado para ir a acostar a los niños, Peterkin estaba con Dagobert, y Danny y Gussie ya corrían las cortinas para que no se filtrara la luz de la luna.

213

Era un juego sencillo. Los participantes tenían que imaginarse y describir por escrito la escena de un crimen (el arma o el método empleado para provocar la muerte y un motivo), luego extraer un papelito de la jarra para saber quién era el asesino y quién el inspector, y otro papelito de una segunda jarra para determinar quién era la víctima. Solo el asesino sabía quiénes eran él y la víctima. Apagarían las luces y el asesino se acercaría a la víctima para representar de la forma más adecuada la escena de su crimen.

—Hay que poner los dedos en forma de pistola y acercarla a la cabeza de la víctima si el asesinato es por arma de fuego —explicó Nanée—. Y dar unos golpecitos en sus labios si eres un envenenador.

—Si lo que prefieres es estrangular, las manos en el cuello, sí, pero sin apretar muy fuerte, por favor —dijo André.

T reapareció y dijo:

—Y entonces, la pobre víctima muere y el inspector inicia su interrogatorio. Preguntas a las que solo se puede responder «verdadero» o «falso».

—No hay ni ganadores ni perdedores —añadió André—. Es solo una exploración mental.

—Jugamos hasta la muerte —dijo Nanée—. Y luego seguimos jugando.

Incluso Edouard rio, aunque la situación le resultaba inquietante. Escribió rápidamente una idea, la guardó en el bolsillo y a continuación extrajo un papelito de la jarra del asesino/inspector: «El asesino». Dobló el papel con la esperanza de que su expresión no lo delatara. Le ofrecieron entonces la jarra de la víctima y extrajo otro papel: «Nanée». Y ya desde aquel momento, se sintió desnudo ante el nuevo juego de André.

Mientras André iba a apagar las luces, Edouard tomó nota de que Nanée estaba de pie al lado de aquella chimenea enorme con robustos morillos de latón, con un espejo con marco dorado sobre la repisa y un reloj que siempre marcaba la misma hora. Estuvieron unos minutos a oscuras hasta que llegó al lado de Nanée y le dio unos golpecitos en el cuello, sobre el pañuelo que cubría el hueco de su clavícula, donde la punta de la pluma que empuñaba el asesino iría a parar.

Se apartó rápido de ella cuando cayó al suelo gritando melodramáticamente.

Alguien alcanzó el interruptor y encendió la luz. Todos se quedaron inmóviles, alguno de ellos riendo ya al ver a André cruzando la distancia de suelo enlosado en blanco y negro para acercarse a Nanée y fingir que le entregaba el auricular de un teléfono, mientras decía:

—Nanée, te llaman de Hollywood.

André observó el salón desde su posición, de pie al lado de Nanée.

«Mierda», pensó Edouard. Nadie conseguía escapar jamás de la inquisición de André, fuera con un juego o fuera de cualquier manera.

André le ofreció una mano a Nanée, pero ella la rechazó negando con la cabeza.

—Estoy demasiado muerta para levantarme —dijo.

Empezó a toser y a borbotear y se quedó muerta de nuevo.

Edouard miró a André, que miraba a su vez a todos los reunidos. Danny estaba al lado del interruptor. Varian sentado tranquilamente en el sofá, con cara de culpable, tal vez disfrutando de ello por una vez, puesto que en la vida siempre tenía que ir de inocente. También Jacqueline ponía cara de culpable, aunque había que tener en cuenta que las mujeres guapas siempre eran o ángeles o demonios, sin una solución intermedia. Y Gussie estaba, como sucedía a menudo, no muy lejos de Jacqueline.

—Edouard —dijo André—, pareces incluso más culpable de lo normal. Eres el asesino.

—Cualquiera pensaría que has estudiado con el mismísimo Freud —dijo Edouard.

—Pronto aprenderás a mirar a los demás y no al sabueso. Porque eso delata tu culpabilidad.

Y entonces empezó el interrogatorio.

—¿Hubo derramamiento de sangre? —preguntó André.

—Verdadero —respondió Edouard.

—Seguro que ves la sangre ahí en las baldosas, querido —dijo Jacqueline—. ¿No pensáis que sería mejor fregar antes de que acabe manchando el mármol?

—¿Un cuchillo? —dijo André.

—Falso.

—Ese nivel de cliché es mío y solo mío —dijo Varian.

—Diría que le ha aporreado la cabeza con una de sus cámaras —dijo André—, pero eso requeriría que la hubiese cogido antes.

Edouard descansó una mano en la repisa de la chimenea, que estaba fría y reconfortante, y observó el reflejo manchado y picado de la cara de André en el espejo.

—André —dijo Jacqueline regañándolo—. Edouard ni siquiera ha tenido tiempo de recuperar fuerzas, y además tampoco tiene ninguna cámara aquí.

Edouard miró los paisajes de mala calidad que decoraban las paredes del salón y recordó las obras y las escenas que los internos escribían y representaban en Camp des Milles, el arte que creaban en las paredes de ladrillo, la música que componían para luego tocar en los pocos instrumentos que pudieran tener. Un artista se sentía impulsado a crear incluso en los peores momentos. Quizá especialmente en los peores momentos.

Miró a Nanée, que seguía tumbada sobre las baldosas en blanco y negro del suelo, allí donde había caído, y se le revolvió el estómago como si realmente estuviera viendo un cadáver, y la pluma con las marcas de mordiscos en el capuchón ya no alojada en su cuello porque, por supuesto, un buen asesino no podía dejarla allí a modo de prueba, sino que la habría limpiado con esmero y la habría guardado de nuevo en el escritorio. No tenía ninguna herida aparente, aunque sí la tenía en la imagen que albergaba Edouard en su cabeza. La que estaba muerta era Elza. Elza encontrada en una calle de Berlín, golpeada hasta la muerte por unos matones nazis. Su hermana a su lado, muerta también a golpes. ¿Por qué habría permitido que Elza volviera a Alemania a buscar a su hermana? Estaban en Viena, en un país seguro, por mucho que por aquel entonces Hitler ya tuviera la mirada puesta también en Austria.

Aunque, naturalmente, él no era quién para permitirle o no permitirle cosas a Elza. Elza no era una mujer para ser controlada. Le había prometido que esperaría a que él lo arreglara todo para sacar a su hermana de Alemania, pero se le había acabado la paciencia. Una tarde, Edouard se marchó para ir a fotografiar a una mujer que había visto saliendo de la sesión matinal de la ópera envuelta en una capa roja, y al volver a casa había encontrado a Luki cenando con la chica que tenían contratada para cuidarla y había descubierto que Elza se había marchado a Alemania. «Siendo mujer es mucho menos probable que me interroguen o sospechen de mí —le había dejado escrito en una nota—. Los nazis saben quién eres. Y aquí no tengo manera de ganarme la vida; si algo te pasa, tu hija y yo nos quedaremos en la indigencia, y también este nuevo hijo».

Este nuevo hijo.

Elza localizó a su hermana, pero la Gestapo las asesinó a las dos antes de que pudieran salir de Alemania. Edouard, tambaleándose aún, envió un telegrama a André aquel mismo día, le decía que pensaba viajar a Francia de inmediato, con Luki y con todas las fotografías que fuera capaz de llevar con él. Si los nazis habían matado a su esposa y a su hermana por las fotografías hechas por él, matarían también a Luki. Era la tortura que más les gustaba: asesinar a tus seres queridos y dejarte a ti con vida.

Con la muerte no se jugaba. La muerte no era una distracción con la que pasar una velada. Pero allí estaba Danny, con la risa aún presente en sus patas de gallo. Danny, que había visto morir a tanta gente. Soldados. Amigos.

—Piensas que es cruel, Edouard —dijo André—. Toda esta farsa violenta. Pero el juego nos sirve para acceder a nuestras profundidades más reprobables y para liberarnos de ellas.

—¡André! —exclamó Jacqueline.

Nanée se estaba levantando, pero André le puso el pie encima para impedírselo.

—No, no, André tiene razón —reconoció Edouard.

La crueldad estaba en su imaginación, la violencia en su interior, y oír reír a Danny era bonito. Danny, que necesitaba reír tanto como lo necesitaba él. Incluso en Camp des Milles había risas. Con risas, sobrevivías.

André se recostó en el sofá.

—¿Hay sangre en el pañuelo? —preguntó.

Edouard se quedó mirándolo, intentando entender qué estaba diciéndole. ¿Pensaría André que él había matado a Elza? Pensó entonces en Luki. Debería haber bautizado a Luki. ¿Qué importaba lo que él creyera o dejara de creer? Lo que sí creía era que quería que Luki viviera.

—En la garganta, donde la apuñalaste —dijo André—. ¿Verdadero o falso?

—Oh. —El juego no había acabado—. Sí. Verdadero.

—Nanée esconde el cuello debajo de este pañuelo blanco —dijo André—, sabiendo que lo que esconde nos conduce a la obsesión. Queremos quitárselo, ver su piel desnuda.

—Santo cielo —protestó Nanée—. Es mi pañuelo de piloto, eso es todo.

—¿Es todo? —preguntó André.

—Cuando escribí la escena del crimen no sabía que Nanée iba a ser la víctima —dijo Edouard protestando también.

Pero André tenía razón, aunque no fuera con respecto a Nanée. Porque Edouard deseaba deshacer el nudo de aquel pañuelo. Deseaba ver la pequeña hendidura en la base del cuello. No para ejercer violencia, sino para tocarle el cuello. Aquel pensamiento estaba allí, bajo la superficie, desde que ella había bajado a cenar con el pañuelo envolviéndole el cuello, como siempre.

—¿Es un instrumento afilado? —preguntó André a Edouard.

—Verdadero.

—¿Algo de la cocina?

—Falso.

—¿Del despacho?

Edouard vio la pluma en la mano de Nanée, las marcas de los mordiscos en el capuchón. La tinta fluyendo sobre un papel de escribir de primera calidad, «Querida Berthe».

—Sí —dijo—. Verdadero.

—¿Un abrecartas?

—Falso.

André se quedó mirándolo, sorprendido, y esbozó una sonrisa tensa.

—Una pluma estilográfica.

—Verdadero.

—¿Una pluma? —dijo Nanée tocando el pañuelo blanco—. ¿De verdad crees que podrías acabar conmigo con una pluma estilográfica?

—Aplicando la fuerza suficiente, te podría perforar la tráquea.

—Habrías ejercido la violencia con una herramienta de creatividad —dijo André—, aunque no precisamente con tus herramientas.

—No, con mis herramientas no —confirmó Edouard.

—Con mi herramienta —dijo en tono provocativo André—. Y ahora, debemos determinar tus motivos, el por qué habrías matado a la pobre Nanée perforándole la garganta.

Edouard se sentía más desnudo de lo que se había sentido en mucho tiempo. Y no sabía por qué.

—¿Es un crimen pasional? —preguntó André.

—Verdadero.

—Odio —dijo André—. Y esto no es una pregunta, sino una deducción.

Edouard se quedó mirándolo, sintiéndose encerrado, confinado. André sabía cómo había muerto Elza.

—Venganza —dijo André—, por el mal causado a una mujer que amas. Cuando imaginaste tu asesinato, no imaginaste que tu víctima era una mujer. No te imaginaste matando a una mujer. Pero sí puedes imaginarte matando a hombres.

Edouard asintió, pensando en Elza yaciendo muerta en aquella calle de Berlín y deseoso de pedirle a Nanée que, por favor, se levantara.

Nanée se levantó del suelo y se sacudió el trasero del pantalón. Por supuesto que se levantó. El juego había acabado.

—Es una barrera para la creatividad —dijo André—. Este malestar con la violencia.

No era una pregunta, pero Edouard pensó igualmente: «Verdadero». Gran parte de lo que había creado surgía de la violencia, pero cuanto más se acercaba la violencia a él a nivel personal, menos fascinante le resultaba. Y tenía esa sensación incluso desde antes de que Elza muriera asesinada. Ya entonces había entendido que era un *voyeur*. ¿Y ahora? Ahora la violencia estaba allí, reflejada en el espejo cada vez que se miraba en él. Si le hubieran dado un momento con los hombres que habían matado a Elza y a su hermana, los habría matado con sus propias manos y se habría alegrado de tener aquella oportunidad. Porque de ese modo, de cerca, podría ver bien sus caras mientras la vida iba abandonándolos.

Lo que antes le fascinaba cuando lo veía en los demás, lo aborrecía ahora en sí mismo. Pero estaba allí. Siempre había estado allí. El mal en su interior. El mal en todo el mundo. En la bella Jacqueline y en la incluso más bella Nanée. En Varian, que imaginaba que estaba aquí solo para hacer el bien. En Danny y en T, que querían ayudar a Varian. En Elza. Sí, incluso en Elza. Pero no en Luki, en Luki creía que no. En Luki esperaba que no.

VILLA AIR-BEL

Estaba sobre la mesa del recibidor, allí donde la pintura de Chagall con una vaca voladora había estado hasta justo aquella mañana. Un sobre. Edouard estaba bajando la escalera, dispuesto a salir para ayudar en la preparación de un salón para conmemorar el Domingo del Día del Armisticio, puesto que al día siguiente sería el aniversario del alto al fuego en el frente oriental, a las once horas del día once del mes once, y con él la victoria de Francia sobre Alemania en la Gran Guerra, algo que por supuesto ya no se podía celebrar porque ahora Alemania gobernaba Francia. Pero igualmente habían preparado un salón, en el cual exhibirían la vaca voladora. Varian estaba intentando convencer a Marc Chagall de que saliera de Francia antes de que el caos del gobierno de Marsella llevara al obligado cumplimiento de las nuevas leyes antijudías de Alibert, que incluían tanto a franceses como a ciudadanos extranjeros, pero Chagall no creía que su propio gobierno fuera a volverse contra él y le daban miedo las rutas ilegales que preparaba Varian para salir de Francia. Prefería, decía, «seguir sano y salvo en el lado correcto de la ley», pero le había regalado a Varian el cuadro de la vaca y Nanée y Danny lo habían colgado por la mañana de uno de los plátanos con motivo del salón.

Edouard bajaba silbando, de hecho, con ganas de ver a Max Ernst, que estaba en la lista de Varian y, con ayuda del vicecónsul Bingham, había sido liberado de Camp des Milles. Pero se detuvo en seco cuando vio la carta que Nanée le había escrito a Berthe para localizar a Luki, estampada con un sello que decía «Destinatario no encontrado».

Miércoles, 13 de noviembre de 1940
SANARY-SUR-MER

Cuando la tartana de autobús que había cogido en la estación de tren de Sanary-sur-Mer se marchó dando sacudidas, Nanée continuó su camino a pie cargada con una bolsa enorme de lona lo bastante grande como para poder dormir dentro de ella, aunque este no era su plan. Qué disgusto se habría llevado su madre de verla desplazándose en medios tan ordinarios, pero necesitaban administrar el combustible para ayudar a huir a los refugiados y quería hacer aquello por Edouard: recoger sus cámaras para darle algo que hacer mientras esperaba las respuestas de sus amigos de París, a los que había escrito después de que la carta a Berthe hubiera llegado devuelta. Maldijo para sus adentros, no obstante, aquellos pueblecitos costeros franceses y sus infames carreteras. Dio vueltas y vueltas y desanduvo lo andado hasta que dio por fin con la casita amarilla con un cartel en la verja, Atelier-sur-Mer, y la llave debajo de una maceta con plantas muertas, justo al lado de la puerta.

Dentro, la casa estaba tan abandonada que costaba imaginar que toda la vida de Edouard estuviera envuelta en telarañas y polvo. En la mesa redonda de mimbre de la estancia principal había una barra de pan cubierta de moho, pero dura como las baldosas de arcilla del suelo. Las contraventanas de unas desencajadas ventanas dobles estaban sin cerrar y a través de los cristales sucios se filtraba un sol que empezaba a asomar por detrás de los nubarrones. Hacía más frío dentro que fuera, donde, ni cerca ni lejos, se removía el mar, azul muy oscuro. Y un pensamiento más oscuro si cabe embargó a Nanée: la posibilidad de encontrar allí los huesos de la hija de Edouard. Recogió del armario de la entrada una cámara compacta Rolleiflex, una más grande Speed Graphic, un *flash*, un trípode, rollos de película que podían ser fotografías pendientes de revelar y diversos trastos más cuya utilidad era incapaz de adivinar. Lo guardó todo en la bolsa. El sombrero de fieltro gris que llevaba Edouard la noche que lo conoció en París estaba también en una estantería, pero en la bolsa no habría espacio para un sombrero. Abrió la puerta del dormitorio de Edouard, donde su vida estaba guardada en las cajas que había preparado antes de ser arrestado. Sopló para retirar el polvo de la primera caja e inspeccionó su contenido. Una agenda de direcciones. Algunas cartas. Fotografías sin enmarcar que Edouard le había dicho que no había necesidad de recoger. «No necesito ninguna foto —le había dicho—. Los negativos están todos juntos en una sola caja. Con los negativos puedo imprimir de nuevo las fotografías».

Y allí estaban, debajo de una pila de fotos: fundas con negativos de cuatro por cinco y tiras de treinta y cinco milímetros, el trabajo de Edouard en miniatura, a veces separado por papel marcado con rectángulos y líneas de puntitos, flechas, garabatos y letras que no formaban palabras.

En el armario encontró camisas con las que envolver el material fotográfico. Pensó también en coger pantalones, pero eran para un hombre más voluminoso, para un hombre cuyas caderas no estuvieran esculpidas por un año de raciones mínimas en un campo de internamiento.

Lo único que había en el escritorio era una sola hoja de papel de escribir y una fotografía de ocho por diez apoyada en la pared, igual que ella tenía *Ser un ángel* apoyada sobre su tocador en Villa Air-Bel. Sopló el polvo que cubría la carta y leyó: «Querida Nanée».

¿Una carta para ella?

Lo que seguía era el inicio de una nota de agradecimiento, sin terminar, por la reunión que ella había celebrado después de la exposición surrealista, hacía casi tres años. Era de lo más extraño.

Limpió con la manga el polvo que cubría el cristal del marco de la foto y vio al hombre que hacía flexiones. Una fotografía inquietante. Recordó la mirada que se cruzaron Edouard y André cuando ella la mencionó en la fiesta, la turbación que había percibido bajo el interrogatorio de André. «A veces, el espectador no ve todo lo que contiene el arte».

¿Sería Edouard el de la fotografía? Se planteó la posibilidad de retirarla del marco para así ahorrar peso y luego envolverla bien, pero le pareció erróneo despojar a aquel hombre de su hogar plateado. Una sombra oscura escondía el trasero del hombre, en la parte inferior de la imagen. *Derrière,* en francés, una palabra mucho más suave y evocadora que «nalgas» o «culo». Estudió con atención la foto. Era un torso desnudo, ¿verdad? Y seguro que aquello era una cintura, con los hombros encorvados hacia delante en una postura incómoda. Esas protuberancias, ¿sería el ángulo? ¿Por qué le resultaba tan enervante aquella fotografía? El hombre estaba desnudo, sí. ¿Sería por eso? El recuerdo de unos hombros desnudos sobre ella, en la cama, de hombres que le habían hecho el amor. No, no el amor. De hombres con los que había llegado al límite, imaginándose estar enamorada de ellos.

Examinó de nuevo el marco, para ver si escondía alguna cosa. Pero no.

Entró en el cuarto de baño, una estancia sin ventanas, donde Edouard le había comentado que encontraría el equipo de revelado. Con un paño de cocina retiró las telarañas y el polvo de un objeto negro, grande y con una especie de bombilla que era una ampliadora fotográfica, así como de su base de madera y del soporte de metal y madera. Envolvió el extremo en forma de bombilla con una camisa de Edouard y recolocó todo lo que ya había metido en la bolsa para acomodar aquel artilugio voluminoso.

A sus espaldas había media docena de fotos colgadas con pinzas de madera de un cordel que iba de lado a lado de una bañera que contenía bandejas vacías y botellas con productos de revelado que Edouard le había dicho que podía dejar allí. Descolgó una de las fotos, curiosa por saber en qué había estado trabajando Edouard antes de ser internado en el campo.

Era el mismo desnudo que tenía en su habitación, sobre la mesa del escritorio, pero en una imagen mucho más oscura. El hombre de las flexiones.

Descolgó otra fotografía: la misma imagen, aún más oscura. Otra: de nuevo la misma foto. Una tras otra, más oscura o más clara, con más o menos contraste, con más luz en una determinada zona de la imagen o en otra.

Examinó otra vez una de las imágenes. La curva algo extraña de los hombros. Los brazos formando un ángulo que los acercaba. ¿Las piernas separadas? La examinó con más detenimiento. ¿Se habría confundido por completo? ¿Era…? Sí, la fotografía era del torso de una mujer, no de un hombre. Una mujer desnuda inclinada por la cintura. Las curvas de la parte superior que había imaginado que eran los hombros encorvados de un hombre eran el *derrière* de una mujer. Lo que Nanée creía que eran los contornos de los brazos de un hombre detrás de sus hombros eran una insinuación del muslo, y en la parte inferior de la fotografía, la espalda de la mujer desaparecía en la sombra proyectada sobre sus hombros. La sombra del fotógrafo, de Edouard.

La fotografía que había considerado como la representación de la fuerza de un hombre capturaba justo lo contrario: una mujer inclinada hacia delante por dolor, vergüenza, pérdida o suplicando. Pero allí estaba también su espalda, larga y recta. Daba la sensación de que en cualquier momento volvería a erguirse.

Desnudo, inclinado. Ese era el título que Edouard le había dado a la fotografía aquella noche, en su apartamento en París. ¿O había sido André?

Esposa fantasma. La vulnerabilidad de la pose. La intimidad. ¿Era un amante fotografiando al otro? Miró por encima del hombro y se estremeció, tenía la sensación de estar siendo observada.

Pero allí no había nadie.

Salió de todos modos a la sala de estar y miró a su alrededor. Cerró con llave la puerta de entrada. Cogió el sombrero del armario y palpó la banda de cuero del interior, ablandada por años de contacto con pelo y aceites, pero con la etiqueta todavía limpia, un sombrero bien cuidado, las iniciales «ELM» levemente descoloridas. Entró de nuevo en el cuarto de baño con el sombrero para guardarlo en la bolsa, pero no cabía. Se lo puso entonces en la cabeza. Le quedaba grande, pero decidió que lo transportaría así. Olía a Edouard, y resultaba reconfortante.

¿Debería coger una de aquellas fotos? *Desnudo inclinado. Esposa fantasma*. Miró otra vez la imagen. Tan íntima. Estaba colgada en la exposición, pero Edouard le había ordenado a André que la retirara. Y le había dejado muy claro que no necesitaba ninguna de sus fotografías.

Le habría gustado llevarse una para ella, pero volvió a colgarlas con cuidado allí donde las había encontrado, en el cordel, y salió con la bolsa, más pesada ahora, del pequeño cuarto de baño.

Se armó de valor y se encaminó hacia la puerta de la última habitación, la habitación de Luki, llena de ropa y cargada de polvo y telarañas como el resto de la casita. Abrió la ventana y escuchó el sonido de las olas rompiendo contra las rocas y los gritos de las gaviotas. ¿Había alguien cantando? Abrió más la ventana y asomó la cabeza para ver una pequeña zona encerrada por una valla, entre la casa y el mar. No había nadie cantando, claro, sino que lo que se oía era una combinación del mar, el viento y las aves.

Apartó telarañas y empezó a clasificar cosas, igual que había hecho en la habitación de Edouard, deseosa de llevarle alguna cosa de su hija. Dejar allí las pertenencias de Luki era como dejar atrás cualquier esperanza. Encontró el precioso abrigo rojo con terciopelo negro que Luki llevaba aquella noche en París, pero la niña tenía ahora tres años más y ya no le serviría. Vio una muñeca de trapo, limpia y poco querida. Un libro demasiado infantil para la edad que tenía Luki ahora.

Imaginó que habrían embalado cualquier cosa especial excepto quizá lo más voluminoso, como el abrigo, pero ¿cómo iba a darle a Edouard aquel abrigo rojo que su hija ya no podría llevar ni aun en el caso de que la localizaran?

Dejó el abrigo en la cama junto con la otra ropa. Se oyó un sonido musical apagado, como si en el bolsillo hubiera un pequeño instrumento musical. Pero no, cuando miró solo encontró un par de guantes rojos de niña, confeccionados con piel de calidad que sugería el tipo de vida que habían dejado atrás al huir de Austria. Empezó a mirar las otras prendas que había en la cama, palpándolas con cuidado antes de dejarlas de lado. Debajo de una última blusita blanca encontró un abrigo viejo algo más grande que el rojo. Comprado de segunda mano, imaginó. Nada más. Cogió el abrigo y repasó los bolsillos. Extrajo una cosita de lana que emitió una sola nota.

Era un animalito de peluche con un mecanismo de cuerda en la espalda.

Le dio a la cuerda.

Cuando la criatura empezó a emitir notas, Nanée regresó a su infancia, a su habitación en la casa de Evanston. Se vio de nuevo abriendo la tapa de la caja de música, un objeto redondo exquisito de porcelana con incrustaciones de oro y perlas y pintado para asemejarse a un tiovivo. Cuando levantó la tapa, tres caballos de tiovivo en miniatura empezaron a dar vueltas en círculo en el interior y se oyó una delicada melodía. El «Vals de las flores», de *El cascanueces*. Una pieza de Tchaikovsky, un artista que había sido un fracasado en vida y que solo había cosechado el éxito después de su muerte. Nanée no sería mucho mayor que Luki ahora cuando la oyó por primera vez, sentada en un oscuro teatro del centro de Chicago. Una salida especial, solo su padre y ella. Su padre le había cogido la mano cuando parecía que el Rey Ratón iba a matar al pobre Cascanueces herido, y le había asegurado que todo era de broma y que el Cascanueces acabaría al final con aquel Rey Ratón. «Las criaturas asquerosas siempre acaban recibiendo su merecido».

Nanée fijó la vista en la criatura peluda mientras su música rompía el silencio y se entrelazaba con el sonido del mar bajo las ventanas abiertas de la casita, con las olas que rompían contra las rocas cerca de la empalizada. Era un canguro, un canguro bebé que debía de pertenecer a la bolsa de aquella graciosa mamá de peluche que Luki, la niña huérfana de madre, abrazaba en la galería de París. Nanée, sin quitarse el sombrero de fieltro gris de Edouard de la cabeza, se lo guardó en el bolsillo y cerró la bolsa. Cerró también la ventana y se dirigió a la puerta. Cerró bien y dejó la llave donde la había encontrado, debajo de la maceta con plantas muertas.

Miércoles, 13 de noviembre de 1940
VILLA AIR-BEL

Edouard estaba sentado sobre un murete de piedra en el oscuro jardín cuando oyó pasos sobre la gravilla: Nanée, identificable incluso como una sombra a la luz de la luna.

—Te he traído algo —dijo, lo bastante cerca de él como para que su perfume se mezclara con la putrefacción del jardín.

Las había visto, pues, se dijo Edouard. Por supuesto que las había visto. Todas aquellas copias de *Salvación*.

Nanée le entregó su Speed Graphic.

—Gracias —dijo Edouard, aliviado incluso con el peso, con el volumen del objeto en sus manos.

Desplegó la lente y observó a través del visor la sombra de la cara de ella. No se había imaginado que algún día pudiera volver a capturar una foto.

Nanée hundió las manos en los bolsillos de su chaqueta y se quedó mirándolo, directamente a la lente.

—He traído todo lo que he podido —dijo—. Todos los negativos, como me pediste. La ampliadora y las dos cámaras.

Las dos cámaras. Sí, ahora solo tenía dos, y la Leica era una víctima de su fuga de Camp des Milles. Lo último que había dejado atrás.

—Gracias —volvió a decir bajando la Speed Graphic para dejarla colgando del cuello con la correa.

Nanée le cogió la mano, se la abrió, poniéndole la palma hacia arriba, y depositó un objeto, algo que acababa de sacar del bolsillo de su chaqueta. Se escapó una única nota, un único contacto con una única púa del peine metálico del mecanismo, una nota aguda de la música que le ponía cada noche a Luki para hacer la transición desde las canciones que él le cantaba hacia el silencio de las noches de soledad posteriores a la muerte de Elza.

—¿Dónde lo has encontrado? —preguntó—. Lo estuvimos buscando por todas partes.

—Estaba en el bolsillo de un abrigo —respondió Nanée.

Edouard cerró la mano alrededor de aquella suavidad que tan bien conocía, alegrándose de que fuera noche cerrada, alegrándose de que Nanée no pudiera ver las lágrimas que se acumularon en sus ojos cuando empezó a recordar aquella búsqueda frenética la mañana que Luki se marchó a París, la promesa que le hizo de que encontraría a Joey. La promesa que le había hecho a la memoria de Elza de que Luki estaría a su lado, siempre.

—Encontraremos a Luki, donde quiera que esté —dijo Nanée—. La encontraremos y la traeremos aquí, a Villa Air-Bel.

Edouard cerró los ojos y dejó de ver el jardín dormido y el estanque de aguas tranquilas, el cielo oscuro, la sombra de aquella mujer que no sabía lo que decía. Jamás conseguirían localizar a Luki y mucho menos sacarla sana y salva de Francia. No había sido capaz de proteger a Elza y ahora era incapaz de proteger a su hija.

Una lechuza ululó desde la rama de un plátano de sombra, sorprendiéndolos a ambos.

—Mañana por la mañana iré al Consulado de los Estados Unidos —dijo Nanée—, y…, y veré si puedo gestionar la documentación para Luki. Yo tengo pasaporte norteamericano. Puedo ir donde me plazca.

Edouard dudó. Si sacar de forma ilegal a alguien de la zona ocupada era muy peligroso para un hombre, lo era mucho más para una mujer.

—Correrías un riesgo demasiado grande —dijo.

—Pfff —dijo ella—. En una ocasión puse mi vida en peligro por un ave. Un bellísimo cisne negro. Estuve a punto de estrellarme contra el lago helado del Bois de Boulogne por querer esquivarlo.

—Un cisne negro —repitió Edouard, recordando tiempos mejores con Elza, cuando estuvieron en París justo después de casarse.

Elza en aquel mismo lago a bordo de una barca de remos que habían alquilado, maravillada al ver un cisne negro que se abalanzaba en picado para posarse en el agua. «Qué criatura más extraordinaria», había dicho, y se habían quedado observándolo mucho rato hasta que él había cogido por fin la cámara y lo había fotografiado. Pero la imagen no había resultado ser lo que él esperaba que fuera. No sabía por qué, tal vez quizá porque la magia del momento no estaba en el cisne en sí, sino en el asombro de Elza, quien no aparecía en el encuadre.

—Son criaturas extraordinarias —dijo, pensando en que sería él quien iría a buscar a Luki, que sería fiel a la promesa que le había hecho a Elza.

—No soportaba la idea de chocar contra él —dijo Nanée en voz baja, una confesión. Y añadió, con más seguridad—: Era yo la que estaba volando en su mundo. Y mi deber era apartarme de su camino.

Cuando entró en su habitación, Edouard encontró la bolsa con todas sus cosas a los pies de la cama, donde Nanée le había dicho que la había dejado. Sacó con cuidado las cosas que había encima y, luego, la ampliadora. La dejó en el suelo, la enchufó y la conectó. Sí, el negativo seguía en el portanegativos. Elza, inclinada hacia delante, apareció perfilada sobre la base del caballete.

¿Por qué no habría dejado de tomar fotografías cuando eso podría haberlos salvado de todo? ¿Por qué no había parado incluso después de aquella primera y terrible violación, que no tenía nada que ver con Elza y todo que ver con el trabajo de él? Las semanas se transformaron en meses y Edouard pasaba cada vez más tiempo lejos de ella, trabajando. Lejos toda la noche porque era entonces cuando el horror nazi mostraba su peor cara, se decía. Ninguno de los dos mencionó una sola palabra más de lo sucedido después de aquella primera conversación. Estaban intentando ignorarlo, o al menos él lo estaba intentando. Intentando fingir que no había existido.

Aquella mañana, la mañana que hizo esa fotografía, había llegado a casa y se había encontrado con Elza en la puerta.

—Ven conmigo —le había dicho Elza, con un tono de voz que le advertía que no debía llevarle la contraria.

Le cogió de la mano y, sin darle tiempo a dejar la cámara, lo arrastró hacia la habitación. Elza corrió las cortinas para amortiguar la tenue luz del amanecer, se colocó delante de él y empezó a desnudarse.

—Si no puedes mirarme, querrá decir que ellos se han llevado todo lo que importa —dijo—. Ni siquiera tienes que tocarme. Mírame a través de la cámara. Así será más fácil para los dos.

Y Edouard lo intentó. La enfocó, desnuda delante de él.

Pero no pudo hacer la foto, no podía perdonarse a sí mismo. Y fue ella la que se inclinó. ¿Por desesperación? ¿Por dolor? Era imposible saberlo, pero de pronto se apoderó de él un nuevo miedo, no por lo que había pasado, sino por cómo podía llegar a destruirlos. Elza tenía razón. Había tenido razón desde el principio, cuando le había suplicado que no fuera a las autoridades. Cuando fue, nadie se tomó ni siquiera la molestia de negar lo sucedido. Dijeron que Elza estaba «entreteniendo» a los nazis que la habían hecho bajar de la bicicleta en el Tiergarten y que no habían podido evitar el hecho de que su esposa prefiriera a otros hombres. Se habían asegurado de que comprendiese bien los detalles que ella le había ahorrado. Cinco hombres. En el camino por el que volvía cada martes por la noche a casa después de dar clases. La llamaban *Frau* Moss.

Elza, inclinándose delante de él, comprendiendo lo que él era incapaz de imaginarse, que hacer aquella fotografía lo liberaría para poder volver a tocarla, para poder volver a tenerla entre sus brazos, en su cama.

Se quedaron en Alemania. Edouard creía que era lo correcto, utilizar su cámara para, incluso con todo lo sucedido, luchar y salvar a su país. Aquel fue su peor sentimiento de culpa hasta que asesinaron a Elza y a su hermana: haberse quedado, haber seguido poniéndola en peligro. Nunca hablaron sobre aquella foto. Él nunca la reveló, ni la imprimió, hasta que una noche llegó a casa y encontró a los nazis sentados en la sala de estar, con Elza sirviéndoles cervezas, ¿qué otra cosa podía hacer? Luki observando la escena con los ojos como platos y muerta de miedo. Al día siguiente se las llevó a Austria. Huyeron a Viena. Pensó que allí estarían a salvo. No reveló el negativo ni imprimió la fotografía hasta entonces, *Salvación*, para reclamar el amor de Elza.

—Conocí a su padre, por supuesto —dijo Harry Bingham.

—¿De verdad? —le preguntó Nanée al vicecónsul norteamericano, intentando provocar algo más de detalle y recomponiendo su historia teniendo en cuenta aquel hecho.

Bingham la observaba desde detrás de unas gafas redondas con montura metálica, más propias de la generación de ella que de la de su padre. Tenía el pelo rubio y ondulado, nariz recta y unas mejillas redondas que le daban un aspecto afable a pesar de su boca pequeña y de labios finos.

—La hija de mi hermano Dickey está aquí en Francia y necesita un pasaporte —dijo.

Bingham se quedó sorprendido.

—No sabía que estuviera casado.

Nanée fingió la turbación que una chica correcta de Evanston sentiría ante la sugerencia de que un hermano pudiera tener una hija ilegítima.

—Ya puede imaginarse la enorme sorpresa que esta hija fue para nosotros.

—Entiendo —dijo Bingham.

—Pero su hija tiene derecho a poseer un pasaporte de los Estados Unidos.

Bingham se quedó a la espera. Nanée esperó también.

Y dijo Bingham por fin:

—¿Entiendo, entonces, que la madre no es norteamericana?

—La madre ha fallecido —respondió Nanée, aferrándose a la verdad hasta el punto de que pudiera encajar e incluso beneficiar al relato.

—Eso es muy… —dijo Bingham.

233

«Conveniente», pensó Nanée, pero dijo en cambio:

—Imagino que le gustaría ofrecer sus condolencias, pero la fría realidad es que mi hermano desea poner a su hija en manos que puedan atenderla mejor, no sé si me explico.

Lo que implicaban sus palabras era que un hombre que asumía la responsabilidad de un hijo ilegítimo se envolvía en un halo de honorabilidad que la madre que la había parido jamás podría tener. Nanée aborrecía los estándares dobles de los ricos, o tal vez de todo el mundo.

—Entiendo —dijo Bingham—. ¿Y esta hija está en…?

—Sí, por desgracia está en la zona ocupada.

Nanée no tenía ni idea del paradero de Luki, pero sabía que Bingham tardaría tiempo cn gestionar un pasaporte para la niña, si es que al final accedía a ello.

—¿Tiene la partida de nacimiento?

Le mostró la fe de bautismo expedida por el padre Pierre Marie-Benoît, con el nombre y la fecha de nacimiento reales de Luki, con Elza Moss como su madre y Dickey como su padre.

—Ah, el padre Barbiche —dijo Bingham utilizando el apodo del fraile capuchino, que hacía alusión a su larga barba.

La Iglesia católica apoyaba a Pétain, que ofrecía la posibilidad de recuperar en Francia los valores más «tradicionales» que exigían a las mujeres quedarse en casa y ser buenas esposas, al servicio de sus maridos, y asumía que solo los cristianos podían tener buenos valores. El Vaticano, autoritario ya de por sí, no se mostraba muy preocupado por los avances de Hitler; habían alcanzado un concordato con él solo meses después de que fuera nombrado canciller alemán. Pero había gente buena por todas partes, incluso en la Iglesia.

—Supongo que el buen fraile debía de estar de visita en París cuando nació la criatura —dijo Bingham—. Porque estaba en un monasterio italiano hasta que huyó de Roma a principios de este año.

—Es amigo de la familia de mi madre —replicó Nanée, tal y como el fraile le había sugerido en el caso de que surgiera la pregunta.

Bingham unió las puntas de los dedos y se quedó mirándola.

—Tendrá que presentar una solicitud a los alemanes, claro está, para poder sacar a la niña de la zona ocupada.

—Si es que no la llevo conmigo a casa directamente desde París —dijo Nanée, esquivando el tema de los documentos que ella misma tendría que presentar a los alemanes para poder entrar de forma legítima en la zona ocupada.

Bingham apreció positivamente la inteligencia de aquel pequeño cambio de rumbo, puesto que los subterfugios presentaban mayores probabilidades de éxito si estaban bien planificados.

—Creo que sería mejor que su hermano solicitara el pasaporte de la niña en Chicago —dijo.

—Dickey no tiene ninguna fotografía de su hija, y con el correo tal y como funciona hoy en día… Tengo esperanzas de que la niña pueda viajar lo antes posible, y Varian me ha dicho que de vez en cuando ha expedido usted pasaportes para amigos.

—¿Varian? —dijo Bingham—. No me comentó que iba a venir usted a verme.

Nanée deslizó una fotografía de Luki por encima de la mesa, antigua, pero no tenían otra cosa.

—Todo este asunto es un poco delicado —dijo—. Mi hermano preferiría que se quedara todo reducido a un círculo pequeño de gente hasta que no acabe de solucionar el tema.

—La zona ocupada es un lugar peligroso —dijo Bingham—. Un pasaporte de los Estados Unidos no la protegerá si la sorprenden desafiando la ley nazi.

—Tengo muchos puntos débiles, señor Bingham —replicó Nanée—, pero estar loca no es uno de ellos.

—Es raro el loco que se reconoce como tal.

Nanée se quedó de nuevo a la espera, intentando no pensar en la locura que había cometido en Camp des Milles. Pero esta vez, en cuanto hubiera obtenido el pasaporte para Luki, le contaría a Varian lo que se traía entre manos. Solicitaría en Vichy un visado de tránsito francés para ella, pero no estaba segura sobre si pedir o no un permiso para entrar en la zona ocupada, una solicitud que tendría que hacer a los nazis y que conllevaba adquirir más visibilidad. Por el momento pensaba que era mejor no hacerlo, y sabía que lo más complicado sería salir de la zona ocupada con Luki, si resultaba que al final la localizaba allí. Solicitar a un vicecónsul simpatizante de los refugiados un pasaporte de los Estados Unidos para una niña judía nacida en Alemania era una cosa, pero atraer la atención de los nazis hacia su persona cuando su intención era sacar ilegalmente del país a esa niña, suponía otra muy distinta.

—Déjeme estudiar qué puedo hacer por usted —dijo por fin Bingham—. ¿El nombre de pila de su hermano es Richard?

—Samuel Dickey —respondió Nanée.

—Por supuesto. Su madre era una Dickey.

Nanée intentó imaginarse cómo reaccionaría Dickey si aquella idea de que tenía una hija ilegítima nacida en Francia salía a la luz. Pero su intención era sacar a Luki de Francia antes de que cualquier rumor se le fuera de las manos. En cuanto Luki estuviera en los Estados Unidos, revelaría la verdad. «Dickey, por supuesto, habría arriesgado su reputación con tal de salvar la vida de una niña —se imaginó diciendo—. Es un hombre honorable».

VILLA AIR-BEL

Nanée, que había vuelto temprano de entregar mensajes en el Panier, se sumergió en la bañera de zinc del cuarto de baño de la planta baja, como hacía últimamente una vez al día e incluso más. Cuando oyó que entraba alguien en la cocina —*madame* Nouget para empezar a preparar la cena, se imaginó—, se sumergió todavía más, hasta que el agua que le entraba en los oídos acalló el mundo. Se frotó y se frotó, la piel y también el pelo, pero seguía oliendo aquel hedor por todo su cuerpo: el de las ratas y las alcantarillas, el de la desesperación, el fracaso y los errores, la fétida podredumbre del comandante y de aquel campo que, por mucho que se bañara, seguía siempre allí. Se recostó un poco más, sumergió la cabeza y contuvo la respiración hasta que notó que los pulmones le iban a estallar, dejando que el jabón flotara alrededor de su cuerpo. Cuando emergió, con el pelo apartado de la cara y los ojos aún cerrados, descansó la cabeza en el borde de la bañera.

—¡Oh! ¡Lo siento! —exclamó la voz de Edouard.

Ya estaba cerrando la puerta y su voz, desde el otro lado, estaba diciendo:

—He llamado. Pero no ha habido respuesta.

Estaba avergonzado.

—Ya…, ya iba a salir —dijo Nanée—. Dame solo un minuto.

Qué fría se había quedado el agua.

Se levantó, se escurrió el pelo y se secó.

¿Seguiría cerca, en la cocina?

—¡En un segundo salgo! —gritó.

Se puso su albornoz de tejido de rizo y se envolvió el pelo con una toalla. Tiró del cuello del albornoz para tapar la marca, que ya empezaba a amarillear, y abrió la puerta.

En la encimera, al lado del fregadero de la cocina, vio la ampliadora de Edouard que ella había cargado desde Sanary-sur-Mer, una colección de lo que parecían bandejas para el horno de distintos tamaños y el papel fotográfico y los productos químicos que Danny había comprado. Pero Edouard se había retirado, por mucho que todos esos surrealistas proclamaran que el cuerpo humano era algo natural o que, al menos, el cuerpo de la mujer lo era.

Nanée cruzó corriendo la cocina, luego el comedor, después el *Grand Salon* y subió escaleras arriba, buscándolo, segura de que ahora que ella le había traído las cámaras, Edouard habría empezado a hacer fotografías.

Lo encontró en su habitación, encendiendo con una cerilla una vela que tenía en el tocador. La puerta estaba abierta, pero llamó igualmente a la jamba para que se enterase de que estaba allí.

—Lo siento —dijo, consciente de su desnudez debajo del albornoz y cubriéndose mejor el cuello con la gruesa tela de algodón. ¿Por qué no se habría vestido primero?—. Ya sé que monopolizo ese cuarto de baño. Es que lo de la bañera es un auténtico lujo.

—No. No. —Sopló la cerilla para apagarla—. Es que… Para eso sirve un cuarto de baño, por supuesto. Es que pensaba… Había tenido una idea. Sobre un trabajo que podría hacer. Estaba pensando en imprimir películas antiguas y para imprimir necesito oscuridad y agua, eso es todo. Pero me has hecho un favor, has evitado que…

Acercó un negativo a la ventana, al contraluz, para que ella pudiera verlo: una mujer cruzando un puente, alejándose de la cámara, con una capa de asistir a la ópera abriéndose detrás de ella, como si en un momento u otro fuera a levantar el vuelo.

—¿Así que pensabas imprimir fotos antiguas? —preguntó Nanée.

—Ese comentario que hizo André cuando dijo que yo ya no tocaba la cámara te inquietó.

—No —replicó ella, consciente de pronto del desengaño que debía de haber captado en su voz—. No, por supuesto que no. Tu arte es tu arte. Tienes que retomarlo cuando sientas que puedes.

—Una fotografía es un arte que consta de dos partes —dijo él—. La primera es la captura y la segunda es la manipulación y el revelado. Un mismo negativo puede ser muchas cosas. Un mismo cielo puede ser claro y alegre u oscuro y amenazador, un cambio que puedo lograr con la acción de mi mano entre ampliadora y papel. —Acercó el negativo a la vela encendida del tocador—. Ansel Adams asegura que el negativo es la partitura y la impresión es la actuación.

Acercó el negativo a la llama.

—¡Espera! ¡No lo destruyas! —gritó Nanée—. Jamás me perdonaré estar ocupando el baño cuando ibas a imprimir esto.

Pero siguió sin apartar el negativo de la llama. La película empezaba a calentarse, no se fundía ni se deformaba, pero los productos químicos de la parte superior se estaban licuando y Nanée vio que la mujer de la capa estaba perdiendo su forma.

—Voy a hacerla más inquietante —dijo Edouard.

—¿Así que no estás destruyendo el negativo? —preguntó Nanée.

—A veces, solo destruyendo una cosa acabamos descubriendo lo que creamos.

Viernes, 15 de noviembre de 1940
VILLA AIR-BEL

Edouard instaló la ampliadora en el improvisado cuarto oscuro que había montado en el baño. En el interior de la bañera había colocado una fuente de asado para el revelador, bandejas del horno para el baño detenedor y el fijador, y otra fuente más honda para el agua del aclarado. La superficie de zinc estaba aún húmeda del agua del baño de Nanée y el aroma del jabón que había utilizado, cítricos y verbena, evocaba la imagen que había vislumbrado de refilón: Nanée sumergida en la bañera, la longitud embriagadora de su largo cuello, la barbilla hacia arriba. Como siempre, lo que se ve sugiere lo que queda escondido, la superficie interesante no es lo que está, sino lo que no está. Y esto aplicaba tanto a las fotografías como a la vida.

—Aquí estoy —dijo la voz desconcertante de Nanée.

Eso es lo que debería estar pensando él: «Aquí estoy, por fin, después de todos esos meses perdido en aquel campo de internamiento».

Nanée se había quedado en el umbral de la puerta, con el pelo aún mojado, la cara limpia y fresca. Le habría gustado poderle enseñar el resto de los negativos de la secuencia para que así pudiese entender los largos días que él pasaba observando desde la ventana de su apartamento en Viena mientras Elza daba clases de matemáticas a sus alumnos, la vida plena que tenían y aquel, uno de los últimos momentos. Suponía que era por eso por lo que necesitaba aplicar la técnica del *brûlage* al negativo, mezclar los productos químicos para conseguir algo que emulara la pérdida, el dolor y la culpabilidad.

Vertió los productos químicos en las bandejas y colocó el globo Kindermann sobre la única bombilla del cuarto de baño, menos intimidado por el tenue resplandor de color rubí ahora que sabía que no iba a quedarse a solas con sus demonios. De no haber estado allí

Nanée, tal vez habría explorado docenas de recortes, manipulaciones y exposiciones, pero ella no había estado nunca en un cuarto oscuro, ¿y qué emoción había en ver emerger una tira reactiva en la bandeja? Se sentía bien asimismo con el *brûlage*. Al fundir la emulsión, al dejarlo todo en manos del azar, tal vez hubiera creado algo. Y dejaría también aquella impresión de la mujer con capa en manos del azar.

Colocó el negativo en el soporte, con la emulsión bocabajo para que la fotografía no se imprimiera con lo que estaba a la derecha a la izquierda y lo que estaba a la izquierda a la derecha, como parecía que había estado su vida durante tanto tiempo, con todo al contrario de lo que debería ser. Ajustó la ampliadora hasta que la imagen quedó enfocada en el caballete, las líneas nítidas de la capa flotante de la asistente a la ópera fusionadas y reformateadas en ondas etéreas, su rostro más similar al de una diosa que al de una mujer.

—¿Quién es? —preguntó Nanée, cuyo rostro, bajo la luz roja, parecía también el de una diosa—. Esta mujer con esa capa tan dramática a la que has fundido inexplicablemente.

Una insinuación de carcajada burbujeó en las profundidades de Edouard mientras insertaba papel en el caballete y activaba el temporizador. Había reído en Camp des Milles, pero aquella risa tenía su origen en un lugar situado detrás de sus ojos, allí donde se creaban las lágrimas.

Cuando sonó la campanilla del temporizador, Edouard retiró el papel del caballete, lo introdujo en el revelador y balanceó de un lado al otro la fuente para el asado.

—Mira, ahí está —dijo Nanée con un tono de voz cargado de asombro al ver que la mujer empezaba a tomar forma.

Los perfiles ondulados de la capa resultaban tan inquietantes como Edouard había imaginado cuando, al vislumbrar la mínima insinuación del cuerpo ondulado de Nanée bajo el agua de la bañera, se había acordado de aquella imagen.

—La Diosa del *Château*, desesperada por obtener un visado para huir a los Estados Unidos, como todos nosotros —dijo Edouard.

Trasladó la impresión al baño detenedor, luego al fijador y finalmente la sumergió en agua para el aclarado. La transportó a la luz de la cocina sin retirarla de la bandeja del agua, que depositó sobre la encimera para que Nanée pudiera verla mejor. La fotografía era oscura, un matiz que no hacía más que sumarle una cualidad fantasmagórica.

—Es como si esta mujer fuese nosotros —dijo Nanée—. Pero no nosotros en cuanto a nuestro aspecto exterior sino…, sino en cómo nos sentimos.

«Esa mujer eres tú». El pensamiento fue tan repentino y auténtico que Edouard temió haberlo expresado en voz alta.

—¿Te gustaría ver quién era antes? —preguntó, pensando de nuevo en la secuencia completa de fotos que había realizado: una vienesa elegante saliendo de una sesión matinal en la Ópera que se había encontrado con la calle bloqueada por una improvisada manifestación nazi.

Su expresión de sorpresa. De asco. Huyendo de allí. Ese era el tipo de fotografías que hacía, o que solía hacer. Una espectadora. Una mujer que jamás se habría imaginado estar implicada. La había seguido —la había acechado, en realidad— hasta el pequeño puente que cruzaba el canal en el Stadtpark, donde había capturado aquella fotografía, mientras daba unas zancadas cuya rabia no había cesado pese a la distancia que estaba poniendo entre ella y los nazis, que a aquellas alturas ya habían sido dispersados por la policía de Viena. Ni siquiera ahora sabía por qué la había seguido.

Dijo entonces Nanée:

—Pienso que, si la viera en otras fotos, perdería esta cualidad, esta luz que proyecta de mí misma.

«Esta luz que proyecta de mí misma». Edouard se preguntó qué estaría viendo Nanée de sí misma en la mujer con capa. «Su rabia orgullosa», pensó. Lo orgullosa que se sentía de su rabia. Él también se veía en la fotografía, sus dedos enfocando el objetivo mientras Elza debía de estar escribiendo aquella nota en el apartamento para explicarle que debía viajar a Alemania para ir a buscar a su hermana. Edouard siempre había creído que lo orgulloso que se sentía de su rabia lo situaba por encima de los demás. Pero no se había dado cuenta de ello hasta después de que Elza fuera asesinada, no había visto que era un supuesto inconsciente sobre el cual se basaba su trabajo.

—Esto es lo que hace que una fotografía resulte atractiva, impactante o conmovedora —le dijo a Nanée—. Todos nos imaginamos inocentes. Nos horrorizamos ante la crueldad. Nos creemos empáticos. Humanos. No nos imaginamos que por el simple hecho de mirar estamos proporcionando un público.

La gente, incluido él, vitoreaba, abucheaba o quizá tan solo se quedaba mirando. Edouard no estaba del todo seguro de que ese matiz fuera realmente importante. Porque solo por el hecho de estar ahí, la gente incentivaba lo que estaba sucediendo. Y eso era lo que él fotografiaba: la sociedad refinada que rezumaba violencia.

—Cuando somos testigos de la vergüenza ajena, no imaginamos nuestra propia postura desaliñada, nuestra mirada acechante, nuestro regocijo. La cámara registra lo que jamás reconoceríamos en nuestros corazones; sin embargo, cuando lo vemos en la cara y en la postura de los demás, lo vemos también en nosotros.

—Pues yo a ella no le veo nada desaliñado o acechante.

—No vemos que nuestra rabia orgullosa nos hace sentirnos superiores.

—¿Te sientes tú superior, Edouard?

Su nombre sonó con calidez en su voz.

—¿Y tú, Nanée?

—¿Que si me siento superior a los demás? —En sus labios asomó una leve sonrisa provocadora—. ¿No crees que aprenderíamos más mirando fotografías nuestras?

—Nunca creemos que la cámara nos captura correctamente hasta que nos vemos guapos. Pensamos que las fotografías que muestran nuestra fealdad son distorsiones, un mal ángulo, un mal momento. No la persona que somos en realidad.

Miró el fregadero de la cocina y las sartenes de cobre, la jarra que utilizaban para la leche de Madame LaVache.

—La belleza no me interesa —dijo—. Es la cara que presentamos al mundo. Lo que yo pretendo es capturar lo que ocultamos. Lo que nos provoca vergüenza.

—¿Y ahora? —preguntó con cautela Nanée—. Estamos rodeados de violencia y vergüenza, tenemos que andar sin levantar la cabeza porque otros nos acechan. Todo se oculta, decimos una cosa mientras hacemos otra. ¿Por qué no puedes fotografiar lo que está pasando ahora?

Edouard se quedó estudiando la cara de Nanée bajo la luz de día que entraba por las ventanas.

—¿Ahora? ¿Por qué sigues tú en Francia?

Nanée se cruzó de brazos.

No era su intención ofenderla. Nunca había sido su intención ofenderla. Pero Nanée podía irse de Francia cuando quisiera.

—Supongo que porque prefiero estar en el meollo —respondió.

Era una parte de la verdad, pero no toda; y él lo vio en la mirada directa de ella.

—Porque considero —dijo Edouard— que si ahora tuviese que volver la cámara hacia los espectadores, debería también volverla hacia mí mismo. No sé cómo pude llegar a imaginarme ser otra cosa.

—Pero en la fotografía…

—No. Esto es lo que me dije durante muchos años, que yo soy diferente porque tengo una cámara, que disparo para mostrar a los espectadores que, al darle un público a la maldad, fomentan la violencia. Pero con ello estoy dándole también al mal ese público que tanto anhela. Y ahora…, ahora pienso que lo que más teme la gente es esto: no quedar expuesta como gente horripilante, sino ni siquiera quedar expuesta, quedar reducida a nada.

Nanée fijó de nuevo la mirada en el agua, en esa diosa que en su día fue simplemente una mujer cubierta con una capa elegante.

—Antes tengo que ver mi interior —continuó Edouard—. Tengo que liberarme de esta necesidad de ser visto.

—Pero no es necesario que lo hagas negándote a hacer más fotografías. Ni siquiera negándote a publicarlas. Si nadie se encarga de mostrarle al mundo la verdad, no habrá salida. Y tal vez, cuando sabemos que nos están mirando, sea cuando nos comportamos mejor. Tal vez lo que necesitamos es que nos miren más, no menos.

Había seguido a la mujer de la capa porque quería ser como ella, para que la maldad se quedara sin espectadores. Pero Nanée también tenía razón. El mal, sin el control que pudiera ejercer la respuesta del mundo, podría ser aún más ruinoso.

—Para observar a los demás —dijo Edouard—, tendría que aventurarme a salir de nuevo al mundo, lo que haría aún más peligrosa toda la ayuda que está brindándonos Varian a Luki y a mí. Me…, me temo que se sentiría menos inclinado a ayudarnos a huir de Francia.

Sábado, 16 de noviembre de 1940
VILLA AIR-BEL

Edouard estaba cerca de la chimenea, del espejo ahumado y del reloj sin hora del *Grand Salon* apiñado junto con todos los demás, con Danny manipulando el dial de la radio, cuando se oyó en el vestíbulo un ruido tremendo. Edouard se levantó rápidamente de su silla y corrió como un rayo hacia allí. Rose, la criada que con tanta delicadeza le había peinado el pelo para quitarle los piojos, estaba tendida sobre el suelo embaldosado en blanco y negro, a los pies de la escalera, rodeada por una cantidad alarmante de un líquido maloliente del color de la sangre sucia. ¿Le habría dado algún tipo de ataque?

André apareció también al instante y le tomó el pulso a la chica. Explicó que estaba inconsciente, pero probablemente más por el alcohol que por la caída.

—Vino tinto —dijo mirando el vómito e incorporando a Rose—. No sé por qué seguimos aguantándola, aunque parece que los borrachos son la debilidad de Nanée.

Cargó con ella escaleras arriba, para dejarla en su habitación, en la planta más alta.

—André es médico —explicó Jacqueline—. Olvidarlo es muy fácil, pero lo es. Y es la persona adecuada para ayudarla. Ya nos avisará si nos necesita para algo.

Nanée y T salieron de la cocina con trapos para limpiar y se arrodillaron en el suelo mientras Dagobert olisqueaba el vómito.

—Dejad que lo haga yo, al menos —dijo Edouard.

Cogió el trapo de T y se arrodilló sobre las duras baldosas de mármol. ¿Cuántas veces habría hecho aquello en Camp des Milles, limpiar lo que ensuciaban los demás? ¿Cuántas veces habrían limpiado los demás lo que había ensuciado él?

—Edouard —llamó Nanée, con cierta emoción en la voz.

Estaba examinando lo que, junto con las llaves y las cerillas, había caído del bolsillo de Rose. Y le entregó a Edouard una tarjeta postal impresa interzonal, un formato en el que el remitente marcaba casillas y rellenaba unos cortos espacios en blanco y que era el único tipo de correspondencia que los nazis permitían salir de la zona ocupada.

—No me importa que esa chica beba —dijo—, pero lo que no le perdonaría nunca sería que se olvidara de entregarnos el correo.

La carta estaba dirigida a Nanée, y era de una amiga suya que vivía en París y a la que había enviado a visitar el apartamento de Berthe para ver si podía averiguar alguna cosa sobre el paradero de Luki. Pero como las respuestas de su amiga estaban limitadas a las alternativas que ofrecía el formulario, tendrían que diseccionar lo que pudieran significar.

Su amiga se encontraba bien de salud, puesto que esa casilla estaba marcada, mientras que «cansada», «gravemente enferma», «asesinada», «encarcelada» y «muerta» no lo estaban. «La familia está bien» también estaba marcada. No necesitaba ningún tipo de suministro, pero sí dinero «para el alquiler». Ninguna noticia sobre el trabajo. Ninguna información sobre nuevos estudios. Pero la línea donde podía leerse «___ *aller à* ___ *de* ___» estaba completada para explicar que Berthe se había ido a vivir con su hermano a Dinard.

Dinard estaba en Bretaña, en la costa norte. Berthe debía de estar allí, en la costa del canal de la Mancha, en plena Francia ocupada.

—Me marcharé en seguida para ir a por ella —dijo Edouard, imaginándose a Luki corriendo por una ventosa playa de Bretaña, porque era lo único que podía hacer para no llorar ante aquella pequeña noticia.

—Ni siquiera sabes si tu hija está todavía con Berthe —dijo con cautela Nanée—. Y aun en el caso de que estuviera con ella, Edouard, nunca conseguirías llegar y volver.

Edouard miró la tarjeta. Limpió con el dedo un pequeño salpicón de vómito que la ensuciaba. Si lo capturaban en la zona ocupada, o incluso viajando sin papeles en este lado de la división, Camp des

Milles le parecería un balneario en comparación con el lugar adonde sería enviado. Pero tenía que llegar hasta Luki.

—Vayamos paso a paso —dijo Nanée—. Escribamos a Berthe. Y averigüemos si Luki está allí.

—¿Ahora mismo? ¿Le escribirás ahora mismo?

—En cuanto hayamos limpiado esto. Aunque supongo que ya sabes que el correo no pasa a las nueve de la noche.

Edouard miró de nuevo la tarjeta, el milagro de aquellas palabras: *Berthe aller à 3 Boulevard de la Mer, Dinard.*

—¿Qué querrá decir tu amiga con eso de que necesita dinero para el alquiler? —preguntó Edouard fijando la mirada en esa casilla marcada.

—¿Qué alguien está alquilando el piso de Berthe? O, con más seguridad, que la información probablemente es bastante buena, y que esa es la dirección a la cual la persona que vive ahora en el apartamengo de Berthe envía el cheque con el importe del alquiler.

—¿Y cómo llegas a esa conclusión a partir de tan pocas palabras? —preguntó Edouard.

Nanée se encogió de hombros.

—Mi amiga no necesita dinero para nada de nada, razón por la cual deduzco que si ha escrito eso es por algo. ¿Qué más podría significar?

Edouard asintió.

—De modo que podríamos reenviar a Berthe la carta que nos vino devuelta utilizando esa dirección de Dinard.

Nanée acabó de limpiar el vómito de las baldosas de mármol y se incorporó. Edouard se levantó también y le cogió un mechón de pelo para limpiarle un poco de vómito que se le había quedado pegado a la mejilla.

—Gracias —dijo.

Ella le sostuvo la mirada.

Estuvo a punto de besarla, ella con un trapo sucio de vómito en la mano y él con el otro trapo y la tarjeta postal salpicada también de vómito.

—Gracias —repitió—. Nunca podré agradecerte lo suficiente todo lo que estás haciendo por Luki y por mí.

Domingo, 24 de noviembre de 1940
VILLA AIR-BEL

El grupo de Villa Air-Bel y la pandilla habitual de artistas y escritores llevaban horas jugando al Juego de la Verdad en el belvedere que ya se había convertido en el salón de los domingos. Jacqueline y T llamaron a Peterkin y Aube, que estaban jugando a un juego inventado alrededor de uno de los árboles con obras de arte colgadas. Era el momento del día en el que Edouard echaba más de menos a Luki, cuando los niños se iban a la cama. No tenía ni idea de cómo lo había hecho, pero Nanée le había conseguido a su hija un pasaporte norteamericano, aunque ya habían pasado ocho días desde que recibieron la tarjeta postal con la insinuación de que Berthe estaba en Dinard y no habían obtenido aún respuesta a la carta que habían enviado con la siguiente remesa de correspondencia.

Acarició la cámara que tenía sobre la mesa, delante de él, la nueva Leica en cuya compra habían participado todos los residentes del *château* y que le habían regalado por sorpresa la noche anterior, provocando que le cayeran las lágrimas cuando Danny la había empujado hacia él por encima de la gigantesca mesa del comedor. Una y otra vez, Edouard se la había acercado para encuadrar una imagen, pero no había conseguido presionar el disparador. Y ahora ya estaba muy oscuro. En la mesa había luz suficiente para verse las caras, pero para poco más.

Nanée, que tenía el papel de interrogadora en aquella ronda del juego, se llevó una mano al cuello, al descubierto esta noche porque, para marcar la diferencia, no lucía su pañuelo de aviador. Le dijo entonces a Varian, su víctima:

—¿Y si el Comité de Rescate de Emergencia no envía a nadie de los Estados Unidos para sustituirte cuando tú vuelvas a casa?

—No creo que lleguemos a eso —dijo Varian.

Edouard y Max intercambiaron una mirada. Uno nunca se imaginaba la posibilidad de «llegar a eso» hasta que «eso» sucedía. Pero el gobierno de Vichy no quería a Varian en Francia y el gobierno de los Estados Unidos parecía resuelto a evitar cualquier cosa que pudiera ser tomada como una ofensa.

Danny soltó entonces un chiste sobre sí mismo y Nanée, sentada a su lado, rio y echó la cabeza hacia atrás como hacía siempre que reía de verdad y no simplemente por educación. Edouard, sin darse ni cuenta de lo que estaba haciendo, cogió la cámara y ajustó el paso de luz para minimizar la profundidad de campo.

Nanée lo miró, sus ojos sorprendentemente oscuros en la oscuridad de la noche. Dios, si ella lo miraba no podría hacerlo.

Y de pronto, todo el mundo se puso a mirar cómo se miraban ellos.

¿Cómo es posible que hubiera pensado que hacer una foto en aquel salón sería más fácil que preparar alguna composición estrafalaria de objetos, como hacía Bellmer con sus muñecas, sin nadie delante que fuera a juzgarlo u opinar?

—No me sacarás terriblemente fea, ¿verdad? —dijo Nanée.

Edouard sonrió por la absurdidad de la idea, o tal vez por la preocupación que acompañaba a la pregunta, el miedo a la propia fealdad.

—Ya te advertí que la belleza no me interesa. Vuelve a echar la cabeza hacia atrás, ¿quieres? ¡Levanta la barbilla hacia las estrellas!

—¡Barbilla levantada!

Notó que André estaba mirándola. Dios, cómo odiaba esa forma que tenía André de mirar a la gente. Si existía en el mundo un público capaz de hacer que un hombre dejara de hacer lo que estaba haciendo, ese público era André Breton.

—Tienes un cuello precioso, Nanée —dijo André—. Déjale que haga la fotografía que él quiera hacer.

Nanée volvió a llevarse la mano al cuello, incómoda, avergonzada incluso, como si André acabara de provocarla para que confesara algo sobre sí misma que no deseaba saber o que tal vez ni siquiera sabía.

—Incluso los preciosos ojos de Lee Miller se ven raros y feos cuando se aíslan de su cara —dijo.

—Pero la belleza es convulsiva, Nanée —le rebatió André—. Un desorden de los sentidos que nos desorienta y nos impacta.

—Pues la verdad es que no creo que me importe mucho que la belleza que pueda tener esté desordenada —respondió Nanée—, y mucho menos de forma impactante.

Lo dijo en tono jocoso, aunque no totalmente. Seguía con la mano en el cuello.

«Veladamente erótico». Un concepto de André. ¿Lo utilizaría André para seducir a las mujeres? ¿Estaría intentando seducirla ahora, delante de su mujer?

André seguía mirándola.

—Cierra los ojos —dijo Edouard.

—¿Que cierre los ojos?

—Imagina que eres aquel cisne negro.

—¿Qué cisne negro? —preguntó André.

Qué pesado era André metiéndose donde no le llamaban, haciendo lo imposible más imposible.

—Cierra los ojos y echa la cabeza hacia atrás. Estira el cuello para que parezca tan largo como el de aquel cisne, y no pienses en otra cosa que no sea aquella ave tan bella.

Nanée sonrió con incomodidad, pero cerró los ojos como para querer comprobar si podía o no confiar en él. Echó la cabeza hacia atrás lentamente.

—La mano —dijo Edouard.

Nanée dudó, pero entonces bajó la mano para que el cuello quedase totalmente expuesto.

Edouard deseó al instante extender el brazo y posar la punta de un dedo sobre el punto que separaba los huesos de la clavícula.

—Confío en que no seas uno de esos aficionados a rajar gargantas —dijo Nanée.

Todo el mundo rio a carcajadas, una forma agradable de cortar la tensión.

—Todos sabemos que lo es —dijo André.

—Aquella noche no le rajó la garganta —dijo Danny—, sino que le clavó una pluma estilográfica.

—Un poco más, Nanée —dijo Edouard—. Un poco más hacia atrás. Y ahora, levanta la barbilla hacia las estrellas.

El pecho de Nanée se arqueó con el movimiento, igual que el pecho de Elza se arqueaba cuando hacían el amor. «Adelante, Edouard. Quiero que lo hagas», le había dicho Elza aquella primera vez, sobre una manta en el suelo y a plena luz del día. Habían ido de pícnic. Acabar haciendo el amor los había sorprendido a los dos, aunque tampoco del todo.

Elza llevaba muchos años muerta. Elza había muerto tan solo ayer.

—Ahí —dijo—. Mantente así.

Pulsó el disparador y se abrió el obturador.

—Muy bien —dijo—. Gracias.

Nanée recuperó la posición sentada y fue como si se acabara de despertar de un sueño.

—¿Eso es todo? ¿Solo una? —preguntó, perpleja, aunque quizá también aliviada. Volvió a llevarse la mano al cuello, con delicadeza, como si el contacto con su propia piel fuera a darle una explicación.

—Sí —respondió Edouard.

—¿Solo yo, echando la cabeza hacia atrás?

—Sí.

—No entiendo nada.

—Ni yo —dijo Edouard—. Tampoco yo.

Le sostuvo a Nanée la mirada, recordando su precioso cuello, mojado por el agua, echado hacia atrás en la bañera de zinc. También entonces había deseado tocarlo. Se preguntó si Nanée pensaría que la fotografía que acababa de hacerle era obscena. Se preguntó si la enseñaría, a ella y a los demás. No podía explicar por qué había sentido la necesidad imperiosa de hacer aquella fotografía, por qué había imaginado que tomar aquella instantánea lo liberaría.

—Es una forma de verme a mí mismo —dijo.

Se levantó, cogió la cámara y se marchó. Sabía que la mesa entera estaba mirándolo, pero le daba igual, todo el mundo le daba igual.

Nanée tampoco dijo nada. Se limitó a verlo marchar. No era una espectadora, pero se comportaba como una más del público.

Lunes, 25 de noviembre de 1940
VILLA AIR-BEL

Madame Nouget estaba dividiendo el pan del día en porciones iguales y los niños acababan de llegar de ordeñar la vaca, seguidos por Dagobert, cuando Edouard entró en la cocina. Se dirigía al improvisado cuarto oscuro del baño, pero cuando Peterkin lo vio, su cara se iluminó como siempre y empezó a insistir en que quería compartir su tazón de leche caliente con Edouard. T dividió en dos partes la leche de su hijo y Peterkin le llevó el segundo tazón a Edouard, con mucho cuidado de no derramar nada.

—Esto te calentará la barriga para todo el día —dijo el niño.

Todos tenían hambre, siempre. Y esta era una de las maneras que tenía T de cuidar de su hijo, alimentándolo con algo caliente y reconfortante, con amor, cuando empezaba la jornada y luego otra vez, antes de acostarlo. Edouard no quería privar al niño ni de una sola gota de leche, pero se imaginó a Luki entregándole aquel tazón, lo mucho que les gustaba a los niños compartir lo que tenían.

—Gracias —dijo, aliviado al ver que Peterkin aceptaba la taza que T había estado completándole con la leche reservada para los vecinos.

Bebió un primer sorbo caliente. Era primera hora de la mañana. El día apenas había empezado. Otra mañana en la que no se había despertado en un jergón de paja extendido en una sala abarrotada por un millar de hombres que no paraban de roncar, toser y quejarse, sin olor a sudor, vómitos y excrementos, sino en una cama y en una habitación llena de sol, con vistas al campo y las montañas, con olor a café, por mucho que fuera *ersatz*.

La puerta del cuarto de baño estaba abierta a sus espaldas y se vislumbraba el perfil de la bañera de zinc. No era una letrina, sino un cuarto de baño de verdad. Sin colas para entrar. Sin malos olores.

Se sentía limpio. Limpísimo después de muchos meses de no estar nunca limpio. «Limpio y caliente», pensó. Limpio y caliente.

Se puso en cuclillas para quedarse a la altura de Peterkin.

—Eres un amigo muy bueno y generoso, Peterkin —dijo.

Abrazó al niño y Dagobert le lamió el zapato, como si hubiera visto que se le llenaban los ojos de lágrimas y le estuviera leyendo los pensamientos. Cerró los ojos y se permitió imaginarse que aquellos eran los hombros menudos y finos de Luki, que Luki y él volvían a estar juntos, que se estaban abrazando en un lugar donde él podía mantenerla a salvo y tan calentita como aquel tazón reconfortante de leche.

Decidió que esperaría a que se vaciara la casa. Hasta que Varian, Danny, T, Maurice, Gussie y Nanée se marcharan a trabajar a las oficinas del CAS, con Dagobert o sin él, dependiendo de lo que Nanée tuviera en su agenda del día. Hasta que Jacqueline se llevase a Aube a la escuela y María tuviera entretenido a Peterkin. Hasta que Rose hubiera acabado de limpiar todo lo del desayuno y *madame* Nouget hubiera salido a su compra diaria, y todo el mundo estuviera ocupado con sus tareas. Y entonces revelaría la foto del cuello de Nanée.

Por la tarde, encontró a Nanée leyendo en el pequeño invernadero, como solía hacer a menudo, pero su libro no era la habitual edición de bolsillo francesa, con su sencilla cubierta blanca y el título y el autor escritos en caligrafía elegante, sino un libro pesado, marrón, muy británico.

—La he revelado esta mañana —dijo—. Y ahora voy a imprimirla. La foto de tu cuello. ¿Te apetece ayudarme? —Soltó la invitación antes de ponerse nervioso.

Minutos más tarde, acompañado por Nanée en el improvisado cuarto oscuro del baño, insertó el negativo en el cargador de la ampliadora y ajustó el paso de luz y el cabezal de la ampliadora. «¿Quién es esta mujer con esa capa tan dramática a la que has fundido inexplicablemente?», le había preguntado la última vez que estuvieron juntos en aquella oscuridad rojiza. «¿Quién eres tú?», le habría gustado preguntarle a él ahora.

Por la mañana, había revelado la foto y hecho una tira de prueba, para tener una mínima idea del tipo de exposición que quería. Su intención era solarizar la imagen siguiendo el método que había descubierto por casualidad Lee Miller, dejando que la luz impactara brevemente en el papel fotográfico durante el proceso de revelado y revertiendo parcialmente los negros y los blancos para transformarlos en inquietantes tonos plateados. Si lo hacía bien, si exponía correctamente el papel a la luz y repetía el revelado, los límites entre oscuridad y luz del cuello y la zona de debajo de la mandíbula aparecerían perfilados con luz y la fotografía resultaría más dramática y surrealista, sobrenatural.

Estaba pensando en «el cuello», no en «su cuello», se dio cuenta: el arte entrometiéndose una vez más, dominando la situación.

Inspiró hondo, el aroma a cítricos y verbena, el aroma de Nanée a su lado, observando. Puso en marcha el temporizador y encendió la máquina.

Alguien llamó a la puerta justo en aquel momento. Justo entonces.

—¡Estoy revelando una foto! —gritó—. ¿Podrías ir a alguno de los baños de arriba?

Oyeron la voz de María preguntándole a Peterkin si podía aguantar mientras lo llevaba arriba, luego a la chica cogiéndolo en brazos y alejándose rápidamente.

Terminada la exposición, Edouard depositó el papel fotográfico en la bandeja del líquido revelador. Y en cuanto la imagen empezó a aparecer, retiró la impresión de la bandeja y la sumergió en agua.

—Pero si apenas puedes ver los contornos —dijo Nanée protestando.

Edouard esperó diez segundos y entonces cogió la linterna, enfocó con ella el papel y la encendió durante solo un segundo.

—¡Edouard! ¿Pero no la echarás a perder con esto?

Pero la linterna ya estaba apagada y Edouard estaba sumergiendo de nuevo el papel fotográfico en el líquido de revelado, con su cabeza concentrada en el arte, en aquella imagen pero también en otra, un autorretrato que se había hecho muchos años atrás. Estaba pensando que sería interesante ver qué pasaba si solarizaba una copia. Y ver no quién era ella, sino quién era él. El negativo debía de estar entre los que Nanée había recogido en la casita. No se había dado cuenta, hasta que ella le había traído su obra, de lo mucho que necesitaba el recuerdo de todo lo que había creado para creer en que podía volver a crear.

Cuando la imagen empezó a emerger en el papel, Nanée emitió un leve sonido. De sorpresa, pensó de entrada Edouard. Aunque tampoco era de júbilo, sino de otra cosa. ¿Incomodidad? ¿La habría malinterpretado? Había imaginado que presenciar el proceso le haría gracia. «Jugamos hasta la muerte. Y luego seguimos jugando», había dicho Nanée con mucho ingenio el día que él jugó por primera vez al Juego del Asesinato. Y había esperado que aquella fotografía le hiciese reír.

Dejó la bandeja en la bañera.

—Es imponente —dijo Edouard, deseoso de tranquilizarla mientras veían la imagen volviéndose cada vez más audaz sobre el papel.

Solo se veía la barbilla de Nanée apuntando hacia arriba, de tal modo que, con aquellos turbadores matices plateados, la imagen —limitada al cuello y a la línea de la mandíbula hasta la parte inferior de la barbilla— creaba una fotografía digna de un test de Rorschach. ¿Era aquello el cuello de una mujer inclinado provocativamente hacia atrás o el pene de un hombre?

Nanée se llevó la mano a la clavícula, al punto donde en la imagen había una pequeña decoloración que podía ser una sombra o algo adherido a la lente, y se echó a reír. A reír de verdad.

—¿Es eso una obscenidad o soy yo la obscena por pensar lo que podría ser? ¡Al menos no vas a poder decir que soy yo!

—Pues claro que sí; lo voy a titular *El bello cuello de Nanée.*

Edouard dudó un instante y se volvió hacia ella. Le tocó el cuello. La piel.

La besó allí, en la base del cuello. Hacia arriba. Debajo de la barbilla. En la mandíbula. En sus sensuales labios.

Ella gimió de forma casi inaudible.

Alguien llamó otra vez a la puerta. Dios, en qué momento.

Respondió Nanée, gritando con voz grave:

—¡Estamos revelando una cosa! ¿Puedes ir a alguno de los baños de arriba?

Rose refunfuñó desde el otro lado de la puerta cerrada, diciendo que en aquella casa era imposible tener a todo el mundo satisfecho.

Nanée ya estaba quitándole la camisa y él sintiendo el calor de sus manos sobre la piel.

—Espera —dijo Edouard, comprendiendo que aquel no era un lugar adecuado para hacer el amor, no queriendo que aquella primera vez fuera pegados al inodoro.

Recogió las bandejas de una en una, con cuidado, para no derramar los productos químicos, y las apiló en el lavabo.

—La fotografía —se quejó ella.

Pero la fotografía podía volver a imprimirse.

—¿Estás segura? —susurró Edouard—. No querría…

Nanée dudó, pero, entonces, su aliento caliente le susurró la respuesta:

—Soy salvaje aun con el riesgo de romperme algo —le pareció a Edouard que decía.

Se descalzó rápidamente, se bajó los pantalones, se arrodilló para descalzarla a ella, quitarle el pantalón y las bragas, que eran blancas y suaves como su pañuelo de aviador. Ella le quitó la camisa. Él tiró del suave jersey de lana de cachemira para pasárselo por la cabeza, le desabrochó el sujetador y la levantó para que pudiera enlazarle la cintura con las piernas. Y de este modo la trasladó hasta la bañera de zinc y se sentó con la espalda pegada al frío metal, sintiendo el cuerpo caliente de ella encima del suyo, bajo la luz roja, envueltos en el olor a productos químicos, y con aquella única fotografía, pendiente aún de fijar y aclarar, volviéndose cada vez más oscura, hasta quedarse reducida a nada. Y estaba bien. Porque así era como debía ser. Porque era algo que podía volver a hacerse, en cualquier momento.

Lunes, 25 de noviembre de 1940
VILLA AIR-BEL

Nanée se había vestido antes de salir con Edouard del cuarto oscuro improvisado en el baño, pero se sentía igualmente desnuda. Edouard debió de vérselo reflejado en la cara, pues le tocó el brazo y empezó a preguntarle si estaba bien. Nanée volvió la cabeza, no quería que viera su expresión, igual que la había vuelto brevemente cuando él la había levantado para entrar en la bañera, cuando había percibido el alcance de los daños que había sufrido su cuerpo: sus hombros huesudos, sus caderas huesudas, las rodillas tan huesudas como las había imaginado ella en aquel dibujo del Cadáver Exquisito que había hecho la noche que se conocieron.

En la encimera de la cocina, allí donde Rose debía de haberla dejado, había una tarjeta postal interzonal esperándolos, dirigida a ella pero destinada a él, remitida por su amiga Berthe. De Dinard, en Bretaña. *La Famille X va bien.*

—Luki está en Amboise —dijo Edouard, y sus palabras emergieron como la liberación del aire contenido en los pulmones durante mucho tiempo.

Se acercó a Nanée, mostrándole la tarjeta para que también ella pudiera leer la segunda línea, *Mon autre fille va entrer à l'ecole d'Église Saint-Denis en Amboise*. La «otra hija» de Berthe entraría en la escuela de la iglesia de Saint-Denis en Amboise.

—Amboise —repitió Nanée, más una exhalación que una palabra.

Durante dos días, después de que Pétain suplicara la paz, algunos de los franceses más valientes habían combatido a los alemanes desde las puertas del Château d'Amboise, un castillo que había acogido a gente como Leonardo da Vinci en siglos pasados. Durante dos noches, los alemanes habían bombardeado la ciudad y toneladas de explosivos habían arrasado por completo grandes extensiones. Si Luki llevaba tiempo en Amboise, cabía la posibilidad de que no hubiera sobrevivido.

Los malditos alemanes. El maldito Vichy. El maldito comandante.

—Podríamos enviar una carta —dijo Nanée—. A Amboise. A la escuela.

Pero no sabían nada sobre la gente que regentaba esa escuela. No sabían si alguien estaba al corriente de que Luki era judía, o incluso si sabían que Luki era Luki. Una tercera carta significaría más retraso, y cada día adicional que Edouard pasara en Francia sumaba más peligro.

Si ella pudiera ir a buscar a Luki y traerla a Marsella, Edouard podría irse. Edouard tendría que irse.

Y Nanée podría irse con él. Era norteamericana. Siempre podía volver a Evanston y mandar a paseo sus ideas sobre a quién debía amar una chica.

Estaba yendo demasiado rápido; lo sabía. Aquel momento en la bañera era un momento capturado, como una de las fotografías. Lo que hubiera sucedido antes y lo que sucediera después eran cosas cambiantes, sin base, irreales. Tener expectativas era exponer el corazón al derrumbe.

Pero Amboise. Estaba en la zona ocupada, sí, pero justo al otro lado de la línea de demarcación. A poco más de quince kilómetros, creía.

—Podría ir a buscarla —dijo—. Tenemos un pasaporte de los Estados Unidos listo para ella. Yo tengo mi pasaporte de los Estados Unidos. Nadie sospechará de una mujer estadounidense de mi edad que viaja con una niña.

Miércoles, 27 de noviembre de 1940
AMBOISE

Nanée necesitó prácticamente todo el martes para recorrer los ochocientos kilómetros que separaban Marsella de Tours, donde cogió el primer autobús del miércoles por la mañana para llegar hasta Amboise, la parte fácil del viaje para encontrar a Luki. Viajaba sola, con un visado francés de tránsito, con más francos de los que iba a necesitar en el bolsillo, pero sin el *ausweis* o *passierschein* que emitían los alemanes y que era imprescindible para entrar en la zona ocupada. Pero seguía teniendo un apartamento en París, como le explicó al joven y agradable guardia fronterizo al que le entregó su pasaporte con unos billetes a modo de soborno discretamente doblados en su interior. El lunes por la noche, Varian la había ayudado a convencer a Edouard de que debía ser ella la que fuera a buscar a Luki para traerla a Villa Air-Bel. Y luego, después de apagar la radio y con todo el mundo acostado, Edouard había llamado sigilosamente a su puerta, se había metido en su cama y le había vuelto a hacer el amor. El martes, cuando antes del amanecer Nanée se había despertado, él seguía a su lado, deseoso de contarle más cosas sobre Luki, de compartir con ella el amor que sentía por aquella niña de la que llevaba tanto tiempo separado.

El autobús la dejó en una ciudad que era un montón de escombros, con los tejados abuhardillados derrumbados sobre fachadas desmoronadas, o intactos pero colgando sobre paredes torcidas y ventanas hechas añicos, o en montañas de nada que nunca volverían a ser algo. Lo único que quedaba de lo que había sido una iglesia, tal vez la Église Saint-Denis de la escuela de Luki, eran unos pilares de piedra sin tejado alguno. Pero, a orillas del Loira, un mercado de invierno ofrecía los últimos productos del otoño y había puestos con manteles, servilletas y abundante vino local.

Nanée apenas había comido desde que había salido de Marsella, pero sabía que estaba llamando demasiado la atención en el mercado y se sentía incómoda. En los tiempos que corrían, nadie se fiaba de los desconocidos. De modo que le preguntó dónde estaba la escuela a la primera mujer que encontró atendiendo un puesto.

—¿La escuela? —La mujer frunció el ceño, recelosa, y señaló en dirección a la calle principal, que por suerte estaba alejada de la iglesia bombardeada—. La Église Saint-Denis está a dos manzanas de aquí y a la derecha. Un edificio blanco y marrón de estilo Tudor. Pero allí no hay ninguna escuela.

Nanée se esforzó por no liberar las lágrimas que amenazaban con salir.

—¿Quedó destruida la escuela?

La anciana se apartó un poco y, ahora con miedo evidente en los ojos, repitió:

—No hay ninguna escuela.

Nanée contempló la piedra, la pizarra y los vitrales de la Église Saint-Denis, milagrosamente intacta, e intentó imaginarse qué habría querido decir la amiga de Edouard al enviarlos a buscar a Luki a una escuela que ni siquiera existía. Aunque, claro está, el formulario de la tarjeta postal interzonal dejaba muy poco espacio para proporcionar información. Se disponía a abrir la puerta de la iglesia cuando salió de ella una monja joven, que se quedó tan sorprendida al ver a Nanée como sorprendida se quedó Nanée al verla a ella.

Nanée le preguntó a la monja si podía decirle dónde estaba la escuela.

—¿La escuela?

La monja acompañó a Nanée hasta la madre superiora de la orden, una mujer grande como un toro vestida, igual que la monja más joven, con hábito negro y una sencilla toca de tela también negra en la cabeza, con la cara y los hombros tan ceñidos en blanco que lo único que se veía era su rostro precavido, una piel pasmosamente clara y unos ojos con la tonalidad marrón del papel de embalar. Su cara en medio de tanta tela resultaba desconcertante. *Cara flotando en blanco y negro*, habría titulado Edouard una posible fotografía.

—Estoy buscando a una niña que creo que estudia en una escuela de aquí, tiene cinco años —dijo Nanée—. Es hija de un amigo. Se vieron… separados. Su familia la está buscando por todas partes.

La madre superiora se levantó y se acercó con calma a cerrar la puerta.

—¿No es usted la madre de la niña?

Agitó en un parpadeo sus largas pestañas, del mismo marrón descolorido que las cejas y los ojos. ¿Podía Nanée fiarse de ella? ¿Estaría Luki allí y, de estarlo, la conocerían con el nombre de «Luki»?

—Vengo por petición de su padre —respondió Nanée.

—¿Y dónde está él?

Nanée la miró a los ojos. Estaba en la Francia ocupada. No podía asumir que todo el mundo estuviera en su bando, y mucho menos alguien con un puesto de autoridad en la Iglesia católica.

—La confianza es un asunto muy complicado en este momento —dijo la monja—. Pero lo que sí sé es que, si deposito mi confianza en el Señor, Él me guía. Tal vez podríamos empezar con el nombre de esta niña perdida.

Nanée no estaba del todo segura de creer en algún Señor, aunque su infancia tampoco había estado marcada por ningún trauma. En aquellos momentos, le costaba entender de qué había estado huyendo cuando se marchó de Evanston.

Eligió con cuidado sus palabras para que cualquier cosa que dijera pudiera quedar explicada como algo menos ilegal que el hecho de que estaba allí para ayudar a una niña judía a cruzar clandestinamente una frontera que ni tan siquiera ella misma estaba autorizada a cruzar.

—La llamamos Luki.

No «Luki Moss», sino «la llamamos Luki», lo cual dejaba abierta la posibilidad de un apodo que no tuviera nada que ver con el nombre real.

—¿Y la niña la reconocería? —preguntó la monja.

—Tengo algo que su padre cree que reconocerá, aunque lo que una criatura tan pequeña recuerda y lo que olvida después de tanto tiempo siempre es difícil de saber.

La monja se quedó a la espera.

—Un dibujo de un animalito de peluche que la niña llevaba consigo cuando se marchó.

—¿Cuando se marchó? Antes me ha sugerido que fueron separados.

Nanée se limitó a mirarla de nuevo a los ojos.

Dijo entonces la monja:

—¿Sabrá usted el nombre?

—Perdón —dijo Nanée—. ¿No se lo he dicho? Luki.

—El nombre de su amiguito de peluche.

Nanée ponderó qué mal podría hacer revelar aquel dato.

—Profesora Ellie-Ratona —dijo.

—¿Y el padre de la niña…? Me explicará al menos cómo piensa llevar a la niña hasta él.

Nanée esperó.

La madre superiora manoseó el rosario que colgaba por debajo del hábito e hizo sonar una campanilla que tenía en la mesa para llamar a otra monja.

—Hermana Amélie —dijo la madre superiora—, me han dicho que el *château* desea contribuir con algunas plantas para el altar del domingo. Me gustaría que fuera usted a buscarlas a la granja del *château* y que le dijera al capataz que he reservado dos sitios en la capilla, pero que necesitaría saber si esperamos a sus amigos mañana u otro día de esta semana.

La madre superiora habló como si aquello no fuera más que una tarea que se había olvidado encargar, pero Nanée sospechó enseguida que allí había algo más, un mensaje en clave. Y sabiendo que la mayoría de los *châteaux* de la zona ocupada habían sido confiscados por los alemanes, no pudo evitar sentirse alarmada. En París, los alemanes habían ocupado la totalidad de los edificios de los números 82, 84 y 86 de Avenue Foch, prácticamente al lado de su apartamento. Había oído decir que el edificio del número 84 se estaba utilizando para llevar a cabo «interrogatorios» y que la gente que pasaba por delante oía desde la calle los gritos de los interrogados en francés, y también en inglés.

Miércoles, 27 de noviembre de 1940
VILLA AIR-BEL

Edouard, sentado detrás de una mesa en el *Grand Salon*, estaba repasando los negativos que Nanée le había traído desde Sanary-sur-Mer, en busca de un autorretrato que se había hecho hacía una década, la noche de noviembre de 1929 en la que Alemania votó por el ascenso al poder de los comunistas y los nazis. La policía de Berlín estaba preparada para enfrentarse a unos disturbios que nunca llegaron a materializarse, aunque sí hubo lanzamientos de piedras y arrestos suficientes para que Edouard capturara los hechos. Y allí estaba por fin: su cara tan cerca de la lente que en la imagen no se veía más que un ojo, con ese lunar que tanto aborrecía, la nariz y parte de la boca y de la barbilla.

—¿Edouard?

Edouard levantó la vista del negativo y vio que el que acababa de llegar era Varian, con Dagobert pisándole los talones.

—El Consulado de los Estados Unidos te ha concedido la entrevista —anunció Varian—. Y estás además de suerte. El cónsul general se ha tomado unos días de vacaciones. El vicecónsul Bingham te recibirá el viernes.

Mientras Edouard asimilaba la noticia, Varian se inclinó para acariciar a Dagobert. «Si no vuelvo, es tuyo», le había dicho Nanée justo antes de partir hacia Amboise, restándole gravedad al tema, pero Edouard había pasado la mitad de la noche rememorando aquellas palabras. ¿Habría llegado sana y salva a la frontera con la Francia ocupada? ¿Y cómo demonios haría para volver?

—Tendrás que viajar por Francia y España con nombre falso —dijo Varian—. Aun en el caso de que lo que dice Nanée fuera cierto, que el documento que te libera del campo es auténtico, si fue emitido con la falsa creencia de que en aquel momento tú seguías allí dentro, podría decirse que la situación sería… comprometida, en el mejor de los casos. Y tampoco te protegería si tu nombre consta en alguna lista de la Gestapo. Y repito, incluso sin una niña pequeña…

—Luki es tremendamente competente a pesar de su edad.

¿Lo era? Ahora sabía muy poco de ella. Hacía más de un año que no la veía. Y el recuerdo que la niña tenía de su madre se había desvanecido rápidamente. Edouard siempre había tenido una fotografía de Elza en la mesita de noche de Luki y le había hablado constantemente de ella, pero lo único que recordaba bien Luki era el olor de su madre, «a caramelo y a esas flores blancas del jardín, y también a pan».

Debería haber ido él a buscar a Luki y haber hecho caso omiso de los riesgos. Aunque no solo era un riesgo para él, sino también para Luki si la capturaban con él.

—Maurice ha quedado con una pareja alemana, Hans y Lisa Fittko, que al parecer guían a los refugiados por los Pirineos siguiendo una antigua ruta de contrabandistas que parte de Banyuls-sur-Mer —le explicó Varian—. Son más de quince kilómetros peligrosos y con pendientes pronunciadas, a menudo con mucho frío y vientos terribles, demasiado difícil para muchos refugiados, pero con la *garde mobil* controlando muy de cerca la ruta del cementerio de Cerbère, no hay otra alternativa.

Edouard fijó la vista en la montaña de negativos, trabajo que había conllevado un gran riesgo para todos ellos y que ya había provocado la muerte de Elza. Tal vez Luki estaba más segura donde estaba ahora de lo que podría llegar a estarlo con él. Pero marcharse de Francia sin ella sería como arrancarse el corazón y abandonarlo en ese camino pedregoso que cruzaba la frontera, dejarlo secar hasta morir.

«Necesita un padre. Te necesita —le había dicho Elza cuando depositó a Luki en sus brazos por primera vez—. ¿Qué nombre le pondremos?». Y al ver que él no respondía, Elza había dicho: «Creo que deberíamos llamarla Lucca. —Un vínculo de la criatura con él a través de su arte, a través de su arrogancia—. La llamaremos Luki», remató Elza. Luki. Esa niña que a Edouard le había costado asimilar.

Algo que Elza había visto clarísimo, por mucho que Edouard lo negara. Y en aquella última nota, en la que explicaba por qué ella, y no él, tenía que ir a Alemania a rescatar a su hermana, había escrito: «Si algo te pasa, Edouard, tu hija y yo nos quedaremos en la indigencia». No Luki, sino «tu hija». No «mi hija». No «nuestra hija». La hija de él. «Y también este nuevo hijo», había escrito a continuación, como si supiera cuán a menudo se había imaginado él que aquel nuevo bebé que llevaba ella en su vientre sería un niño con sus ojos, o su nariz, o su barbilla. ¿Tan horrible era por haber pensado eso? Cuánto le habría dolido a Elza saber que su marido era un hombre horroroso. «Si algo me pasa, prométeme que Luki estará contigo y cuidarás de ella, siempre —había escrito—. Prométeme que la pondrás por encima de todas las cosas y que le harás saber lo mucho que se la quiere». Una promesa que Elza no debería haber tenido que pedirle. Porque de haber sido un hombre mejor, el amor que sentía por Luki habría sido algo que Elza habría dado por supuesto, y no lo último que había sentido la necesidad de pedirle en vida.

—¿Edouard? —dijo Varian.

Edouard se quedó mirándolo, descolocado por completo.

—Estaba sugiriéndote que, teniendo en cuenta que tiene pasaporte estadounidense, podríamos enviar a Luki en tren. Nos preocupa que tramitar un visado de salida francés con el apellido Moss acabe atrayendo la atención hacia ti, pero si…

—¿Pretendes que huyamos por separado? —Recordó la imagen de Berthe sujetando a Luki para que pudiera despedirse de él a través de la ventanilla del tren—. No. Cruzaremos juntos la frontera.

Varian se colocó bien las gafas.

—A los refugiados que enviamos a cruzar la frontera los vestimos de jornaleros. Y no sé de ningún hombre que cargue a la espalda a su hija todo el día mientras recoge la uva.

—Nadie estará observándonos durante todo el trayecto.

—Tampoco te harán saber que están observándote para que puedas dejar a la niña en el suelo antes de que te vean con ella a cuestas.

Y, además, no es solo la patrulla fronteriza francesa la que puede estar de vigilancia. Como bien sabes, la Francia Libre no es tan libre como se supone. La Comisión Kundt —la Gestapo en Francia— tiene carta blanca con los refugiados, y le gusta dar ejemplo con todo aquel que encuentra operando en el lado equivocado de la ley.

—Fenomenal —dijo Edouard, una palabra de Nanée, uno de esos términos tan peculiares que hacía que su discurso sonara siempre tan fresco y tan vivo, tan rebosante de esperanza. Aunque él lo utilizó de forma sarcástica, buscando el efecto contrario a la esperanza.

Varian miró la chimenea apagada.

—La Gestapo se siente tan feliz dando ejemplo con una mujer como con un hombre. Tal vez más feliz, incluso. Y a los refugiados de Francia se les está acabando el tiempo.

Edouard miró el reloj de pared, junto a la chimenea, cuyas manecillas no se movían nunca pero que en aquel momento marcarían casi la hora exacta. Luki no era más que una niña. Estaba seguro de que ni siquiera la Gestapo sometería a una criatura como ella a todo lo que le había hecho a Elza.

—Le prometí a Elza que siempre tendría a Luki a mi lado —dijo.

Una promesa que ya había quebrantado.

Miércoles, 27 de noviembre de 1940
AMBOISE

Luki empujó la pesada puerta de la iglesia para abrirla, con cuidado de no ensuciarse el vestido blanco que había sido de Brigitte y la capa azul que la hermana Therese le había confeccionado para que pareciese la Dama María y así la Dama María la quisiera más. Una vez dentro, abrazó a Pemmy con fuerza y esperó a que ya no estuviera tan oscuro para poder ver los colores de los cristales de las ventanas. Caminó despacio por el pasillo central, sin levantar la vista para no ver al hombre ensangrentado con espinas en la cabeza. Se dirigió hacia el banco que estaba colocado de lado, de cara a la Dama María de piedra, cuya túnica estaba un poco descascarillada por culpa de aquel día que hubo tanto ruido y dio tanto miedo que tuvieron que correr a esconderse todas en el sótano, y después al salir todo estaba roto, casas, coches y el puente grande que cruzaba el río, y la hermana Josephine desapareció. Se arrodilló en el banco y unió las manos, e hizo que Pemmy imitara su gesto, y entonces cerró los ojos.

—Dama María —susurró—, ¿podrás, por favor, pedirle a papá que venga a buscar a Pemmy y se la lleve a casa?

En la iglesia no tenías que hablar alto porque Dios te oía incluso cuando solo pensabas. Y la Dama María era la *mutti* de Dios. Lo más probable era que ella hablara con Dios de tu parte.

Estaba aún rezándole a la Dama María cuando oyó un murmullo.

—Es un ángel, ¿verdad? —dijo la voz de la madre superiora.

Abrió los ojos, recordando que tenía que decir «amén» y abrazó a Pemmy. Sabía que no debería mirarla fijamente, pero se imaginó que la Dama María, respondiendo a su oración, lo entendería todo y se lo explicaría a Dios.

—*Mutti?* —dijo.

—Niña —dijo con ternura la madre superiora—, tu *maman* está con los ángeles.

Luki introdujo la mano en la bolsa de Pemmy, allí donde debería estar Joey. La fotografía que en teoría no debería tener consigo, la de *mutti*, su papá y ella, de antes de que su *mutti* se fuera a vivir con los ángeles, seguía allí junto con Flat Joey Letras, en un lugar donde Luki sabía que estaban y nadie más lo sabía.

La *mutti* ángel se agachó para ponerse a su altura, igual que hacía siempre su papá, y le dijo:

—No soy tu *mutti*, pero te prometo que voy a llevarte con tu papá.

Luki se quedó pensando. A lo mejor era como Dios, que era tres personas que eran la misma persona, pero una de ellas era un padre, otra era un hijo que ni siquiera se parecía a su padre y la otra era un fantasma que Luki no había visto nunca en ningún cuadro.

Y entonces le dijo el ángel:

—Mira, te traigo una carta de él.

Cuando le entregó a Luki un sobre, notó que el ángel olía como una flor. Luki se acercó la carta a la nariz. Olía igual que el ángel.

Vio su nombre escrito en el sobre. «Luki».

Se llevó la carta al corazón. Su papá había podido escribirle una carta. Y sabía que cuando te ibas con los ángeles, ya no podías escribir cartas. Su papá no estaba entonces con su *mutti*, sino que se había quedado aquí, para estar con ella.

Asomaron las lágrimas. Fue como con el pipí el día que tuvo que esconderse en aquel baúl, cuando aún vivía con *tante* Berthe y Brigitte. No podía parar.

—¿Cómo es que mi papá no ha venido? —preguntó, algo que nunca había dicho en voz alta porque le daba miedo que su papá se hubiera marchado con su *mutti* y no se la hubiera llevado con él; porque temía que, si lo decía en voz alta, pudiera ser verdad.

—Oh, cariño. —La madre superiora levantó a Luki del suelo con sus fornidos brazos, y también a Pemmy, y se sentó con ellas en el banco. Olía al guiso que daban a la hora de comer—. Tu papá te quiere mucho —dijo—. De haber podido venir, seguro que lo habría hecho. Pero podrían hacerle daño de camino hacia aquí o en el camino de vuelta. Por eso ha enviado a su amiga. Y ahora, adelante, abre la carta.

En el sobre, su nombre: Luki. Escrito con letras que tenían la misma forma que su nombre escrito en Flat Joey Letras.

Abrió con cuidado la solapa, igual que hacía cuando supo que su papá no llegaría a París y *tante* Berthe le leía sus cartas, luego dejaba que Luki fuera leyendo despacio una palabra tras otra hasta que lograba guardar dentro de ella todas las palabras y así podía sacar las cartas siempre que le apeteciera para leérselas a Pemmy.

Dentro del sobre había un papel doblado. Luki se acercó el papel a la nariz. Olía a la misma flor. Desplegó el papel con cuidado, para que no lo viera nadie, ni siquiera Pemmy.

Era un dibujo de Pemmy y ella en el tronco de los sueños.

Y entonces recordó el calor de los brazos de su papá, aquel leve olor a productos químicos que a veces tenían sus manos cuando le acariciaba la mejilla, las canciones que cantaban, con *mutti* y los ángeles cantando también con las olas del mar.

—Mi *mutti* está con los ángeles —dijo—. Y me cantan todos.

—Tu *maman* está en el cielo —dijo la madre superiora, dándole la razón.

—¿Y mi papá no está con ella?

—Tu papá está en mi casa —dijo el ángel—. Está preparando la habitación contigua a la suya para ti. Y va mirando a cada momento por la ventana, para ver si llegas.

Se preguntó si esa casa estaría en el cielo, y si estarían en ella los dos, su papá y su *mutti*, y cómo harían para llegar hasta allí. ¿Serían sus alas esa cosa blanca y larga que llevaba el ángel en el cuello?

—¿Y sigue cantando mi papá en el tronco de los sueños?

Mutti ángel examinó el dibujo de su papá.

—El tronco de los sueños nos queda muy lejos, pero bailamos y cantamos casi todas las noches. Y con nosotros vive también otra niña. Se llama Aube. Es de tu edad. Y también un niño que se llama Peterkin.

—Peterkin. —Luki rio—. ¡Suena a nombre de libro de cuentos!

—Y tenemos una vaca. Una vaca muy buena. Aube y Peterkin se encargan de ordeñarla.

—¿Y es difícil?

—¿Ordeñar a Madame LaVache?

Luki volvió a reír. Era un nombre muy gracioso para una vaca: Madame La Vaca.

—¿Y tú crees que Pemmy podría ordeñar también a Madame La-Vache? ¿Se puede ordeñar una vaca si no tienes dedos?

El ángel rio, una risa alborotada y con todos los colores de las ventanas de la iglesia mezclados, como en el calidoscopio a través del cual la hermana Therese le dejaba mirar a Luki siempre que quisiera porque Luki tenía mucho cuidado con las cosas especiales.

—Seguro que sí.

—¿De modo que Pemmy también puede venir?

—Claro que sí. Jamás se me ocurriría dejar a Pemmy sola.

Luki dobló el dibujo del tronco de los sueños, lo metió en el sobre y lo guardó en la bolsa de Pemmy, detrás de Flat Joey Letras y de la fotografía.

—¡Oh! Casi se me olvida —dijo el ángel, y buscó en el bolsillo y, de repente, allí estaba: Joey, sentado en la palma de su mano.

—¡Pemmy, mira! —exclamó Luki. Y luego dijo, dirigiéndose al ángel—: ¿Tampoco es un ángel?

—¿Quién? ¿El bebé canguro?

—No es un bebé. A los bebés canguro se les llama Joey —dijo Luki—. ¿No desaparecerá si lo toco?

—¡Santo cielo, claro que no!

Luki cogió a Joey y le dio vueltas a la cuerda para que cantara. Abrió la bolsa de Pemmy y lo puso dentro, junto con Flat Joey Letras, la fotografía y el dibujo del tronco de los sueños.

El ángel le ofreció una mano.

—Y si tú desapareces, ¿podrás llevarme igualmente con mi papá?

El ángel sonrió. Tenía una sonrisa bonita, pero distinta a la de su *mutti* en la fotografía.

—¿No sería fenomenal que pudiéramos desaparecer? Así sería más fácil estar enseguida con tu papá. Y, oye una cosa, ¿por qué no me llamas *tante* Nanée?

Jueves, 28 de noviembre de 1940
AMBOISE

Nanée bajó del carro y se sacudió el heno de las prendas de campesina que le habían prestado. Era una mañana gélida y el clima templado estaba cediendo paso a una tormenta amenazadora más apropiada para aquella fecha en la que, en su país, se celebraba el Día de Acción de Gracias, o como mínimo lo celebraban todos aquellos que, como la pandilla de Villa Air-Bel, su familia en los Estados Unidos y una tercera parte de los cuarenta y ocho estados, habían decidido ignorar el decreto que Roosevelt había emitido aquel año y que establecía la celebración una semana antes con el único objetivo de alargar la temporada de compras de regalos, por el amor de Dios. Sabía qué tenía que hacer a continuación, y pensó que la tormenta podía jugar a su favor. El conductor del carro las llevaría hasta un *château* edificado como un puente sobre el río que marcaba la línea de demarcación, un *château* que tenía la puerta de entrada en la zona ocupada y cuya puerta sur, al final de la galería que cubría la longitud del ancho del río, se encontraba en la otra orilla y se abría en la zona libre. El mensaje que la madre superiora le había transmitido en clave a la hermana Amélie quería informar de que el convento iba a enviar a dos personas que necesitaban escapar de la zona ocupada.

Nanée entró de nuevo en el convento, esta vez por la puerta de servicio, y encontró a Luki sentada en la falda de la hermana Therese, con su canguro y tan seria como cuando la habían encontrado arrodillada en aquel banco del transepto, con las manos del canguro unidas a las suyas en posición de oración. Era tan menuda, la hija de Edouard. Tan pequeña. Y tan seria. ¿Sería tan seria de pequeña Nanée? «La niña pasa una cantidad exorbitante de tiempo rezándole a la Virgen María —le había explicado la madre superiora a Nanée—.

Me gustaría disuadirla de hacerlo, pero le aporta un consuelo tan grande que decidí prestarle a nuestra Virgen durante todo el tiempo que estuviera con nosotras». Nanée se había quedado pensando lo mucho que le gustaría ser de esas personas capaces de encontrar consuelo en la oración. «Quizá debería haberle dicho que por supuesto volvería a ser una niña judía en cuanto volviese con su papá —le había explicado la madre superiora—, pero no sé si entiende muy bien qué es ser judía y, en los tiempos que corren, considero que es mejor que no lo entienda».

Berthe, hermana de la madre superiora, había llevado a Luki al convento cuando ya no había podido garantizar por más tiempo su seguridad. La madre superiora, sabiendo que su padre estaba internado en un campo, no había querido darle muchas esperanzas a Luki.

—Es usted una buena persona, madre —dijo Nanée.

—Es la forma de ser de Amboise —replicó la monja—. Incluso después de haber caído en manos de los alemanes, seguimos luchando. —Se volvió hacia Luki—: Recuerda, pequeña, que debes guardar silencio absoluto desde el momento en que subas al carro hasta que *tante* Nanée te diga que ya puedes hablar. Ni un murmullo. Pero ahora, aquí, puedes decirme cualquier cosa. ¿Quieres decir algo?

—No quiero estar encerrada bajo llave —dijo la niña.

Nanée, que se preguntó qué demonios habría provocado aquel comentario y a qué venía el miedo que reflejaban de repente los ojos del color del fondo marino de Luki, le aseguró:

—El conductor del carro tiene un lugar secreto en el heno para que podamos viajar las dos.

Sin embargo, en aquel mundo nuevo, la gente traicionaba constantemente a los demás a cambio de obtener cualquier tipo de beneficio personal. ¿Y qué sabía ella de aquel hombre?

Luki le dijo entonces a la hermana Therese:

—Pemmy se ha olvidado de darle las gracias a la Dama María, pero le he dicho que no pasa nada porque la Dama María es la *maman* de Dios y lo sabe todo.

—Sí, eso es lo que creemos en nuestra religión —dijo la madre superiora—. Y nuestra Virgen María está muy feliz porque te vas con tu papá, que cuidará de ti y te instruirá a partir de ahora.

—Yo no tengo miedo, pero Pemmy sí.

—Siempre he dicho que Pemmy es una canguro muy sabia. Supongo que es por eso por lo que ha llegado a ser profesora. Y ahora, debes ponerte en marcha. Tu papá estará impaciente por tenerte de nuevo con él.

—¿Y no vamos a ir volando? —le preguntó Luki a Nanée—. ¿Tenemos que ir en ese carro, debajo del heno?

—Efectivamente —respondió Nanée, preguntándose cómo sabría la niña que era aficionada a volar.

—¿Y después volaremos?

—No, no volaremos. Iremos en tren.

—Porque veo que no tienes alas.

—No, ya no.

La hermana Therese se agachó, cogió ambas manos de Luki y, con ellas, las de la canguro.

—Haber pasado esta temporada contigo ha sido uno de los placeres más grandes de mi vida, Luki. Y ahora, *tante* Nanée cuidará mucho de ti hasta que te reúnas con tu papá. Y él, cuando vuelva a verte, será el papá más feliz del mundo.

La niña miró a Nanée con sus ojos grandes y oscuros.

—¿Le darás la mano a Pemmy durante todo el trayecto?

Nanée dudó un momento. Le parecía poco adecuado ponerse en la piel de la Virgen María, la madre superiora y la encantadora y joven hermana Therese, y no sabía si reconocer ante Luki que ella también tenía miedo, porque seguramente si Luki se enteraba de que la persona adulta que la acompañaba tenía miedo, sentiría aún más miedo.

—Le daré la mano a Pemmy durante todo el trayecto —respondió por fin—, pero ¿me la darás tú también a mí?

* * *

278

Nanée se sentía extrañamente reconfortada en el hueco abierto en las profundidades del áspero heno, mientras sujetaba la mano también áspera del canguro de peluche y la mano caliente de la niña. El zarandeo del carro resultaba incómodo, igual que el vestido de campesina que le habían prestado. Pero se había acostumbrado hasta tal punto a la incomodidad que se sentía más cómoda estando incómoda que no estándolo. Lo único que deseaba era poder hacer más para que la niña también se sintiera cómoda.

El trayecto de trece kilómetros que separaba Amboise del *château* de Chenonceau se hizo eterno. Descansaron las dos la cabeza en la maletita de Nanée, que era una molestia adicional en esta parte del viaje pero que les serviría para evitar sospechas en cuanto entraran en la zona libre. (¿Quién iba a cruzar media Francia sin equipaje?). El carro trazó una curva, bajó el ritmo y acabó deteniéndose, y Nanée confió en que por fin hubieran llegado. Pero era solo un cruce, otro carro o un perro parado en medio del camino.

Volvieron a parar. Nanée aguzó el oído. Estaban por fin en la casa del guarda del *château*. Pero en el *château* eran contadas las personas que estaban al corriente del trabajo que estaba realizando *madame* para ayudar a muchos a escapar de la Francia ocupada: el capataz de la granja, su esposa y sus hijas, que trabajaban en las cocinas, y su hijo, que era el chófer de *madame*. Porque en aquellos tiempos era difícil saber quién era capaz de guardar un secreto y quién acabaría utilizándolo en beneficio propio.

El centinela rodeó el carro y le dijo al conductor:

—Tendré que examinar el heno.

Nanée pensó que deberían haber cargado también un poco de estiércol por si acaso, para que la inspección resultara más desagradable. Era una mujer escondida en un carro de heno que estaba entrando clandestinamente con una niña judía en una finca que era una vía de escape. Si las descubrían, Nanée tendría que decir que se había sumergido en el heno cuando el conductor no miraba, para de este modo salvarlo o darle al menos una oportunidad de salvarse.

—¿Quiere que lo haga yo? Puedo pincharlo con la horca —se ofreció el conductor, que ya se había encaramado a la parte trasera del carro y se había quedado con un pie muy cerca de donde estaba escondida Nanée.

Nanée le tocó el pie para que el hombre supiera dónde estaban, tal y como habían ensayado. Abrazó a Luki con fuerza para protegerla en caso de que el conductor del carro errara en sus movimientos y empezó a oír el sonido de la horca por encima de su cabeza, el murmullo del heno al removerse.

—Otra vez —dijo el centinela.

El conductor volvió a hundir la horca en el heno, esta vez más hasta el fondo. Removió el heno tal vez una docena de veces.

El centinela, satisfecho, dejó pasar el carro y, al cabo de un momento, trazaron otra curva. El carro disminuyó la velocidad y se detuvo, envuelto por los sonidos de gente que iniciaba su jornada de trabajo.

El conductor le dijo a alguien:

—Esta mañana traigo una carga de heno adicional, tal y como ha pedido *madame* Menier.

¿Menier? ¿La familia del chocolate?

Tendrían que darse prisa, replicó el hombre; *madame* había pedido uno de los coches que llegaría en pocos minutos.

Nanée presionó la mano de Luki, la señal acordada para indicar que debía guardar silencio.

Instantes después, un francés bajito, con ojos saltones y muy juntos, hizo bajar rápido a Nanée y a Luki del carro de heno para hacerlas subir a un Bugatti Coupé Spécial, el mismo modelo exclusivo y con el mismo color azul regio que el que la madre de Nanée utilizaba para que la pasearan durante el tiempo que estuvo viviendo en Francia. Al lado del coche había un chico pulcramente uniformado de chófer. Más allá del garaje, casitas con tejados inclinados se apiñaban en un diminuto pueblo. Todas ellas con tres tramos de escaleras que conducían hasta tres puertas de entrada de color rojo, casas donde debían de vivir los trabajadores de la granja del *château* y tal vez también el personal de la casa.

—La lluvia empezará en nada —dijo en voz baja el hombre de más edad—. Con un poco de suerte, caerá a cántaros.

Abrió el maletero.

—En cuanto lleguen a la casa, mi mujer y mis hijas sacarán cosas que *madame* quiere llevar a la ciudad y que hay que cargar en el maletero. Cuando vean que la primera chica vuelve a entrar en la casa, vayan con ella. Se harán pasar por chicas de la cocina. Déjenlo todo aquí. Entren solo usted y la niña.

Todo estaba sucediendo mucho más rápido de lo esperado, por culpa de la tormenta. El viento soplaba con fuerza cuando el capataz cerró el maletero, y su hijo puso el coche en marcha justo en el momento en que empezaba a descargar la tromba de agua, que al instante golpeó el coche con tanta intensidad que a Nanée le resultó imposible oír nada más.

Luki le tocó la cara para llamar su atención. Nanée le susurró al oído:

—Rápido, di. Con la lluvia nadie podrá oírte.

—¿Pemmy y Joey podrán venir también? —preguntó muy bajito Luki—. No quieren quedarse aquí solos. Da un poco de miedo.

Nanée presionó la mano de Luki.

—No creo que puedan pasar por trabajadores de la cocina —respondió—. Pero si Pemmy y Joey se quedan en el coche, luego entrarán e irán directamente a ver a la señora del *château*, como una princesa y un príncipe.

—¿Piensas que la señora del *château* estará callada, quieta y siempre escuchando, como la Dama María? —preguntó Luki.

—Pienso que la señora del *château* responde a las oraciones —dijo Nanée.

Instantes después, el coche se detuvo y se abrió el maletero. Alguien gritaba. Y lo hacía en alemán.

VILLA AIR-BEL

Edouard retiró el papel de la reveladora: su cara más joven, el hombre que era antes de conocer a Elza, cuando intentó capturar por primera vez imágenes del público que Hitler alimentaba. Lo sumergió en agua, esperó diez segundos y encendió y apagó la linterna sosteniéndola a un metro y medio de distancia del papel. A veces, un poco de luz adicional proyectada sobre las cosas servía para demostrar lo que en realidad eran, para demostrar quién era él en realidad.

Se oyeron voces al otro lado de la puerta del cuarto de baño, Aube y Peterkin que llegaban de ordeñar a Madame LaVache. Iban a celebrar el Día de Acción de Gracias y *madame* Nouget necesitaría sus bandejas para cocinar el banquete, si acaso podía llamarse banquete a cualquier cosa hecha a partir de las exiguas porciones del racionamiento.

¿Dónde estaría Nanée? ¿Habría encontrado a Luki? ¿Estarían ya fuera de la zona ocupada?

Volvió a dejar el papel en la reveladora y la imagen empezó a emerger, su propia cara convertida en algo distinto, no impresa en blanco y negro sino en inquietantes tonalidades plateadas que, dispuestas conjuntamente, resultaban más oscuras o más claras de lo que en realidad eran. A veces, había que aceptar el hecho de que no todo era lo que parecía, incluso en tu interior. Aceptarlo. Aprender a vivir con ello.

Pasó el autorretrato solarizado por el baño detonador y por el fijador, luego lo sumergió en la bandeja con agua para aclararlo. Retiró el negativo de la ampliadora e insertó otro, el auténtico fantasma de su pasado, que había permanecido todo el tiempo que él había pasado en Camp des Milles varado en el portanegativos, y donde estaba aún cuando Nanée le había entregado todas sus cosas. *Salvación*.

Jueves, 28 de noviembre de 1940
CHÂTEAU DE CHENONCEAU

Luki, en el interior del maletero del coche con *tante* Nanée, le dio un beso en la frente a Pemmy e introdujo la mano en su bolsa, donde Joey estaba acurrucado sano y salvo junto con la fotografía de su papá y su *mutti* y ella y la carta con el dibujo del tronco de los sueños que su papá le había enviado y que quería decir que su papá no era un ángel. No entendía nada. Le habían dicho que tenía que hacerse pasar por una de las cocineras del castillo mientras Pemmy esperaba en el coche con Joey para luego hacer su entrada como una princesa, pero alguien la había vuelto a encerrar antes de que le diera tiempo a salir. Y ahora no estaban ni siquiera en el castillo, sino otra vez en el garaje. El señor mayor con ojos saltones se disponía a cogerla en brazos para sacarla del maletero.

—Justo cuando el coche iba a cruzar la puerta, se ha presentado una patrulla alemana en el foso, pero al menos han conseguido meter en la casa grande esa maletita suya tan elegante —dijo el hombre, mientras las conducía hasta unas habitaciones sencillas similares a las de las monjas—. Me parece que usted es de las que saben echarse un farol —le comentó a *tante* Nanée—. En cuanto haya pasado la tormenta, las haremos entrar por la Orangerie a pie, cruzando los jardines, como si fueran a llevar flores a la casa.

—¿Y en esta época del año tienen flores? —preguntó *tante* Nanée.

—Las cultivamos en esa casita del centro. Todo el año, y el *château* siempre las agradece. Pero va a necesitar controlar bien los nervios, puesto que es más que probable que la interrogue alguna patrulla. Y no todo el mundo es capaz de resistir un interrogatorio de los alemanes.

—Sé resistir —le aseguró *tante* Nanée.

—¿Y la niña?

—Si vamos a dar un paseo —dijo *tante* Nanée—, ¿me prometes, Luki, que no dirigirás una palabra a nadie, ni siquiera a mí, hasta que lleguemos al *château*? A lo mejor nos tropezamos con unos hombres un poco desagradables y lo que tendrás que hacer es fingir que no puedes hablar. ¿Podrás hacerlo?

Luki movió la cabeza en un gesto afirmativo.

—¿Ni una palabra?

Negó con la cabeza.

El capataz se agachó hasta quedarse a su altura.

—¿Cómo se llama tu canguro, cariño?

Luki abrazó a Pemmy y no dijo palabra.

—¿Quieres un caramelo? —dijo entonces el hombre.

Pero Luki solo se quedó mirándolo.

—Muy bien —le dijo el hombre a *tante* Nanée—. En cuanto deje de llover. Fingirá usted que la niña es su hija. Una niña de esta edad puede estar ayudando a su *maman* perfectamente. Es lo que solemos hacer por aquí. Y como no sabe cómo funcionamos aquí, les dirá que es usted nueva, si acaso hay algo que decir.

Recorrieron un sendero que discurría entre árboles, con el barro ensuciándoles los zapatos. Se dirigían a un castillo, pero Luki no entraría por la puerta principal como una princesa, aunque ella, de todos modos, no era una princesa. *Tante* Nanée no podía darle la mano porque iba cargada con unas flores preciosas que el hombre le había dado, pero Luki sí que sujetaba a Pemmy con todas sus fuerzas, con Joey escondido en la bolsa para que no tuviera miedo. Pemmy, al final, había podido acompañarlas, pero tampoco podía hablar. Pasase lo que pasase, la única que podía hablar era *tante* Nanée.

Pasase lo que pasase, *tante* Nanée la llevaría con su papá; no la llevaría con los ángeles ni la haría desaparecer. Era lo que le había dicho la madre superiora, y la madre superiora no mentía porque una mentira era un pecado y si mentías no podías ir al cielo para estar con *mutti* y con Dios.

El hombre de los ojos graciosos fue con ellas hasta una casa mágica de cristal que estaba llena de árboles. Olía como las naranjas que Luki comía antes, en ocasiones especiales. Se había olvidado por completo de las naranjas, pero de pronto las recordó. A su *mutti* le encantaban las naranjas.

El hombre se acercó a uno de los árboles y arrancó una naranja. No dijo nada. *Tante* Nanée y el hombre estaban callados incluso allí, como si estuvieran escondiéndose. Pero entonces el hombre sonrió y sus ojos se volvieron menos feos, aunque seguían siendo saltones. Le ofreció la naranja a Luki, que la aceptó. Arrancó otra y la metió en el bolsillo del abrigo de Luki. Siguió sin decir nada, pero acarició a Pemmy con cariño. Quería que Pemmy tuviese una naranja porque a los canguros les encantan las naranjas.

Luki hizo que Joey asomara la cabeza por el borde de la bolsa de Pemmy. El hombre rio sin emitir ningún sonido, solo con sus ojos graciosos, y tiró de una tercera naranja, la guardó en el otro bolsillo de Luki y entonces acarició a Joey igual que había acariciado antes a Pemmy. ¡Joey tenía también su naranja!

Entonces, el hombre se sacó del bolsillo una cosa que parecía unas tijeras y cortó una rama con unos frutos rojos preciosos. Tenía pinchos, pero la depositó en las manos de Pemmy e hizo que las manos de Pemmy envolvieran la rama, luego puso encima la mano con la que Luki estaba sujetando a Pemmy, para que los pinchos no se le clavaran en los dedos. Pemmy no tenía dedos, de modo que la rama no podía hacerle daño. El hombre tocó un fruto, luego se tocó la boca y dijo que no con la cabeza. Luki no tenía que comer aquello.

Salieron de la casa mágica de cristal por una puerta distinta, cargadas con las ramas, las naranjas, las flores y con Pemmy y con Joey, pero sin el hombre de los ojos graciosos. *Tante* Nanée no podía darle la mano a Pemmy, pero estaban en un jardín tan bonito, con vallas y caminitos y una fuente que parecía de cuento de hadas, que Pemmy ya no tenía miedo.

¡Y vieron dos castillos! Uno era un castillo bebé, una forma circular con un tejado redondo y puntiagudo y ventanas solo en la parte superior, pero el otro era enorme y mágico, con partes circulares como el castillo bebé en todas las esquinas, y tejados azules, chimeneas, ventanas y más ventanas y más ventanas. Estaba en un río, rodeado de agua. Había una parte alargada y estrecha, donde casi todo eran ventanas, que cruzaba el río hasta llegar a la otra orilla. Y se dirigían allí, ¡al castillo gigante! Había un monstruo que daba un poco de miedo que escupía agua desde el puente, pero Luki caminó pegada a *tante* Nanée hacia las puertas del castillo por las que supuestamente no podían entrar porque no eran princesas.

Una voz les mandó parar. Luki pensó al principio que era el monstruo del agua, pero resultó que era un hombre que estaba justo debajo. Era un soldado en uniforme, a bordo de una barca. Hablaba con las palabras de antes. Y su tono no era para nada agradable, como debería ser el de un príncipe.

En la barca había también otro hombre. Que tampoco era un príncipe. Eran alemanes, y ella era alemana, pero no le gustaban, de todos modos.

Tante Nanée les enseñó las flores y la rama con pinchos de Pemmy.

—Llevamos flores y plantas para la señora —dijo.

A Luki le habría gustado decir «naranjas», pero tenía que fingir que no hablaba.

El hombre no entendió lo que le estaba diciendo *tante* Nanée. Luki sí entendía lo que el hombre decía, pero *tante* Nanée insistió en repetir con las mismas palabras que llevaban cosas para decorar la casa.

«*Dekorationen für das Haus*». Luki ayudaba a su madre a decorar, con cosas que hacían que las habitaciones olieran bien. Y Pemmy también ayudaba.

El otro hombre de la barca las apuntó con una pistola.

Luki se llevó un susto. Sabía que los alemanes tenían pistolas, pero nunca la habían apuntado con ellas.

Miró a *tante* Nanée. Le gustaría poder explicarle a ese hombre tan poco agradable, utilizando las palabras que utilizaba él, que simplemente llevaban cosas bonitas al castillo, de manera que su amigo podía guardar la pistola y ellas entrar en el castillo. Pemmy pensaba que cuando el hombre de los ojos graciosos le había dicho que no hablara, se refería a esto, pero Luki no estaba segura del todo. Aquel hombre que daba miedo no le estaba formulando ninguna pregunta a Luki. Tampoco estaba ofreciéndole un caramelo que era imposible que ella pudiera tener. Le estaba preguntando una cosa a *tante* Nanée, y *tante* Nanée no conseguía hacerse entender, y Luki podía hacer que la entendiera porque conocía aquel tipo de palabras.

Y a Pemmy no le gustaba que la apuntaran con una pistola.

Jueves, 28 de noviembre de 1940
VILLA AIR-BEL

Después de disfrutar al mediodía de la cena de Acción de Gracias, consistente en un pollo que *madame* Nouget había conseguido encontrar y había asado, decidieron comer el postre, un pastel de nueces que había traído Varian (con mucha nata montada, gracias a Madame LaVache), en el *Grand Salon*. Edouard comió un trocito y se imaginó a Luki calentándose con aquella chimenea y luego él subiéndola a su cuarto para ir a dormir, se imaginó ordeñando con ella a Madame LaVache por la mañana y luego bailando al son de la música que llegaba de Boston. Sus pensamientos sobre el futuro estaban aquí, en un lugar que mentalmente podía visualizar. ¿Cómo sería un lugar como Boston, Nueva York o Chicago? ¿A quién conocerían allí? ¿Cómo haría para poder darle a Luki techo, vestido y comida en otro país?

—Tal vez Nanée podría poner a Luki en un tren —dijo Varian, siguiendo una conversación que habían iniciado cuando estaban cortando el pastel—. Y tú reunirte con ella en Portbou, al otro lado de la frontera.

A Edouard le dio la sensación de que entre los dientes tenía gravilla en lugar de nueces.

—Eso ya lo hice una vez. Envié a Luki con una amiga en tren a París con la intención de reunirme con ella al día siguiente.

Y había pasado más de un año desde que abrazara a Luki por última vez.

—Mira, permíteme que te lo exponga con la máxima claridad posible —dijo Varian, poniéndose malhumorado—. Cuando empezamos con todo esto, sí, supongo que habría sido posible sacarte de aquí en un tren con tu hija. Pero ya no podemos contar con guardias fronterizos dispuestos a mirar hacia el otro lado y ni siquiera tener esperanzas de encontrar alguno dispuesto a hacerlo. Y en España, la Gestapo verifica todas las solicitudes de visados de tránsito españoles y, por lo que sabemos, está deteniendo refugiados sin ningún tipo de resistencia por parte de Franco.

Edouard se acercó a la ventana y observó la larga extensión de camino que se prolongaba hasta el mar, que se vislumbraba a lo lejos; no había nadie. Sabía que Luki y él tenían que marcharse de allí cuanto antes mejor. Que huir del país era cada vez más peligroso y que llegaría un momento en el que sería imposible. El capitán Dubois, de la policía de Marsella, un contacto que el vicecónsul Bingham había facilitado a la organización, había informado recientemente a Varian de que la policía de Marsella había recibido el encargo de reunir todas las pruebas necesarias para expulsarlo de Francia. El pasaporte de Varian tenía validez hasta enero, pero su visado francés ya había expirado y no podía renovarlo por falta de una carta que la Embajada de los Estados Unidos se negaba a facilitarle. «¿Cuántas veces tendremos que decirle que no podemos hacer nada por usted? —le había insistido el embajador—. Incluso su esposa quiere que vuelva a casa». Por otro lado, Charlie Fawcett, miembro del CAS, acababa de ser arrestado en España estando en posesión de una lista secreta de refugiados que también necesitaban visados. La lista estaba escondida en la tercera válvula de la trompeta de Charlie, con la que había aprendido a tocar canciones que no precisaban esa válvula. Había más documentos escondidos en el interior de cabezas de yeso que simulaban obras de arte pendientes de terminar. Por el momento, y por lo que ellos sabían, no habían encontrado aún ni la lista ni los documentos. Pero toda la gente que trabajaba en la oficina del CAS había adquirido ahora la costumbre de destruir meticulosamente cualquier papel incriminatorio en cuanto no fuera necesario y, por las noches, Varian vaciaba la oficina y traía al *château* los documentos imprescindibles.

—Luki puede cruzar la frontera a pie conmigo —le dijo Edouard a Varian.

—No pienso ofrecerte esta alternativa, Edouard —dijo Varian—. Lo que estoy intentando decirte es que, si quieres abandonar Francia, te ayudaremos a hacerlo de la siguiente manera. Te proporcionaremos documentos con un alias para que puedas llegar a Portugal y…

—Documentos falsos.

—Sí. Documentos que no cuadrarán con el nombre de tu hija. Que viajéis juntos por Francia… es un riesgo que no estamos dispuestos a correr. Y también habrá cierto riesgo mientras estéis viajando juntos por España. Pero en cuanto llegues a Portugal, ya podrás utilizar tu nombre real y tu visado de los Estados Unidos.

Edouard tamborileó con los dedos sobre el cristal de la ventana, a través de la cual su visión parecía tan limitada como cuando miraba por el objetivo. Cualquier cosa que hiciera significaba poner en peligro a Luki y a otras personas. Era un espectador que solo podía observar, y que estaba siendo observado.

Jueves, 28 de noviembre de 1940
CHÂTEAU DE CHENONCEAU

Nanée intentó presentarse ante los alemanes tan sumisa como podría serlo una criada francesa.

—Para decorar la casa —repitió.

Haus, esa era la palabra en alemán, ¿pero sabría eso una chica que trabajaba como criada? Señaló el *château*, la entrada de servicio, que estaba justo al otro lado del patio, si es que conseguían cruzarlo. Luki, que por suerte permanecía callada, lo único que hacía era mirar al soldado que estaba en el foso, a bordo de la barca, y las apuntaba con la pistola.

—*Du arbeitest hier?* —preguntó el alemán.

—Para decorar el *château* —insistió Nanée, que no sabía qué otra cosa decir.

De pronto, apareció una mujer en la puerta de servicio y les dijo, a gritos:

—¡Mejor que os deis prisa! ¡La señora se está poniendo impaciente!

Los alemanes hablaron entre ellos, pero no bajaron la pistola.

Nanée le dijo entonces a Luki:

—Ven, cariño.

Saludó con un gesto a la mujer de la puerta. Echaría a andar si estuviera segura de que la niña la seguiría, pero no podía correr el riesgo de dejarla allí sola.

Luki la miró y empezó a caminar por el puente.

«Eres una chica muy valiente».

Nanée corrió tras ella, pensando en cuánto le gustaría poder entrar por la puerta principal, que quedaba mucho más cerca, y confiando en que ni siquiera a un alemán se le ocurriría disparar contra una niña por la espalda.

Nanée tropezó con el umbral de la puerta de servicio, las flores salieron volando y ella aterrizó en el duro suelo de piedra, pero la mujer que les había gritado se apresuró a apartarla y a tirar de la pesada puerta de madera para cerrarla antes de que los soldados alemanes pudieran empezar a disparar. Ayudó a Nanée a incorporarse, recogió las flores y guio a Nanée y a Luki hacia las cocinas, un lugar caliente, seco y que olía a pan de levadura.

Nanée se sobresaltó cuando oyó sonar una campana justo por encima de su cabeza. De la pared colgaban seis campanas, similares a las que había en Evanston, cada una de ellas para reclamar la presencia del servicio en una parte distinta de la casa. La mujer les dijo en voz baja que esperaran allí y se marchó, dejándolas solas en una cocina con techos abovedados de piedra, una chimenea enorme con un horno construido en la pared contigua y armarios llenos de cacerolas, sartenes y loza, así como más utensilios colgados en ganchos de las paredes junto con ristras de ajos y manojos de hierbas. En una esquina había una bomba de agua, contra una de las paredes se extendía una amplia mesa de carnicero con cuchillos de todo tipo y tamaño y había luego una habitación secundaria llena de armarios con vajillas y comida. En el centro de la estancia había una cocina de hierro de color negro que era cuatro veces más grande que la cocina gigante que tenían en Evanston, donde los padres de Nanée celebraban fiestas a veces para más de cien personas. Nanée se preguntó dónde estarían ahora las cocineras, las criadas y el resto del personal que normalmente daba vida a aquel lugar.

Un reloj marcaba la hora. A través de una ventana con cristal emplomado, enmarcada por una estrecha pared de piedra, se veía agua. ¿Sería el foso? ¿O el río? El agua quedaba justo debajo. Cualquiera que se acercara lo suficiente con una barca podía ver el interior.

Luki la miró, guardando todavía silencio.

—Puedes hablar muy bajito —dijo Nanée, hablando lo más bajito posible.

—A Pemmy le gustan los castillos —dijo Luki muy bajito.

La mujer reapareció y las guio con rapidez por una escalera, mediante la cual accedieron a una extravagante galería con el suelo embaldosado en blanco y negro y una veintena de ventanales rematados en arco desde los que se dominaba el río Cher. Las puertas de madera oscura del otro extremo eran las puertas que daban acceso a la zona libre.

Pero siguieron subiendo, hacia un piso superior, donde la mujer que las guiaba las hizo pasar a una habitación secreta, no más grande que un armario, con una única ventana con barrotes de hierro.

—Hablen en voz muy baja —les advirtió la mujer—. Y manténganse alejadas de la ventana. He dejado aquí su maleta para que puedan cambiarse. Vendré a buscarlas cuando sea seguro cruzar.

Nanée respondió con un gesto de asentimiento y empezó a ayudar a Luki a despojarse de su ropa de campesina y a cambiarse con un atuendo más apropiado para la sobrina de una adinerada norteamericana de viaje hacia Marsella.

—Cuando estén allí, aléjense lo más rápidamente posible del río —dijo la mujer—. No se queden en la orilla. Si hay alemanes, siempre tienen más probabilidades de disparar que de no hacerlo. Hay un sendero estrecho que conduce hasta la tumba de *madame* Dupin, que dicen que reclutó a Rousseau para que la ayudara a escribir la historia de la mujer, y tal vez lo hizo, y tal vez ese libro se encuentra escondido por aquí en algún rincón, o tal vez algún caballero acabó quemándolo hace doscientos años, pero su tumba… Eso es lo que deben buscar. *Madame* Dupin será su guía hacia un camino que gira a la derecha y que las conducirá hasta una granja. No teman, que no se sorprenderán cuando las vean llegar. Si es a primera hora de la mañana, tal vez puedan llevarlas directamente hasta el tren, aunque eso nunca se sabe.

—Gracias por todo lo que están haciendo —dijo Nanée, cambiándose también para que la mujer pudiera llevarse la ropa, deseosa de preguntarle cómo se llamaba para poder darle correctamente las gracias; era más seguro, sin embargo, no saber ningún nombre.

Cuando la mujer se marchó sin hacer ningún ruido y dejó a Nanée y a Luki en la minúscula habitación con una única ventana desde la que se dominaba un enorme jardín que parecía flotar sobre el agua, a punto de ser libres y alejarse de allí, Luki señaló la naranja que conservaba todavía en la mano. Nanée dudó unos instantes. ¿Revelaría el olor a naranja su presencia a algún criado o alguna doncella que simpatizara menos con la causa? Pero luego pensó que el *château* entero olía a flores, y al río que se veía al otro lado de la ventana. Aceptó la naranja y le clavó las uñas para pelarla y liberar su potente aroma cítrico.

Luki estaba profundamente dormida cuando una voz femenina sobresaltó a Nanée.

—Por lo que parece, esta nueva patrulla alemana ha decidido pasar la noche en el río, de modo que vamos a trasladarlas a una habitación más adecuada —dijo la mujer, que se presentó como Simone Menier. No llevaba ningún tipo de luz—. Normalmente no pregunto nombres, Nanée, pero supongo que sabrás quién soy, y la verdad es que, además, conozco a tu madre.

Nanée cogió en brazos a Luki y siguió a Simone Menier escaleras abajo. Cruzaron la galería, que estaba solamente iluminada por la luz de la luna, y pasaron a un vestíbulo sin ventanas con un techo abovedado decorado con motivos esculpidos de rosas, querubines y cornucopias, donde Nanée pudo apreciar, gracias a la luz eléctrica, que Simone Menier era tan elegantemente bella como su casa. Cuando enfilaron una escalinata impresionante, vio que el techo también estaba esculpido con motivos de claves y caras, flores y frutas, y fue entonces cuando se preguntó cómo era posible que la señora de aquel *château* supiera quién era ella.

Simone Menier aceleró el paso cuando la escalera cambió de dirección y llegaron a unas ventanas desde las que se dominaba el río. Estaban a contraluz. Cualquiera que estuviera fuera podía verlas. Las hizo pasar enseguida a una habitación con un techo con vigas sofisticadamente pintadas, una chimenea apagada y una acogedora cama con dosel. Las cortinas estaban cerradas y la estancia solo estaba iluminada por la rendija de luz que se filtraba desde el pasillo.

—Somos reacios a encender el fuego, tanto por la luz que desprende como por miedo a que el humo de la chimenea pudiera alertar a los alemanes de que la casa está más llena de lo habitual —explicó, retirando la colcha para que Nanée pudiera acostar a Luki.

Nanée vio que la niña no tenía el canguro con ella. Debía de habérsele caído por el camino.

Simone Menier salió en busca de Pemmy antes de que Nanée pudiera decir nada más, aunque se detuvo un instante en la puerta para decirle a Nanée que podía llamarla Simone y ofrecerle un coñac. Nanée se quedó dudando, dividida entre el recuerdo de todo el coñac que bebió con el comandante en Camp des Milles y la oportunidad de sentarse a charlar un rato con aquella mujer tan valiente y generosa.

—El único personal que tengo en estos momentos en la casa son mi ama de llaves y su hijo —dijo Simone—. Y ambos me acompañarían al patíbulo si acabáramos llegando a eso. Si no le apetece coñac, ¿quizá champán? Siento mucho no poder enviarla a la zona libre en este momento, pero, pensando egoístamente, disfrutar de buena compañía femenina es una auténtica rareza en los tiempos que corren.

Nanée pensó en T, en el tazón de leche que le daba todas las noches a Peterkin en Villa Air-Bel. El *château* llamaban al viejo caserón, pero no tenía nada que ver con aquello. Pensó en Miriam, que había partido rumbo a Yugoslavia para reunirse con su prometido.

—La buena compañía femenina es una rareza en cualquier momento —dijo.

Simone se levantó y reapareció con una bandeja con champán y chocolate, Pemmy y un libro. Dejó la bandeja en una mesita, acurrucó el canguro al lado de Luki y se instalaron en dos butacas.

—*Bibliothèque Rose!* —exclamó Nanée cuando Simone le pasó el libro. *La biblioteca rosa*—. De pequeña, leí una y otra vez la serie entera con mi institutriz francesa. *Les malheurs de Sophie. Dans la bonne voie.* Y este, por supuesto. —*Thérèse à Sainte-Domingue,* sobre una niña que ayuda a liberar esclavos—. Creo que estos libros fueron mi primer paso en mi camino a París. —Historias de chicas que eran tan valientes como en su día creía que se la imaginaba su padre, solo para darse cuenta, en retrospectiva, de que lo de aquella noche, junto a la hoguera en Marigold Lodge, no fue más que un comentario improvisado para consolar a una niña herida—. Aquellas chicas francesas heroicas fueron una enorme mejora con respecto a los cerdos, las ratas y los caballos que ofrecían los libros en inglés —añadió.

Simone rio mientras servía el champán en copas de vino normales.

—Aborrezco la idea de defraudarla, pero me temo que estos «cuentos clásicos franceses» fueron escritos por una rusa: Sophie Rostopchine, que escribía con el seudónimo de «la condesa de Ségur». —Sonrió con calidez—. Tiene un largo viaje por delante. Entiendo que la niña no es su hija, ¿verdad? —No lo dijo como lo diría André Breton, sino que lo dijo sin ánimo de fisgonear, solo intentando entender la situación.

—Es hija de un amigo —respondió Nanée.

Visualizó de nuevo a Luki echando a andar hacia la puerta del *château* con aquella pistola apuntándola, tan valiente como cualquiera de las protagonistas de esos libros. Pensó también en la niña en brazos de su padre en París, cuando creía que Nanée era la madre que había perdido. «*Mutti,* ¿me cantas un poco?».

La combinación de champán y chocolate era sorprendentemente deliciosa. El champán, amelocotonado, anaranjado, y ligeramente dulce, complementaba a la perfección el matiz cítrico que descubrió en el chocolate, aunque también podrían ser los restos de piel de naranja que le habían quedado en las uñas.

Le dio las gracias a Simone por todo lo que estaba haciendo.

—Esto no es nada —objetó Simone—. Durante la Gran Guerra, tratamos a más de dos mil hombres en un hospital militar que improvisamos en la galería. Claro está que con mi suegro todo era mucho más fácil. Pero ya se me han ido los dos, mi suegro y mi esposo. Igual que su padre. A veces me pregunto si todos los hombres buenos del mundo se habrán ido ya.

—¿Cómo ha sabido quién soy? —preguntó Nanée, con un tono más brusco de lo que pretendía.

—La vi cuando mi ama de llaves subió con ustedes desde las cocinas. Seguro que no lo recordará, pero coincidimos brevemente en París hace unos años. En un restaurante donde estaban cenando usted, su madre y un amigo.

«Misha», pensó Nanée. Misha y su madre borracha montando una escena, cómo no iba a ser así.

Simone volvió la cabeza hacia la cama, donde Luki seguía profundamente dormida.

—¿Se llevará a la niña y a su padre a los Estados Unidos con usted?

—Su padre y yo no... —Pero estaba enamorada de Edouard, aunque él no lo estuviera de ella. Y tal vez lo estaba desde aquella primera noche en París—. Tal vez... Quizá. No lo sé.

Viernes, 29 de noviembre de 1940
CHÂTEAU DE CHENONCEAU

Nanée se despertó de golpe al oír la voz de Simone Menier.

—Ya es la hora —decía en un susurro—. Hay que darse prisa antes de que empiece el tráfico matutino en el río y llegue el personal.

Nanée se puso de inmediato en estado de alerta, saltó de la cama, donde había dormido vestida, y se calzó.

—Luki —dijo en voz baja, acariciando con el canguro la mejilla de la niña—. Es hora de ir a ver a tu papá.

Luki, medio dormida, emitió un leve sonido de alegría y abrazó el canguro de peluche.

—Pemmy, el ángel va a llevarnos con papá.

En la galería, el amanecer asomaba gris y encapotado a través de las ventanas, una climatología adecuada para la huida, aunque aquella extensión interminable de baldosas en blanco y negro no parecía presagiar nada bueno. Desde el exterior, alguien podía estar observando a Nanée y Luki, aguardar a que salieran y capturarlas justo entonces o cualquier cosa peor. Se quedaron a la espera, Nanée con la mirada fija en el chófer, que sujetaba su pequeña maleta y vigilaba el exterior a través de la última ventana que había antes de las puertas. De pronto, el hombre levantó un único dedo y les indicó con un gesto que fueran hacia allí.

—¡Joey! —gritó Luki.

La bolsa de Pemmy estaba vacía.

Nanée miró al chófer, que negó con la cabeza. No, no había tiempo para ir a buscar al bebé canguro.

Nanée se agachó para hablar con Luki.

—Joey tendrá que quedarse aquí, cariño, pero Simone lo cuidará muy bien y nos lo enviará en cuanto pueda.

Luki le preguntó en voz baja a Simone:

—¿Eres una reina?

—Mi marido siempre dijo que lo era. Mira, tu Pemmy puede escribirle cartas a Joey. Y estoy segura de que él le contestará.

—Joey no sabe escribir. Es muy pequeño.

El chófer les hizo señas con impaciencia. Debían irse, de verdad.

—¿Podría Pemmy quedarse con Joey y ser una princesa? —preguntó Luki—. Yo ya tendré a mi papá. Pero Joey no tiene papá.

—Eso depende de ti, Luki, pero debes decidirlo ahora mismo —dijo Nanée—. Es hora de irnos.

Simone cruzó una mirada con Nanée por encima de la cabeza de la niña, pero Nanée no sabía qué iba a scr peor para Luki, si dejar allí a Pemmy o llevarse a la madre canguro sin su bebé. Le dio a Simone la dirección de Villa Air-Bel mientras Luki abrazaba con todas sus fuerzas a su canguro y la llenaba de besos.

Nanée cogió las cosas de la bolsa de la canguro —la fotografía y la carta de Edouard con el dibujo del tronco de los sueños— para que Luki no tuviera que hacerlo.

—Seguro que Pemmy querrá que te lleves esto —dijo—. No te olvidará nunca, jamás.

La niña besó una última vez a su canguro y se la entregó a Simone.

—Pemmy no sabe caminar hacia atrás —le explicó—. Los canguros no pueden. Solo pueden caminar hacia delante.

Nanée cogió de la mano a Luki y echaron a correr por la galería en dirección a las puertas, que el chófer abrió de par en par. El hombre asomó la cabeza, miró a su alrededor y le entregó a Nanée su maleta.

Nanée emergió al exterior y echó a correr con Luki por el sendero, para alejarse del río y llegar a la tumba, una vieja y enorme losa de piedra teñida en negro y verde por la humedad y el musgo y decorada con la escultura de una mujer con túnica sentada con una mano en la rodilla mientras descansaba la mejilla en la otra, como si estuviera contemplando… no algo triste, sino algo más relevante que las hojas putrefactas que cubrían la base y los peldaños de la tumba.

El canto de los pájaros subió de volumen a sus espaldas, y Nanée se alarmó. ¿Se estaría acercando alguien?

Se oyeron gritos, palabras aterradoramente guturales.

Tiró de Luki y se agachó al lado de las escaleras, en el otro lado de la tumba. Incluso los pájaros cayeron en un espantoso silencio. Se planteó acurrucarse contra la piedra manchada de moho, pero, pensándolo mejor, se lanzó hacia el bosque para poder seguir avanzando sin que se las viera tanto.

Llegaron dos soldados alemanes, con sendas pistolas desenfundadas. Alemanes, aun estando en la Francia libre. ¿Serían los hombres del día anterior? ¿Las reconocerían?

Los alemanes se pararon al llegar a la tumba y la rodearon con cautela. Nanée cubrió la boca de Luki con la mano para forzarla a permanecer callada, mientras pensaba que debería haber cogido su Webley y repasaba mentalmente la historia que había ideado cuando estaban encerradas en aquella minúscula habitación del *château*.

Una ardilla roja que estaba absolutamente quieta en la rama de un árbol salió corriendo disparada, zigzagueando sin parar. Los alemanes empezaron a disparar.

Uno de los alemanes se echó a reír.

—*Es ist zu schnell für uns!* —exclamó.

Los dos, sin parar de reír, se sentaron en la tumba, justo en el lugar donde acababan de estar Nanée y Luki, y encendieron un cigarrillo.

Acababan de enfundar las armas cuando uno de los soldados vio a Luki. Nanée le indicó con un gesto que se quedara donde estaba. Y después de dejar la maleta en el suelo del bosque para no tener que dar explicaciones, se levantó y atrajo la asombrada mirada de los soldados hacia Luki y hacia ella.

Uno de los soldados desenfundó de nuevo la pistola y apuntó hacia Nanée. El otro miró fijamente a Luki.

Viernes, 29 de noviembre de 1940
CONSULADO DE LOS ESTADOS UNIDOS EN MARSELLA

—¿Dice que no es usted comunista y no lo ha sido nunca? —le preguntó el vicecónsul Bingham a Edouard. Tenía una carpeta abierta sobre la mesa de despacho.

—Jamás —le confirmó Edouard.

—¿Y entiendo que la república francesa lo internó en Camp des Milles y luego Vichy le dejó marchar?

Edouard se quedó dudando.

—Si se fugó es mejor —sugirió Bingham—. Así no tendremos que preguntarnos si su liberación significa que es usted un simpatizante nazi o incluso un espía.

—Me fugué —dijo, una verdad, aunque parcial. Porque se había fugado y también había sido liberado, si quería creer lo que le había contado Nanée.

Bingham examinó un documento, después otro.

—Tiene usted buenos amigos en la prensa norteamericana.

Debían de ser las declaraciones juradas en apoyo de su solicitud.

—¿Casado? —preguntó Bingham.

—Viudo.

—Lo siento mucho.

Edouard asintió.

—Mi Lucca…

—¿Lucca Moss? —Harry Bingham esbozó una sonrisa de preocupación y dejó la pluma en la mesa—. Vaya, esto sí que es interesante. Hace muy poco emití un pasaporte para una niña que vive en París que se llama Lucca Moss. Una niña estadounidense. Qué curiosa coincidencia.

Edouard guardó silencio.

—Un nombre muy poco común —añadió Bingham.

Edouard no sabía muy bien si decir que estaba de acuerdo o no.

—Una niña adorable, si la fotografía no miente. —Bingham sonrió y sus mejillas se volvieron aún más redondas.

Dejó otro documento en la mesa y debajo apareció un visado con la fotografía de Edouard en la parte inferior izquierda. La esquina superior izquierda estaba en blanco, para anotar los detalles de la llegada de Edouard a los Estados Unidos, pero la parte superior derecha sí estaba escrita: «Consulado de los Estados Unidos en Marsella, Francia. Fecha: 29 de noviembre de 1940. Verificado: su portador, Edouard Moss, apátrida… La validez de este visado de inmigración expira el 29 de marzo de 1941».

En la parte inferior derecha se leía, como en otros documentos de viaje: «Este afidávit en sustitución del pasaporte ha sido emitido para Edouard Moss por el Consulado de los Estados Unidos en Marsella, Francia, en fecha 29 de noviembre de 1940 y tiene validez indefinida».

Luki tenía un pasaporte norteamericano. Edouard tenía un visado. Si Nanée conseguía llegar con Luki a Marsella, y si luego lograban salir de Francia y llegar hasta Lisboa, podrían viajar a los Estados Unidos y quedarse allí.

Viernes, 29 de noviembre de 1940
TUMBA DE *MADAME* DUPIN

El hombre que las apuntaba con la pistola hablaba las palabras de su *mutti* y su papá. *Tante* Nanée no lo entendía. Y *tante* Nanée les estaba diciendo que habían ido a visitar la tumba.

—*Das Mädchen soll auch stehen* —dijo el hombre. «Que la niña se levante también».

—La tumba —repitió *tante* Nanée, y dio un paso hacia el hombre. El alemán preparó el arma para disparar.

—*Das Mädchen!*

Luki se incorporó, muy despacio.

—*Was machst ihr hier?* —preguntó el soldado. «¿Qué hacen aquí?».

Tante Nanée obligó a Luki a ponerse detrás de ella.

—La tumba —repitió—. Hemos venido a presentarle nuestros respetos.

«*Das Grab*», pensó Luki. Como *mutti*. *Mutti* estaba en una tumba, porque era la manera de llegar a los ángeles. Se lo había contado su papá, o quizá la madre superiora.

—*Das Mädchen!* —repitió el hombre. ¿Querría que respondiese Luki?

¿Sabría que entendía sus palabras?

—*Sie ist deine Mutter?* —preguntó el hombre.

Luki miró a *tante* Nanée.

—*Maman* está con los ángeles —dijo.

La expresión de los dos soldados se suavizó.

Tante Nanée le presionó la mano. Entonces, allí era igual que cuando habían ido al castillo. Tenía que fingir que no hablaba.

—*Das ist das Grab deiner Mutter?* —preguntó el de la pistola.

No lo era. No era la tumba de su *mutti*, pero Luki no se lo dijo. Pensó que ojalá Pemmy estuviera con ella para ayudarla a ser valiente.

El hombre se acercó a ellas. *Tante* Nanée intentó interponerse entre Luki y él, pero el hombre se acuclilló y miró a Luki a los ojos.

—*Ich habe eine Tochter in deinem Alter.* —Tenía una hija de su edad.

El hombre guardó el arma. Se llevó la mano al bolsillo y extrajo un caramelo. Olía a limones, el aroma superaba incluso los potentes olores del bosque y de aquella tumba cubierta de musgo.

Luki miró a *tante* Nanée, que hizo un gesto afirmativo.

El hombre le quitó el papel al caramelo y Luki lo cogió y se lo llevó a la boca.

«*Danke*», pensó, pero dijo:

—Gracias.

—*Danke?* —dijo el soldado, y asintió como si supiera que tenía razón.

La mano derecha de *tante* Nanée volvió a presionarla con fuerza.

Luki también asintió, pero no dijo ni una palabra más.

VICHY

Nanée y Luki estaban perfectamente instaladas en el coche cama de primera clase, en un compartimento con baño privado, tal y como correspondía a una norteamericana rica y su sobrina criada en Francia por su madre, ahora fallecida. La cama ya estaba hecha y Nanée había declinado el servicio para que vinieran a prepararla luego para dormir. En la sala de estar había un sofá, un sillón y una mesa en la que podían comer y de este modo evitar ser vistas en el vagón comedor. Era tarde, pero aún el mismo día en que Luki, con el caramelo de limón del alemán en la boca y delante de aquella tumba, le había dado la mano a Nanée y les había dicho adiós con un gesto a los soldados. La caminata posterior no había sido muy larga y el hombre que estaba reparando equipamiento en la granja adonde las había dirigido Simone Menier no se había sorprendido en absoluto al verlas llegar. Las había llevado en coche hasta un pueblo a bastantes kilómetros de allí, un trayecto durante el cual Nanée había pensado que cada centímetro de distancia que las separara de la demarcación era un punto a su favor. En la estación, habían subido a un tren de cercanías que las había llevado hasta Vichy, donde habían hecho transbordo para subir al tren nocturno que las llevaría hasta Marsella.

—A Pemmy le gustaría todo esto —dijo Luki—. Un tren de princesa.

Al otro lado de la ventanilla del tren: la estación de Vichy. Deberían haberse puesto en marcha hacía ya un rato. Pero el tren no se movía.

Nanée intentó no preocuparse. Habían pasado el control antes de embarcar y se había limitado a mostrar los dos pasaportes de los Estados Unidos colocándolos por encima del único pase de tránsito, como si, por supuesto, la niña no necesitara disponer de uno a su nombre. Nadie le había dicho nada.

Abrió el libro que Simone Menier le había regalado a Luki y estrechó a la niña contra ella. Admiraron juntas la ilustración perfectamente detallada que llenaba la cara opuesta de la página del título: la joven Thérèse y su madre vestidas con tejidos lujosos y elegantes sombreros caminando por un puerto.

—Era 1789 —leyó—. Una gélida lluvia otoñal oscurecía la ciudad de El Havre. Pero en los muelles reinaba la agitación porque uno de los barcos que realizaba la travesía hasta América estaba a punto de zarpar.

Thérèse à Sainte-Domingue. Nanée lo había leído cien veces. Una niña francesa que vivía con su familia en Haití y que estaba aterrada por los esclavos negros. «Casi no se atrevía a tocar las manos negras que se extendían hacia ella». Pero en la última página, Thérèse ayudaba a su madre a acabar con la esclavitud en la isla, lo cual dejaba siempre a Nanée con el deseo de hacer algo más importante que leer libros en una casa aburrida, en medio de una ciudad aburrida, donde no llegaría nunca a dominar nada que no fuera más allá del foxtrot y el bordado.

De pronto, llamaron a la puerta.

—Tenemos necesidad de comprobar su documentación antes de que el tren se ponga en marcha —dijo una voz en francés.

¿La documentación de ellas, en concreto, o estaban comprobando una segunda vez la documentación de todo el mundo? Nanée le presionó la mano a Luki para tranquilizarla, abrió mínimamente la puerta y dijo que ya habían enseñado la documentación antes de embarcar.

—Es una precaución adicional debido a la visita del mariscal Pétain —se disculpó el empleado.

Nanée le entregó el pasaporte y el visado francés de tránsito que le permitía desplazarse por la zona libre.

—¿Y la documentación de la niña?

—La visita de Pétain a Marsella no es hasta el martes —replicó Nanée—, y estamos solo a viernes.

—Cuando el tren llegue allí, ya será sábado —dijo el hombre—. Debemos tomar precauciones. Estoy seguro de que lo entiende. Estos agitadores son capaces de todo. Un anarquista puso una bomba en un paso subterráneo cercano a La Pomme con la esperanza de acabar con la vida del príncipe de Gales.

Nanée intentó disimular su miedo: La Pomme estaba donde Villa Air-Bel.

—¿Hubo algún herido?

El hombre sonrió con indulgencia.

—Me parece que el príncipe de Gales no ha estado de visita por Francia últimamente. De eso hará unos ocho años, más o menos.

—Entiendo. —Nanée rio con más despreocupación de la que en realidad sentía y se preguntó qué tendría que ver con las circunstancias actuales un intento de atentado con bomba acontecido hacía casi una década—. ¡Espero que no piense que una niña de cinco años podría hacer volar un puente!

—Lo siento, pero debo verificar la documentación de todos los pasajeros —insistió el hombre.

Nanée le entregó el pasaporte de Luki y, muy consciente de que Luki no tenía visado francés de tránsito, reprimió la tentación de preguntarle cómo un atentado anarquista sucedido hacía años podía provocar ahora la necesidad de tener que confirmar el pasaporte de una criatura.

El hombre repasó por encima el pasaporte y se lo devolvió.

—Le pido disculpas, pero es posible que a lo largo del viaje vuelvan a molestarla un par de veces más.

Nanée se preguntó cuántas paradas más habría durante el recorrido, cuántas comprobaciones de documentación, de hecho. Tendría que pedir café para mantenerse despierta. No podía permitirse que la pillaran desprevenida y medio dormida. Aunque, al menos, ahora no estaban en la Francia ocupada y solo se vería obligada a engañar o sobornar a franceses.

—¿Cuánto tiempo calcula que durará este retraso? —preguntó.

El hombre se encogió de hombros.

—Llegará cuando llegará, ni un solo minuto antes.

Nanée se acurrucó de nuevo junto a Luki, que había ido pasando páginas y había llegado a una ilustración con dos jaguares. En el fondo, un chico de piel oscura tenía una cría de jaguar agarrada por el pescuezo y un hombre blanco apuntaba a la pobre criatura.

—¿Qué le están haciendo al bebé? —preguntó Luki.

Nanée pasó más páginas en busca de una ilustración más agradable, pero la primera que encontró fue una en la que se veía un jaguar panza arriba. ¿Estaría muerto?

—Ese hombre es un hombre malo —dijo Luki.

En la página opuesta se veía a un hombre desnudo de cintura para arriba, atado a un árbol y recibiendo golpes de vara.

Nanée pasó las páginas con más rapidez y dijo:

—¿Dónde lo habíamos dejado?

Tal vez las ilustraciones cobraran más sentido en el contexto del relato, o tal vez sería mejor acabar la página que estaba leyendo y cerrar el libro.

Pero Luki la hizo parar cuando vio un dibujo de un hombre con las manos atadas al tronco de un árbol mientras otro hombre se disponía a azotar su pecho desnudo con un látigo de nueve colas.

—Es un hombre malo y por eso lo castigan —dijo Luki.

¿Cómo explicarle a una niña que existía gente imperdonablemente cruel? Nanée recordó de repente otra ilustración de un libro de la Biblioteca Rosa en la que se veía a una mujer arreándole una impresionante tunda a un niño. Aquellos libros eran tremendamente correctos y a la vez brutales, una exhibición de modales y moralejas en las que la virtud siempre salía triunfante y los niños malos recibían su merecido. Qué animal debía de haber sido ella de pequeña para que le gustaran tanto.

—Los alemanes son malos —dijo Luki—. Y yo soy alemana. Por eso conozco las palabras que dicen los hombres malos. Aunque yo soy una niña.

Nanée asintió e intentó discernir hacia dónde podía llevar aquella divagación.

—Papá es alemán.

—Oh, cariño. —Nanée abrazó a Luki y le dio un beso en la coronilla—. Tu papá no es un alemán de esos. Tu papá es muy buen hombre. Nunca le haría daño a nadie.

—¿Ni siquiera si fueran hombres malos, como esos del dibujo?

—El hombre malo del dibujo es este —dijo Nanée, y señaló al tipo que sujetaba el látigo—. Pero Thérèse los ayuda para que ya no les puedan hacer más daño.

Nanée siguió pasando páginas. ¿Por qué no podría ser ese el libro de la serie de la Biblioteca Rosa donde salía una juguetería y un caballo balancín precioso?

Miró a través de la ventanilla, deseosa de que el tren se pusiera en marcha antes de que algún hombre malo cambiara de idea y no las dejara marchar.

Siguió leyendo, sin dejar de mirar de vez en cuando por la ventanilla y pensando en la réplica de aquel caballo balancín que su padre había mandado fabricar para regalarle una Navidad. Ya era demasiado mayor para aquel caballo, incluso entonces. ¿Sería más fácil ahora vivir en casa, sin la presencia de su padre, a quien parecía decepcionar continuamente? Pero la idea de tener que soportar a Misha en su lugar era imposible.

Pasó de página y, por suerte, no había ilustración. Confiaba en que Luki cayera dormida sin necesidad de avanzar mucho más.

—¿Crees que esos hombres que encontramos al salir del castillo eran buenos hombres, aunque hablaran con palabras en alemán? —Luki se quedó mirando a Nanée con aquellos ojazos oscuros que habían visto muchas más cosas de las que debería haber visto una niña de cinco años.

—No lo sé —reconoció Nanée, y se preguntó si los soldados alemanes sabrían que estaban huyendo y les habían permitido continuar.

—Me dieron un caramelo. La hermana Therese también me daba caramelos. Y la hermana Therese se llama igual que la niña del libro.

—Pues sí.

—La hermana Therese es una buena persona.

—Sí.

—No es alemana.

—No.

—La madre superiora es una buena persona.

—Muy buena.

—Y la Dama María es buena, aunque sea de piedra.

Nanée se preguntó cómo reaccionaría Edouard cuando viera hasta qué punto estaba enamorada su hija de la madre de un Dios en el que no creía. ¿O sí creía? Nanée ni siquiera sabía si ella creía en Dios. La fe. ¿Qué significaba aquella palabra? Ella tenía fe en la gente altruista, como las monjas, el hombre del carro de heno, la familia del capataz, Simone Menier. Gente como Miriam, T y Danny, Varian, Gussie y Maurice.

—Le pedí a la Dama María que le pidiese a Dios si podía enviar a alguien para que llevara a Pemmy con mi papá —dijo Luki—. Y entonces apareciste tú, al lado de la madre superiora.

Nanée le acarició la cabeza a Luki y cerró el libro.

—Quien me envió aquí a buscarte fue tu papá.

—¿Y no eres un ángel?

—Me temo que no. No soy más que una chica, como tú.

—La reina del castillo es una buena persona —dijo Luki—. Cuidará bien de Pemmy y de Joey.

—Seguro que sí.

—Y luego nos los enviará para que puedan vivir otra vez conmigo y con papá.

—Sí.

—Dice la hermana Therese que llegará un día en que papá y yo volveremos a estar con mi *mutti*, pero que para eso tendremos que esperar a que Dios nos llame. —Luki sacó del bolsillo el dibujo que

Edouard le había dado a Nanée y lo estudió con atención—. ¿Crees que Dios nos llamará por teléfono?

Nanée le dijo que no estaba muy segura.

—Dice papá que mi *mutti* aún me quiere.

—Sí.

—Me lo dijo un día en el tronco de los sueños.

Nanée sonrió con tristeza y se imaginó a Edouard en Sanary-sur-Mer, sentado en aquel tronco, desde el cual se dominaba el mar, e intentando ayudar a su hija a entender lo que Nanée, con treinta y un años de edad, aún no alcanzaba a comprender: cómo iba a pasar el resto de su vida sin poder hablar nunca más con el padre que le había hecho fabricar un caballo balancín simplemente porque ella quería tener uno.

—Tu papá es una persona muy buena —dijo Nanée.

Luki se acurrucó contra Nanée y cerró los ojos. Su calor inundó a Nanée, que también se acurrucaba contra su padre de aquella manera, junto a la hoguera en Marigold Lodge, la casa de Míchigan que ahora era de ella pero que siempre sería también del resto de su familia. Su madre y sus hermanos debían de estar allí, el día posterior a Acción de Gracias, y estarían jugando al *bridge*, a juegos de mímica, al *backgammon* y poniéndose nerviosos los unos a los otros. Habría sobrado un montón de comida, pavo y puré de patatas con salsa de carne, pastel de nueces pacanas o de calabaza, o un poco de ambos, en un mundo donde aún se podía comer más de lo que necesitabas y dormir sin miedo, un mundo en que un día determinado se vivía de forma más o menos similar a como se había vivido el día anterior y se viviría el siguiente, donde todavía era importante cómo te vestías y con quién socializabas, si eran de «nuestra clase». Donde una chica tenía que vestirse de blanco y convertirse en la feliz esposa de un hombre que pasaba su tiempo libre en su club y en la madre de unos hijos que discutirían con ella y la defraudarían. ¿Sería por eso por lo que se había ido a vivir a Francia? ¿La razón por la que seguía allí, aun cuando no había comida suficiente y absolutamente nadie estaba seguro?

Miró por la ventana, acarició el cabello de Luki y le pidió en silencio al tren que arrancara. Tendría que despertar a la niña para cenar. Apenas habían comido en todo el día y en primera clase debía de haber comida de sobra. Cuando llegaran a Villa Air-Bel, volverían al racionamiento.

—Quiero mucho a papá —dijo Luki.

«Sí», pensó Nanée. «Yo también».

Debía de estar pensando en su padre, o en Edouard, o en ambos.

Y entonces, empezó a murmurar la letra de una canción que tenía olvidada y que su padre le solía cantar:

Los ángeles cuidan de ti
durante toda la noche.
Te desarmarán de todos los miedos
y ningún pensamiento te alarmará,
no correrás ningún peligro
durante toda la noche.

Sonó el silbato y el tren empezó a ponerse en movimiento, despacio, muy despacio, y su suave balanceo las acunó. Al otro lado de la ventana, la estación cedió paso a los postes y a los cables, a una carretera vacía e iluminada por la luna, a campos iluminados por la luna y a la sombra oscura de los bosques perfilándose a lo lejos.

Luki estaba con su *mutti*. Pensaba que le gustaría mucho que estuviese también su papá, pero *mutti* decía que tenían que dejarlo tranquilo para que hiciera sus fotografías. Entonces llegó un hombre, pero no era su papá. Tampoco era un ángel ni Dios, ni el hijo de Dios, Jesús ensangrentado que llevaba una corona de espinas que Luki siempre quería quitarle para que su cabeza no diera tanto miedo, y el hombre no hablaba las palabras de los hombres malos, pero sí tenía un látigo y agarraba a Pemmy por el cuello.

Se despertó de pronto. En una cama. No estaba con las monjas. ¿Dónde estaba? ¿Dónde estaba Pemmy?

A través de la ventana entraba un poco de luz y la puerta estaba entreabierta, y la *mutti* ángel que no era su *mutti* y tampoco era un ángel estaba allí, de pie.

¿Qué hacía allí el hombre malo? El que hablaba era ese, el hombre malo que había capturado a Pemmy. No podía verlo, pero era su voz.

Tenía tanto miedo que no podía ni moverse. Fingió que dormía. Si dormía, a lo mejor lo que acababa de ver no era real o a lo mejor el hombre malo no la veía.

Y entonces el hombre malo dijo:

—Pero necesita también un visado francés de tránsito para la niña. Todos los trenes con destino Marsella están sometidos a los protocolos más estrictos.

El hombre utilizaba palabras normales. No era un hombre alemán. Luki abrió un ojo solo un poquito. Estaba en el precioso tren de la princesa, de camino a reunirse con su papá. *Tante* Nanée no la haría desaparecer, porque así lo había dicho la madre superiora y mentir era pecado.

313

Miró un poco más. Estaban en una estación. Era de noche. Al otro lado de la ventana, se veían farolas y gente. *Tante* Nanée estaba diciendo algo, pero hablaba tan bajito que no podía escuchar qué decía.

El hombre malo dijo:

—Nadie sin todos los papeles en orden puede continuar viaje. Ni siquiera una niña.

Tante Nanée salió de la habitación y cerró la puerta. Luki, ya con los ojos completamente abiertos, se quedó mirando la puerta. Quería pedirle a gritos a *tante* Nanée que no la dejara allí sola. Decirle que no quería quedarse sola a oscuras, como cuando escuchaba la voz de *tante* Berthe al otro lado de aquel baúl. Su papá no estaba. Su *mutti* estaba con los ángeles. Y ni siquiera estaba Pemmy. Pemmy era una princesa y Joey un príncipe. Nadie les haría ningún daño porque estaban con la reina en el castillo. Pero sin *tante* Nanée, Luki no sabía cómo llegar hasta donde estaba su papá. Su papá no estaba en el tronco de los sueños. Luki no sabía dónde estaba su papá.

Sábado, 30 de noviembre de 1940
VILLA AIR-BEL

Edouard estrechó a Luki en un abrazo largo y desesperado, temeroso de soltarla, temeroso de aplastarla, de asfixiarla, de volverla a perder. Luki se abrazó a él con la misma fuerza, y todas las preocupaciones que Edouard pudiera haber albergado al pensar que tal vez no se acordara de él se esfumaron con aquel abrazo. Al final, la apartó un poco, para poder ver, con la luz que se proyectaba en el belvedere desde la villa, su cabello de color caramelo de siempre y sus impresionantes ojos, azul oscuro casi negro. Desde la muerte de Elza siempre le había parecido más mayor de lo que le correspondía, pero ahora era como un alma anciana que asomaba a través de la cara de una niña. Estaba agotada. Había que darle algo de cenar y acostarla. Y él se quedaría la noche entera despierto, viéndola dormir.

A sus espaldas, en las puertas acristaladas de la villa, todo el mundo observaba la escena. Habían acabado de cenar y se disponían a pasar al *Grand Salon* para escuchar la radio, cuando Edouard había visto a Luki y a Nanée desde la ventana, mientras cruzaban el aparcamiento bajo la luz de la luna. Solo Dagobert había salido corriendo con él. El perrito se había abalanzado sobre Nanée y allí seguían, a escasa distancia de ellos.

Luki volvió a abrazarlo y rompió a llorar. Edouard le besó la cabecita e inspiró hondo el olor algo agrio que desprendía la niña después de tanto tiempo de viaje.

—Tranquila —dijo—. Ya estamos juntos. Y esto es lo único que importa.

—No he desaparecido —balbuceó Luki.

—No —dijo Edouard—. Estás aquí conmigo.

—Quería ver a *mutti* pero me daba miedo desaparecer —dijo, o eso le pareció a Edouard que decía, puesto que, hablando entre sollozos, se hacía difícil entenderla.

Siguió abrazándola una eternidad, repitiendo una y otra vez: «Estás aquí conmigo».

Pemmy no estaba. ¿Habría prescindido del canguro por considerar que era de niña pequeña? Por alguna razón, aquella idea lo dejó inexplicablemente devastado. La apartó un poco para mirarla a los ojos, sacó un pañuelo del bolsillo y le secó la cara.

—¿Le has dado a Pemmy un baño para que pueda viajar en la maleta? —preguntó.

Luki rio un poquito. Y Edouard pensó que en la vida había oído un sonido más glorioso.

—Pemmy se ha quedado con Joey —respondió, limpiándose la nariz con la manga—. Serán un príncipe y una princesa hasta que la reina pueda enviárnoslos. Y ayudará a Pemmy a escribir cartas. Teníamos una maleta, pero la hemos dejado en el bosque, al lado de la tumba.

Edouard miró por encima de la cabeza de su hija a Nanée, que tenía a Dagobert entre sus brazos.

—¡Hemos dormido en el tren en una cama gigante! —dijo Luki—. Mucho más grande que cuando me fui de París con *tante* Berthe. El tren tenía que llegar esta mañana, pero llegó muy tarde. Y cuando hemos bajado del tren, *tante* Nanée me ha llevado por un camino secreto. ¿Verdad que te hemos dado una sorpresa?

Sin esperar su respuesta, se volvió hacia Nanée.

—¿Vivirás aquí con nosotros, *tante* Nanée?

Nanée rio con su risa de siempre, esa risa fácil y profunda.

—Esta es mi casa, Luki. Mira, y este es mi perro, Dagobert. ¿Recuerdas que te hablé de él?

Luki sonrió y miró a Edouard.

—Como en la canción —dijo, y se puso a cantar una nana, «El buen rey Dagobert se puso el pantalón al revés». Rio y exclamó entonces—: ¡Lo que pasa es que este Dagobert no lleva pantalones!

Aquella niña le partiría el corazón, pensó Edouard.

Nanée dejó a Dagobert en el suelo y dijo:

—Daggs, te presento a nuestra nueva amiga, Luki.

El perro miró a Nanée, luego a Luki, y entonces se acercó con cautela a la niña, como si quisiera asegurarse de no espantarla. Luki le acarició la oreja a Dagobert igual que siempre acariciaba la oreja de canguro de la Profesora Ellie-Ratona. Dagobert sacudió la cabeza a toda velocidad varias veces, y Luki se quedó sorprendida. Rio, y el perro le puso las patas encima, empezó a lamerla y ella siguió riendo con ganas.

—¿Te enseñamos tu habitación? —dijo Edouard. Luki estaba reventada y pronto se derrumbaría—. Aunque no creo que vaya a ser tu habitación por mucho tiempo. Pronto nos iremos a vivir una gran aventura, tú y yo. Muy pronto.

—Pero esta vez vendrás conmigo en el tren —dijo Luki.

Edouard dudó.

—El tren de princesas que tomamos *tante* Nanée y yo era precioso —dijo Luki—, pero cada vez que parábamos, llegaba un hombre y aporreaba la puerta.

—¿Cada vez que el tren se paraba? —le preguntó Edouard a Nanée.

—Pfff, seguridad extra, porque se ve que Pétain estará por aquí el martes. Estaban muy preocupados por la posibilidad de que Luki pudiera estar planeando volar un puente para poner en un aprieto a ese hombre, pero, claro está, una sonrisa y unos cuantos francos suelen bastar para solventar esos temas.

—Pues bien, *moppelchen* —dijo Edouard—, no creo ni que subamos a un tren. ¡Iremos andando hasta España!

—¿España? —dijo Luki—. ¡Eso es otro país!

—Lo es —replicó Edouard—. Eres una chica muy lista.

—¿Y puede venir Dagobert a España conmigo?

Nanée se agachó para poder hablarle mejor a Luki.

—¿Resulta que ni siquiera has conocido a Madame LaVache y ya estás pensando en marcharte?

—¡Madame LaVache! —exclamó Luki—. Papá, ¿puedo ir a conocer a Madame LaVache? *Tante* Nanée me dijo que podría ordeñarla.

A Edouard le habría gustado tener una cámara, le habría gustado poder capturar el momento. Cogió a su hija en brazos y se incorporó, disfrutando de la sensación de los brazos de la niña alrededor de su cuello, de sus piernas enlazándolo por la cintura, del aliento caliente en su mejilla.

—Imagino que la luna alumbrará el camino lo suficiente para que podamos ir a visitar a Madame LaVache.

Volvió a abrazar con fuerza a Luki, embargado de repente por la desesperación. Tenían que irse, sí. Tenía que llevar a aquella criatura a un lugar seguro.

—Esta vaca se sentirá tremendamente confusa al ver que venimos a incordiarla en plena noche —dijo André, pero por la forma de decirlo estaba claro que la aventura le divertía.

Edouard había reclutado a todo el mundo para cruzar el terreno desigual que separaba la casa del cobertizo donde estaba Madame La-Vache. Aube y Peterkin no paraban de preguntarle a Luki si aún tenía el terrón de azúcar que le habían dado y le estaban explicando que tenía que dirigirse a Madame LaVache diciéndole: «¡Muuu, vaca!». Jacqueline le advertía continuamente a Aube que fuera con cuidado de no pisar boñigas de vaca —algo imposible de conseguir a la luz de la luna—, pero fue Varian el que acabó sumergiendo el pie en una. Cuando se aproximaron al recinto vallado que encerraba el cobertizo, se levantó de repente una montaña. Ah, Madame, te hemos interrumpido el sueño.

La vaca parecía amigable, pero hasta la cruz medía casi un metro y medio de altura, pesaría cerca de quinientos kilos, tenía además cuernecillos y la valla no era precisamente muy robusta. Sin embargo, siempre se mostraba dócil cuando se le acercaban los niños y, en aquel momento, su cara de color blanco puro resplandeció a la luz de la luna, con sus graciosas orejas marrones sobresaliendo rectas a ambos lados de su impresionante y cómica cabeza.

Luki extendió el brazo y abrió la mano para mostrarle el terrón de azúcar a modo de regalo. La vaca dio un pasito para disminuir la distancia que la separaba de la niña, estiró el cuello por encima de la valla y, de un lametón, se introdujo el terrón en la boca.

Luki reía sin poder parar.

La vaca se quedó allí, mirándola, con una sonrisa de vaca dibujada en su cara.

Aube y Peterkin se colocaron a ambos lados de Luki y acariciaron con confianza la cara blanca de Madame LaVache y su morro húmedo y rosado, como si aquellos cuernos fuesen simplemente un par de orejas más.

—¿Quién iba a decir que una vaca podía llegar a ser una criatura tan amigable? —dijo Nanée—. Podría enseñarle un par de cosas a mi madre.

Edouard se preguntó cómo sería la madre de Nanée. Su familia. Su casa. Y por qué estaría en Francia, poniendo su vida en riesgo de aquella manera. El que debería quedarse allí era él. Para hacer fotos que mostraran al mundo lo que estaba pasando en los campos y en las calles. Nanée era como la mujer de la capa que tanto lo había fascinado. O mejor. Llevaba mensajes a los refugiados que permanecían escondidos. Iba a campos de internamiento para liberar a hombres como él. Había ido más allá de la frontera de la Francia ocupada para rescatar a una niña que apenas conocía, mientras él se había quedado allí con la excusa de que no quería poner en peligro a Varian y al resto de la gente que lo estaba ayudando. Era el mismo motivo por el que no estaba haciendo fotografías. Pero la verdad era que toda esa gente, con lo que estaba haciendo, corría un gran peligro. La verdad era que a quien no quería poner más en peligro era a Luki. Sabía que revelar la verdad de lo que estaban haciendo allí los nazis era más importante que la felicidad de una sola niña, más importante aún que la vida de una sola niña. Pero no tenía valor para poner en peligro a Luki.

* * *

Los niños ya estaban acostados e incluso Luki dormía profundamente, con la puerta de la habitación abierta para poder llamar a Edouard en caso de necesidad. Antes, habían subido la radio a la biblioteca para que Luki pudiera verlo mientras los adultos charlaban. Era una noche despejada y Danny consiguió sintonizar la emisora de Boston.

—¿Me concedes este baile? —le preguntó Edouard a Nanée.

Nanée descansó una mano en la mano de él, la otra en su hombro. Él posó una mano en la cintura de ella. Nanée tenía el pelo aún mojado por el baño que se había dado después de la visita a Madame LaVache, un tiempo durante el cual Edouard había acostado a Luki, le había cantado y se había quedado mirando luego cómo dormía.

—Hueles bien —le susurró, atrayéndola hacia él. A frutos cítricos y verbena, del jabón que según contaba Varian le había traído de Portugal.

André Breton, que bailaba con Jacqueline a su lado, enarcó una ceja.

Sin dejar de bailar, Edouard la guio para alejarse de André y acercarse a la puerta abierta de la habitación de Luki.

—A veces te llama ángel —dijo.

—Ya te contaré mañana, cuando esté capacitada para hilvanar unas cuantas palabras juntas.

—Lo siento —dijo Edouard—. Seguro que estás agotada. Debería dejarte ir a la cama.

—No estoy cansada —dijo sin convicción, igual que había dicho Luki cuando Edouard había ido a acostarla.

Edouard esbozó una sonrisa. Sentía el corazón ligero por primera vez en una eternidad de tiempo.

—Gracias por traerme a Luki.

Nanée se quedó mirándolo. «Te he echado de menos», pensó Edouard. Deseaba besarla, pero no allí, delante de todo el mundo. Bing Crosby cantaba en la radio y la letra decía que quería estar con alguien durante muchos años más.

Edouard le dijo entonces al oído a Nanée:

—¿No piensas nunca en volver a casa?

Nanée descansó la cabeza sobre el hombro de Edouard y se dejó llevar por el ritmo de una música que sonaba desde Boston, que sonaba desde el otro lado del mundo.

CUARTA PARTE

DICIEMBRE DE 1940

«La triste verdad de la cuestión es que la mayoría de las veces el mal lo hace la gente que nunca se ha planteado ser buena o mala».
Hannah Arendt, *La vida del espíritu*

VILLA AIR-BEL

Era domingo. Día de salón. Se oían voces en el belvedere, los invitados iban llegando y Edouard y Luki no estaban ni siquiera vestidos. Se habían dormido y no habían bajado a desayunar, pero *madame* Nouget les había traído una bandeja con gachas aguadas, café *ersatz* para él y leche para Luki, que estaba devastada por no haber podido ir a ordeñarla. Edouard se puso americana y corbata, cogió la cinta que Aube le había regalado a Luki y se la puso a su hija en el pelo, más claro que el de su madre pero con el mismo brillo y las mismas ondas. Luki esbozó una sonrisa desdentada, pues acababa de perder uno de los dientes de abajo. Ya leía, además. Ya sabía escribir. Edouard se había perdido muchas cosas.

—Estás preciosa —dijo.

—Y tú muy guapo, papá.

La abrazó. No se cansaba de abrazarla. No se había dado cuenta de hasta qué punto su hija lo completaba hasta que Luki había regresado a su vida física.

Una vez fuera, Edouard presentó a Luki a todo el mundo.

—Marcel, te presento Luki. Luki, te presento a *monsieur* Duchamp, que es pintor, escultor e increíblemente bueno jugando al ajedrez.

Duchamp le daba a Edouard auténticas palizas cuando jugaban al ajedrez en Camp des Milles, en aquel tablero que dibujaban en el suelo.

—Yo siempre gano a mi papá a las damas —dijo Luki.

—¡No me extraña! —replicó Duchamp.

Edouard se emocionó especialmente cuando le presentó a Luki a Max, que estaba en aquel momento hablando con Nanée, pero que se agachó para poder decirle a Luki que tenía la sensación de conocerla de toda la vida.

—Por todas las historias que me contó tu papá sobre ti cuando estábamos en Camp des Milles.

—¿Estuviste con papá?

—Dormía justo a su lado —respondió Max—. Y puedo decirte que veía cómo cada noche te decía que te quería mirando aquella foto tuya, y que también te daba un beso de buenos días cada mañana. Te echaba mucho de menos.

Luki se quedó sin decir nada un buen rato y Edouard notó su manita calentándose entre la suya.

—Hoy también ha dormido toda la noche a mi lado —dijo por fin.

Max sonrió.

—¡Espero que no roncara mucho y te despertara!

Luki rio.

—¡Papá no ronca!

—¿No? —replicó Max—. Bueno, la verdad es que allí era difícil adivinar quién roncaba y quién no. Tu papá y yo hicimos varios cuadros juntos. ¿Lo sabías?

—Mi papá hace fotografías muy buenas.

—Sí, eso me lo dijo también.

—Mira, un caballo —dijo Luki.

—¿Tenéis también un caballo, además de la vaca? —preguntó Max.

—¡En el árbol! —exclamó Luki, señalando uno de los plátanos que bordeaban el belvedere.

Era la fotografía que había hecho Edouard de aquel caballo en un tiovivo vacío, distorsionada y descentrada. ¿Quién la habría colgado allí? La rabia que sentía aquella mañana en Berlín estaba perfectamente reflejada en la imagen, en la que se veía un caballo de madera encabritado en la esquina inferior izquierda de la fotografía, como si el fotógrafo lo hubiese alarmado, igual que Edouard se había alarmado al ver que a Luki no le permitían subir al tiovivo vacío. Elza odiaba esa foto, odiaba recordar que a su hija le habían negado subir por ser algo que en realidad no era. Pero Edouard siempre había tenido la sensación de que la fotografía decía algo que la gente necesitaba saber. Por eso se la había regalado a André, que la había convertido en una de las protagonistas de la exposición surrealista de París.

Y no era la única fotografía colgada en los árboles expositores. Estaba también su autorretrato solarizado, sin marco pero asentado entre las ramas. Y la *Mujer con capa, brûlaged*. Edouard ya no podía ver aquella fotografía sin pensar en las palabras de Nanée: «Pienso que, si la viera en otras fotos, perdería esta cualidad, esta luz que proyecta de mí misma». Lo orgullosa que se sentía de su rabia, como él mismo se sentía de la suya. Nanée no le había respondido a la pregunta sobre qué veía de ella en aquella foto, igual que la noche anterior no le había respondido a si se planteaba volver a casa. Sabía hacerlo muy bien, lo de guardar silencio cuando se le formulaba una pregunta que no quería responder, cuando su respuesta podía causar un dolor que no quería causar.

Debajo del árbol, el grupo de gente reunida empezó a reír, risas simpáticas y elogiosas que se iniciaron cuando uno de ellos señaló una fotografía colgada en lo más alto del árbol: *El bello cuello de Nanée.*

—¿Ha sido idea tuya? —le preguntó a Danny—. ¿Lo de colgar mis fotos?

Danny esbozó una sonrisa culpable.

—Sí, pero he tenido una compañera de conspiración.

Miraron a Nanée, que estaba con Luki, quien estaba diciéndole:

—Mi papá me guarda mis recuerdos para que los tenga.

—Te guarda tus recuerdos —repitió Nanée—. Oh, me parece una forma preciosa de decirlo, Luki.

Edouard pensó en Nanée en el baño, con la cabeza recostada en el zinc de la bañera. Pensó en ella desnuda en la bañera aquella segunda vez, cuando hicieron el amor. Y por la cálida expresión que lucía debajo del encantador bombín que había elegido para la ocasión, era evidente que Luki había conseguido lo que él no había logrado aún: Luki se había ganado el corazón de Nanée.

—Cuando me olvido de cómo sonaba la voz de mi *mutti* cuando me cantaba, miro mi fotografía. —Luki extrajo de un bolsillo la fotografía de Elza, Edouard y ella que Edouard había metido en la bolsa de la canguro justo antes de dejarla en el tren, en Sanary-sur-Mer—. Y entonces ya vuelvo a oírla.

Y Edouard, al mirar la foto, oyó también a Elza cantándole a Luki. Aquella niña era a menudo mucho más inteligente que él. Todas las fotografías que no había capturado en los años transcurridos desde la muerte de Elza eran momentos perdidos, momentos que quedarían ignorados, olvidados, porque no habría un espejo al que poder enfrentar la realidad, ningún martillo que le diera forma.

Miró de nuevo el autorretrato solarizado, él mucho más joven. Acentuado todo por el elevado contraste: un atisbo de desconfianza subyacente en la seguridad del joven que sabía lo que podía y debía hacer, que sabía cómo él iba a cambiar el mundo. Algo en la mirada sesgada del ojo hacia la lente, en su forma de cerrar la boca hasta dejarla convertida en una línea fina. Tenía miedo de lo que estaba haciendo incluso entonces. Había tenido miedo muchas veces, miedo a que hacer fotos de fanáticos de Hitler acabara volviéndose contra él si el mundo acababa siendo tal y como era ahora. Pero no se le había ocurrido nunca no hacer fotos que necesitaba hacer.

¿Le daba miedo ver lo que la lente pudiera revelar de su interior? ¿Por qué razón no había hecho ninguna foto desde la muerte de Elza, ni siquiera en Camp des Milles? ¿Por qué no estaba haciendo fotografías ahora, para capturar aquel momento, lo que significaba estar atrapado en un mundo que no te quería pero que no te permitía escapar? ¿De toda la gente con la que convivía, algunos desesperados por obtener un visado, otros desesperados por ayudarlos a encontrar la manera de salir de allí? De André, que todas las mañanas se sentaba a la mesa de la biblioteca o en el invernadero para escribir. De Jacqueline pintando. De todos los artistas que se reunían en la casa todos los domingos para celebrar lo poco que tenían. Incluso en los momentos más oscuros de Camp des Milles, los hombres seguían haciendo arte y música, literatura, teatro. Y así habían conseguido seguir con vida. Así habían ayudado al mundo a seguir siendo un lugar válido.

Nanée tenía razón: si su cámara no mitigaba el sentimiento de culpa que le provocaba ser un espectador —un público para aquellos que, como Hitler, no soportaban ser vistos como un donnadie—, sí que podía ayudarle a dejar en evidencia lo que en realidad eran. A dejarlos en evidencia, a ellos y a su fealdad. La cámara registraba lo que jamás seríamos capaces de reconocer en nuestro propio corazón pero que veíamos en la cara y en la postura de los demás. ¿Y acaso no era así como habíamos empezado a sanar al mundo, escarbando en nuestros defectos hasta lograr encontrar lo mejor de nosotros?

Le había dicho a Nanée que ahora no podía enfocar la cámara hacia los espectadores, que necesitaba enfocarla hacia sí mismo; sin embargo, en aquel autorretrato realizado hacía una década, había enfocado la cámara hacia los espectadores, pero había acabado viendo su propia cara, mirándolo. El arte era un martillo, al fin y al cabo. Un martillo con el que podía hacer añicos su duro cascarón, la visión falsa que tenía sobre sí mismo.

Domingo, 1 de diciembre de 1940
VILLA AIR-BEL

Las únicas luces encendidas en toda la casa estaban allí, en la habitación de Nanée, y el resto de los residentes en el *château* se había ido ya a dormir. Envuelta en su albornoz de algodón de rizo, Nanée se sentó en el borde de la cama, dándoles la espalda a Edouard y a la nueva Leica, que Edouard había montado en el trípode e instalado junto a la puerta.

Y aunque la habitación estaba caliente, le recorrió el cuerpo un escalofrío.

—¿Puedo preguntarte antes una cosa? —murmuró Nanée.

—Por supuesto. ¿Qué?

—La foto, esa que…

La que tituló *Esposa fantasma*, estuvo a punto de decir. La de un amante fotografiando al otro. Edouard podía haber tenido relaciones extramatrimoniales mientras estaba casado, claro; los surrealistas eran muy liberales en todo lo referente al sexo. Aunque a Nanée no le gustaba imaginárselo como un hombre capaz de profesar su amor a una mujer mientras disfrutaba con otra ni, en cualquier caso, que una de esas mujeres fuera la de la fotografía.

—*Desnudo, inclinado* —consiguió decir, aunque incapaz de formular la pregunta.

No quería saber quién era la *Mujer con capa*; quería ser capaz de imaginarse a sí misma en aquella foto. ¿Pero *Desnudo, inclinado*?

—Sí —dijo Edouard.

Pronunció la palabra con una entonación que dejó a Nanée sin saber muy bien qué había querido decir. ¿Sería una pregunta?: «Sí, ¿qué quieres saber?». ¿O había sido una respuesta?: «Sí, la fotografía era de mi esposa».

Nanée no podía pronunciar la palabra «esposa» y mucho menos mencionar su nombre. Elza. No quería adentrarse en exceso en aquel dolor tan íntimo, hacerle hablar sobre cosas que tal vez no deseaba compartir, sobre la emoción desgarradora que capturaba aquella fotografía. No quería saber si era Elza, pero, antes de que llegara el momento de exponer su propia vulnerabilidad, quería saber si había fotografiado a otras mujeres.

—Fue algo que quiso hacer ella —dijo Edouard en un murmullo—. Un demonio del que necesitaba liberarse. No, un... demonio del que ella necesitaba liberarme. Ella sabía que yo necesitaba purgarme de ese demonio.

Su voz estaba impregnada por aquel dolor que Nanée había intentado no tocar. Por la vergüenza.

Recordó de nuevo la foto: la mujer inclinada en una postura terriblemente vulnerable. ¿Qué podía empujar a una mujer a ser fotografiada de aquella manera, o a un hombre a querer hacerlo? ¿Qué tipo de herida podía curar?

—¿Y puedo formularte yo una pregunta? —dijo en voz baja Edouard.

Nanée respondió con un gesto afirmativo.

—Solo lo pregunto porque Varian dice que deberíamos irnos esta misma semana.

Esa misma semana. El peso de aquella semana se apoderó de repente de ella. Edouard había desaparecido de su vida. La otra noche, mientras bailaban, había pensado por un brevísimo momento que Edouard iba a pedirle que volviera a casa con él. Nanée sabía que podía irse cuando ella quisiera, que podía presentarse en la Embajada de los Estados Unidos y la ayudarían a prepararlo todo. ¿Pero sería capaz de vivir de nuevo sometida a las Reglas de Evanston? Ir con Edouard y Luki, con el fantasma de Elza, por otro lado, sería además distinto. Y ya había fracasado en su único intento de hacer de madre de una criatura; antes de la caída de Francia, T le había entregado a Peterkin para que se lo llevara a los Estados Unidos, pero tenía tan poco aspecto de madre que ni siquiera había sido capaz de convencer a aquellos malditos burócratas de Biarritz.

—Hay un nuevo camino para entrar en España a través de los Pirineos —dijo Edouard—. Quiero creer que los papeles conforme me liberaron del campo son auténticos, pero creo que la única manera por la que podrían ser…

Nanée miró por la ventana, hacia la oscuridad del exterior. Tenía que contárselo. Igual que le sucedía a ella, él tampoco podía preguntar, pero mientras que ella no tenía ninguna necesidad de saber a quién pertenecía el cuerpo de aquella fotografía, él sí necesitaba saber cómo era posible que los papeles que certificaban su liberación del campo fueran auténticos.

—Sí —musitó Nanée.

Intentó obligarse a pronunciar las palabras que daban respuesta a la pregunta que él no se veía capaz de formular, a explicarle cómo había obtenido los papeles, su libertad, o lo que para un refugiado judío en la Francia de Vichy podía ser la libertad. No quería que su respuesta lo dejara tan confuso como la respuesta de él la había dejado a ella. Pero si le contaba lo de la noche que había pasado con el comandante, Edouard la vería con otros ojos. ¿Cómo no iba a ser así? Porque ella también se veía a sí misma distinta.

Se despojó de la parte superior del albornoz y la suave tela de rizo se acumuló a la altura de sus caderas.

Edouard se quedó en silencio durante un momento larguísimo. Tal vez pensando en explicarle lo que su «sí» había querido decir. Tal vez pensando en pedirle que le explicara más directamente lo que el de ella había querido decir.

Murmuró entonces Edouard:

—Supongo que estará un poco frío.

Nanée movió de nuevo la cabeza en un gesto afirmativo.

Esperó en silencio y oyó que se abría un tubo de pintura. El olor a producto químico cuando lo estrujó sobre la paleta que le había pedido prestada a Jacqueline. El tapón volviendo a su lugar.

Dejó la paleta en la cama, a su lado.

El contacto del pincel con la espalda fue una sorpresa, el contraste de la pintura fría con la calidez de su mano. Edouard estaba utilizando una mano para mantener el equilibrio, o quizá para que lo mantuviera ella, mientras pintaba algo en la parte izquierda de su zona lumbar.

No decía nada, pero Nanée notaba el calor de su aliento.

La mano que no sujetaba el pincel se deslizó hacia abajo y le rozó el trasero, no eróticamente, sino claramente para estabilizarse mientras seguía pintando.

«Trasero». Qué palabra más remilgada.

«*Mon derrière*». Una palabra masculina a pesar de que su *derrière* era inequívocamente femenino. No estaba desnuda. La tela del albornoz se acumulaba a su alrededor. Y los brazos unidos le cubrían el pecho.

«*Ma poitrine*». Mi pecho. Los franceses sí que veían eso como algo femenino.

Otro escalofrío. Qué decepción se llevaría su padre si supiera que, igual que su madre, se había enamorado de un refugiado sin un centavo.

—¿Tienes frío? —preguntó Edouard en voz baja—. Iré rápido.

Estaba pintando lo mismo en el lado derecho, las mismas líneas curvas para crear una segunda flor de lis, el símbolo de la realeza francesa y de los santos católicos, de la Virgen María.

«La Dama María», como la llamaba Luki.

—Ya estoy, casi.

La paleta y el pincel en una bandeja, encima del tocador. Edouard y su cámara en el otro lado de la cama.

—Cuando estés lista.

Se sentó lo más erguida que pudo, cuadrando los hombros desnudos. Volvió la cabeza hacia la izquierda para que su cara se presentase ante él de perfil, no por completo, pero sí lo suficiente para que pudiera ver su mandíbula y el perfil de sus labios, de su nariz y de sus ojos. Su lado izquierdo, que era su mejor lado, aunque imaginaba que nadie apreciaría la diferencia.

—Perfecto.

El volumen de su voz fue un recordatorio de que en el caserón todo el mundo, su familia prestada, estaba ya durmiendo.

El susurro del obturador. Un disparo. Un segundo. Un tercero.

—Gracias. Con esto ya estará.

Nanée sonrió un poco.

Otra vez el susurro del obturador.

—Pensaba que ya estabas.

—No he podido resistirme a esa expresión.

—Me has dicho que mantuviera una expresión neutral.

—Incluso yo, a veces, me equivoco.

Volvió a notar su mano en la espalda, y luego un trapo limpiándole la pintura antes de que le diera tiempo a secarse.

—Eres preciosa —dijo Edouard, hablando tan bajo que Nanée pensó que tal vez se lo estaba imaginando—. ¿Lo sabías? ¿Sabes lo preciosa que eres?

Nanée se volvió hacia él, aspirando la pintura húmeda que en aquel momento era él, y que también era ella.

Domingo, 1 de diciembre de 1940
VILLA AIR-BEL

Nanée estaba en la cama; Edouard había vuelto a su habitación por si acaso Luki lo buscaba en mitad de la noche, pero Nanée seguía desnuda bajo las sábanas, deleitándose con el recuerdo de sus cuerpos unidos, perteneciéndose el uno al otro, cuando oyó algo. ¿El clic de la puerta principal de la villa? ¿A esas horas?

Se cubrió con el albornoz y cogió la pistola Webley que guardaba en la estantería superior del armario.

A veces tenían visitas a las tantas de la noche. En una ocasión, Nanée había vuelto pasada la medianoche y se había encontrado con la puerta del comedor cerrada y voces con acento británico hablando dentro, y entonces, de repente, Varian había salido del comedor y se había sorprendido al verla tanto como ella se había sorprendido al verlo a él. La había saludado rápidamente, le había pedido si podía buscar algo para comer y luego había recibido el vino y una salchicha de origen dudoso a través de una puerta abierta lo justo para poder pasarle la bandeja de madera, protegiéndola, comprendió Nanée *a posteriori*, del peligro de saber que tenían como «invitados» a un grupo de soldados británicos que intentaba escapar de Francia.

Salió sin hacer ruido a la biblioteca. La voz de Varian, un leve murmullo, llegaba desde la entrada, a los pies de la escalera.

—¿Redadas?

Estaba justo al lado de la puerta de entrada con el capitán Dubois, su amigo en la policía de Marsella, que acababa de darle la noticia de que por la mañana habían capturado a Bill Freier con los documentos de identidad falsos que estaba preparando para Edouard.

—Redadas —confirmó Dubois—. Por la visita de Pétain. Estamos obligados a realizar redadas para limpiar las calles de cualquier posible problema. Empezarán al amanecer.

Lunes, 2 de diciembre de 1940
VILLA AIR-BEL

Edouard estaba mirando a Luki: estaba delante del fregadero de esteatita con Aube y Peterkin. T acababa de dejar la jarra de la leche en el fregadero y estaba cogiendo tres tazas de las estanterías. Nadie se había percatado de su presencia. Cogió la Leica y enfocó el objetivo hacia Luki en el momento en que aceptaba la taza de leche recién ordeñada que le ofrecía T y dejaba que el calor se filtrara hacia sus deditos. Tenía cinco años de edad, y durante el año que habían estado separados había perdido gran parte de su parecido con Elza. Ahora tenía sus propios ojos, su propia boca, su propia mandíbula y una encantadora sonrisa desdentada. Incluso la amplitud de sus hombros huesudos era distinta a la estructura ósea más fina de Elza. Era como si estuviera perdiendo de nuevo a Elza. O, tal vez, dejándola ir por fin.

Hizo la foto.

Los cuatro se volvieron de golpe al oír el sonido del obturador. Volvió a disparar, a los cuatro delante del fregadero. Los niños bebiendo leche como si la vida fuese normal. Una familia.

—Papá —dijo Luki—, Madame LaVache tiene tanta leche que hemos tenido que traer la jarra antes de que pesara demasiado. Y hemos tenido que volver y ordeñarla un poco más. Y hemos visto un águila que lleva zapatos.

—Un águila calzada —dijo T—. Debe de tener un nido cerca de aquí.

Luki sonrió, dejando ver más aún la ausencia del diente.

—¡Y Dagobert ha empezado a ladrarle y a ladrarle sin parar!

Lunes, 2 de diciembre de 1940
VILLA AIR-BEL

—¿Dónde demonios están Danny y Lena? —le preguntó Varian a Nanée.

Estaban trabajando al calor de la estufa de porcelana de la biblioteca, con Nanée intentando desarrollar el papel de Lena mientras Gussie hacía lo que siempre hacía Gussie. Varian estaba cascarrabias y despotricaba por el lote especialmente malo de café *ersatz* que les había llegado, porque Edouard no paraba con sus fotos y porque Nanée era incapaz de seguir un dictado, una habilidad que nunca había declarado dominar, así como por su falta de conocimiento sobre el dinero en efectivo que tenía el CAS, una información de la que no estaba al tanto a pesar de haber contribuido recientemente con otros dos mil dólares además de los cinco mil que había aportado en septiembre. Hacía ya semanas que cada noche trasladaban todos los documentos que pudiesen incriminarlos desde la oficina del CAS al *château*, pero con la advertencia de Dubois sobre las redadas, Varian había enviado a Danny con el primer tranvía a cerrar la oficina y a volver al *château* con Lena. Aquí, estaban tan lejos del centro de la ciudad que solo los cazarían si realmente tenían ganas de hacerlo.

Lena llegó sin Danny diciendo: «¡Mil perdones!», como si no fuera la secretaria más competente y fiel del mundo. Las redadas habían empezado, *râfles* enormes por toda la ciudad. La habían arrestado de camino a la oficina y la habían llevado a la Évêché, el antiguo palacio episcopal reconvertido en comisaría de policía, situado en los límites del Panier. La habían soltado, pero no era precisamente una indulgencia que estuvieran concediendo a todo el mundo. La policía tenía las cárceles llenas y también algunos barracones militares y estaba deteniendo a la gente solo para hacer algo, para que no les cargaran con las culpas si algo iba mal durante la estancia de Pétain en Marsella.

Varian envió a Lena de vuelta a la oficina para ir a buscar a Danny, y Nanée estaba tomando otra vez notas mientras Varian hablaba con Edouard cuando T dijo, con la misma calma con la que anunciaría que la comida estaba a punto:

—Nanée, la policía.

Nanée, presa por los nervios, preguntó:

—¿Para mí?

—Están en la puerta. Nos piden a todos que enseñemos nuestra documentación.

Nanée posó la mano en el brazo de Edouard y se llevó un dedo a los labios. T había dirigido el comentario hacia ella para no alertar a la policía de la presencia de Edouard. ¿Podrían sacarlo discretamente de la casa? Gussie corría también un gran riesgo, puesto que era judío polaco, aunque al menos él tenía la documentación falsa que le había facilitado Bill Freier.

Corrió a su habitación y miró por la ventana. Abajo, junto a la verja verde, había un coche patrulla y un furgón policial esperando. La policía había rodeado la casa.

Se lo indicó con un gesto al grupo que estaba en la biblioteca, que incluía también a André y Jacqueline. Varian, sin apenas dudarlo un segundo, echó al fuego de la estufa de porcelana la agenda donde guardaba los datos de todo aquel al que estaba intentando ayudar, de todo aquel que estaba intentando ayudarlo y de todos los cambios de moneda ilegales que habían hecho. Nanée hizo lo mismo con sus notas.

Con un gesto, André indicó que se disponía a bajar con Jacqueline a la puerta para atender a la policía y ganar tiempo. Nanée intentó impedírselo; con sus escritos, prohibidos por Vichy, ¿era el mejor para dar la cara? Pero André era encantador y era francés, no judío, y Varian, Nanée y Gussie necesitaban tiempo para destruirlo todo.

Nanée fue a buscar la Webley que guardaba en el armario y la escondió en el orinal, debajo del lavamanos. Reunió algunos papeles que era mejor que no encontraran. Buscó el dibujito que había guardado detrás de *Ser un ángel* y desplegó la hoja. Era el dibujo de la primera partida del Cadáver Exquisito que había jugado en su vida: una cabeza en el interior de una jaula que podía ser o no la de ella, el cuerpo de pulpo sujetando la cabeza ensangrentada de Hitler, las rodillas huesudas y el canguro. Arrancó el tercio superior del dibujo, la cabeza dentro de la jaula que había dibujado Edouard, y la escondió detrás del marco, y luego volvió corriendo a la biblioteca para echar al fuego la cabeza de Hitler y el pulpo que había dibujado André, y las piernas y el canguro que había dibujado ella.

Empujó la libreta de Varian para que la consumieran mejor las llamas.

—Incluso Bill Frier —le dijo en voz baja Varian a Edouard—, que desdeña el trabajo de todo el mundo, llegó a la conclusión de que la documentación que te consiguió Nanée es auténtica.

—Esos papeles son auténticos…, soborné al comandante del campo —insistió Nanée, sin levantar la voz.

Por mucho que Edouard sospechara acertadamente otra cosa, Varian daría por sentado que había utilizado dinero para conseguirlos.

—El caos de la visita de Pétain acabará jugando a nuestro favor —le dijo Varian a Edouard—. Con tantos arrestos, no pueden andar vigilando de cerca a nadie. Tú no te alejes de mí. Sígueme la corriente.

André subió la escalera y sin perder la calma anunció que la policía solicitaba la presencia de todo el mundo en el *Grand Salon*, indicando con un sutil movimiento de negación que ya no podía entretenerlos más. Tal vez acabaran respetando la situación de Edouard, pensó Nanée. Su documentación era auténtica, por mucho que hubiera sido conseguida con argumentos falsos. ¿Le habría guardado el secreto a Nanée el guardia del campo? De no haberlo hecho, ¿consideraría el comandante que lo que más le interesaba era que Edouard siguiera en libertad? Los documentos contenían la firma legítima del comandante. Pero si la policía no lo veía de esta manera, todos los residentes en el *château* correrían un gran peligro.

Le dijo entonces en voz baja a Varian, centrándose en cosas sobre las que sí podían actuar:

—¿Alguna cosa más en tu maletín?

Varian estaba hojeando su propia documentación cuando Gussie vio sobre el escritorio el manuscrito en el que estaba trabajando André, con su elegante caligrafía y su característica tinta verde intenso, un escrito tan poco halagador para Vichy como el dibujo del pulpo que Nanée acababa de quemar. Pero justo cuando Gussie se disponía a eliminarlo, apareció en lo alto de la escalera un policía de paisano. Varian le cogió a Gussie los papeles y los guardó en su maletín como si fueran suyos. La decisión de si era un riesgo mayor dejar el maletín allí con la esperanza de que no lo registraran o llevárselo con ellos la tomó el oficial, que le ordenó a Varian que se lo entregara.

—¿De qué va todo esto? —preguntó Varian, para alivio de Nanée, cuando bajaron la escalera con Edouard, Gussie y el policía acompañante.

La pregunta puso a la defensiva al obeso *commissaire* y a sus compañeros, pues era la única manera de gestionar a aquellos bravucones.

T, con André y Jacqueline, estaba esperando en el vestíbulo con baldosas de mármol en blanco y negro, junto con *madame* Nouget y Rose. Después de discutir un momento, la policía decidió que podían esperar a que fueran a buscar a María, Luki y Peterkin, que estaban por fuera. De este modo tendrían a todos los de la casa controlados, excepto a Danny, que no había regresado aún de la oficina, a Maurice, que estaba «de viaje» —acompañando a refugiados a pasar la frontera, suponía Nanée— y a Aube, que estaba en la escuela.

—Necesitamos ver su documentación —dijo el *commissaire*.

—¿Nuestra documentación? —se extrañó Nanée, preocupada por Edouard—. Por el amor de Dios. ¿En nuestra propia casa?

La policía pretendía también registrar la casa. Tenían una orden que así se lo autorizaba.

—¿Nos la mostrarán, entonces? —dijo Varian.

El hombre le entregó un calco en papel carbón, completamente arrugado, de una orden general que autorizaba a la policía a realizar registros en cualquier lugar sospechoso de actividad comunista. Pero incluso André, marxista comprometido, había dejado de pertenecer al partido comunista francés desde aquellos juicios farsa que había dirigido Stalin en Moscú cinco años antes.

—Protestamos y nos reservamos todos los derechos —dijo Varian, como si fuera una frase que había ensayado a instancias de algún abogado por si acaso llegaba a encontrarse en las circunstancias presentes.

—Eso ya se lo dirá al juez —replicó el *commissaire*.

Nanée sospechaba que no podrían ver a un juez en muchos días, quizá incluso en semanas.

El *commissaire* dijo entonces:

—Sabemos que desde la estación de tren les han traído una maleta. Registraremos este lugar de arriba abajo hasta que aparezca.

—Es la maleta de mi hermana —dijo Jacqueline. Se lo explicó a sus amigos—. Acaba de llegar de París. Y ha dejado aquí la maleta más grande mientras busca un lugar donde vivir.

—¿Y qué hay en esa maleta? —preguntó el *commissaire*, sorprendentemente educado. La belleza tenía sus privilegios.

—Su ropa, por el amor de Dios —respondió Jacqueline—. Sus productos de aseo personal, joyas, perfumes.

Nanée se sintió algo aliviada; si era solo por esa maleta, la cosa terminaría pronto.

Un oficial de paisano invitó a Jacqueline a subir a por la maleta y la mirada de los demás oficiales la siguió sin miramientos. El policía agrupó a todos los demás en el comedor, donde un empleado había instalado ya una máquina de escribir en la mesa. Había dejado una montaña de formularios al lado y le pidió enseguida a T que tomara asiento.

—¿Yo? —dijo T.

—Documentación —dijo el hombre.

T se la entregó. No se sentó.

El hombre empezó a formularle preguntas mientras ella permanecía de pie a su lado, erguida y orgullosa. Y el hombre fue tecleando las respuestas para incorporarlas al formulario.

El oficial y Jacqueline reaparecieron con la maleta. Al abrirla encontraron, efectivamente, ropa de mujer.

—¿Y qué esperaba encontrar? —preguntó Jacqueline.

El oficial, sorprendido, respondió:

—Una bomba.

—¿Una bomba? No sea ridículo.

—Esto no es en absoluto ridículo —objetó el hombre—. Fue justo aquí, en el otro extremo de la finca del doctor Thumin, justo por donde tiene que pasar el tren del Maréchal, donde un anarquista intentó asesinar al príncipe de Gales poniendo…

—Le prometo que aquí no tenemos bombas —dijo Nanée, preguntándose por qué demonios estaba toda Francia tan obsesionada con esa dichosa bomba de hacía casi una década.

—Eso ya lo comprobaremos nosotros —replicó el oficial.

—Protestamos y nos reservamos todos los derechos —volvió a decir Varian.

El oficial subió con André a registrar su habitación.

Madame Nouget y Rose obtuvieron permiso para regresar a la cocina, pero les ordenaron que antes fueran a buscar a María y los niños para que entraran.

—¡Los niños! Por el amor de Dios —dijo Nanée.

Aunque en quien estaban interesados era en María; María era extranjera.

—Estoy segura de que *madame* Nouget podría quedarse con los niños —sugirió T—. No hay ninguna necesidad de hacerlos pasar por esto.

La sugerencia fue ignorada.

Uno de los policías fue con el personal de la casa a inspeccionar la cocina. Se le oía aún abriendo y cerrando armarios cuando reapareció

André. El registro de su habitación había dado como resultado su pistola de servicio, un hallazgo que produjo gran satisfacción al gordo *commissaire*. Nanée estaba segura de que André estaba en todo su derecho a tenerla en su poder; había servido en el ejército francés.

Varian subió al piso de arriba con la excusa de que necesitaba ir al baño. Nanée imaginó que era un ardid para destruir alguna otra cosa, puesto que el cuarto de baño más próximo era el de la cocina. No tenía ni idea de qué podía querer eliminar Varian, solo sabía que sería demasiado fácil que el único material incriminatorio que quedaba en toda la casa fuera el manuscrito que había guardado en el maletín, que estaba ya en la planta de abajo.

Entró entonces María con Peterkin y Luki, que se abrazaron a sus padres, y Dagobert.

—Tal vez podrían registrar ahora mi habitación —sugirió Nanée, que quería darle tiempo a Varian y estar en esa planta con él por si podía servirle de alguna ayuda—. Estoy segura de que quieren acabar con esto lo más rápidamente posible, y arriba hay varias habitaciones.

Así estaría de vuelta en el comedor antes de que el mecanógrafo acabara con T, André y Jacqueline y empezara con Edouard y Gussie, aunque poco podría hacer para ayudarlos excepto contener la respiración junto con todos los demás.

Nanée subió a su habitación con un policía y con Dagobert a su lado. Mientras el hombre removía cajones, oyó que Varian estaba en el pasillo charlando con el hombre que había subido a acompañarlo; Varian se compadeció de él cuando este le confesó que sí, efectivamente, el *commissaire* siempre estaba tan desagradable como aquel día. Entonces Nanée oyó que se cerraba la puerta del baño. E, instantes después, el sonido de la cisterna al vaciarse.

Varian salió del baño y dijo que necesitaba ir a su habitación a buscar un pañuelo. Nanée estuvo a punto de decir en voz baja «Hitler, Hitler» para que Dagobert empezara a ladrar como un loco y distrajera a todo el mundo y así nadie prestara atención a lo que Varian pretendía hacer, pero entonces oyó que el acompañante de Varian le decía que no había prisa y, acto seguido, los pasos de una sola persona entraron en la habitación.

Mientras el policía que la acompañaba examinaba los libros que guardaba en su habitación, Nanée miró por la ventana y vio el furgón policial estacionado junto a la verja.

—Debemos de ser tremendamente importantes para merecernos tener incluso un furgón —comentó, intentando tanto que el sonido de su voz cubriera lo que Varian estuviera haciendo como distraer al hombre de su investigación, y confiando además en que aquel tipo le garantizara que el furgón policial no era para ellos. Pero el hombre no dijo nada.

El hombre se acercó al lavamanos, donde había escondido la Webley. Nunca había utilizado aquel orinal, pero fingió sentirse avergonzada y dijo:

—Lo siento. No sé muy bien si han vaciado ya el orinal después de haberlo usado anoche.

Nanée estaba de vuelta en el comedor antes de que el mecanógrafo le pidiera la documentación a Edouard y le solicitara información sobre su permiso de residencia francés. Luki estaba sentada en el regazo de su padre, acurrucada contra su pecho, como si quisiera poner la máxima distancia posible entre el mecanógrafo y ella.

—¿Así que su casa está en Sanary-sur-Mer? —le preguntó el funcionario a Edouard.

—Sí —respondió Edouard, sin ofrecer ningún detalle sobre el hecho de que llevaba un año sin estar allí por culpa de su estancia en Camp des Milles, gentileza de los franceses.

—Sanary-sur-Mer —repitió el funcionario.

—Sí —volvió a responder Edouard.

—Mi cuñado trabaja en las fuerzas de seguridad de allí. A lo mejor lo conoce.

—Sin ánimo de ofender —dijo con cautela Edouard, mientras Nanée intentaba calibrar si podía tratarse de algún tipo de trampa—, pero espero que entienda que intento no adquirir la costumbre de entablar relación con la policía.

El funcionario rio sin problemas y le sugirió entonces un nombre.

—Ah —dijo Edouard—. Un buen hombre, estoy seguro. —Una respuesta evasiva para que, en caso de que aquel hombre no existiera, no hubiera afirmado que lo conocía.

Justo en aquel momento, el policía que estaba registrando la cocina salió con un papel en la mano.

—¡Escondido entre dos platos!

Dagobert, sorprendido por la repentina aparición, se puso a ladrar sin parar.

Era un dibujo de los juegos de salón del día anterior, un resultado del Cadáver Exquisito que le había hecho una gracia especial a André. Le había puesto por título *Le Crétin Pétain*. Debía de haberse quedado debajo de uno de los platos que Rose había retirado por la mañana.

—Esto es traición —declaró el *commissaire*.

—¿*Le Crétin Putain*? —replicó André con despreocupación, sugiriendo que en vez del nombre del líder francés, que estaba claramente escrito con la tinta verde que siempre utilizaba él, lo que ponía allí era *putain*, la palabra que en francés significaba 'prostituta'.

Nanée nunca había caído en la cuenta de lo mucho que se parecían ambas palabras.

Lunes, 2 de diciembre de 1940
VILLA AIR-BEL

Edouard estaba en el belvedere, con Luki en brazos. Habían sido unas horas extenuantes, sin nada que comer excepto una bandeja con café y pan seco, ya que *madame* Nouget no había podido ir a su compra matutina habitual. Luki no se había apartado de su lado desde que había llegado con María. Y Edouard había pasado todo el rato posible atendiéndola para que, en caso de que acabara sucediendo algo nefasto, el último recuerdo que su hija tuviera de él no fuera el de su distracción, como sucedió cuando la dejó en el tren rumbo a París, sino el de que nada en el mundo era para él más importante que ella.

—Hablo con la Dama María aunque no esté aquí, en piedra —estaba diciendo Luki—. Le he dicho si podría pedirle a Dios que pusiera a Pemmy y a Joey en el tren de las princesas en el que viajamos *tante* Nanée y yo para que estén con nosotros.

Edouard contempló la niebla que cubría el valle, miró hacia el mar, hoy totalmente invisible. El hecho de que la policía los hubiera dejado de momento en el belvedere, con algunos hombres vigilándolos desde detrás de las puertas acristaladas, le permitía albergar una mínima esperanza de que se había equivocado con respecto al objetivo de aquella redada policial. Aún tenía con él su cámara, además. Qué bien le vendría tener una Dama María para creer en sí mismo.

—Todo el mundo al furgón —dijo el *commissaire* gigante.

Edouard intentó mantener la calma por el bien de Luki y André protestó argumentando que tanto Jacqueline como él eran franceses y que todo el mundo tenía los papeles en orden. Pero la rabia dirigida a hombres que sabían que lo que estaban haciendo estaba mal hecho siempre acababa provocando no un reconocimiento o una disculpa, sino más rabia; Edouard lo había comprobado una y otra vez en Camp des Milles.

—No tienen por qué llevarse a los niños —dijo T.

—Papá, yo quiero estar contigo —musitó Luki.

Edouard también quería creer que los franceses no se llevarían a los niños, pero los franceses podían llegar a ser más alemanes que los mismos alemanes. Y una pequeña parte de él deseaba tener a Luki con él, independientemente de dónde acabaran mandándolo. Pero si los llevaban a un campo, los niños irían con las mujeres. Luki iría con T, Nanée o Jacqueline, aunque al no ser ninguna de ellas judía, no irían a parar a un campo, seguro.

Nanée le dijo entonces al *commissaire*:

—Varian y yo somos ciudadanos de los Estados Unidos. Creo que, cuando llegue el momento, acabará arrepintiéndose de habernos capturado. Y estoy segura, además, de que nuestra palabra de que estos niños y sus padres no han tramado ninguna perversa conspiración comunista contra Pétain debería ser más que suficiente.

—Será por poco tiempo —insistió el funcionario gordo, un mentiroso nefasto.

—¿Tiene usted hijos, *monsieur*? —preguntó T.

El hombre miró a Peterkin, que no se soltaba de la mano de T, y luego a Luki, en brazos de Edouard.

—¿Y dice que *madame* Breton tiene una hija que está en la escuela? —le preguntó a Nanée, amedrentado, al parecer, porque la bella Jacqueline se le hubiera dirigido directamente. Y añadió, mirando a Gussie—. ¿Y el chico también es de ella?

Gussie se quedó sorprendido, como si no fuera consciente de lo joven que se le veía, y de que era tan rubio y tan bello como Jacqueline. Eso explicaba por qué no le habían pedido su documentación.

—Permitiré que *madame* Breton se quede con sus hijos —dijo el *commissaire*, atreviéndose a lanzarle una sonrisa a Jacqueline.

—Pero —dijo Nanée— el hijo de T y la hija de Edouard…

—*Madame* Bénédite debe acompañarnos; trabaja en el Centre

Américain de Secours. Y *monsieur* es un refugiado. Seguro que *madame* Breton puede ocuparse de los niños hasta que vuelvan.

Edouard abrazó con fuerza a Luki.

—Quiero estar contigo, papá —insistió.

—Ya lo sé. Y yo también quiero quedarme contigo, cariño —le dijo él al oído, acariciándole el pelo—. Pero allí no será nada divertido. Te lo pasarás mucho mejor aquí con *madame* Breton, Peterkin y Aube.

T también estaba consolando a Peterkin y *madame* Nouget había salido de la casa para ayudar, dejando a Rose y María muertas de miedo dentro.

Edouard le dijo a Luki:

—A lo mejor Pemmy y Joey llegan hoy. A lo mejor la reina ya nos los ha enviado. Y les gustará que estés aquí para darles la bienvenida.

—Pero es que la última vez dijiste que vendrías al día siguiente.

Edouard volvió a abrazarla, conteniendo su dolor.

—Lo sé —consiguió decir—. Lo sé.

Luki rompió a llorar y Edouard le acarició el cuello con la punta de la nariz.

—Te quiero, Luki —dijo.

Y del llanto pasó a los gritos:

—¡No me dejes, papá! ¡No me abandones!

No podía volver a hacerlo, pero no le quedaba otro remedio.

—Te quiero más que todas las cosas —dijo, dirigiéndose con un gesto a Jacqueline para que se la llevara mientras *madame* Nouget separaba a Peterkin de T—. Te quiero hasta el fin del mundo.

Luki se aferró con tanta desesperación a su padre que Edouard, entre patadas y gritos de terror, se vio obligado a desengancharle las manos de su cuello y entregársela a Jacqueline, que la envolvió como si fuera una camisa de fuerza mientras él se iba corriendo. Incluso los policías comprendieron que debían dejar que se adelantara a los demás si no querían tener que volver a separarlo de Luki.

Edouard seguía oyendo los gritos cuando subió corriendo al furgón policial para perderla de vista. Los demás lo siguieron y, justo en el último minuto, el *commissaire* se acordó del maletín de Varian. Mierda. Esperaron entonces en la parte trasera del furgón a que el oficial que había subido con Varian a su habitación fuera a buscarlo. En cuanto reapareció, le entregó el maletín a Varian, que intentó disimular su sorpresa. ¿Lo habría hecho sin querer o habría sido intencionado? La iniciativa tenía amigos por todas partes.

El funcionario cerró la puerta, y el clic metálico sonó sólido y definitivo.

—No os preocupéis —dijo Varian—. En cuanto Danny se entere, se las apañará para liberarnos.

Nanée abrió el maletín, retiró el manuscrito que podía incriminar a André y se lo guardó debajo de la blusa, en la espalda, sujeto con la cinturilla del pantalón y perfectamente escondido bajo el abrigo.

—Si es necesario, ya encontraré la manera de tirarlo a la basura en comisaría —dijo mientras iniciaban el recorrido por el largo camino de acceso a la casa.

El furgón se paró de repente. Oyeron un alboroto fuera. Instantes después, se abrieron las puertas traseras del furgón y Danny entró a la fuerza.

Edouard hizo una única fotografía antes de que las puertas se cerraran de nuevo.

—Lena me aconsejó volver al *château* —explicó Danny—. Pensé que me lo decía para impedir que me arrestaran.

Edouard miró a través de las rejas la villa que quedaba a sus espaldas, el belvedere vacío. Por suerte, Luki estaba dentro y no tendría que verse obligada a ver otra vez cómo su padre la abandonaba.

Lunes, 2 de diciembre de 1940
LA ÉVÊCHÉ, MARSELLA

El furgón policial hizo su entrada en la comisaría de policía de la Évêché, que ocupaba el antiguo palacio episcopal, a través de un patio sorprendentemente bello; el edificio no quedaba muy lejos del sótano del barrio del Panier donde Edouard estuvo escondido. Estacionaron en un antiguo establo, reconvertido en aparcamiento para motocicletas. La verja de hierro se cerró a su paso, una estructura escalofriantemente similar a la de Camp des Milles, bajaron del furgón y fueron conducidos por otro patio y luego por una crujiente escalera hasta llegar a una estancia en la última planta, de techo bajo y abuhardillado, que estaba llena a rebosar de gente. En una pizarra, escrito en tiza, podía leerse *Vive le Maréchal*.

Nanée había empezado a camelarse ya a un joven empleado. No, por favor, ni ella ni T querían separarse de sus amigos, pero necesitaba con urgencia ir al baño. Desapareció durante muchísimo rato, pero regresó con una sonrisa que Edouard tradujo como que había hecho pedazos el manuscrito escrito con tinta verde que incriminaba a André y el retrete lo había engullido.

El *commissaire* se puso como una fiera cuando se enteró de que Varian tenía su maletín. Y Varian se limitó a entregárselo.

Estuvieron retenidos todo el día, y Edouard se sentía cada vez más alarmado. Sabía mejor que nadie que una hora de interrogatorio podía acabar convirtiéndose en días, meses o años en un campo de internamiento. ¿Cómo era posible que, incluso en aquellas circunstancias, Varian siguiera aferrándose a su ingenuidad norteamericana?

Al final, habló con discreción con Nanée, sin estar deseoso de preguntárselo, pero necesitado de saberlo.

—Nanée, lo de mi liberación y mis papeles… Me cuesta imaginar cómo pudiste conseguirlos.

Nanée perdió la mirada en el otro extremo de la abarrotada sala.

—El comandante del campo no sabía que te habías fugado —respondió por fin—. Yo tampoco sabía que te habías fugado.

Un repartidor de periódicos los interrumpió con la llegada de la prensa de la tarde, cuyos titulares anunciaban la inminente visita de Pétain, «el vencedor de Verdún». Varian compró varios ejemplares, le pasó uno a Edouard para que lo compartiera con Nanée y le ofreció dinero al chico con la promesa de darle incluso más si les conseguía unos bocadillos y algo de beber.

Edouard estudió la expresión de Nanée, su cabeza inclinada sobre el periódico.

—Por…, por lo que tenía entendido… —se obligó a decirlo de la forma más directa posible—, el comandante no era precisamente un hombre que liberara prisioneros pura y simplemente porque una mujer guapa se lo pedía.

Nanée pasó la mano por encima del periódico, como si con aquel gesto pudiera hacer desaparecer la noticia.

—Me dediqué a entretenerlo —replicó, sin levantar la vista.

Edouard miró hacia el otro lado, pero mentalmente empezó a visualizar a Nanée inclinada hacia delante, dolida y avergonzada. Luego su propia vergüenza, su falta de mérito.

Nanée, que seguía con la mirada fija en el periódico, susurró:

—No fue como estás pensando. Pasé la noche allí, sí, pero solo para…, lo emborraché para que… Para que no recordara. Para que se imaginara que me debía algo.

Edouard ansiaba tocarla para que levantase la barbilla, igual que había hecho con Elza después de fotografiarla, antes de acariciarle la mejilla y el hombro, antes de hacerle el amor porque no podía permitir que aquella gente se lo robara todo. Deseaba ver en los ojos de Nanée la verdad de lo que estaba diciendo. Pero le daba miedo tocarla. Le daba miedo ver en sus ojos que aquello no era más que un cuento para aliviarle la realidad con la que tenía que vivir, que solo sería tolerable si quedaba sin expresarse en voz alta.

Fueron interrogados de uno en uno, conversaciones que resultaron ser una mera formalidad y después de las cuales T recibió autorización para irse. Varian imploró un trato especial para el caso de Edouard, progenitor único de Luki, y el responsable de los interrogatorios le dijo que elevaría la petición al *commissaire*. El reloj siguió marcando el paso del tiempo. Y el hombre siguió sin volver.

A las siete de la tarde, sabiendo que Luki estaría aterrada si llegaba la hora de irse a dormir y él no estaba de vuelta, Edouard le imploró a Varian que volviera a preguntar.

El *commissaire* había dado por terminada su jornada y se había ido a casa.

Fueron trasladados a una sala más grande en la planta baja, aunque igualmente llena de gente, y eran casi las diez cuando un detective abordó a Edouard y le dijo:

—Tenemos más preguntas para usted.

—¿Para mí? —replicó Edouard, moviendo la Leica hacia un costado para que no molestara tanto.

—¿Es usted *monsieur* Breton?

André se identificó a regañadientes y permitió que el hombre lo condujera hasta una mesa del rincón para seguir interrogándolo. La confianza firme que mostraba la cabeza de león de André empujó a Edouard a fotografiarlos a los dos mientras cruzaban la sala llena de gente.

André regresó poco después, con más información de la que había soltado.

—Van a llevarnos al SS Sinaïa —dijo.

—La primera vez que viajé a Europa, hace unos años, lo hice justo a bordo de ese barco —dijo Varian.

Edouard se sintió incapaz de interpretar qué podía presagiar aquello. Pero imaginaba que subir a bordo de un barco en plena noche no podía augurar nada bueno.

* * *

En cubierta, les entregaron colchonetas de arpillera rellenas de paja y mantas: seiscientos invitados del gobierno de Vichy en un alojamiento de ínfima categoría a bordo del SS Sinaïa, atracado en el Quai du Président Wilson. No tenía ni la menor idea de qué hacían allí, ni de si el barco iba a zarpar en algún momento —lo que significaría que Edouard se alejaría de nuevo de Luki—, ni de cuándo o bajo qué circunstancias serían puestos en libertad. Nanée protestó al verse apartada de su pequeño rebaño cuando, a punta de pistola, fue obligada a sumarse a las mujeres y a los ancianos que estaban instalados en los camarotes de tercera clase. Edouard bajó corriendo a las bodegas y se reservó una litera alta al lado de una escotilla, con vistas a uno de los bolardos del muelle. Si veía a alguien haciendo maniobras para zarpar, intentaría regresar a cubierta y saltar del barco sin que le disparasen.

Varian se instaló en una litera contigua a la suya, Danny en la de debajo y André al lado de Danny, debajo de la de Varian.

Edouard se acurrucó en el colchón de paja bajo la fina y áspera manta y observó el cielo frío y estrellado que se expandía al otro lado de la escotilla. No entendía cómo no se le había ocurrido hacerle una fotografía a Luki. Y pensó que comprendía perfectamente la desesperación que había llevado a Walter Benjamin al suicidio después de haber escapado de la cárcel para acabar siendo capturado otra vez. En cuanto saliera de allí, si es que salía de allí, huiría de Francia. Encontraría la manera de hacerlo, y Luki y él huirían. Luki, él y Nanée.

La idea le pilló desprevenido. Y entendió que era por eso por lo que se había sentido aliviado cuando habían obligado a Nanée a marcharse con las mujeres. Edouard ya había vivido aquel tipo de vida. Sabía lo odiosa que podía llegar a ser, lo despiadada que podía ser la gente en condiciones de estrés. No sabía qué esperaba proteger con aquella separación. Pero él lo había soportado ya en una ocasión y había conseguido mantener sus amistades. Ella, en cambio, era una chica rica, acostumbrada al lujo.

353

Pero allí estaba. Había elegido permanecer en una Francia ocupada por Alemania cuando habría podido marcharse del país en el momento que le viniera en gana. Había elegido una vida que la había reducido a ser prisionera en un barco anclado delante de la costa de Francia cuando podría estar durmiendo bajo pulcras sábanas de algodón en una mansión situada en un lugar llamado Evanston, disfrutando del lujo que era vivir en paz en los Estados Unidos.

Levantó la Leica, que sorprendentemente nadie le había confiscado, y fotografió a los hombres en las literas.

Muchos se quedaron mirándolo, sorprendidos.

—Perdonad —dijo—, tan solo pretendo documentar esta vida. No sé qué haré con las fotos, si es que hago algo con ellas. Lo único que sé es que tengo que hacerlas.

Martes, 3 de diciembre de 1940
A BORDO DEL SS SINAÏA

Edouard se aseó lo mejor que pudo antes de que Nanée se reuniera de nuevo con ellos en cubierta a la mañana siguiente mientras André, elegido para esa tarea, iba a las cocinas a buscar el desayuno para todos, una rutina muy similar a la de Camp des Milles.

—La cárcel funciona así —explicó Edouard a todos los demás, fingiendo menos miedo del que en realidad sentía por estar retenido allí—. Hay que hacer cola para todo.

André regresó por fin con pan negro, sucedáneo de café y la noticia de que nadie tenía permiso para comunicarse con el exterior. Tampoco Varian ni Nanée. Ni ninguno de los otros norteamericanos furiosos atrapados a bordo. Ni siquiera el famoso periodista francés que estaba tomando nota de todo.

Después de comer —carne de ternera medio congelada y vino en abundancia, ya que seguían en Francia—, fueron obligados a bajar a las bodegas sin más explicaciones. Esta vez, Nanée pudo acompañarlos. El vigilante desgarbado y con la cara marcada por la viruela que controlaba la trampilla esbozó una sonrisa deslumbrante, como el adolescente que seguramente era todavía, cuando Nanée se acercó y empezó a charlar con él desde abajo.

—Me llamo Nanée —le dijo.

El pobre chico se quedó mirándola, incapaz de decir nada.

—¿Podrías decirme cómo te llamas? —preguntó entonces Nanée.

—Me llamo…, me llamo Paul —respondió el chico tartamudeando.

—Paul —repitió Nanée—. Eres adorable, Paul. ¿Te lo había dicho alguien?

—Mi madre —replicó el chico.

Nanée sonrió con delicadeza mientras los que observaban la escena se esforzaban por no reír.

—Paul —dijo Nanée—. Imagino que no tienes ni idea de cuánto tiempo piensan tenernos encerrados aquí.

Paul negó con la cabeza.

Nanée le dio las gracias y volvió con su grupo.

—Eso ha ido muy bien —dijo Danny—. ¿No has querido decirle que lo averiguara?

—Los chavales tristes son los más fáciles de engatusar, aunque no se puede hacer todo en el primer encuentro —dijo Nanée—. Pero he oído voces por arriba que comentaban que Pétain está a punto de llegar a bordo de un guardacostas.

André comentó alegremente:

—¡Para que se enfrente cara a cara con los que han sido hechos prisioneros en su nombre!

Cuando los dejaron subir de nuevo a cubierta, Varian escribió un mensaje para el vicecónsul Bingham, lo envolvió alrededor de una moneda de diez francos, esperó con paciencia a que nadie mirara y lanzó la moneda al muelle, hacia los chicos de los recados congregados allí.

—Tal vez tengamos una probabilidad entre diez de que algún chico no se embolse la moneda y tire la nota —dijo.

—Eres muy optimista —replicó André—. Yo apostaría cien contra una.

Pero unas horas más tarde, llegó un paquete a la atención de Varian: una buena cantidad de bocadillos de calidad más que aceptable, con una tarjeta de visita de Bingham.

—¿Qué le dijiste exactamente en esa nota, Varian? —preguntó André.

—Que puestos a elegir entre la libertad y un buen sándwich de pan de centeno con rosbif y tomate, me inclinaría por el rosbif, por supuesto. ¿Qué pensabas que había escrito?

—La próxima vez —dijo André—, deja claro que como acompañamiento también nos iría bien una botella de *whisky* del bueno, ¿lo harás?

Edouard rio. La risa, como el arte, era una forma de supervivencia.

Miércoles, 4 de diciembre de 1940
VILLA AIR-BEL

Luki quería llorar con Peterkin cuando los hombres enlazaron el enorme cuello de Madame LaVache con una cuerda, pero vio que Aube no lloraba y Luki era mayor que ella. Hacía ya dos noches que su papá se había marchado, y también los papás de Aube y de Peterkin. La *maman* de Peterkin, que se había ido con su papá pero que luego había vuelto, era como la hermana Therese. Le preparaba la leche a Luki, la arropaba por las noches y le cantaba, y cuando Luki se despertaba a media noche porque llegaban los hombres malos, entraba en su habitación, con Dagobert, y le aseguraba que esos hombres malos no eran de verdad. Pero la *maman* de Peterkin no era su papá. Luki quería que su papá volviera. Su papá le había prometido que no volvería a irse nunca más y ahora se había ido.

Se tocó la cinta que la *maman* de Aube le había puesto en el pelo, una de color verde que había elegido porque era el color de la cinta que Pemmy llevaba al cuello y también el de los ojos de su papá. Ojalá Pemmy se cansara pronto de ser princesa y le dijera a la reina que quería volver con Luki. Ojalá pudiera pedirle a la Dama María de piedra que le devolviera a su papá, y también a su *mutti*. Ojalá pudieran sentarse todos juntos en el tronco de los sueños y cantar.

Parpadeó para impedir que le cayeran las lágrimas.

Notó unos dedos fríos enlazándole la mano; era la *maman* de Aube. *Madame* Nouget le cogió la otra mano y la *maman* de Peterkin abrazó a Peterkin. Rose y María estaban viendo también como los hombres obligaban a la vaca a andar por encima de una plancha para subir a su camión.

—Adiós, Madame LaVache-à-Lait —musitó Luki—. Eres una vaca muy buena.

Le habría dicho adiós con la mano, pero no quería soltarse de las manos que la sujetaban.

Miércoles, 4 de diciembre de 1940
A BORDO DEL SS SINAÏA

El tercer día, Nanée consiguió convencer al pobre y desgarbado niño con la cara marcada por la viruela de que le llevara una nota al capitán. Y Varian y ella se llevaron una enorme sorpresa cuando recibieron a modo de respuesta una invitación al camarote del capitán. Este les sirvió cerveza y les pidió disculpas por no tener nada mejor que ofrecerles ni ninguna forma de ayudarlos.

—La Administración me ha confiscado el barco —les explicó—. El asunto no está en mis manos.

Nanée, aun cuando llevaba días a bordo sin apenas oportunidades para asearse, no temía realmente aquel cautiverio. No le cabía en la cabeza la posibilidad de que acabaran enviando a una norteamericana a un campo de internamiento. Y no tenía además a nadie que dependiera de ella excepto Dagobert, que sabía que estaría bien cuidado por T y mimado por Peterkin, Aube y Luki, por mucho que debiera de sentirse tan confuso como cuando lo dejó en Brive con T justo antes de la caída de Francia. Qué terrible debía de haber sido para Edouard saber que su hija de cinco años lo estaba echando tanto de menos.

Pero la verdad es que no entendía por qué aquel capitán no les permitía al menos enviar una nota al consulado, y estaba sugiriendo precisamente eso cuando el asistente del capitán apareció en la puerta para anunciar una visita, y Harry Bingham hizo su entrada como si Nanée acabara de invocar milagrosamente su presencia.

—Varian —dijo el vicecónsul—, ¿cómo demonios ha acabado metido en este embrollo? —Al ver entonces a Nanée, rio entre dientes—. Nanée —saludó, e intercambiaron besos a pesar del vergonzoso estado en que se encontraba ella—. La última vez que la vi, partía hacia París. Imaginaba que su intención era regresar directamente a casa desde allí.

—Pfff. ¿Y olvidarme de una hospitalidad tan extraordinaria como esta?

—Hospitalidad —repitió el capitán. Abrió un armario y sacó de su interior una botella de *whisky* de calidad y cuatro copas de cristal. Y eso que no tenía nada mejor que cerveza—. *A votre santé* —dijo.

Bingham había estado intentando encontrar a alguien con autoridad que se encargara de liberarlos desde que Gussie había acudido a él con la noticia de que habían sido arrestados. Sin embargo, con tantos arrestos era imposible saber dónde los habían llevado. E incluso después de recibir la nota de Varian, su influencia era limitada, puesto que los franceses se desvivían por quitarse las culpas de encima en el caso de que algo acabara saliendo mal durante la estancia de Pétain en la ciudad. Pero el líder de Vichy se iba al día siguiente y Bingham esperaba tener más suerte por la mañana.

—¿Y no podría, entre tanto, trasladar a mis amigos a unos camarotes decentes de primera clase? —le pidió al capitán.

Por desgracia, no disponían de vigilantes suficientes para poder acomodar la petición. Pero al menos ya había alguien de fuera que sabía que estaban allí.

A la mañana siguiente, detectives armados con ficheros se instalaron en el vestíbulo de primera clase mientras en cubierta los soldados empezaban a llamar por nombre. Uno a uno, fueron poniendo en libertad a los prisioneros y solo algunos de ellos, extranjeros todos, fueron enviados de vuelta al salón por alguna indignidad cometida.

Danny le dijo a Edouard:

—Coge mis papales. Hazte pasar por mí. Me parece que no hacen más que cotejar nombres con una lista.

Estaban todos amontonados, discutiendo en voz baja si era más seguro para Edouard utilizar el pasaporte francés de Danny o su permiso de residencia, que Nanée había vuelto a asegurarle que era auténtico, cuando llamaron a Danny por el nombre y tuvieron que tomar una decisión.

Danny fue a presentarse. El chico con el que Nanée había entablado amistad repasó la lista, localizó el nombre de Danny y lo tachó. Pero en vez de enviarlo a tierra, lo mandó en dirección contraria, hacia el salón.

Nanée estaba ya intentando inventar algún tipo de intervención, segura de que podría camelar al pequeño Paul, cuando el chico gritó el nombre de Edouard.

Edouard cruzó la cubierta. Y dio la sensación de que pasaba una eternidad hasta que el chico localizaba el nombre pese a haberlo llamado hacía tan solo un instante. El pobre chico parecía perplejo. Había cometido un error y estaba buscando la manera de solventarlo, supuso Nanée.

Nanée se acercó a la mesa y dijo:

—Paul, ¿y no tienes también mi nombre en esa lista?

El chico se quedó en blanco, la distracción que ella estaba buscando.

—No —respondió el chico—. Ya me gustaría tenerlo, pero la lista de las señoras la lleva otro.

—Nos vemos entonces en tierra —le dijo a Edouard, que captó lo que estaba tramando Nanée y echó a andar antes de que el chico se diera cuenta de que ella había tomado la decisión por él.

Nanée se quedó allí, charlando con despreocupación mientras Edouard recorría la pasarela, saltaba del barco y se perdía de vista. No fue hasta que se hubo ido que Nanée comenzó a fijar su atención en la lista del chico: el nombre de Danny y, debajo, el de Edouard. Nombres y muy pocos detalles, y una columna final en la que había una señal junto al nombre de Edouard, pero no en el de Danny. Examinó la página hasta llegar a otro nombre con una marca igual.

—¿Eso qué significa, Paul? —preguntó.

El chico miró la marca que señalaba Nanée.

—Esos son los que no podemos dejar marchar.

El chico no había seguido correctamente la línea horizontal. El que tenía que irse era Danny y Edouard habría tenido que quedarse.

—¿Y los va a llevar a algún lado este barco? —preguntó Nanée, quien necesitaba entender de cuánto tiempo disponían para sacar a Danny de allí y qué podían querer de Edouard los detectives que habían ocupado el salón.

El chico se encogió de hombros.

—No creo. Pero acabo de darme cuenta de que he enviado al salón a uno en vez de otro. Eso es lo único que sé.

A media tarde, Nanée y todos los demás, excepto Danny, estaban en libertad y a bordo del tranvía, con Edouard y André rumbo a Villa Air-Bel para reencontrarse con sus hijas, mientras Nanée y Varian iban a la ciudad para ver qué se podía hacer por Danny. Las calles de Marsella seguían engalanadas con banderas y guirnaldas con banderines. Parte de la *Garde* Pétain seguía paseándose con arrogancia por las calles, donde los barrenderos se afanaban en trabajar. Las redadas no habían tenido nada que ver con las actividades ilegales, sino que simplemente habían limpiado las calles de cualquiera que fuera susceptible de provocar disturbios durante la visita de Pétain a la ciudad. De no haber sido por la maleta de la hermana de Jacqueline, los habrían ignorado por completo.

Danny había conseguido cerrar la oficina la mañana de las redadas y ninguno de los empleados había sido arrestado. La actividad legal del CAS seguía de nuevo viento en popa cuando Nanée y Varian llegaron a sus dependencias. Al entrar en su despacho, Varian encontró a un desconocido sentado en su silla y con los pies sobre la mesa. Varian mantuvo la calma. Imperturbable. Llevaba tiempo esperando aquel momento y, típico de Varian, ya había pensado cómo gestionarlo. De modo que mientras Jay Allen —un periodista enviado por el Comité de Rescate de Emergencia de Nueva York para sustituirlo— le explicaba que a partir de aquel momento él gestionaría el CAS a tiempo parcial y dejaría a su asistente al cargo mientras viajaba por Europa ejerciendo labores de periodista, Varian fue asintiendo como si le pareciera bien. Varian sugirió entonces que Nanée fuera a ver al capitán Dubois para averiguar si podía sacar a Danny de aquel barco, en tanto que él se encargaba de transferir su despacho al señor Allen y la señorita Palmer, simulando que colaboraba en las labores de transición de la oficina mientras, comprendió Nanée, ganaba tiempo antes de que acabaran obligándolo a regresar a los Estados Unidos.

Pero Allen no estaba dispuesto a dejar marchar todavía a Nanée. Al parecer, por la mañana había llegado un paquete a su atención, sin remitente, y quería que lo abriese delante de ellos. Desde el primer momento quedó claro que aquel hombre no estaba dispuesto a romper las reglas ni a poner en riesgo su seguridad para ayudar a los refugiados.

Nanée le sugirió a Allen que abriera él mismo el paquete, de modo que fue él quien extrajo a Pemmy de la caja. Y cuando el pequeño Joey cayó de la bolsa de la canguro, sorprendiéndolo, Nanée no pudo evitar romper a reír. Entonces Varian, a juzgar por su expresión, tuvo que contener las carcajadas.

—Es de una niña con la que estuve viajando —explicó Nanée, manteniéndose fiel a la verdad.

¿Quién había dejado allí el paquete? No tenía ni idea. Lo cual también era verdad.

—¿Y cómo sabemos que no están utilizando eso para pasar alguna cosa ilegalmente? —preguntó Allen.

—¿En un juguete? —dijo la señorita Palmer.

—Si lo desea, puede usted examinar a este pobre y mimado canguro y a su bebé —dijo Nanée—, para ver si puede encontrar alguna puntada que haya sido alterada.

Allen puso mala cara.

—Tengo que coger un tren. Señorita Palmer, ocúpese usted de esto.

Nanée y Varian lo despidieron, aliviados, e incluso la señorita Palmer dio muestras también de alivio. Nanée recogió al pequeño del suelo y se lo ofreció a la mujer, que se negó a cogerlo.

—Estoy segura de que la criatura a la que pertenece estará muy contenta cuando lo recupere —dijo.

Nanée dudó unos instantes antes de decir:

—Ándese con mucho cuidado por aquí, señorita Palmer. En Marsella, no todo el mundo va con buenas intenciones.

Varian no estaba dispuesto a revelar a Allen y Palmer sus rutas secretas, los lugares donde escondían a los refugiados y tampoco cómo convertían en francos las contribuciones en dólares que realizaba Nanée. Nanée lo entendió enseguida. Con los recién llegados realizaría la transición de su trabajo legal de ofrecer asistencia a los refugiados siguiendo los métodos limitados que Vichy permitía, mientras que su gente continuaría desde Villa Air-Bel con el trabajo de sacar refugiados de Francia.

Nanée dejó a Varian con la señorita Palmer y se fue a visitar al capitán Dubois, que estaba furioso después de enterarse que trabajadores del CAS habían sido arrestados durante las redadas. ¿Y por qué no se habían puesto en contacto con él para pedirle ayuda? Nanée lo acompañó hasta el barco, pero se esperó en tierra. Danny salió minutos más tarde. No tenía más idea que cualquiera de ellos de por qué lo habían retenido ni de por qué habían sido todos arrestados, para empezar.

—Eficiencia de Vichy, simplemente eso —dijo Nanée.

Jueves, 5 de diciembre de 1940
VILLA AIR-BEL

Luki acercó a Pemmy, y luego a Joey, a su papá para que pudiera darles un beso de buenas noches. Estaban todos acurrucados bajo el calor de las mantas y su papá había estado leyéndole las cartas que le había escrito, aunque no hubiera podido enviárselas.

—Escúchame bien, Pemmy —dijo el papá de Luki—, hazle compañía a Luki unos minutos y no permitas que pierda otro diente. Tengo que ir un momento a hablar sobre un tema con el señor Fry.

Luki asintió.

—¿Sobre lo de ir a América?

—Sí.

—¿Juntos?

El papá de Luki puso la cara que solía poner cuando estaba pensando.

—Juntos, sí.

—¿Iremos en tren?

—Nos marcharemos de aquí en tren. Luego a lo mejor tenemos que hacer parte del camino andando. Y después haremos un largo viaje en barco.

—América está muy lejos.

—Sí.

—Y es donde viven los ángeles.

—¿Los ángeles?

—*Tante* Nanée vive allí, aunque ahora viva aquí. Es lo que me contó en el tren. Que esta es su casa. ¿Iremos en el mismo tren?

El papá de Luki se quedó callado, ese silencio que siempre ponía nerviosa a Pemmy.

—Sí —respondió por fin—, esta vez iremos todos en el mismo tren.

—Podríamos ir en el tren en el que vinimos *tante* Nanée y yo. Teníamos una cama enorme, un lugar para sentarnos y nuestro propio baño. ¿Y ella también vendrá?

—¿Quién? ¿Nanée? —dijo el papá de Luki acariciándole la cabeza. Luki cerró los ojos cuando su papá le acarició la frente, y le acarició también la frente a Pemmy, para que se sintiera calentita y a gusto como ella—. ¿Te gustaría?

¿Que si le gustaría que *tante* Nanée fuese con ellos? Le daba miedo tanto que *tante* Nanée no fuera un ángel como que pudiera serlo y entonces acabara yéndose volando para estar con su *mutti* y dejara solo a su papá. De modo que respondió, muy bajito:

—Me gustaría que pudiese venir *mutti*.

Su papá la estrechó con fuerza. Y Luki notó que lloraba, aunque no hiciese ningún ruido. Luki preguntó entonces, en un susurro:

—¿Sabes si en América hay troncos de los sueños?

El papá de Luki le acarició las mejillas y la observó fijamente, tal y como la miraba siempre que estaba triste y ella también estaba triste. Le estampó un beso en la mejilla y dijo:

—Seguro que encontraremos alguno.

VILLA AIR-BEL

La maldita policía se había llevado a la vaca. Nanée se alegraba de estar durmiendo de nuevo en su propia cama, de comer raciones escasas y de poder sumergirse en la bañera de zinc, pero sin la leche de Madame LaVache no había comida suficiente para los niños. Danny y T decidieron que tenían que enviar otra vez a Peterkin con la madre de Danny, que seguía en Juan-les-Pins. Los Breton podrían haber hecho lo mismo de haber tenido familia a la que enviar a Aube y de no haber necesitado tenerla cerca cuando llegaran sus visados norteamericanos. Pero para Luki era distinto. Sí, aquel chico había cometido un error y habían retenido a Danny, en vez de a Edouard, pero durante la redada, la policía de Marsella había tomado nota de toda la información relativa a Edouard. Ahora sabían que vivía en el *château*, y si la Gestapo no se había enterado aún de ello, no tardaría mucho en hacerlo.

—Enviaremos a Edouard por la ruta F —le dijo Varian a Nanée la mañana después de ser liberados del barco.

Nanée comprendía la urgencia de sacar a Edouard del país, pero ¿por qué se lo estaba contando Varian? La estrategia de Varian siempre había sido la de saber solo lo imprescindible.

Le había pedido a Nanée que se reuniera en la biblioteca con él y con Maurice, que acababa de llegar de la frontera con la alarmante noticia de que Azéma, el alcalde de Banyuls —conocido por la amabilidad con la que se entretenía charlando con gente en la playa o en el puerto mientras ayudaba con discreción a pasar refugiados por la frontera— había sido sustituido y no se le había vuelto a ver. Maurice confiaba en que el alcalde hubiera pasado a España siguiendo la misma ruta que había trazado para ellos, pero no había forma de saberlo. Y su sustituto era un seguidor de Pétain.

—¿Y los otros amigos que tenemos allí? —preguntó Varian.

Maurice le explicó que Hans y Lisa Fittko estaban gestionando una nueva vía de escape desde Banyuls a través de los Pirineos.

—Hans y Lisa siguen allí —dijo—. Pero se ve que, nada más llegar, el nuevo alcalde convocó a Lisa y le dijo que no era tonto, que sabía exactamente a qué se dedicaba.

Varian se quedó alarmado.

—¿Y lo sabe?

—Se imagina que es una espía británica. Le dijo que la tenía calada, pero que podía «guardar silencio» si no le daba problemas…, tal vez una invitación a un soborno o una simple forma de marcar territorio para evitar verse acusado de colaborador en el caso de que acabe cambiando la dirección del viento. No es necesario que os diga que Hans y Lisa están muy nerviosos. Están dispuestos a sacar de Francia a los últimos refugiados que tengamos y a cambio recibir los visados de los Estados Unidos que les prometiste.

—No sé cómo hará Edouard para cruzar los Pirineos con la niña —dijo Varian—. No podemos correr el riesgo de solicitar documentos de tránsito o de salida para Luki. Llamaría excesivamente la atención, sobre todo teniendo en cuenta que el nombre de Edouard ya consta en las listas de la Gestapo. —Llegaron a la conclusión de que el motivo por el cual había gente que se había quedado detenida en el barco mientras el resto era puesto en libertad era que estaban siendo buscados por la Gestapo—. Y no disponemos de tiempo, de todas formas. Necesitamos sacarlos del país ya. Que llevar a la niña ayude para que puedan pasar como trabajadores del campo es improbable, de manera que tendrán que hacerse pasar por gente que ha decidido aprovechar el fin de semana para hacer un pícnic campestre o algo por el estilo. No podrán llevar con ellos más que un zurrón, de esos que sirven para llevar una barra de pan y una botella de vino. Aunque imagino que los Fittko sí que podrán sacar parte del trabajo y de las cosas de Edouard en tren.

Varian le entregó a Nanée una tira de papel de color con números escritos.

—¿Los Fittko tienen la otra mitad? —Hasta aquel momento, Nanée ni siquiera había pensado en los detalles de cómo funcionaba el proceso, en cómo los Fittko podían estar seguros de que la gente que se presentaba en su casa eran protegidos del CAS y no impostores dispuestos a aprovecharse de ellos para salir del país.

Varian se levantó para avivar el fuego, que proyectó chispas y restalló.

—Un hombre que viaje solo con una hija como Luki llamará la atención.

—Entiendo. —Le estaba pidiendo que se encargara ella de Luki—. ¿Solo hasta la frontera?

—Eso va a depender de ti, Nanée.

Su visado de tránsito francés seguía siendo válido, pero no disponía de un visado de salida francés ni de tiempo suficiente para conseguirlo. Si salía ilegalmente, no sería fácil volver a Francia.

—Todos lo entenderemos, si decides marcharte —dijo Varian. Dagobert emitió un quejido y Varian se agachó para acariciarle la cabeza—. He estado pensando que tal vez me gustaría tener un perro —añadió—. ¿Crees que Dagobert toleraría tener que compartir el *château* con otro perro?

—*Villa Espère un Ami Chien* —dijo Nanée. Sí, veía muy bien a Varian con un perro.

—Tenemos el visado de los Estados Unidos de Edouard y el pasaporte de Luki —continuó Varian—. Edouard tendrá que viajar con nombre falso hasta Portugal; son documentos que ya tenemos en marcha.

Habían tenido acceso a un documento de identidad de alguien que había fallecido justo aquella mañana y cuya descripción encajaba con la de Edouard lo suficiente como para que pudiese utilizar los documentos del difunto.

—Así que, con un poco de suerte, el domingo —dijo Varian.

—¿Pasado mañana? Es… ¿Y qué pasará con…? —Miró a Dagobert, que estaba mirándola con expectación.

370

Varian acarició las orejas del perro tal y como solo Nanée se las acariciaba y Dagobert sacudió la cabeza.

—Me temo que atraería demasiado la atención hacia Luki y hacia ti.

Varian sabía que no debía pronunciar el nombre de Dagobert en voz alta.

Nanée se detuvo unos pasos antes de llegar a la habitación de Edouard. Había ido a buscar las cosas de Luki, que tendrían que viajar en su maleta hasta que llegaran a Banyuls. Edouard viajaría como el próspero hombre de negocios Henri Roux, puesto que los ricos presentaban probabilidades de ser interrogados mucho menores que los pobres, mientras que Nanée seguiría siendo Nanée y Luki sería su sobrina. Edouard viajaría en un compartimento de primera clase contiguo al de ellas y con billetes que Varian ya había conseguido. Era más seguro que Nanée y Luki viajaran por su cuenta, por si acaso la identidad falsa de Edouard acababa siendo descubierta, pero la proximidad permitiría a Luki el consuelo de saber que su padre estaba justo al otro lado de la pared y le daría a Nanée alguna posibilidad de ayudarlo si se encontraba en un apuro y le enviaba un aviso dando, por ejemplo, unos golpecitos a la pared.

La puerta de la habitación de Edouard estaba entreabierta. Estaba haciendo la maleta, de espaldas a ella, y sus hombros huesudos se curvaban hacia delante bajo una camisa con las mangas arremangadas; sus caderas huesudas quedaban ocultas por un pantalón que ni siquiera le habría servido la noche en que lo conoció, antes de los campos de internamiento que fueron primero franceses y luego de Vichy. Había dejado encima de la cama las alpargatas que Varian había traído para abordar mejor el camino pedregoso que cruzaba el Pirineo, con el empeine de cuero para conservar mejor el calor. Un par para él y otro para Luki. Al lado del calzado, en pequeños montoncitos, había calcetines de lana y ropa de abrigo para subir a las montañas y su Leica, con ocho rollos de película con todos los negativos que había conseguido meter, una *baguette* dura y un libro de la Biblioteca Rosa, el del caballo balancín, que

Nanée había logrado encontrar en Marsella y que había comprado con la excusa de sentarse con Luki por el placer de leerlo juntas. También la carta de Luki que había conservado desde que se fugó de Camp des Milles y las que le había escrito a Luki y no había podido enviarle nunca.

Cogió una fotografía.

Varian le había sugerido que se llevara parte de su obra, pero que fuera con cuidado con las fotos que elegía por el riesgo de ser capturado con ellas. «No podrás llevarlas cuando cruces los Pirineos —le había dicho Varian—, pero supongo que existe alguna probabilidad de que los Fittko encuentren a alguien que cargue con ellas, una probabilidad pequeña, pero siempre es mejor eso que nada».

Había sido Nanée la que había tenido la idea de llenar de negativos algunos rollos de película de treinta y cinco milímetros y esconderlos en el interior de una *baguette* agujereada que envolverían en papel y llevaría Edouard en su pequeño zurrón. De este modo, podría transportar gran parte de su trabajo e imprimirlo cuando llegara a los Estados Unidos, sin necesidad de correr el riesgo muy superior de que le encontraran encima un montón de fotografías. Nanée se preguntó qué negativos habría decidido llevarse. ¿Los que ella le había traído desde Sanary-sur-Mer? ¿Los de las fotos que había estado haciendo las últimas semanas? ¿Los de cuando estuvieron confinados en la Évêché y en el barco?

Sí, las imágenes de la Évêché y el barco. Su publicación abriría los ojos del mundo a lo que estaba sucediendo allí, a la vida de los que querían escapar desesperadamente de Francia, de refugiados que eran incapaces de encontrar refugio. Tal vez se llevaría también los negativos de las fotos que había hecho en la casa, de la vida en Villa Air-Bel, un lugar que Edouard podía amar pero que seguía siendo un espacio de confinamiento. Podía retener los negativos hasta que Varian se viera obligado a salir de Francia, para de este modo no poner en peligro a protegidos como André, cuyo estatus como antiguo comunista estaba dificultando la consecución de su visado en los Estados Unidos. Si Danny conseguía continuar liderando la iniciativa después de que Varian se viera forzado a marcharse, las imágenes de Villa Air-Bel seguirían meses, o quizá años, sin poder ver la luz. Y cuando Danny ya no pudiera seguir adelante con su trabajo, Edouard podría publicarlas. Es lo que tendría que hacer. Era lo que ella quería que hiciese.

Pero si capturaban a Edouard intentando salir de Francia con aquellos negativos encima, sería arrestado y acusado de cometer un crimen contra Vichy y contra Francia. Acusado de traición. Y si lo capturaban simplemente llevándolos encima, sin ni siquiera intentar huir del país, sería suficiente como para condenarlo a muerte.

Edouard agachó la cabeza, un gesto que dejó al descubierto lo irregular de su corte de pelo y el vello que le crecía en la nuca y asomaba por encima del cuello de la camisa.

Si no encontraban a nadie que pudiera pasar la maleta por la frontera, lo haría Nanée. Podía solicitar un visado francés de salida con carácter urgente y llevarlos ella. Le revisarían el equipaje en la frontera, por supuesto. Y tal vez descubrieran los negativos con imágenes de lo que Vichy le estaba escondiendo al mundo. ¿Qué harían entonces? ¿Se quedarían el trabajo de Edouard y le dejarían a ella continuar con su viaje, o la arrestarían?

Edouard se pasó una mano por la nuca, como si estuviera pensando antes de tomar una decisión complicada, y se volvió entonces ligeramente, lo bastante como para que Nanée pudiera ver que tenía una foto en la otra mano.

Desnudo, inclinado. Esposa fantasma. La fotografía que había impreso tantas veces en Sanary-sur-Mer. Cuando había estado allí, Nanée había devuelto las copias al lugar donde las había encontrado y las había dejado en la casa. Debía de haberla impreso de nuevo aquí, en Villa Air-Bel. ¿Pretendía llevársela? ¿Estaba dispuesto a poner en peligro su vida, y quizá también la vida de Luki y la de ella, por aquella única fotografía? Una mujer desnuda. Si se la descubrían en un registro, sería considerada indecente y causa de arresto, por mucho que hubiera conseguido hacerse pasar por otro.

Sábado, 7 de diciembre de 1940
VILLA AIR-BEL

Edouard estaba en su habitación, mirando *Salvación*, con todos los sentidos inundados por el dolor de dejar atrás el único mundo que Elza había conocido, el único mundo que habían compartido. Inspiró hondo e intentó serenarse. Era lo mejor, tanto para él como para Luki. Empezar de nuevo. Comenzar la vida que había imaginado que comenzarían en Sanary-sur-Mer, una ilusión que no había conseguido hacer realidad porque seguía atrapado por la obsesión de la pérdida. Y ahora, el recuerdo de Elza seguía siendo tan real que incluso podía olerla en aquella foto, y con su olor, saborearla, oír el sonido de su respiración.

Se volvió, y hasta entonces no comprendió que el sonido de la respiración que estaba oyendo no era el de Elza, que el perfume no era el de Elza, sino de Nanée.

Nanée estaba allí, en el pasillo, más allá de la puerta de la habitación de Luki. Y entonces abrió la puerta de su habitación, donde habían hecho el amor la noche pasada y la noche anterior, donde él le había pintado la espalda y la había fotografiado después de que llegara a la casa con Luki. ¿De verdad que solo había pasado una semana?

Volvió a mirar la foto, *Salvación*. La dobló por la mitad, y cuando oyó que la puerta de la habitación de Nanée se cerraba, salió a la biblioteca, la arrojó a la chimenea y dejó que las llamas la consumieran. El negativo estaba secuestrado dentro de la *baguette*, en uno de los rollos de película. Tal vez algún día volviera a imprimirla, cuando pensara que podía hacerlo sin problemas, cuando de verdad sirviera para curarlo.

Guardó las cartas en la maleta vacía, tanto la que le había enviado Luki como las que él le había escrito. También debería quemarlas;

contenían demasiados detalles sobre la vida en los campos como para ser transportadas con seguridad. Las sacó de la maleta y las guardó en el bolsillo de la camisa que colgaba de su armario, la camisa que Jacqueline le había comprado el día después de su llegada a Villa Air-Bel. Se la pondría al día siguiente, cuando emprendieran viaje.

Sábado, 7 de diciembre de 1940
VILLA AIR-BEL

Nanée entró en su habitación pensando aún en la foto de Edouard. *Esposa fantasma.* Le había sorprendido encontrar la puerta abierta; ella intentaba andarse con mucho cuidado para no dar pistas a nadie que no necesitara saberlo de que iba a acompañarlo hasta la frontera. Pero todo el mundo en Villa Air-Bel sabía que Edouard y Luki se iban.

T estaba sentada a los pies de la cama, con el traje de chaqueta de Robert Piguet doblado pulcramente en su regazo.

—Póntelo por mí, Nan —dijo—. La única ropa decente que tienes, si no es esto, son pantalones, y llamarían un tipo de atención que no te conviene para nada. Necesitas un traje convincente. Lo que vas a hacer es muy peligroso.

—¿Qué crees que voy a hacer? —replicó Nanée, en tono de protesta. T no era alguien que necesitara conocer muchos detalles.

T la miró fijamente.

—Vas a viajar ilegalmente por media Francia con un refugiado alemán buscado por la Gestapo e incluso, quizá, a cruzar la frontera con él.

Nanée cerró la puerta.

—¿Pretendes, entonces, marcharte de Francia con él? —preguntó T.

Nanée miró a su amiga; era mucho más menuda que ella, pero había conseguido muchas más cosas. Era esposa. Madre. Una mujer importante en quien confiaba plenamente Danny.

—Deberías hacerlo —dijo T—. Deberías irte con Edouard. Aprovechar la oportunidad por una vez en tu vida. No utilices la excusa de que debes quedarte para ayudar a Varian. Los días de Varian aquí están contados.

Se oyó la voz de Edouard en la habitación contigua. Estaba acostando a Luki y le leía las cartas que le había escrito, como hacía cada noche. Siempre las partes graciosas. Las partes insustanciales. Nanée se preguntaba si todo lo que le había escrito era así o si seleccionaba lo que le leía.

—¿Pretendes que abandone Francia por un hombre al que apenas conozco? —dijo, con un desenfado que no sentía. Edouard no había pasado más de un mes en Villa Air-Bel.

—El trabajo que estamos realizando aquí terminará pronto, te quedes o no.

¿Sería realmente así? ¿O cuando Varian se marchara, Danny asumiría el mando y la iniciativa seguiría adelante? Nanée cerró los ojos, prestó atención a la voz de Edouard y se preguntó si más tarde acudiría a verla, si le susurraría su nombre al oído y le haría el amor antes de volver a su habitación por si Luki se despertaba y no lo encontraba.

—No creo que sea bueno para Luki —dijo.

—¿Que tú te marches con ellos o que tú te quedes aquí? Debería haber presionado para que lo conocieses mejor mientras estabas en París.

—Recuerda que aquel mismo día Edouard se marchaba a Sanary-sur-Mer.

—Deberías haberle escrito cartas, como hicimos Danny y yo. Y Sanary-sur-Mer tampoco quedaba tan lejos para una chica con avioneta.

Si Edouard le hubiera enviado aquella nota de agradecimiento que había encontrado en el escritorio de su casa en Sanary, Nanée le habría escrito una carta de respuesta. ¿Por qué no la habría enviado? ¿Por qué no le habría escrito ella primero? ¿Cómo era posible que se conocieran mínimamente bien con las pocas semanas que habían pasado juntos? ¿Podía llevarlo a un mundo donde ella sería eternamente juzgada por no ser el tipo de mujer que no soportaba ser, donde todos sus conocidos darían por sentado que Edouard era un refugiado sin un céntimo que no la amaba a ella sino a su dinero? Y, por otro lado, sabía que en cuanto saliera de Francia ya no podría volver.

—Cuando acabe la guerra, Edouard ya no querrá ese recuerdo de su esposa que ve ahora en mí.

—Eso sería mejor que lo decidiera él.

—Luki…

—Luki ya te considera su madre.

—Pero no lo soy.

T sonrió con dulzura.

—Sé que te estás despidiendo de este lugar. Que estás grabando esta casa en tu memoria.

A Nanée le habría gustado llevarle la contraria, decirle que no había estado haciendo eso, ni mucho menos, que no había estado despidiéndose ni de la bañera de zinc ni de la sillita del invernadero donde tanto le gustaba sentarse a leer, tampoco del reloj de la repisa de la chimenea que se negaba a reconocer el paso del tiempo, del estanque que habían rescatado de su estado ruinoso y de la vista al mar que se divisaba desde el belvedere, ni siquiera de los árboles que con tanta frecuencia se transformaban en expositores de obras de arte.

—Por si acaso… —reconoció—. Por si acaso decidiera marcharme… —No a su casa. Porque aquella villa era más su casa que cualquier otro lugar en el que hubiera vivido, y su improvisada familia era más familia que cualquiera de los que vivían en Evanston—. Por si acaso decidiera volver.

T se secó una lágrima.

—¿Cómo voy a soportar estar aquí sin ti? Sé que deberías marcharte. Y quiero que lo hagas. Pero también quiero que te quedes. Egoístamente, quiero que te quedes. Me pregunto quién se las arreglará con todo tan bien como te las arreglas tú. ¿Quién gestionará los cambios de divisas? ¿Quién se pateará las calles de Marsella para entregar mensajes? Pero lo que en el fondo de verdad me pregunto es quién encenderá la chimenea cada noche y nos hará cantar a todos. Da igual que seas incapaz de seguir la melodía. ¿Quién hará reír a Danny?

—Soy perfectamente capaz de seguir cualquier melodía.

—Eso no es verdad, pero igualmente me encanta cómo cantas. A todos nos encanta cómo cantas. —T alisó el traje, que seguía en sus manos—. Puedo permitir que te marches, pero no me permitiré perderte. Y esto… Tal vez… Vas a necesitar ser lo más convincente que puedas. Una mujer importante. Una mujer a la que nadie…

—No me quedan ni unas medias.

—Nan, a nadie le quedan ya medias.

—Este traje no es en absoluto apropiado para andar por los Pirineos.

Una vez más, ese tono despreocupado que para nada sentía.

—Esto no es Aero-Chanel, de acuerdo. Pero la verdad es que nunca has sido de las que se visten adecuadamente para la ocasión, sino que simplemente finges que lo haces.

Qué a gusto se había sentido con aquel vestido de Chanel y su cazadora de aviador, incluso en aquella exposición surrealista tan desconcertante. Y T tenía razón, por supuesto. Las faldas que se ponía Nanée para ir a repartir mensajes en el Panier no eran para nada apropiadas para una americana rica que viajaba en primera clase. Sus pantalones, aun siendo elegantes, atraerían una atención indeseada. Y era demasiado grande para pedirle algo prestado a T y demasiado pequeña para pedírselo a Jacqueline.

Se apartó del maldito traje, que seguía en el regazo de T, para acercarse a la ventana. El exterior estaba oscuro y la habitación iluminada, de modo que el cristal reflejaba una versión borrosa de su propia cara.

—Ni siquiera conseguí liberarlo —dijo.

—¿A Edouard? —dijo la voz de T, volviéndose hacia ella—. No tenías forma de saber que ya no estaba en el campo.

—Ni siquiera conseguí liberarlo —repitió.

—Pero lo que hiciste fue muy valiente, Nan. Valiente y altruista. Entregarte a ese hombre. Recuerda que estabas salvando la vida de un hombre.

—No me entregué a él —dijo, aun sintiéndose deseosa de contárselo para calmar su rabia y su vergüenza.

—Pero…

Nanée vio cómo T, reflejada también en el cristal de la ventana, se acercaba el traje al pecho.

—No era mi intención… Lo siento. Es que…, es que pensaba que había habido sexo de por medio. Pensaba que así habías conseguido que liberaran a Edouard.

Nanée siguió con la mirada clavada en el reflejo del cristal y vio que T se levantaba y que trasladaba la mirada del traje de chaqueta que seguía en sus manos a la chimenea apagada, donde en su día tendría que haber ardido la prenda.

—Pfff —dijo, pasado un momento, ese sonido tan útil que había aprendido de las chicas francesas, una forma de desdeñar una cosa cuando carecías de palabras con las que abordarla.

T dejó el traje de chaqueta en la cama, se acercó a Nanée y la abrazó.

—Oh, Nan —musitó.

Su cuerpo era tan ligero, su amistad tan cálida.

—Lo siento —dijo T—. Lo siento. No quería…

T posó las dos manos en las mejillas de Nanée y la obligó a mirarla a los ojos, igual que había hecho con Peterkin cuando se despidió de él en Brive, cuando necesitaba que su hijo entendiera cuánto llegaba a quererlo.

—Te prometo, Nan, que no tienes que sentir ninguna vergüenza. —Secó una lágrima que se deslizaba por la mejilla de Nanée—. El que tendría que sentir vergüenza es él. Toda la vergüenza es suya.

Sábado, 7 de diciembre de 1940
VILLA AIR-BEL

Nanée estaba junto a la ventana de su habitación mirando los plátanos, el belvedere y el jardín iluminados por la luz de la luna e intentando no pensar en el traje de chaqueta de Robert Piguet que colgaba en su armario, ni en la maleta cerrada con sus cosas y las de Luki, que resultarían menos peligrosas en sus manos que en las de Edouard. Con el silencio de la noche, recordó la primera vez que había escuchado el silencio allí, en el belvedere, en compañía de Miriam y de T.

Si Edouard no la visitaba aquella noche, sería porque él lo había decidido así. Luki era su hija. Y aquella era su decisión. Luki seguía queriendo que su madre volviera del cielo. Y él tendría que decidir qué era lo más adecuado para todos.

Y justo cuando Nanée llegaba a la conclusión de que Edouard no acudiría a verla, que de este modo su decisión sería más fácil —que lo que hubiera podido existir entre ellos se había acabado, que no habría una última noche juntos y que si volvía a los Estados Unidos lo haría sola—, llamaron con suavidad a la puerta.

La sombra de Edouard entró, cerró la puerta a sus espaldas. No se metió en la cama, como hacía normalmente, sino que se sentó a los pies de la cama y guardó silencio.

—Estoy aquí —dijo Nanée.

Edouard miró hacia donde había sonado la voz, pero no habló. El silbido de un tren a lo lejos rompió el silencio.

—¿Puedo preguntar…? —dijo Edouard por fin—. Sé que es más de lo que puedo preguntar, pero…

«Sí», quería responder Nanée.

—Pregunta lo que sea.

Edouard se levantó, se acercó a la ventana donde seguía ella y depositó en sus manos unos papeles: sus cartas.

—Llévate a Luki —dijo en voz baja—. Si mañana algo sale mal, déjame donde sea pero, por favor, llévate a Luki. Haz que vaya contigo.

—Edouard, no saldrá nada…

—Luki no es judía —dijo Edouard—. No correrás ningún riesgo. Deja que Luki crea que eres un ángel. Déjale que piense cualquier cosa que la convenza de querer ir contigo, de llegar a los Estados Unidos, de estar segura.

Nanée le tocó la cara iluminada por la luz de la luna. Tenía la piel mojada por las lágrimas igual que ella la había tenido antes, cuando había estado hablando con T.

Edouard se inclinó hacia delante, le estampó un beso en la frente y se marchó, cerrando la puerta con la misma discreción con que la había abierto.

Domingo, 8 de diciembre de 1940
VILLA AIR-BEL

Nanée se detuvo a medio camino de la escalera que bajaba al vestíbulo, donde todo el mundo se estaba despidiendo de Edouard y de Luki. La pequeña llevaba el cabello recogido en dos pulcras trenzas de color caramelo. Nanée se preguntó cómo era posible que hubiera tantos hombres capaces de trenzarle el pelo a una niña.

Aquello era real, pensó. Por fin se iban.

Dagobert apareció a su lado, sin la correa.

Cuando T levantó la vista para mirarla, Nanée intentó verse tal y como ella debía de estar viéndola en aquel momento. Con su maleta nueva —muy similar a la que había tenido que dejar junto a la tumba de *madame* Dupin— cargada con las cosas de Luki y las suyas, entre las que había unas alpargatas de su talla. «Por si acaso Hans y Lisa necesitan tu ayuda para sacarlos de aquí; necesitarás algo para andar más segura por esos caminos pedregosos», le había dicho Varian al dárselas, aunque cuando había comunicado a todo el mundo que Edouard y Luki se marchaban esta mañana, no había mencionado para nada a Nanée. Con el abrigo gris, desabrochado, y, debajo, el traje de chaqueta azul con la fina raya diplomática amarilla que jamás había imaginado que podría volver a ponerse. Se cambiaría y se vestiría con el pantalón, la cazadora de aviador y el pañuelo que llevaba en la maleta en cuanto llegaran a casa de los Fittko, en Banyuls.

Bajó los últimos peldaños con cuidado al recordar la imagen de Rose despatarrada en el suelo de la entrada y luego a André cogiéndola en brazos para subirla a su habitación; recordó que después se había arrodillado para limpiarlo todo y que había sido entonces cuando había descubierto en el suelo la tarjeta postal que sugería que Berthe estaba en Bretaña. Hundió las manos en los bolsillos del abrigo y palpó lo que llevaba en ellos. Qué vacía se quedaría la casa sin la risa de Luki, sin el olor a química de los productos de revelado, sin el sonido de un obturador que se cerraba de golpe cuando menos te lo esperabas, con la disculpa que seguía indefectiblemente a aquel sonido, con la agradable voz de Edouard diciendo que simplemente pretendía documentar aquella vida, que no tenía ni idea de qué haría con todas esas fotos pero que necesitaba hacerlas.

Dagobert le acarició la pierna con el morro, como si hubiera intuido lo que estaba a punto de suceder, que Nanée, igual que había hecho en Brive, se llevaría a la niña y lo abandonaría.

Con timidez, Gussie le ofreció a Nanée su ejemplar de la suerte de *L'envers et l'endroit*.

—Llévalo bajo el brazo izquierdo, nunca bajo el derecho —le dijo.

—Aún lo necesitarás para que te dé suerte.

—Saber que lo tienes tú me dará todavía más suerte.

—Oh, Gussie…

Nanée le dio un beso en la mejilla, incapaz de acabar de dar voz a sus pensamientos. De haber tenido diez años menos y un poco más de sentido común, se habría enamorado de él.

—¿Lista? —le preguntó a Luki.

La niña asintió. Con solemnidad. Con determinación. Resultaba devastador que una criatura tan joven estuviera obligada a conocer toda la fealdad del mundo. Cuando Nanée tenía la edad de Luki, dormía en una cama con dosel, envuelta en encaje, sin pensar para nada que algo pudiera alterarle su noche de sueño y, mucho menos, la vida entera. Cada mañana elegía qué ponerse delante de un armario lleno de ropa y luego jugaba en los arenales del lago Míchigan, leía los libros que le apetecía y aprendía francés con su institutriz. Veraneaba en la bellísima mansión de Marigold Lodge, que ahora era de su propiedad, pasaba largas jornadas a bordo del yate de la familia y jamás se había parado a pensar en la leche que bebía. Pero su padre nunca le había trenzado el pelo. Una vida con riqueza y una vida rica no eran necesariamente lo mismo.

Miró a Edouard: su cara cuadrada, el lunar al final de la ceja izquierda, los impresionantes ojos verde sauce tan impregnados de tristeza como la noche en que lo conoció, en aquella exposición a la que no le apetecía asistir. Su Leica, colgada con correa al cuello, echada hacia un lado. Asintió con la misma solemnidad que su hija. Su equipaje, los negativos escondidos en la *baguette*, estaba en el suelo, al lado de la puerta. Nada de mochila. Solo los alemanes llevaban mochilas, y cuando cruzara los Pirineos, tenía que pasar por cualquier cosa menos por un alemán.

Edouard dijo que le gustaría tomar una fotografía de grupo para recordar a todo el mundo, de modo que se juntaron en el belvedere para poder tener luz natural y enlazaron los brazos para estar más apiñados y caber mejor en la imagen. Nanée cogió a Dagobert en brazos, posó la mano en el hombro de Luki y contempló la larga extensión de Francia que quedaba enmarcada por la pulcra fila de setos, los troncos de los árboles y el encaje de sus ramas: los pinos y los olivos, los tejados de teja roja, los caminos que trazaban el tren y el tranvía y, aquella mañana, un espléndido mar azul. Por alguna razón, con luz le resultaba más fácil imaginarse abandonar todo aquello. Amaba Francia, pero podía dejarla atrás, aunque ojalá pudiera llevarse con ella a Danny, a T y a Dagobert, ojalá pudiera llevarse también la sensación de ser una persona útil e intrépida, de hacer el bien.

Edouard instaló la cámara en el trípode que dejaría en la casa. Encuadró la imagen, realizó todos los ajustes y le enseñó a *madame* Nouget el botón que tenía que pulsar. Se sumó entonces a ellos; enlazó la cintura de Nanée con una mano y descansó la otra en el hombro de Luki. Ahora que su padre estaba a su lado, Nanée soltó a Luki para que Dagobert mirara hacia *madame* Nouget cuando pulsara el botón.

Edouard recuperó la cámara, se la colgó de nuevo al cuello y se cubrió la cabeza con el sombrero de fieltro gris.

—Ya estamos —dijo.

—Espera un momento.

Nanée dejó a Dagobert en el suelo, le quitó el sombrero a Edouard y fijó la vista en la banda de cuero del interior, donde aparecían sus iniciales: «ELM». E iba a viajar como Henri Roux.

Sacó del bolsillo del abrigo la pluma estilográfica que había pertenecido a su padre y se sirvió de la plumilla para rascar y borrar las iniciales de Edouard.

—Estoy obligado a actuar como un criminal —dijo Edouard.

Al captar el dolor en su voz, Nanée subió el volumen de la suya.

—Portarse mal puede llegar a ser increíblemente divertido si asimilas que tienes que hacerlo —replicó.

Deseaba ponerle el sombrero y besarlo, pero se limitó a devolvérselo y a guardarse de nuevo la pluma en el bolsillo.

—Casi lo había olvidado, tengo algo para Pemmy —dijo entonces Nanée, sacando del bolsillo el pasador joya de plata y baquelita roja que había guardado allí nada más levantarse. Se arrodilló ante Luki, igual que se arrodilló en el suelo aquel día para limpiar después del accidente de Rose, y usó el pasador para sujetar correctamente el canguro bebé a su madre—. Así Pemmy no perderá a Joey de camino a América.

Aquello era real, volvió a pensar. Se iban de verdad.

—Joey está tan feliz que quiere cantarte algo —dijo Luki, y le dio cuerda al bebé canguro para que la caja de música escondida en su interior emitiera su melodía—. El *Vals de las flores*.

Nanée le sonrió a Edouard, deseando tener una manera similar de conectarse con él y Luki.

—Seguro que Pemmy también se siente feliz.

—Sí, seguro que sí —dijo Edouard.

—Lo que pasa es que Pemmy no canta —explicó Luki—. Solo canta Joey.

Empezaron otra vez a despedirse. Todos abrazaron a Edouard y a Luki y le desearon buena suerte a Nanée porque nadie, excepto T y Varian, tenía idea de que tal vez Nanée no volviera jamás.

—Nos vemos en Nueva York, pues —dijo Varian, las palabras de despedida que Nanée había acabado viendo menos como una muestra del optimismo de Varian y más como una forma de inspirar confianza a sus protegidos antes de embarcarse en un viaje tan peligroso como el que tenían por delante.

Solo la abrazó T. Al abrazarla le dijo al oído:

—Pídele a Lisa que me mande el traje de chaqueta de vuelta, si es posible. Me recordará que tengo que ser altruista y valiente.

—Y ahora, recuerda bien lo que te voy a decir —le dijo Edouard a Luki—. Nanée te dará la mano todo el camino. Y yo estaré siempre contigo, o un poquito más adelante o un poquitín más atrás.

—Pero yo quiero ir contigo, papá. Quiero estar en el tren contigo.

—Viajaré en el compartimento que estará justo al lado. Subiréis a bordo detrás de mí y así podrás ver dónde estoy. Y podrás dar unos golpecitos a mi pared siempre que quieras y yo te responderé también con golpecitos.

Luki tenía sus dudas, pero entonces le dijo a Nanée:

—¿Podremos leer como hicimos la otra vez que fuimos en tren? ¿Me enseñarás las palabras que lees?

—Me encantaría hacerlo —respondió Nanée.

Nanée se agachó hasta quedarse a la altura de Dagobert. Este le lamió la muñeca, después la cara. Aquello era real, volvió a pensar. Se iban. Y se marcharía con ellos a un lugar que no sentía como su casa. Dejaría a Dagobert en Francia, que tampoco era su casa pero que era el lugar donde más cerca se había sentido de estar en casa.

Acarició el pelaje enredado de Dagobert y volvió a darle dos besitos.

—Eres el mejor perro del mundo —le susurró.

Pegó la cara a la de Dagobert y abrió la boca para saborearlo, para saborear su pelaje y su morrito negro, y aquellos ojos, que jamás dejarían de quererla.

QUINTA PARTE

DICIEMBRE DE 1940

«Por desgracia, el camino que sigue la pared del cementerio de Cerbère se había vuelto peligroso. […] Estaba estrechamente vigilado por los *gardes mobiles*. Al parecer habían recibido órdenes de la Comisión Kundt, que era la agencia de la Gestapo en aquella parte de la Francia no ocupada. […] Lo cual significaba que nos veíamos obligados a cruzar los Pirineos por caminos situados más hacia el oeste, donde las cumbres de las montañas eran más altas y, en consecuencia, el ascenso mucho más extenuante».

Lisa Fittko, *Mi travesía de los Pirineos*

MARSELLA

Edouard siguió a Nanée, que llevaba a Luki de la mano y sujetaba con la otra su elegante maletita, por la amplia escalinata blanca que daba acceso a la Gare de Marseille-Saint-Charles. Pasaron de largo las taquillas y el control de billetes y entraron en la cafetería de la estación, que según había dicho Nanée tenía una salida directa a los andenes; de este modo, y entreteniéndose simplemente para tomar una taza de café del malo, evitarían el control de documentación. Edouard estaba ahora en manos de Nanée. Luki y él estaban en manos de Nanée.

Edouard tomó asiento en una mesa, Luki y Nanée en otra, y mantuvieron en todo momento la apariencia de que viajaban por separado. Pidieron sus cafés por separado y separados siguieron sentados a la espera de que anunciaran la partida de su tren. Edouard abrió el libro de Gussie, que llevaba en la mano izquierda, siguiendo las instrucciones del chico; Nanée se lo había entregado en cuanto perdieron a Gussie de vista, con la excusa de que le resultaba imposible llevarlo si tenía que sujetar a Luki con una mano y cargar con la maleta con la otra, y con el argumento de que, además, él necesitaba la suerte mucho más que ella.

¿Estaría aquel policía observándolo a él o admirando a Nanée? Nanée se había vestido con un abrigo de corte sencillo de color gris para no llamar la atención, pero una mujer como ella atraía miradas incluso envuelta en el papel que utilizaba el carnicero.

Sí, Nanée también se había percatado de su presencia. Y entonces, el policía avanzó directamente hacia ellos, como si supiera quién era Edouard. ¿Sería uno de los policías presentes durante aquella larga jornada en la Évêché, antes de que los encerraran en el barco para asegurarse de que nadie molestara a Pétain?

Edouard trasladó la Leica hacia su cadera, alejándola de la vista del policía, que seguía acercándose. No era el momento de invitar a miradas escudriñadoras. La maleta con sus obras estaba debajo de la mesa; si el hombre acababa llevándoselo para someterlo a un interrogatorio, la dejaría allí. Y Nanée se encargaría de retirarla para que las fotografías no se perdieran.

El policía dudó justo al llegar al lado de Edouard, pero pasó de largo y siguió caminando hacia la mesa de Nanée.

Nanée le dio la mano a Luki y se la apretó. Luki abrazó a Pemmy y levantó la vista hacia Nanée, intercambiando con ella una mirada de complicidad.

Nanée miró al policía con una tranquilidad sorprendente y puso cara de perplejidad, una expresión que no pretendía ser desagradable, aunque Edouard se dio cuenta enseguida de que la intención de Nanée era que el hombre se olvidara rápidamente de prestarle atención.

—Lo siento —dijo el policía—. La he confundido con otra persona.

Nanée sonrió y dio otro sorbo al café.

El policía se fijó entonces en Luki. Y le dijo a Nanée:

—Pero es usted norteamericana, ¿verdad?

—Pfff. ¿Tan evidente es? Llevo una década viviendo en Francia.

—Ah, pero esa mirada… Ustedes, las chicas americanas, desprenden una confianza distinta a la de las francesas. Son más directas. La mujer francesa siempre intenta resultar atractiva.

Nanée rio con tranquilidad.

—¿Pretende decir que carezco de atractivo?

—No, no, en absoluto. —Para intentar recuperar la compostura, le preguntó a Luki—: ¿Cómo se llama tu canguro?

Edouard intentó disimular su angustia. Por suerte, Luki permaneció callada. «*Moppelchen*», pensó. «Mi pequeña gordita, tan flaca ahora».

—¿Y adónde vas? —preguntó el policía.

Pero Luki siguió sin decir nada. Se limitó a mirar a Nanée como si fuera ella su progenitora, y no él. Nanée esbozó una débil sonrisa.

—A lo mejor te apetece un poco de chocolate —continuó el policía, y sacó del bolsillo una pequeña tableta de Chocolat Menier.

Pero Luki siguió mirándolo sin decir nada.

—Me parece que están anunciando nuestro tren —comentó Nanée, aunque Edouard no había oído que anunciaran ningún tren—. La niña es tímida, pero ya la acepto yo por ella, gracias. —Se levantó y cogió la maleta—. Que tenga usted muy buen día, oficial —dijo. Y a continuación, dirigiéndose a Luki—: Por aquí, cariño.

Lo dijo acompañando sus palabras con un gesto, como si quisiera mostrarle a Luki la salida hacia el andén, para que de este modo Edouard la viera y echara a andar por delante de ellas hacia el tren que, de hecho, entraba ya en la estación.

Edouard subió a bordo antes que ellas para que Luki pudiera verlo y entró en su compartimento de primera clase. Guardó rápidamente la maleta para que no quedara a la vista e invitara a su inspección y enseguida escuchó la voz de Luki en el compartimento contiguo. ¿Le bastaría con su documentación falsa si se la pedían aquí, en el tren? El visado de los Estados Unidos con su nombre auténtico, que también le serviría como documentación en vez del pasaporte, estaba cosido en el interior del forro de su americana, junto con su permiso francés de residencia y el documento de puesta en libertad del campo de internamiento. En el bolsillo de la americana llevaba un documento de identidad francés auténtico, el que había pertenecido a un tal Henri Roux, y el nuevo falsificador que trabajaba ahora para Varian se había encargado de sustituir con esmero la fotografía original por una de Edouard. Él había memorizado todo lo que estaba escrito en el documento, todos los datos del auténtico Henri Roux, recientemente fallecido: nacido el 9 de diciembre del año antes de que Edouard naciera, en la Dordoña, hijo de Pierre y Marie Roux. Altura: un metro setenta y siete, muy cerca del metro ochenta de Edouard. El resto de los datos que constaban en el documento eran tan similares a los de él que podrían describirlo a la perfección, con la excepción de la última línea: «*Signes particuliers: Néant*». «Marcas físicas distintivas: ninguna». El auténtico Henri Roux no tenía aquel lunar justo donde acababa la ceja izquierda. Si hubieran dejado la línea en blanco, como en la línea relacionada con el vello facial, el falsificador podría haber mencionado el lunar de Edouard, pero la palabra *Néant* constaba muy clara. Bill Frier tal vez hubiera podido transformar aquella única palabra en algo que sugiriera el lunar de Edouard, pero el nuevo falsificador no tenía tanta pericia. No obstante, Varian le había asegurado que su identidad falsa era segura. Que cualquier comprobación demostraría que Henri Roux era un hombre de negocios francés y que en los archivos no constaría aún su fallecimiento, acontecido hacía tan solo dos días.

Arrancaron instantes después, sin ningún tipo de comprobación de papeles. El tren tardaría el día entero en llegar a Perpiñán, donde harían transbordo para coger un tren de cercanías hasta Banyuls-sur-Mer. La amenaza de ser descubierto seguiría presente a cada minuto. En cualquier momento del trayecto podía producirse un control de documentación. Pero, aun así, mientras Edouard veía Marsella perderse en el horizonte, se preguntó si por fin la suerte estaría de su lado.

Domingo, 8 de diciembre de 1940
MONTPELLIER

—¿Adónde se dirige, *monsieur* Roux? —preguntó, o más bien exigió, según le pareció a Edouard, el inspector uniformado que estaba apostado en la puerta del compartimento.

Edouard intentó no mostrarse a la defensiva. Estaban en la estación de Montpellier, bastante lejos de Marsella para ser la primera vez que le solicitaban la documentación, y el hombre era claramente de Vichy, por las palabras que empleaba, por su actitud, incluso por sus modales. Pero siempre mejor de Vichy que alemán.

Edouard le entregó el billete con destino Banyuls, un billete de verdad pero con el nombre de Henri Roux. Y mientras el inspector lo estudiaba, lo picaba y se lo devolvía, Edouard intentó mostrarse relajado.

—¿Y sus papeles?

Edouard le entregó el documento de identidad con las huellas dactilares de un hombre muerto pero aún no enterrado.

—¿Qué negocios tiene usted en Banyuls? —preguntó el inspector. Exigió, más bien—. ¿Y qué necesidad tiene usted de llevar una cámara?

Edouard sonrió y levantó ligeramente su Leica, sin saber muy bien si se sentiría elogiado si le hacía una foto o si se mostraría receloso.

—Estoy explorando Banyuls como lugar donde expandir mis negocios —respondió—. Y las fotografías suelen resultarme útiles para recordar detalles.

El hombre frunció el entrecejo, muy poco convencido.

Edouard observó horrorizado cómo el inspector empezaba a verificar uno a uno los datos del documento de identidad de Henri Roux, cómo iba murmurándolos casi para sus adentros e iba mirando a Edouard para confirmarlos.

—Altura: metro setenta y siete.

Edouard presionó los pies contra el suelo con todas sus fuerzas, confiando en poder encogerse aquel par de centímetros.

—Óvalo de la cara: cuadrado.

—Tez: morena.

—Pelo: castaño.

—Sin bigote.

«Sin bigote», pensó Edouard. «Pero no sin marcas físicas distintivas». ¿Había alguna posibilidad de poder convencer al inspector de que su lunar no era lo bastante distintivo o de que había sido obviado sin querer?

—Frente: normal.

—Ojos: verdes.

—Nariz: mediana.

El hombre estudió la nariz de Edouard, que no pudo evitar recordar la fotografía que había hecho hacía ya muchos años de aquel nazi que medía la nariz de un hombre con un calibrador.

—Boca: mediana.

La línea siguiente era la de la barbilla, y luego ya solo quedaría la de «*Signes particuliers: Néant*».

Edouard dejó su Leica a un lado, y con el gesto tumbó expresamente con el codo una de las lámparas del compartimento, que golpeó el brazo del hombre antes de caer al suelo con un estrépito gratificante.

—Lo siento muchísimo —dijo Edouard, disculpándose a la vez que se agachaba para recoger los documentos de Henri Roux, que también habían caído al suelo, y devolvía a continuación la lámpara a su lugar, justo en el mismo instante en que, en el compartimento contiguo, se empezaron a oír los gritos aterrados de Nanée.

El inspector se marchó corriendo. Edouard dejó la documentación falsa sobre la mesa del compartimento y lo siguió.

Nanée estaba muerta de miedo en su compartimento, abrazada a Luki y hablándole acongojada al inspector sobre una araña.

—Estaba justo aquí —insistió—. Justo aquí.

Y a eso le siguió un zafarrancho de movimiento de cojines y búsqueda por todos los rincones.

No apareció ninguna araña. Porque, y eso lo sabía con total seguridad Edouard, no había ninguna araña.

—Hay un compartimento vacío en el otro extremo del vagón que quizá le convendría más —dijo el hombre.

Nanée, sin soltar la mano de Luki, la presionó levemente y le preguntó:

—¿Te has asustado, cariño?

Luki negó con la cabeza.

—¿De verdad que no? Pero si era tan grande como mi mano. Y peluda. ¿No la has visto? ¡Odio las arañas peludas!

Pero Luki siguió diciendo que no con la cabeza.

—¿No la has visto? —repitió Nanée, pasmada—. Parecía sacada de un cuadro surrealista. —Hablaba como si estuviera confusa—. ¿Me habré…, me habré quedado dormida? —Entonces, se dirigió al inspector para disculparse—: Lo siento muchísimo. A lo mejor es que me había adormilado. Ahora me parece, pensándolo bien, que era aterradora de un modo imposible para ser real. Oh…, qué vergüenza.

El inspector dijo que no pasaba nada, que estaba allí para servirla. Pero que quizá, si de verdad ya estaba bien, debería comprobar su documentación.

Edouard se dispuso a retirarse, pero entonces el inspector dijo:

—Oh, sí, y tengo aún que revisar su documentación, señor.

Edouard se quedó atónito al oírse decir:

—Pero si acaba usted de examinarlos. Mi billete hasta Banyuls. Mi documento de identidad y mi visado francés de tránsito. No obstante, si necesita verlos de nuevo, están en mi compartimento.

—Sí, lo he revisado todo, por supuesto —dijo el inspector, y Nanée se disculpó entonces con Edouard por ser una vecina tan pesada y prometió tener mejores sueños si volvía a quedarse dormida.

Edouard le dirigió un gesto con la mano, restándole importancia al asunto, y abandonó el compartimento de Nanée.

Luki esbozó una sonrisilla al verlo marcharse. Nanée le había estado dando la mano todo el tiempo y ella no había dicho palabra.

Si en la estación de tren de Perpiñán había alguien que no fuera un refugiado a la fuga, es que Nanée no se enteraba de nada. El viento feroz te calaba los huesos incluso a nivel de mar y era imposible imaginarse el frío que debía de hacer en las montañas, que se vislumbraban cubiertas ya de nieve. Las cafeterías estaban llenas y los vendedores ambulantes iban de un lado a otro proclamando a gritos el tipo de cambio del dólar en el mercado negro —unas cifras de escándalo—, mientras los traficantes de personas ofrecían descaradamente, y a cambio de tarifas elevadas, guías para cruzar la frontera, limusinas diplomáticas y pasajes hasta Gibraltar en barco, desde el que había que saltar al final para realizar a nado la última etapa del viaje. Todo el mundo esperaba poder huir rápidamente de allí, porque las escasas vías abiertas para escapar de Francia podían quedar cerradas cualquier día y en cualquier momento. Pero había que andarse con cuidado, por supuesto. Porque más de uno de aquellos vendedores podía llevarte a las montañas, robarte tus posesiones y abandonarte a tu suerte. Más de uno, a buen seguro, podía cobrarte por anticipado a cambio de la promesa de pasarte al otro lado de la frontera y acabar entregándote a Vichy para ganarse una recompensa.

Nanée se había sentado con Luki en un banco situado enfrente del edificio de ladrillo y piedra caliza de la estación para esperar la salida del tren de cercanías que las llevaría hasta Banyuls-sur-Mer. Edouard había tomado asiento en el otro extremo del banco, como si no tuviera nada que ver con ellas. Tenía abierto sobre el regazo el libro de Gussie, pero estaba distraído observando a un grupo de hombres que jugaba a la petanca en la plaza, viendo cómo reían y seguían con la mirada el recorrido de las bolas que lanzaban y rodaban hacia la bola más pequeña, el objetivo a alcanzar, mientras charlaban en catalán: españoles que habían huido de Franco. ¿Regresarían ahora, en un momento en el que la amenaza de Hitler sobre Francia era peor que la del fascista que gobernaba en España?

Edouard se levantó y cogió la Leica. Fotografió a los jugadores. Dio luego unos cuantos pasos y se volvió para encuadrar la imagen del banco y del edificio de la estación detrás, una excusa, supuso Nanée, para fotografiar a su hija.

Nanée inspiró hondo; olía a mar, con un fondo de humo de carbón de los trenes y de olor a humanidad de los viajeros que tanto tiempo llevaban en ruta. Se apretujó contra Luki para que no se enfriara mientras esperaban. Gran parte del viaje por la vida eran ratos de espera, pensó.

—Hablan con unas palabras distintas —dijo Luki.

Nanée se fijó en los jugadores.

—Sí, hablan en catalán.

—¿Cómo es posible que haya gente que utilice unas palabras y otra gente otras?

—Pues no lo sé muy bien, la verdad —reconoció Nanée.

—Oigo que algunas de las palabras suenan igual que las que nosotros utilizamos ahora. Pero no se parecen a las que utilizaba *maman*.

Edouard se acercó un poco más y las miró a través de la cámara. «Demasiado íntimo», pensó Nanée. Aunque quizá estuviera pensando de más. Tal vez, si alguien estaba mirándolos, si acaso alguien los miraba, pensaría que Edouard estaba fotografiando la estación y, con ella, a un par de desconocidas que casualmente estaban sentadas en un banco.

—En los Estados Unidos —dijo Luki—, utilizaremos palabras distintas a las de aquí.

—Sí, en los Estados Unidos la gente utiliza palabras distintas —confirmó Nanée.

—*Tante* Nanée me ha enseñado algunas —le dijo Luki a Edouard. Nanée cogió la mano de Luki y la presionó un poco, pero Luki ya estaba diciendo en inglés—: *I love you, father.*

Edouard bajó la cámara y sonrió con calidez y dulzura. Intimidad excesiva.

Una gaviota se posó en el suelo a escasa distancia, en busca de las migas que pudieran dejar a su paso los jugadores de petanca. Luki bajó de un salto del banco y se aproximó al ave con cuidado, igual que hacía siempre cuando se acercaba a Madame LaVache-à-Lait, olvidando a Pemmy en el banco.

Edouard volvió a sentarse al lado de su maleta, en el otro extremo del banco, como si el canguro abandonado le hubiera recordado de alguna manera que no viajaba con ellas. Cogió el libro de Gussie. Se oyó un silbato, el anuncio de la llegada del tren con destino Banyuls-sur-Mer.

Nanée se alisó la conservadora falda azul con raya diplomática amarilla, que le cubría hasta media pantorrilla, y pensó en lo vacía que iba su maleta en comparación con la de Edouard. Sin negativos. Sin fotografías. Con poco más que un par de bragas, una blusa limpia, un jersey, la cazadora de aviador para la caminata, las alpargatas y el pañuelo de aviador de seda. Llevaba cosas de Luki, sí, pero esas cosas no eran suyas.

—¿Puedo formularle una pregunta? —dijo, aprovechando el silbido del tren y los gritos al finalizar una partida en la que un equipo había ganado y el otro había perdido.

Edouard siguió con la mirada fija en los jugadores, que ya habían lanzado la bola más pequeña para iniciar otra partida. Podían ser perfectamente un par de desconocidos que continuaban una conversación que habían iniciado antes y que giraba en torno a la niña que viajaba con ella. «*Desnudo, inclinado* —habría querido decir Nanée—. *Esposa fantasma*». Pero no pudo más que observar en silencio una bola que se estaba elevando en el aire para caer pronto en el suelo, muy lejos de su objetivo.

El silbido del tren se oyó de nuevo, mucho más cerca esta vez. Y mientras el tren entraba en la estación, una nueva bola se elevó por los aires, cayó en la tierra y siguió rodando, alejándose más y más de su objetivo. Edouard se levantó y Nanée se levantó también; llamó a Luki como si de verdad fuera su sobrina. Luki dejó a la gaviota y le dio la mano a Nanée, que le entregó a Pemmy, con Joey asegurado dentro de la bolsa, antes de coger de nuevo su maleta. Se encaminaron hacia una de las arcadas de entrada de la estación, donde subieron a bordo de un tren de cercanías sin diferencia de clases en el que nadie les pidió ni siquiera que mostraran los billetes. Luki y Nanée tomaron asiento en un lado del pasillo mientras Edouard se sentaba solo en el otro, dispuestos a iniciar una larga hora de recorrido hasta Banyuls-sur-Mer.

Domingo, 8 de diciembre de 1940
BANYULS-SUR-MER

Era ya última hora de la tarde. Banyuls-sur-Mer transmitía la sensación de estar desértico, de ser un lugar donde nadie quería detenerse. La minúscula estación no era más que un pequeño edificio encalado con un andén exterior, en el lado contrario del pueblo con respecto a la casa a orillas del mar donde vivían Hans y Lisa Fittko. Edouard, con su maleta en la mano derecha y el libro de Gussie en la izquierda, se apeó del tren antes que Luki y Nanée, para que Luki, como siempre, pudiera verlo. Mantenerse distanciados aquí sería más complicado. Nanée y Luki se le sumarían como si fueran una familia que viajaba junta.

Fueron los únicos pasajeros que bajaron del tren, y fueron recibidos por un viento gélido e intenso.

—Pues muy bien —le dijo a Nanée cuando se acercó a él. Le entregó entonces el libro de Gussie, se agachó para darle un beso a Luki, le abrochó bien el abrigo y la ayudó a ponerse los guantes—. Ya estamos aquí. Ya estamos aquí.

—¿Y ahora puedo llevar yo el libro de la suerte? —preguntó Luki, y Nanée la ayudó a cargar tanto con Pemmy como con el libro.

Edouard se puso también los guantes, se abrochó el abrigo y echaron a andar cuesta abajo en dirección al pequeño pueblo de pescadores. Las colinas con viñedos se perdieron de vista en cuanto se adentraron por las callejuelas estrechas que discurrían entre edificios rebosantes de colorido, pintados en rosa y en amarillo y con contraventanas azul intenso, como en Sanary-sur-Mer.

Llegaron al mar en pocos minutos. Las palmeras se agitaban a merced del viento y la arena parecía bailar sobre la playa vacía, la luz eléctrica de los edificios situados a orillas del mar se reflejaba en el agua, que lucía olas coronadas de espuma blanca y estaba embravecida por el viento. Los jugadores de petanca animaban la pequeña plaza del pueblo igual que delante de la estación de Perpiñán, y reían con tanto entusiasmo que Edouard soltó incluso la mano de Luki para ir a fotografiarlos. Ni siquiera oyó el sonido de unos neumáticos deslizándose por la calzada hasta que tuvieron el coche justo detrás de ellos. Un sonido excepcional, un automóvil.

Una limusina de color negro se paró en seco, luego una segunda, y la luz de los focos se proyectó sobre él antes de que se apagaran. Edouard se volvió instintivamente hacia Luki cuando los hombres empezaron a salir en tropel de los coches y echaron a andar contra el viento. Botas negras. Uniformes negros. Uno detrás de otro, uno detrás de otro. Los hombres de la Comisión Kundt de la Gestapo, cuya tarea era encontrar a alemanes buscados por las autoridades que vivieran en la Francia libre y arrestarlos en virtud del artículo 19 del acuerdo de armisticio franco-alemán, la cláusula de «rendición bajo demanda». Eran como mínimo una docena.

Luki estaba veinte pasos por delante de él, con Nanée, y Edouard sabía que ambas estarían más a salvo sin él. No había dónde ir, nada que hacer sino comportarse como si estuviera solo y aquellos hombres no le importaran en absoluto.

Si lo arrestaban, Nanée se llevaría a Luki a los Estados Unidos.

Los jugadores de petanca se quedaron callados de golpe, concentrados en las bolas de metal y fingiendo inocencia e indiferencia, aunque su silencio era revelador. El instinto de Edouard lo empujaba a fotografiarlos, eran mirones que fingían no estar mirando, pero no quería atraer la atención hacia su persona.

La Gestapo dio una vuelta por la plaza, intimidando a todo el mundo solo con su presencia. Uno de los hombres llegó a la altura de Nanée, que llevaba a Luki de la mano. Edouard mantuvo la distancia mientras el hombre le preguntaba en alemán si le apetecía tomar algo con ellos. Nanée, aun sin entender sus palabras, sí entendió sus intenciones.

Dejó la maleta en el suelo y, con la mano que le había quedado libre, alisó la solapa del traje de chaqueta azul marino con raya diplomática que sobresalía por encima del botón superior del abrigo, como si estuviera sacudiendo el polvo que pudiera impregnar el tejido.

—Entiendo que, si llevara una falda corta, estaría insinuando que voy pidiendo fiesta —replicó en inglés—, pero si pudiera usted ver debajo de mi abrigo, vería que mi falda es bastante larga.

El hombre intentó descifrar qué estaba diciendo.

—*Amerikanerin?* —preguntó.

—Me temo que sí —dijo Nanée—. No soy de la raza dominante.

—*Ich heiße Robert* —dijo el hombre.

Nanée dudó unos instantes, pero cogió a Luki y se la instaló en la cadera. ¿Qué demonios estaba haciendo? Cogió con la mano izquierda el libro de Gussie.

—Robert —repitió, pronunciando el nombre a la manera francesa, no a la alemana—. Por supuesto que sí. —Se serenó un poco y añadió—: ¿Es usted un hombre honorable, Robert? —Repitió el nombre como si fuera francés. Y le dijo entonces a Luki—: Me pregunto, cariño, si este señor tendrá una chocolatina para ti.

Luki le clavó la mirada al hombre, con un temple pasmoso.

—*Schokolade?* —repitió el alemán—. *Nein ich…*

Llamó a sus compañeros de la Gestapo, que estaban rodeando a los hombres de la plaza.

—*Hat jemand Schokolade für das Kind?*

Ninguno de los jugadores de petanca levantó la vista. Siguieron concentrados en las bolas plateadas, sin emitir ni un solo sonido. Pero los compañeros del alemán se rieron de él y le dijeron que se reuniera con ellos.

Nanée devolvió el libro de Gussie a la mano izquierda de Luki, cogió la maleta y siguió caminando, con Luki asentada aún en la cadera. Una madre y su hija que volvían a casa desde la estación de tren, quizá.

Los de la Gestapo terminaron su ronda en la plaza y volvieron a los coches. Recorrieron solo un breve trayecto, hasta el mejor hotel del pueblo.

BANYULS-SUR-MER

Edouard llamó a la puerta de una casa de tres plantas bien conservada situada delante de la playa, justo al otro lado de los baños públicos, y no lo bastante alejada del hotel donde se habían parado los alemanes como para sentirse del todo cómodo. Aquello parecía aún más desierto que la estación del tren, pero Varian ya les había advertido de que podía ser que fuera así. Maurice se desplazaba hasta allí cada dos semanas para informar a los Fittko sobre quién iba a llegar y cuándo, pero el tema se había complicado con el cambio de alcalde. En caso de que Hans y Lisa no estuvieran en casa, Varian les había dicho a Edouard y Nanée que se fueran con Luki a la playa y desde allí controlaran hasta que volvieran.

Dejaron las maletas y el libro de Gussie junto a una pared, cerca de la puerta pero fuera de la vista, y siguieron andando hacia la playa, alejándose del pueblo, para que no pudiera verlos ningún nazi desde la ventana del hotel. Encontraron un banco y se dispusieron a esperar. Una familia que había salido a dar un paseo a última hora de la tarde y se había sentado en un banco para contemplar el mar. En invierno. Con el día ya oscuro. Con un viento gélido. Pero al menos ahora no tenían con ellos unas maletas que pudieran delatarlos.

—*I love you, father* —dijo Luki, practicando la frase en inglés que Nanée le había enseñado.

—Creo que puedes llamarme «papá» incluso en inglés —dijo Edouard.

—No quiero decirlo mal —dijo Luki—. La madre superiora me dijo que no debía utilizar las palabras de *mutti*. Que ni siquiera debo llamar «*mutti*» a *mutti*. Que debo utilizar el idioma de la Dama María y llamarla «*maman*».

Edouard miró a su alrededor. Aquella era la mejor manera de esperar. Se sentó a Luki en el regazo y le acarició el pelo. Le preguntó entonces a Nanée:

—¿Sabes si la Virgen María habla francés?

Nanée rio y Edouard rio con ella. Sentaba bien reír para liberar la tensión.

—Según tengo entendido, la Dama María nos habla con el idioma que prefiramos nosotros —respondió Nanée.

Dijo entonces Luki:

—Y cuando los hombres malos utilizan las palabras de *mutti*, ¿entiende la Dama María lo que están diciendo, igual que lo entiendo yo?

Edouard fijó la vista en el mar tempestuoso y buscó la manera de ayudar a su hija a entender algo que ni siquiera él mismo entendía. Cogió su carita entre ambas manos y la miró a los ojos.

—El idioma alemán no es malo, *Moppelchen*. Entenderlo y hablarlo no nos convierte en personas malas. Los que son malos son los hombres que utilizan mal esas palabras. Los hombres malos son malos, hablen el idioma que hablen.

—¿Así que puedo seguir utilizando las palabras de *mutti*?

—Puedes, pero tienes que entender que… la mayoría de gente con la que hables no entenderá esas palabras. Y…, y además hay quien piensa que todos los que hablan alemán son malos. Están equivocados, claro, pero es lo que piensan.

—De manera que es mejor que utilice las otras palabras, como me decía la madre superiora.

—Sí, creo que en esto no podría estar más de acuerdo con la madre superiora.

—Me gusta cuando me llamas *Moppelchen*, como me llamaba siempre *mutti*.

Luki bostezó y cerró los ojos. Se quedó dormida al instante, acunada por el ritmo regular de las olas al romper en la playa.

Edouard siguió sentado al lado de Nanée, aunque sin mirar el mar ahora, sino la puerta de la casa de tres plantas.

—¿Querías preguntarme algo?

Al ver que no respondía, dijo:

—Cuando estábamos en Perpiñán. Pero justo entonces ha llegado el tren.

—Nada importante —dijo Nanée—. Simplemente estaba…, estaba pensando en la foto aquella, *Desnudo, inclinado*. En que pensé que era el cuerpo de un hombre. De un hombre haciendo flexiones.

La estudió en la oscuridad, con la luz de la luna reflejada en el mar. ¿Recordaría Nanée la fotografía de haberla visto en la exposición o habría visto las impresiones de la imagen que tenía en el cuarto de baño de Sanary? ¿Colgadas a secar de cara a la pared para que Luki no las viera o, quizá, para no tener que enfrentarse él a ellas?

—No se titula *Desnudo, inclinado* —dijo—. Ese fue el título que le puso André.

—¿Y cómo tenía que llamarse? —preguntó Nanée.

—No tiene título —respondió Edouard—. Esa fotografía no la hice nunca para ser expuesta.

Sus palabras sonaron con más sequedad de la pretendida.

—Lo siento —dijo Edouard—. No era mi intención…

Nanée hizo un gesto, restándole importancia. No estaba ofendida. Aunque Edouard intuyó, en su cambio hacia una postura más rígida, que había vuelto a ofenderla.

Siguieron sentados sin hablar mucho rato, vigilando la casa, aunque intentando disimular que estaban vigilándola, y Edouard incapaz de quitarse aquella foto de la cabeza, incapaz de no pensar en la mañana que la hizo.

Vislumbró, por fin, a un hombre con aspecto penoso que caminaba en la oscuridad en dirección a la casa. ¿Sería Hans Fittko? Casi confiaba en que no lo fuera. El hombre se detuvo, como si le costara incluso seguir andando por la calle y no solo por culpa del viento. ¿Cómo podría aquel hombre subir a una montaña?

El hombre se plantó delante de la entrada de la casa, tosiendo con tanta fuerza que tuvo que esperar un instante antes de introducir la llave en la cerradura. Cuando volvió a enderezarse, vio las maletas.

Miró primero hacia la otra dirección, luego hacia donde estaban Edouard, Luki y Nanée.

Edouard se levantó y se cargó a Luki a la espalda.

—*Salvación* —le dijo a Nanée—. La llamo *Salvación*.

Domingo, 8 de diciembre de 1940
BANYULS-SUR-MER

Edouard corrió hacia el hombre que estaba en la puerta y Luki se despertó con el movimiento. Nanée los siguió, con Pemmy y Joey.

—Estamos buscando a Jean y Lise —dijo Nanée, empleando los nombres en clave que les habían dicho que utilizaran, y le entregó la mitad de papel que Varian les había dado.

Los Fittko tenían que enseñarles la otra mitad, pero el hombre se limitó a devolverle el papel a Nanée. ¿Sería quizá el hombre equivocado? Encajaba con la descripción que Varian les había proporcionado, aunque muchos hombres habrían encajado con ella, del mismo modo que Edouard había encajado con la descripción del fallecido Henri Roux. Mediano en todo. De mediana edad, treinta años, o lo tomas o lo dejas. Con pelo suficiente en la cabeza para su edad, pero no más, de un color castaño típico. Una nariz afilada bajo una frente recia. Si algo tenía especial Hans Fittko, les había dicho Varian, eran sus orejas. Aunque en los tiempos que corrían en Francia, lo mejor era tener un físico que pasara desapercibido.

Pero la casa tenía que ser la correcta: tres plantas, delante del mar, al otro lado de los baños públicos. Y el hombre no parecía ni sorprendido por su presencia ni por el papel, sino simplemente agotado.

—Mi esposa está en el hospital —dijo.

—Lo siento mucho —dijo Nanée—. ¿Qué le ha pasado?

—Ictericia —respondió el hombre—. La fiebre no para de subirle.

Edouard miró con inquietud a Nanée. No debían decir nada hasta ver la otra mitad del papel. Aunque Nanée, la verdad, no estaba contando nada sobre ellos, sino mostrando la compasión que cualquiera mostraría.

—El médico no quiso visitarla porque el chico le dijo que éramos alemanes —continuó el hombre—. Gracias a Dios que tenemos a Hermant.

—Lo siento mucho —repitió Nanée, relajándose un poco al oír el nombre de Hermant, igual que Edouard. Hermant —Beamish— era uno de ellos, un hombre de confianza de Varian que hacía trabajos de mensajería para los refugiados.

—Lo siento —dijo Hans—. Perdonadme. Pasad, pasad.

Nanée seguía cargada de dudas.

—Os pido de nuevo disculpas —dijo Hans—. Se me ha pasado. Esperad un momento.

Entró en la casa, sin dejar de toser. Instantes después reapareció con la otra mitad del papel y los invitó de nuevo a entrar.

—Pero no podré llevaros a cruzar la frontera —dijo—. Incluso en mejores condiciones climatológicas, no podría hacer la travesía yo solo.

Nanée le pasó a Pemmy a Luki. Edouard cogió su maleta, contento de poder proteger por fin a su hija del viento y el frío. A regañadientes, Nanée dejó que el agotado Hans Fittko cargara con su maleta. Y cogió entonces el libro de Gussie, con la mano izquierda.

El interior de la casa estaba lleno de estancias con paneles de madera, chimeneas preciosas y vistas al mar, pero no había ni un solo cuarto de baño.

—Me temo que no tenemos ni siquiera agua corriente —dijo Hans Fittko, disculpándose—, pero en la otra acera ya habréis visto que hay unos baños públicos.

La casa no era propiedad de los Fittko, sino de un médico al que nadie había visto ni del que se había tenido noticias desde que se fue a la guerra. Había sido el alcalde —Azéma, el antiguo alcalde— quien había sugerido a los Fittko que se instalaran en ella. La casa disponía de muchas habitaciones en las que poder albergar refugiados hasta que pudieran cruzar la frontera. El antiguo alcalde les había proporcionado también a los Fittko declaraciones escritas a mano con su membrete personal en las que quedaba certificado que eran residentes de Banyuls, y además los había inscrito en el registro civil para que no tuvieran que utilizar los documentos de identidad falsos que Varian les había conseguido en Marsella. El antiguo alcalde había emitido incluso tarjetas de racionamiento para ellos y cupones adicionales para los refugiados. Pero aquellos tiempos habían tocado a su fin con el nuevo alcalde, nombrado por Vichy.

—Elegid, por favor —dijo Hans Fittko—, las habitaciones que más os gusten. Os preparé algo para comer, aunque nuestra despensa está bastante más vacía que antes.

Edouard le sugirió a Luki que fuera a explorar la casa con Pemmy y eligiera habitación, pero Luki dudó.

—Podrías elegir una habitación desde la que se oiga el mar —le propuso Edouard.

—¡Como desde el tronco de los sueños!

—Pero no salgas de la casa sin mí. Elige una habitación para ti y otra al lado para mí. Así no tendrás que oírme roncar.

Luki sonrió, mostrando el hueco dejado por aquel diente que había perdido mientras Edouard estaba en el barco y que era un recordatorio para él de todo lo que se había perdido. Dijo que a ella no le molestaba que roncase, pero que los ronquidos sí que despertaban a Pemmy y a Joey.

—¿Podremos dejar las puertas abiertas? ¿Y tú estarás allí todo el rato por si tengo que venir a verte?

—Estaré todo el rato allí —le aseguró Edouard.

—¿Y me dejas elegir también una habitación para *tante* Nanée?

—A lo mejor podría tener la habitación que esté al otro lado de la tuya, como en Villa Air-Bel —sugirió Nanée.

En cuanto Luki se marchó a explorar, Edouard y Nanée se quitaron el abrigo y el sombrero. Hans les sirvió unas copas de vino, junto con una para él, y les ofreció un poco de pan seco.

—Hay sábanas y mantas en los armarios de las habitaciones —dijo—. Os ayudaría, pero…

—Debes de estar agotado —dijo Nanée.

—No podéis quedaros aquí mucho tiempo —dijo Hans—. No es bueno para la niña. Mi Lisa se lavó el pelo con agua fría y ahora… Tendríamos que haberla llevado al hospital de Perpiñán enseguida, pero si la llevaba yo, sin papeles de desplazamiento, me habrían arrestado. Hermant llegó justo entonces, como si supiera que lo necesitábamos. La llevó al hospital y volvió para decirme que se la habían quedado allí, pero que pasarían tres días antes de que fuera a verla el médico.

Edouard escuchó cómo Nanée lo tranquilizaba explicándole que lo que sucedía no era ni culpa suya ni de su esposa, que la icterica estaba causada por la desnutrición y que estaba segura de que debían de ser demasiado generosos dando sus raciones de comida a los refugiados.

—No nos quedaremos ni un minuto más de lo necesario, por el bien de Luki y por el vuestro —dijo Nanée.

—¿Eres americana? —preguntó Hans—. A lo mejor tú sí que podrías visitar a mi Lisa en el hospital y explicarme después qué tal va.

—Hicimos transbordo de tren allí —dijo Nanée—. Ojalá lo hubiéramos sabido entonces.

Aunque sabía de sobra que no habría podido hacerlo porque viajaba con Luki y Edouard.

Y Edouard, aun sintiéndose totalmente incómodo sabiendo que aquel hombre tenía a su esposa en el hospital, se vio obligado a formular la pregunta.

—Entiendo que…, que no puede acompañar a nadie a cruzar la frontera en este momento, ¿pero tendría, quizá, un mapa de la ruta?

Hans se disculpó y regresó enseguida con un lápiz y una hoja de papel.

—Mi Lisa —dijo—, ella es la que conoce bien el camino. Pero aquí no podemos guardar ningún mapa. No sería seguro.

Empezó a dibujar el mejor mapa que pudo.

—Aquí, justo después del riachuelo —dijo—, tienes que ir hacia el Puig del Mas. Ahora queda en las afueras, pero allí es donde estuvieron los primeros asentamientos que luego darían lugar a Banyuls. Debes estar allí cuando la gente que trabaja en las viñas salga para comenzar su jornada, puesto que a menudo rondan por la zona los guardias fronterizos. Debes intentar mezclarte con los jornaleros. —Señaló el sombrero de Edouard—. Demasiado elegante para un trabajador del campo, no sé si me explico. Debes ser como uno más de ellos. Con un poco de suerte, quizá la mañana sea demasiado fría para que les apetezca pasar por allí a los que no deberían estar.

Siguió dibujando el camino y señalando los puntos de referencia y los riesgos.

—Aquí el camino pasa por unos establos vacíos. Después de esto, encontrarás una altiplanicie con siete pinos que te indicarán en todo momento la dirección correcta a seguir. Los pinos tienen que quedar siempre a tu derecha. Luego, el camino sigue un murete de piedra. Aquí, verás una roca grande que señala el camino. Luego, aquí, cruzarás un claro y luego seguirás por un viñedo muy empinado, donde no hay ni camino, donde deberás ir trepando entre las viñas.

Edouard hizo una foto con su Leica de Hans dibujando el mapa de la fuga. Porque eso era lo que estaban haciendo. Algo clandestino. Prohibido. Y aquel hombre arriesgaba su vida por los demás. Un judío alemán, como Edouard.

—Aquí debes ir con mucho cuidado. El camino está en mal estado. No es nada fácil. Arriba hay una pequeña cresta donde necesitarás descansar si puedes, pero antes tendrás que mirar bien que no haya nadie.

Marcó en el improvisado mapa un punto donde era muy fácil desviarse del camino si no te andabas con cuidado, puesto que el sendero apenas era visible y los siete pinos quedaban escondidos detrás de una colina.

—Aquí, el camino discurre muy cerca de la carretera —dijo—. Debes guardar el silencio más absoluto y prestar mucha atención por si hay tráfico. Es difícil que te vean desde la carretera que circula por arriba, pero sí que podrían oírte. Y no se trata de invitar a nadie a que asome la cabeza desde arriba.

A partir de allí, el camino subía de forma más gradual, pero no le parecería más fácil porque llevaría un buen rato andando.

—Hay una piedra gris que señala la frontera —explicó Hans—. Lisa y yo no vamos nunca más allá de ese punto, pero el camino sigue y va a parar directamente al pueblo de Portbou. Llegarás a un estanque y llevarás las cantimploras vacías y te apetecerá beber, pero no lo hagas. Te pondrías malísimo. Tifus. ¿Me entiendes bien?

Edouard asintió. El tifus provocaba fiebres altas, diarrea y vómitos. Podía matar incluso a una persona con perfecto estado de salud.

—Debes continuar siguiendo la pared del acantilado hasta que divises el valle y el pueblo. La carretera te llevará hasta el puesto fronterizo español, donde debes registrarte. Muéstrales la documentación, los visados de tránsito, tanto el español como el portugués. Y ten en cuenta que sigue existiendo la posibilidad de que, al no tener el sello de la frontera francesa, te obliguen a dar media vuelta. Existe incluso la posibilidad de que te detengan para entregarte a la Gestapo. Son cosas que cambian de un día para otro. Y si todo falla, ofréceles dinero.

—¿Un soborno? —dijo Edouard, para dejarlo claro.

Hans se encogió de hombros, como queriendo decir que no tenía sentido calificarlo de mala conducta si esa solución te acababa favoreciendo.

—En cualquier caso —dijo—, debes conseguir el sello de entrada en España porque, de lo contrario, no te permitirán subir ni a trenes españoles ni a portugueses. Desde el puesto fronterizo, irás directamente a la estación de tren y tomarás el primer tren que salga con destino Lisboa. Si el último tren con destino a Lisboa ya ha pasado, tomas cualquier otro. Debes intentar subir a un tren esa misma noche, antes de que cambien las reglas o antes de que cualquiera cambie de idea.

—Sí, por supuesto —contestó Edouard—. Has dicho que lo mejor es salir por la mañana a primera hora, para confundirse con los trabajadores del campo. Pero si partimos hacia el mediodía…

—¿Los dos? —preguntó Hans, confuso. Miró a Nanée—. Pero tú trabajas con Varian, ¿no? ¿Y la niña? —Y dirigiéndose entonces a Edouard, dijo—: ¿No cruzas la montaña solo tú?

—No puedo abandonar Francia sin Luki —dijo Edouard.

—Pero esto, no, imposible…, ¿una criatura? No. El camino es empinado, en el mejor de los casos son tres o cuatro horas. A veces, diez o más. La montaña es capaz de acabar hasta con un hombre adulto. Incluso yendo solo, lo mejor siempre es ir con una persona en la vanguardia y otra en la retaguardia, por si acaso aparecen los de la Comisión Kundt. Para que alguien pueda distraerlos mientras tú corres hacia delante o hacia atrás. No puedes permitir que te capturen.

—Si llegara el caso, yo podría entretenerlos —dijo Nanée—. Tengo pasaporte de los Estados Unidos. Lo tenemos tanto Luki como yo.

—¿Pero la niña no es hija de Edouard? —preguntó Hans, confuso.

—Sí —dijo Nanée.

—¿Y tiene pasaporte de los Estados Unidos?

—Sí.

—Pues entonces es fácil. Podemos enviar a la niña en tren y a ti por el camino de la montaña, Edouard. Tal vez pueda arreglarlo todo para que unos amigos nos ayuden a pasar el equipaje. Y Nanée puede entonces volver en tren a Perpiñán y de paso darme noticias de Lisa.

—Luki no es una pieza más del equipaje —dijo Edouard.

Hans se sintió ofendido, por supuesto.

—Lo siento —dijo Edouard, disculpándose—. También para nosotros ha sido una jornada muy larga. Pero no puedo enviar a Luki de ninguna manera que no sea conmigo.

—En tren no puedes ir.

—Y Luki no puede ir sola.

—No —dijo Hans—. Es muy pequeña. Por eso estoy proponiéndote arreglarlo lo…

—No tenemos visado de salida francés para ella —dijo Nanée.

Hans puso muy mala cara.

—¿Pero tiene pasaporte de los Estados Unidos?

«Si algo me pasa, prométeme que Luki estará contigo y cuidarás de ella, siempre». Lo último que le había pedido Elza, una promesa que él le había dicho que cumpliría, aunque demasiado tarde para que lo supiera Elza porque ya estaba muerta, pero que no por ello dejaba de ser una promesa. O quizá más. Una promesa que ya había roto una vez. Y que no estaba dispuesto a volver a romper.

—Por desgracia, Luki lleva mi apellido —dijo Edouard—. A Varian le daba miedo que solicitar un visado de salida para ella pudiera ponerme a mí en peligro. Y no disponíamos de tiempo.

Hans asintió. Sí, entendía perfectamente la dificultad.

—Varian sugirió que con Luki podíamos hacernos pasar tal vez por una familia que ha ido de pícnic.

—¿A plena luz del día? No, eso no se puede hacer. El riesgo más grande está aquí mismo, en Banyuls.

Con la Gestapo que dormía en el hotel del pueblo, con la gente de la Comisión Kundt patrullando la frontera.

—La única forma de hacerlo es partiendo antes del amanecer, para confundirse con los trabajadores de las viñas —insistió Hans—. Cuando aún es de noche, para que los vigilantes no puedan distinguir quién es un jornalero y quién no. Pero los niños no trabajan en las viñas. Niños tan pequeños como esta criatura no, de ninguna manera. ¿De verdad pretendes cruzar las montañas con la niña?

—Puedo cargar con Luki —dijo Edouard.

—No pretendo llevarte la contraria —dijo Hans—, pero a veces la niebla es tan densa que no se ve ni el camino. Es imposible ver dónde está resbaladizo el terreno o ni siquiera distinguir si hay camino o no. Y, como te he dicho, el recorrido puede llevarte más de diez horas. Podríamos enviarte a ti primero y luego a tu hija en tren. Si consiguiéramos gestionar un visado de salida para ella una vez que tú te hayas ido…

—Walter Benjamin hizo la ruta cargado con una maleta llena de manuscritos que probablemente pesaría más que Luki. Y yo soy más joven y fuerte que él.

Hans dudaba, pero ahí le dio la razón.

—En este caso, lo mejor sería ponerse en marcha lo antes posible.

Le dio un nuevo ataque de tos.

—Sí —dijo Nanée, mostrándose de acuerdo—. Nos iremos en cuanto podamos.

A Hans no le gustaba la idea de que se fueran a media mañana o de que lo hicieran sin él, y tampoco le gustaba que fueran a quedarse una noche más en Banyuls, porque ello significaba más probabilidades de que Edouard fuese capturado o de que los españoles decidieran cerrar la frontera. Todo era arriesgado, pero insistió, finalmente, en que los principales riesgos eran la luz de día y la escasez de tiempo.

—Puedo acompañaros en el inicio —dijo—. Pero tiene que ser antes de que amanezca.

—Estás enfermo —dijo Nanée—. Estás agotado.

Hans le dijo entonces a Edouard:

—Si piensas llevarte a la niña, debes dejar que os acompañe hasta la altiplanicie. Conozco bien lo que hay que controlar, cómo hacerlo para que podáis avanzar seguros. Deberás mantenerla pegada a tu lado en todo momento, Edouard, sobre todo al principio. Los guardas suelen colocarse en el lado que da al pueblo. Mantenla pegada a ti, en el lado de la ladera de la montaña, para que quizá, con la sombra que tú proyectes, consiga pasar desapercibida. Nos iremos muy temprano.

Cuando Hans acabó de dibujar el mapa en miniatura, se lo entregó a Nanée.

—Si os paran, es papel de arroz y lo bastante pequeño como para engullirlo. Tendrías que poder hacerlo, puesto que lo más probable es que toda la atención esté centrada en Edouard. Y como bien dices, además, tú tienes pasaporte de los Estados Unidos.

Partirían bastante antes del amanecer. Hans iría con ellos todo el tiempo que fuera capaz. Era mucho más fácil y rápido bajar que subir, de modo que podría volver sin problemas en cuanto empezara a cansarse. No sabía si podría llegar hasta la frontera, pero les dijo que con el mapa encontrarían el camino. Más allá de la frontera, ya no podía ir. No podía arriesgarse a ser capturado fuera de Francia con su esposa en el hospital.

—Y ahora, todos a dormir —dijo—, si no no conseguiréis acabar esa excursión.

Domingo, 8 de diciembre de 1940
BANYULS-SUR-MER

Nanée estaba tumbada en la cama, despierta y aguzando el oído para escuchar la suave llamada a su puerta pero sin oír nada más que el crepitar de la leña en la chimenea, el oleaje rítmico del mar, el viento y, de vez en cuando, el sonido de la tos de Hans en algún rincón de la casa. El traje de Robert Piguet estaba pulcramente doblado encima de su maleta junto con el libro de Gussie y una nota en la que le pedía a Hans que se encargara de que Beamish se lo devolviera todo a T.

La suave llamada llegó por fin y la puerta se abrió ligeramente.

—¿Nanée? —dijo en voz baja Edouard.

—Sí —contestó ella, no una pregunta sino una respuesta, una invitación.

La puerta crujió al moverse sobre las bisagras y la sombra de Edouard apareció en el umbral, iluminada por el resplandor del fuego, seguida por el ruido sordo de la puerta al entrar de nuevo en contacto con la jamba.

La sombra se quedó allí. Los brazos se levantaron hasta la altura de la cara. El susurro de un disparador.

—No sé si conseguiré algo con esta luz —dijo en voz baja—, ni qué haré con ello si lo consigo.

Dejó la cámara en el escritorio, al lado del libro de Gussie y el traje doblado. La sombra se situó entre la cama y la chimenea. Y, rápidamente, levantó las mantas y se acostó a su lado.

—¿Y Luki? —susurró ella.

—Está profundamente dormida.

Edouard le acarició el cabello, la cara, la barbilla, el cuello. El cuerpo de él estaba frío al principio, después fue cobrando calor. El cuerpo de ella se acercó al de él, respondió, deseó.

Él le levantó el pelo para besarle la nuca, ella sintió su aliento en la piel.

Nanée acarició el lunar que remataba su ceja, recia y recta. Cerró los ojos y escuchó el aullido del viento y el romper de las olas, casi esperando que empezara a llover torrencialmente, como solía hacer cuando un tiempo similar a aquel azotaba el cabo y Marigold Lodge.

—Tengo una casa en Míchigan —dijo—. A orillas de un lago. Es la casa de verano de mi familia, pero ahora es de mi propiedad. Mi padre me la legó.

Edouard se quedó mirándola, pero no dijo nada.

Nanée recorrió con la punta del dedo una de las líneas de la frente de él, luego otra en la comisura de su boca.

—Hay mucho espacio. Sería un lugar ideal para volver a empezar. A Luki le gustaría mucho.

Él acercó un dedo a la boca de ella y recorrió el perfil de sus labios. ¿Para acariciarla o para silenciarla?

Ella le acercó la boca y lo besó.

Él le devolvió el beso, con la misma desesperación con la que ella lo había besado. Edouard no dijo nada. La besó y ella lo besó a él, que se quitó la camisa pasándosela por la cabeza.

Nanée notó la mano de él debajo del camisón. La piel de él sobre su piel.

Hicieron el amor en silencio, y con tanta intensidad como el viento que fustigaba las ventanas.

Lunes, 9 de diciembre de 1940
BANYULS-SUR-MER

Era aún de noche cuando empezaron la larga caminata con *tante* Nanée y el hombre triste con aquel pelo voluminoso tan raro y las orejas de soplillo.

—Tú mantente todo el rato pegada a mí —dijo a Luki su papá.

Estaban pasando por el lugar por donde habían desaparecido la noche anterior aquellos hombres que hablaban con las palabras malas. Su papá la cogió en brazos y caminó muy rápido hasta que llegaron al lugar donde se habían parado los coches negros y aquel hombre que no tenía ninguna chocolatina que regalarle. Luki tenía un poco de miedo.

Siguieron andando hasta perder de vista el edificio de los hombres malos y su papá volvió a dejarla en el suelo.

—Tú mantente todo el rato a mi lado. Si andas pegadita a mí no tendrás tanto frío.

—Pemmy tiene frío —dijo Luki.

—¿Quieres que te abroche el botón de arriba, Luki?

—No, es Pemmy la que tiene frío, porque no tiene abrigo.

Tante Nanée se quitó del cuello aquellas alas blancas de ángel y envolvió con ellas el cuello de Pemmy. Tuvo que dar vueltas y vueltas, porque Pemmy era pequeña, sobre todo en la parte de la cabeza.

—Resulta asombroso lo que llega a calentar un pañuelo —dijo *tante* Nanée—. Por eso cuando vuelo me lo pongo siempre.

—¿Te lo pones para volar? —preguntó Luki.

—Sí. ¡Estoy segura de que no podría volar sin él!

Luki acarició la tela blanca, que era suave y vaporosa.

—¿Y Pemmy puede volar?

—¿Que si Pemmy puede volar? —*Tante* Nanée rio con aquella risa que era como los colores de las ventanas de la iglesia—. Supongo que necesitaría algunas lecciones de vuelo. Sería impresionante, ¿verdad? ¿Un canguro volador?

Luki dijo que sí con la cabeza. Quería preguntar si esas lecciones de vuelo eran muy complicadas y si ella también podría volar.

—Y si vuelas tan alto como los ángeles —dijo—, ¿luego puedes volver?

Tante Nanée se agachó para ponerse a la altura de Luki y mirarla a los ojos, como hacía su papá.

—La gracia de volar —dijo— es que volver a la tierra siempre se hace duro, independientemente de lo alto que hayas volado.

Lunes, 9 de diciembre de 1940
BANYULS-SUR-MER

Edouard no llevaba nada más que el zurrón en el que Hans Fittko le había puesto pan y sucedáneo de jamón, y donde él había guardado después la Leica, varios rollos de película, dos cantimploras con agua y la *baguette* seca que camuflaba los negativos. Nanée llevaba bocadillos y más agua. Los cuatro —Edouard, Luki y Nanée, encabezados por Hans Fittko— cruzaron el arroyo que marcaba el límite de Banyuls-sur-Mer y avanzaron por un grupo de casas edificadas entre árboles muy altos, la zona que, según les había explicado Hans, solía estar muy transitada por guardias fronterizos, aunque no vieron ninguno. Hans estaba tosiendo menos esta mañana y, dijo, quizá se viera con fuerzas de llevarlos hasta la frontera.

Se incorporaron a un grupo de jornaleros que hablaban en catalán y cargaban con palas y cestos para subir a los viñedos. Hans intercambió unas palabras con dos de ellos, que le entregaron sus cestos, uno para él mismo y otro para Edouard.

Hans les dio a cambio varios cigarrillos, que los hombres se guardaron en el bolsillo de la camisa antes de seguir andando, sin cestos, hasta alcanzar al resto de los jornaleros.

Estaban siguiendo un largo murete de piedra cubierto de vegetación cuando Hans le dio un codazo a Edouard para que se mezclara mejor con el grueso de los jornaleros.

—A la izquierda —dijo Hans—. No volváis la cabeza.

Dos sombras con capa ocupaban un espacio vacío entre árboles y arbustos. No, a Edouard no le pareció que fueran los hombres de la Gestapo de la noche anterior. Eran guardias fronterizos franceses. Un peligro ya de por sí. Pegó a Luki contra su cuerpo y confió en que entre el resto de los hombres pudiera pasar desapercibida.

Los jornaleros que le habían dado a Hans sus cestos se dirigieron hacia el par de sombras. Se encendió entonces una cerilla. El rojo brillante de la punta de un cigarrillo, luego de un segundo pitillo y finalmente de un tercero antes de que la cerilla se apagase por completo. Una distracción, comprendió Edouard. Sí, un cigarrillo. Habían ido educadamente a pedirles fuego.

El día, cuando amaneció, resultó ser espléndido, gracias al viento que seguía todavía aullando y que según Hans era una bendición mucho mayor de lo que parecía. No era tan frío como solía ser la tramontana y, mientras siguiera soplando, no tendrían que preocuparse por intentar localizar el camino entre la niebla.

—Es el tercer día de viento —les explicó Hans—. Según los viejos del lugar, si la tramontana sigue soplando después de tres días, quiere decir que soplará aún tres días más, hasta llegar incluso a un total de doce días.

Aquel viento feroz podía ser una bendición si uno era capaz de soportarlo, porque además serviría para disimular cualquier ruido que pudieran hacer.

El camino viró hacia la izquierda. Allí estaba la roca que Hans les había descrito al dibujar el mapa. Hasta el momento, Luki no los había ralentizado demasiado y seguía caminando contra el viento calzada con sus pequeñas alpargatas. Pero cuando llegaron a la roca, le preguntó a Edouard si podían parar a descansar un poco.

—Si Pemmy y Joey tuvieran zapatos de cuerda, podrían caminar —dijo.

Hans negó sutilmente con la cabeza.

Edouard le dijo entonces a Luki:

—Pararemos a descansar, pero todavía no.

Llegaron al primer claro en cuestión de dos horas. Habían recorrido un tercio del camino, pero el tercio más fácil, pensó Edouard cuando miró a sus espaldas y vio que el terreno descendía suavemente hasta los tejados de las casas, la playa y el mar. Por delante, solo se veían los picos de las montañas.

Ya habían dejado atrás a los jornaleros.

—Pemmy está cansada de tanto andar —dijo Luki—. Y está muy cansada del sonido del viento.

Edouard se cargó a su hija a hombros.

—Esto llamará la atención —dijo Hans Fittko.

Edouard miró hacia el pueblo. Una de las limusinas oscuras de la Gestapo circulaba lentamente por el paseo marítimo, como una araña surrealista capaz de verlo todo en busca de su presa. La distancia que a ellos les había costado horas realizar a pie podía recorrerse en cuestión de minutos por carretera si algo llamaba la atención. Decidió bajar enseguida a Luki.

Hans, que se disponía a ayudarla a bajar, se enredó el pie con la raíz de un árbol y cayó de bruces al suelo. Tenía sujeta a Luki con todas sus fuerzas y rodó hacia un costado para protegerla de la caída. Edouard, en un intento de retenerlos a los dos, cayó al suelo con ellos. Luki se llevó tal susto que ni siquiera lloró.

Edouard corrió hacia ella diciéndole:

—Tranquila, estás bien, no pasa nada.

Miró a su alrededor, confiando en que el escándalo no hubiera llamado la atención de nadie.

Vio una fina línea roja en la frente de Hans.

Edouard dejó a Luki en el suelo y se acercó a él.

—¿Estás bien? —le preguntó—. Deja que te eche una mano para levantarte.

Se sacudió la tierra de las palmas de los guantes.

Hans sacó de su zurrón un pequeño botiquín de primeros auxilios. Cortó un trozo de venda, se envolvió el tobillo, que empezaba a hincharse, y guardó el resto de la venda en el botiquín.

—Cuando lleguéis a la llanura —dijo—, veréis los siete pinos.

—No podemos dejarte solo —protestó Edouard—. Necesitarás ayuda para bajar.

—Mantened siempre esos pinos a vuestra derecha —insistió Hans, a la vez le pasó el botiquín—, para no desviaros demasiado hacia el norte y perder la pista del camino.

Nanée recogió a Pemmy, que había rodado varios metros abajo y seguía con Joey tercamente unido a ella. El bebé canguro emitió una sola nota cuando lo recogió.

Edouard la miró a los ojos, sabiendo lo que iba a decir antes de que lo dijera y deseoso de impedirle abrir la boca, por imperdonablemente egoísta que fuera.

—Podría acompañarlo yo —dijo Nanée—. Tengo pasaporte de los Estados Unidos. Puedo irme cuando quiera.

Le entregó los canguros a Luki.

—Necesitas tener a alguien que te cubra la espalda hasta que llegues a la frontera —le dijo Hans a Edouard—. Si alguien os sigue, tú podrás entretenerlos. Como bien acabas de decir, tienes pasaporte de los Estados Unidos.

—Pemmy y Joey podrían acompañarlo, *monsieur* Fittko —dijo Luki.

Hans sonrió.

—He salido de situaciones mucho peores que tener que bajar una pequeña cuesta con un tobillo que simplemente se me ha torcido, eso te lo aseguro. Y, de todos modos, no sé muy bien si sin alpargatas tus canguros me serían de mucha ayuda, y, además, se pondrían muy tristes por tener que separarse de ti, como me siento yo.

Y entonces, dirigiéndose a Nanée y a Edouard, dijo:

—Walter Benjamin le dijo a Lisa, cuando lo llevó por esta ruta, que era mejor pararse antes de estar completamente exhausto, para así reponer fuerzas.

«Nada es capaz de vencer a mi paciencia», había escrito Benjamin en *Agesilaus Santander*, un ensayo sobre un dibujo a tinta china, tiza y acuarela de Paul Klee que había adquirido y había tenido que abandonar, que representaba para él todo lo que había tenido que dejar atrás. Pero Benjamin había elegido una dosis letal de morfina antes que ser devuelto a la Gestapo. Las cosas no eran nada hasta que te pasaban a ti.

La sensación de pertenencia que Edouard dejaría atrás. Un sombrero al que le había tenido que borrar sus iniciales. El sombrero mismo, abandonado ahora para siempre.

—Recordadlo bien —dijo Hans—, la ruta discurre en paralelo a la carretera principal que recorre la cordillera. Es un antiguo camino de contrabandistas que va por debajo de la carretera y queda en su mayor parte escondido por un saliente rocoso, razón por la cual la patrulla fronteriza no podría veros con facilidad. Pero si os oyeran, les bastaría con asomarse por el borde para localizaros sin ningún problema.

Se volvió entonces hacia Nanée.

—Ya cerca de la cumbre, hay un viñedo que os llevará directos hacia el punto por donde coronareis la cresta.

—El viñedo —repitió Nanée, y Hans le aseguró de nuevo que sí, que allí la viña crecía incluso en lo alto de las montañas.

—Id con cuidado. Estad siempre alerta. Por esas montañas hay toros salvajes y contrabandistas. No lleváis provisiones suficientes para que un contrabandista haga negocio con vosotros, aunque si os ve, eso no lo sabrá.

—Los guardias fronterizos y los hombres de la Comisión Kundt, ¿suelen aventurarse hasta tan arriba? —preguntó Edouard, que no podía dejar de pensar en aquella limusina.

—Me temo que sí —respondió Hans.

Edouard encontró una rama caída y la partió para que quedara más corta y Hans pudiera utilizarla a modo de bastón.

—Gracias por todo lo que has hecho por nosotros, Hans —dijo—. Por todo lo que haces por gente como yo. Espero…, estoy seguro de que Lisa se pondrá bien, pero…

—Sí —dijo Hans—. Seguro que sí.

Y cuando Hans dio media vuelta y empezó a descender renqueante la montaña, Edouard se acercó la Leica a la cara y disparó una foto: *Retrato del hombre que yo debería ser.*

Lunes, 9 de diciembre de 1940
LOS PIRINEOS

Después de dejar atrás a Hans y el claro, el ascenso se volvió más pronunciado. Estaban rodeados de montañas, doradas por el reflejo de la luz matutina, y tenían el acantilado por delante, lo cual dificultaba la tarea de saber dónde estaban. Lo que hasta entonces había sido poco más que un camino de cabras pedregoso y empinado —Edouard llegó pronto a la conclusión de que las calaveras blanqueadas por el sol que se veían por todas partes eran de cabra— se estrechó hasta transformarse en un mar de pedruscos con algo de gravilla de por medio. Tenían que pararse cada vez con más frecuencia para entender qué era camino y qué no lo era. Gran parte del recorrido eran trozos de pizarra y gravilla resbaladiza. Un paso en falso y podías deslizarte hacia un lado y caer por el barranco. Edouard sujetaba la mano enguantada de Luki con tanta fuerza que incluso acabó diciéndole: «¡Papá, me haces daño!».

¿En qué estaría pensando cuando había insistido tanto en que Luki lo acompañara por aquella ruta? A lo lejos se vislumbraban los viñedos, en estado de hibernación. Viñas azotadas por el viento en un terreno con una pendiente tan pronunciada que a Edouard le parecía casi vertical. El sol brillaba en toda su plenitud y resultaba sorprendentemente caliente. El viento parecía estar amainando, aunque podía ser debido al efecto del engaño que conlleva la esperanza.

Edouard y Nanée buscaron con la mirada el recorrido a seguir, el sendero para subir colina arriba desde donde estaban.

—Por allí —dijo Nanée.

Edouard lo vio: el camino en lo alto de la ladera. Pero no había forma de llegar hasta él.

Miró un instante el promontorio rocoso y se cargó a Luki a la espalda. Nanée cogió a Pemmy para que Luki pudiera sujetarse mejor a Edouard.

Una lluvia de gravilla cayó sobre él antes incluso de que pudiera asentar una mano en algún lugar para iniciar la escalada, y la arenilla le entró en los ojos. Detrás de él, Nanée se quedó inmóvil de repente. Luki también, completamente quieta y aferrada con fuerza a su padre.

Edouard miró hacia arriba. Oyó un crujido por encima del rugido del viento que, efectivamente, soplaba ahora con menos intensidad. Confiaba en que no fuera debido tan solo a que estaban más protegidos por la pared de la montaña.

Cayó sobre ellos un poco más de gravilla.

¿Era un hombre esa sombra que sobresalía por encima de ellos, cerca de la cumbre? ¿Cerca del viñedo al que tenían que llegar? Edouard se volvió un poco, sin hacer ruido, para que Luki quedara oculta detrás de él, protegida aun a pesar de que las piernas que lo enlazaban por la cintura seguían a la vista.

Sí, Nanée también había visto al hombre. Lo había visto primero y ya se había puesto en movimiento y estaba indicándole en silencio a Edouard que la siguiera.

Cayeron piedras, en más cantidad. El hombre iba hacia ellos. Su gorra asomó por encima de una roca para desaparecer a continuación.

Y se sobresaltaron cuando el hombre saltó al camino envuelto en otra lluvia de piedras. Un hombre flaco, castigado por el sol, cargado de paquetes sujetos con cuerdas a distintas partes del cuerpo.

—¿Qué hacéis aquí? —preguntó el desconocido, estudiándolos de arriba abajo.

No eran contrabandistas profesionales. Tampoco eran una amenaza para él, tan solo una oportunidad.

El contrabandista miró a Nanée, con los canguros en una mano y la otra en el bolsillo de la cazadora de aviador. Daba la impresión de que iba a abalanzarse sobre el hombre.

—Puedo mostraros el camino por las montañas —les ofreció el hombre. A cambio de dinero, por supuesto—. Nadie conoce estos caminos mejor que yo.

Entonces vio a Luki.

—¿Pensáis cruzar las montañas con una niña?

El hombre se apartó un poco.

Edouard se recolocó a Luki, le dijo que se sujetara bien y se concentró de nuevo en iniciar el ascenso. El contrabandista cogió uno de sus paquetes y avanzó hacia ellos. Edouard se volvió, dispuesto a defenderse.

El contrabandista se quedó donde estaba. Levantó las manos para indicarles que no pretendía hacerles ningún daño.

—Para la niña —dijo.

Abrió el paquete, sacó un trozo de salchichón y su olor se combinó con el débil aroma a tomillo, romero y lavanda del ambiente, que debía de ser muy intenso en pleno verano. Pero el hombre no le ofreció el salchichón, sino la tela sucia con la que lo llevaba sujeto al cuerpo.

—Para la niña —insistió—. Así irá más segura.

Edouard dudó.

—Como ese —dijo el hombre.

Señaló los canguros que Nanée tenía aún en la mano. Joey se había salido de la bolsa de Pemmy, pero seguía sujeto a ella.

La tela se ondeó, agitada por lo que ahora era más una brisa que viento. Edouard la aceptó y la utilizó para atarse a Luki a la cintura.

—Una criatura. *Bon chance.*

El contrabandista meneó la cabeza y, con el salchichón aún en la mano, echó a andar por el camino por el que ellos habían subido.

Edouard se agarró a una de las rocas que sobresalían por encima de su cabeza, posó el pie en otra de más abajo, y empezó a trepar.

Lunes, 9 de diciembre de 1940
LOS PIRINEOS

Estaban muy cerca de la carretera, caminando por un sendero que transcurría entre el borde de un precipicio y una pared de piedra, no muy visible desde la carretera gracias a que quedaba protegido por un saliente, pero tan cerca de ella que podía oírse todo. Avanzaban lo más silenciosamente posible y aguzando en todo momento el oído. Edouard llevaba a Luki de la mano, preocupado a cada paso por la posibilidad de que pudiera resbalar, o de que pudiera resbalar Luki. Debería haberla llevado atada el resto del recorrido si ella le hubiera dejado, pero era hija de su madre y era muy testaruda. Luki y él seguían a Nanée. Luki, él, Pemmy y Joey, habría dicho Luki. Qué agradecido le estaba a *madame* Menier por haberles enviado a los canguros. Qué agradecido le estaba por haber ayudado a Nanée y a Luki a huir de la Francia ocupada. Y también al capataz, al ama de llaves y al chófer que las habían ayudado. A las monjas que habían mantenido sana y salva a Luki. A Berthe. A todos los que habían protegido a Luki cuando él no podía hacerlo.

Nanée se paró. Se quedó quieta por completo. Edouard oyó entonces lo que ella ya había oído. No eran voces, sino un sonido más apagado, algo que rápidamente adoptó la forma de un sonido de pasos. No solo de una persona, sino de varias, parecía.

Nanée se apartó del borde del precipicio y se pegó a la pared de piedra en busca de la protección del saliente rocoso.

Edouard siguió su ejemplo y tiró de Luki. Deseó con todas sus fuerzas que el aullido del viento reapareciera para que no pudieran oírlos.

Y entonces se oyó una nota, un leve sonido amortiguado.

Edouard lo escuchó muerto de miedo y se quedó horrorizado al

431

ver que Pemmy y el pequeño Joey, el cangurito musical, habían caído al suelo al otro lado del camino. Cuatro o cinco centímetros más y se despeñarían por el barranco.

—*Was war das?* —preguntó una voz por encima de sus cabezas. «¿Qué ha sido eso?».

Lunes, 9 de diciembre de 1940
LOS PIRINEOS

Nanée se agachó con cuidado, en silencio. Los pasos se habían detenido y las voces estaban tan cerca que si hubiera estirado el brazo les podría haber pasado una cantimplora para que bebieran un trago de agua. No creía que desde arriba pudieran verlos, pero si aquellos hombres se acercaban al borde de la carretera, sí verían a los canguros.

Unas voces respondieron a aquella primera voz que reconoció al instante: la voz de Robert, el alemán de la Comisión Kundt que había intentado camelarla la noche anterior en Banyuls-sur-Mer. Los soldados estaban hablando entre ellos, palabras en alemán que era incapaz de entender.

¿Lograría alcanzar los canguros de peluche antes de que los alemanes los vieran? El pañuelo de aviador que Pemmy seguía llevando al cuello estaba tan cerca que casi podía alcanzarlo desde donde estaba.

—*Musik* —dijo Robert—. *Ich höre Musik.*

Nanée cogió a los canguros. Intentó hacerlo con cuidado, pero, aun así, la música volvió a sonar, una única nota del «Vals de las flores» de *El cascanueces* de Tchaikovsky. «Las criaturas asquerosas siempre acaban recibiendo su merecido», le había asegurado su padre.

Pero aquello era falso. Y esto era real.

Otro tintineo metálico.

—*Hört ihr das?* —insistió Robert—. *Musik.*

Los soldados se quedaron en silencio.

Nanée contuvo la respiración y escuchó. Pensó en *Robe Heir*. Pensó en el «pequeño Bobby» y se imaginó a aquel Robert tal y como aquel día se había imaginado al comandante, como un niño patético que jugaba vestido con una bata vieja y deshilachada que había sido de su abuela. «¿Es usted un hombre honorable?».

433

Los hombres de la carretera estaban hablando a la vez y andaban buscando el origen de la música que había oído Robert.

Se devanó los sesos intentando urdir un plan. Ella tenía pasaporte de los Estados Unidos. Luki tenía pasaporte de los Estados Unidos. Pero Edouard era un refugiado apátrida, con un juego de documentos falsos y otro juego con su nombre auténtico, un nombre que constaba en la lista de deportación inmediata a Alemania de la Gestapo.

¿Cuántos de aquellos hombres habrían estado presentes la tarde anterior? ¿Con sus botas negras, sus uniformes negros, sus limusinas negras y sus corazones negros? ¿Estarían ahora todos allí?

Acarició la oreja de peluche del canguro igual que acariciaba a menudo la oreja de Dagobert. ¿Volvería a verlo algún día?

«Eres una chica muy valiente. Ni siquiera has llorado».

—*Die Musik ist in deinem Kopf*—dijo por encima de sus cabezas otro de los hombres de la Gestapo. No era *Robe Heir*.

En la respuesta hubo mucha hilaridad.

—*Die Musik muss aus der Tiefe der Höhle kommen. Mach weiter, Robert. Springen!*

Rieron y rieron con el comentario.

Otra vez voces, y sonido de movimiento. ¿Bajaría alguno de ellos?

Nanée miró a su alrededor, pero no había ningún lugar donde Edouard, Luki y ella pudieran esconderse, ningún lugar hacia donde huir. Solo aquel sendero estrecho y pedregoso, extendiéndose en ambas direcciones, y la caída por el barranco.

Más movimiento. ¿Un forcejeo?

Más palabras. Más risas.

Chicos provocándose los unos a los otros, como hicieron cuando *Robe Heir* flirteó con ella aquella noche. Como Dickey y sus amigos la provocaron aquella vez que fue a cazar palomas con su padre y ellos.

Los de la Gestapo seguían riendo.

Y entonces los vio en una curva de la carretera, tres hombres con botas negras y uniforme negro. Solo tres.

Si ella podía verlos, ellos podían verla a ella. Pero estaban de espaldas a ella y daba la impresión de que se estaban marchando, aunque si en aquel momento se volvían y miraban, los verían a los tres, a Edouard, a Luki y a ella.

Le indicó a Edouard con un gesto que siguiera con la espalda pegada a la pared de piedra. Nanée se quitó los guantes y palpó el interior de su cazadora de aviador en busca de la Webley con la culata de perlas.

Solo eran tres alemanes.

Sujetó a los canguros entre las dos piernas para tener las manos libres y preparó la pistola.

Los nazis seguían andando, seguían riendo.

Apuntó, sujetando con ambas manos la culata y con el dedo en el gatillo, con los brazos rectos y extendidos delante de ella, tal y como su padre le había enseñado.

Concentrada en el blanco.

Pensando en cómo le gustaría poder hacer algo con los canguros para de este modo abrir más las piernas y mejorar la postura.

Pensando en cómo le gustaría tener un arma de cañón más largo para poder disparar mejor.

Pensando en cómo le gustaría que los hombres no se dieran la vuelta y no los vieran.

Totalmente quieta y concentrada.

Su línea de visión era perfecta.

No estaban muy lejos, pero a cada momento que pasaba la distancia se hacía más amplia.

Luki, detrás de ella, seguía más quieta de lo que nunca se habría imaginado que un niño podría estar. Nanée siguió apuntando a los hombres con el arma mientras sujetaba a los canguros entre los muslos. Rezó a la Dama María para que no volviera a sonar la música. Rezó para que el viento aullara de nuevo.

Los hombres seguían andando, seguían riendo.

Que aumentara la distancia era bueno. Tal vez, simplemente, seguirían andando. Aunque, por otro lado, con cada paso que avanzaban la dificultad del disparo iba también en aumento.

El que se llamaba Robert miró hacia atrás.

¿Los habría visto?

No, se había vuelto de nuevo hacia sus compañeros. Seguía andando.

La culata con incrustaciones de perlas estaba helada. Pero a diferencia de la culata, los trozos de perdigones ardían al retirarlos del frágil pecho de la paloma.

Robert volvió la cabeza de nuevo y asimiló lo que casi no podía creer que había visto. La expresión de su cara era de asombro.

Le habría gustado que hubiera fingido no haberla visto. Que los hubiera dejado marchar, como hicieron los alemanes que se encontraron junto a la tumba de *madame* Dupin.

El instante en que Robert permaneció allí, inmóvil, decidiendo, se prolongó una eternidad.

El sol le daba a Nanée en la cara. Seguía empuñando la pistola.

Finge que no nos has visto, *Robe Heir*.

Abrió la boca. Gritó para alertar a los demás.

Apretó el gatillo.

Dios, no había dado en el blanco.

Separó las piernas para poder apuntar mejor y vio que el nazi estaba desenfundando su arma.

Al oír el disparo, sus compañeros se habían vuelto también.

Estaban desenfundando todos.

Apretó el gatillo una segunda vez.

El hombre se desplomó. ¿Lo habría matado?

Un arma apuntando hacia ella. Disparos.

Nanée volvió a disparar, ahora al otro nazi que le estaba disparando.

Una punzada ardiente. Un dolor abrasador.

Volvió a disparar. Un cuarto disparo.

Y otro, ignorando por completo el dolor.

Y otro.

Apuntando al hombre que acababa de aparecer en el camino por delante de ella. ¿Pero de dónde había salido, por Dios?

El percutor emitió un ruido sordo al golpear el cartucho vacío.

Lunes, 9 de diciembre de 1940
LOS PIRINEOS

Luki tenía la cara enterrada contra el pecho de su papá. Edouard se había agachado y la abrazaba para que no pudiera ver nada.

Aquellos estallidos que tanto miedo daban pararon de repente. El pecho de su papá latía con fuerza y además temblaba, como cuando estaba triste. Quería mirarlo, ver que seguía allí aunque ya sentía el latido de su corazón, pero su papá le sujetaba la cabeza tan firmemente que le impedía ver nada y solo alcanzaba a oír que alguien llamaba débilmente a su *mutti*, hablando con las palabras antiguas. Y luego nada más, solo el siseo del viento.

—Luki —dijo su papá, muy bajito—. Quiero que sigas con los ojos cerrados. ¿Me prometes que seguirás con los ojos cerrados?

Luki dijo que sí con la cabeza presionada aún contra su pecho.

Notó el contacto de la tela de Pemmy en las manos, la suavidad resbaladiza de las alas de ángel que le protegían el cuello del frío. Uno de los hombres malos había oído a Joey cantando. Joey no quería cantar. Había sido culpa de Luki. Luki lo había soltado. No quería soltarlo, igual que Joey no quería cantar.

Su papá se incorporó, sin soltarla para que no pudiera ver nada, y echó a andar cargando con ella.

Lunes, 9 de diciembre de 1940
LOS PIRINEOS

Avanzaron rápido, pegados a la pared de piedra, para alejarse de los hombres de la Gestapo antes de que pasara alguien por la carretera y los descubriera allí. No se pararon hasta quedar fuera de la vista de aquellos hombres. Nanée no había separado en ningún momento la manga de la cazadora de aviador de la zona lateral de la cara y le daba miedo hacerlo. Había mucha sangre, brotaba de su cabeza y se encharcaba en el oído.

Retiró finalmente la mano para que Edouard la examinara. Si era una herida grave, no sobreviviría.

Era en la oreja, bastante más que una herida superficial pero más aparatosa de lo que en realidad era.

—Un par de centímetros más y habría resultado mortal —dijo Edouard.

Mortal.

—¿Crees que… los tres…? —preguntó Nanée.

—Incluso el que estaba llamando a su madre se calló antes de que nos alejáramos lo suficiente como para quedar fuera del alcance de nuestro oído —dijo Edouard, con un tono de voz que reflejaba más una sensación de alivio que de lamento por lo sucedido.

—A mí sí que me han alcanzado el oído —replicó Nanée, haciendo un chiste mientras Edouard le vendaba la herida con el material del botiquín de Hans.

Rieron y rieron, no porque fuera una ocurrencia graciosa sino porque Nanée acababa de matar a tres hombres de la Gestapo. Una vía de escape para su sorpresa y su conmoción.

Creía que Edouard tenía razón, que los hombres estaban muertos. Todo había sucedido muy rápido, en cuestión de segundos. Robert, en el camino, estaba muerto, seguro; el disparo había ido directo al pecho. Había visto su cuerpo muerto resbalando en dirección al precipicio incluso antes de empezar a disparar contra los demás. Cuando Edouard terminó de vendar la herida, rieron y rieron también por eso, porque Nanée había seguido disparando con una pistola vacía a un hombre que ya estaba muerto.

Finalmente, se pararon para hacer un descanso algo más prolongado, en una cresta ya cercana a la cumbre. Nanée temblaba a pesar de estar caminando muy rápido. Imaginó que era por la conmoción que le había provocado todo lo sucedido. Necesitaba comer algo. Le habría encantado poder comer unas pocas uvas dulces de las viñas, pero estaban peladas, lo que la salvó de la ingratitud de robar fruta de un camino abierto hacia la libertad. Sacó una de las cantimploras que llevaba en el zurrón y se la pasó a Luki.

—Tú también necesitas beber —dijo Edouard—. Estás terriblemente pálida.

Nanée fingió que bebía, pero no bebió nada. El agua empezaba a escasear.

Edouard le ofreció también a Luki agua de su cantimplora.

El viento era mucho más débil pero a ella el frío le escocía en la cara. O tal vez fuera el dolor de la herida.

Había nieve, no tanta como para hundirse en ella, pero sí la suficiente para que el camino estuviera resbaladizo.

Se pusieron de nuevo en marcha, siguiendo las curvas que trazaba el camino, que subía ahora más lentamente. Y avanzaron todo lo rápido que les permitía el cuerpo durante quizá una hora más.

Cuando coronaron la cumbre, pararon. Los acantilados descendían hasta un pueblecito con casas con tejados rojos que se vislumbraba a lo lejos, y más allá se extendía el Mediterráneo, con olas rematadas en blanco, hasta que acababa fundiéndose con el azul del cielo. ¿Sería ya la costa de España?

En dirección contraria, el camino por el que habían subido descendía hasta Banyuls y lo que parecía un segundo mar. A sus espaldas, una cordillera de picos más altos, el Rosellón catalán, lucía las cumbres nevadas.

Era realmente impresionante. Y Edouard debió de pensar lo mismo, pues permanecía inmóvil, capturando el paisaje con la mirada. Incluso Luki estaba observando sin decir nada.

—Es como si hubiera dos mares —dijo Nanée.

¿Estarían en el camino correcto? En las explicaciones que les había dado Hans mientras dibujaba el mapa, no les había mencionado aquella vista tan extraordinaria.

—Mira, papá, un tronco de los sueños —dijo Luki.

Bajó de los hombros de Edouard y echó a correr. Resbaló un poco con la nieve, pero enseguida recuperó el equilibrio y siguió corriendo.

—*Moppelchen*, no podemos pararnos aquí —dijo Edouard—. No podemos volver a pararnos hasta que estemos en España.

—No recuerdo que Hans mencionara una vista tan espléndida como esta —dijo Nanée—. ¿Lo recuerdas tú? Deberíamos consultar el mapa, para estar seguros de que estamos donde él dijo que teníamos que estar.

Cuando Nanée vio que Luki se encaramaba al tronco, recordó a su hermano mayor sentado en el tronco sofá de Míchigan y cómo se reía de ella cuando intentaba trepar inútilmente para sentarse también, y cómo su padre la aupaba, la instalaba en el tronco y se sentaba a su lado y la rodeaba con el brazo para que no cayera. ¿Era un recuerdo real? Parecía, al mismo tiempo, tanto irreal como innegable. Nanée se había pasado la vida intentando complacer a su padre, intentando ser la chica valiente que él se imaginaba que era.

Pero ahora no estaba en Míchigan. No estaba en Evanston. No era una niña que leía historias de chicas tan extraordinarias como ella quería ser, historias que siempre tenían finales felices y que nunca habían sido reales. Ahora estaba en Francia. Estaba ayudando a un refugiado alemán y a su hija a cruzar ilegalmente una frontera. El castigo por matar, aunque fuera a un único miembro de la Gestapo, era la muerte más cruel imaginable.

No habían podido ver a los dos hombres que estaban en la carretera. Pero lo que sabía con certeza era que cuando se habían ido, aquellos hombres no estaban en pie. ¿Le haría sentirse mejor o peor saber que estaban muertos? Eran hijos de alguien, hermanos o esposos tal vez de alguien. Padres de alguien. Y ella los había matado. Aunque ellos la habrían matado a ella. Habrían matado a Edouard. Habrían matado a Luki. ¿Verdad?

Se sentaron al sol, acompañados por un viento leve y casi silencioso, sin ningún cañón en el que aullar ahora que estaban en el pico. Edouard estaba sentado al lado de Luki y Nanée al lado de él. Sacó del zurrón un poco de pan. Cogió el trocito más pequeño posible, para que pareciese que estaba comiendo y dejar el resto para ellos. Se lo pasó a Edouard, asegurándose de que lo cogiera antes de soltarlo, por miedo a que cayera al suelo. Edouard ni siquiera fingió que comía un poco antes de sujetárselo a Luki para que diera un mordisco.

—Necesitas comer —le dijo Nanée a Edouard, que estaba visiblemente exhausto por andar cargando con Luki—. Tienes que conservar las fuerzas.

—Tú sí que necesitas comer —replicó él—. Estás…

—Estoy bien.

Se obligó a mirarlo a los ojos, a mirar aquellos ojos increíblemente verdes tristes y agotados, pero también intensos y alerta, observadores, conscientes. Rebosantes de compasión.

—Podrían habernos matado —dijo Edouard—. Has hecho lo correcto. Nos habrían matado.

Nanée asintió.

Se quitó los guantes y sacó del bolsillo el mapa dibujado sobre papel de arroz que se veía obligada a tragar en caso de problemas. Lo sujetó con las manos heladas.

Edouard estampó un beso en la coronilla de Luki.

Nanée, sin decir nada, observó a un ave de gran tamaño —un halcón o un águila— que volaba por encima de sus cabezas. ¿Habrían disparado los alemanes si ella no lo hubiera hecho? Imposible saberlo. Ni siquiera podía afirmar que en aquel momento hubiera pensado en ello, que se hubiera planteado no arriesgarse pensando en lo que los hombres podían o no podían hacer. Se había concentrado tal y como le había enseñado su padre. Se había imaginado una diana, un blanco como el de aquel primer concurso de tiro que había ganado. Había disparado por instinto, como aquel día disparó contra aquella paloma que no había hecho nada, que simplemente volaba en un cielo al que pertenecía.

—Estaba embarazada —dijo Edouard en voz baja—. En la foto.

Desnudo, inclinado. Esposa fantasma. Salvación.

No pronunció el nombre de Elza, ni el de Luki. Pero mantuvo la mirada fija en el ave, que ahora flotaba más alto, cada vez más pequeña, hasta que giró y se lanzó en picado hacia el suelo.

Nanée se quedó a la espera, callada.

—Después…, después de que fuera…

¿Cuál era esa palabra que no podía pronunciar? ¿O que no podía pronunciar estando su hija presente?

—Fue una forma de…, de…, no lo sé. Ella quería que hiciese la fotografía. Pensó que me ayudaría a sanar mis heridas.

¿Después de que ella le hubiera sido infiel? Pero ¿por qué, entonces, conservaba la fotografía?

—A sanar nuestras heridas —continuó—. A sanarnos a los dos.

Nanée se quedó mirándolo, observando su cara, sin intención de hacerlo sentirse incómodo pero necesitada de ver, tanto como de oír, lo que estaba diciendo, de entenderlo. Elza estaba embarazada de Luki en la foto, pero Elza nunca le había sido infiel a Edouard. A eso era a lo que se refería cuando le había dicho que Luki no era judía: que Luki no era hija suya.

Bajo la ley alemana, un niño no se consideraba judío si uno de sus progenitores no lo era. Esa era la…, no solo la vergüenza, sino también el dolor que había sentido incluso ella misma al ver por primera vez esa foto, *Salvación*, cuando pensó que era un hombre, no una mujer. Y era, lo entendía ahora, ambas cosas: Edouard capturando su propia vergüenza y su dolor en la fotografía de una mujer a la que había amado pero que había sido incapaz de proteger. Una fotografía que, al capturar el dolor de ellos dos, había conseguido revelar también el dolor de Nanée, un dolor muy distinto, un sentimiento de pérdida muy distinto.

Luki se acurrucó contra Edouard, olvidando por un instante a los canguros, que cayeron en el suelo nevado. Edouard la atrajo hacia él mientras, en el gélido cielo azul, el ave solitaria extendía las alas y se dejaba llevar por el viento.

—¿Consecuencia de tu trabajo? —preguntó Nanée—. ¿Consecuencia de tus fotografías?

—Sí.

—Y seguiste haciéndolas.

La niña saludando a Hitler. El chico obligado a recortarle la barba a su padre. La gente retenida en el SS Sinaïa.

—Decía ella que había cosas importantes y otras que no lo eran. Decía que las pruebas que nos llevan a demostrar quiénes somos en realidad nunca llegan en momentos fáciles, sino en momentos como estos.

Nanée descansó una mano sobre el tronco, al lado de él. Estaba pensando que nada era nada si no permitías que lo fuera. Pensando que la vergüenza era una fuerza demasiado poderosa como para dejar su control en manos de quienes podían manipularla. Tanto la vergüenza como las expectativas. Pensando que la persona en la que se había convertido era la única persona que realmente deseaba ser.

Desplazó la mano hasta que uno de sus dedos se topó con un dedo de él, con la mano que descansaba también sobre el tronco. Y al instante, el dedo de él se enlazó con el de ella.

Nanée contempló aquellos dos mares, que eran el mismo, y con la mirada fija en su espléndido azul verdoso, en las crestas blancas de las olas y en aquel único pájaro que se había transformado en una sombra negra a contraluz, sintió el calor de aquel único dedo enlazado con el suyo. Y él fijó la vista con ella. Juntos contemplaron al águila solitaria que, extendiendo por completo sus alas magníficas, trazó un elegante arco para volar hacia ellos. El mar, a lo lejos, salpicaba la costa de dos países distintos y se conectaba en algún lugar más allá del horizonte, un lugar que aún no alcanzaban a ver.

Lunes, 9 de diciembre de 1940
LOS PIRINEOS

Edouard se levantó para ponerse de nuevo en marcha, mirando el horizonte pero con el corazón desgarrado aún por el pasado. «Estoy embarazada», le había dicho Elza. Embarazada de la criatura que acabaría siendo Luki. No se había sentido capaz de tocarla. No se había sentido capaz de preguntar. Pero, por supuesto, ella sabía mejor que nadie de quién era el hijo que llevaba en el vientre. «Quiero que me fotografíes —le había dicho—. Que nos fotografiemos. Te conozco. Sé que esto será más fácil para ti si vuelves a incorporarme a tu corazón a través de tu arte. Si incorporas también a esta criatura a tu corazón a través de tu arte».

Le cogió el mapa dibujado en papel de arroz a Nanée, que se había levantado también y estaba a su lado. Nanée recogió a Pemmy y a Joey de la nieve y se los devolvió a Luki mientras Edouard estaba concentrado en las indicaciones que Hans había dibujado. Su futuro, el futuro de Luki, el futuro de Nanée.

¿Estaban aquí? ¿O aquí? ¿O aquí?

Edouard tardó un buen rato en recuperar el control de su voz.

—Creo que estamos aquí —dijo por fin.

—¿Dónde?

Señaló el lugar en el mapa que Hans había indicado como el camino que descendía hasta el control fronterizo español.

—¿Aquí? —preguntó Nanée.

—Sí.

—Pero si esto es España.

—Sí.

Edouard señaló la línea del camino que bajaba hasta el puesto fronterizo donde tendrían que registrarse, donde tendrían que enseñar su documentación y confiar en que no los obligaran a dar media vuelta o algo peor.

—¿Estamos en España, papá? —preguntó Luki.

—Sí —dijo Edouard—. Hemos salido de Francia. Hemos salido de Francia. Pero aún hay que conseguir que en España nos permitan pasar para llegar a Portugal. Pero sí, hemos salido de Francia.

Luki abrazó a sus canguros y rompió a llorar. Estaba agotada, por supuesto que lo estaba.

—*Moppelchen* —dijo Edouard—. Mi *Moppelchen*.

La atrajo hacia él, le besó la coronilla y le acarició el cabello. La levantó y la sentó de nuevo en el tronco y la estuvo acunando unos minutos mientras pensaba, como hacía a menudo, en cómo le había fallado a Elza, en cómo le había fallado a Luki. Se imaginó a Elza escribiéndole aquella última nota —«Si algo me pasa, prométeme que Luki estará contigo y cuidarás de ella, siempre»—, cuando su amor por Luki debería haber sido absoluto desde el día en que nació.

Y de pronto comprendió, contemplando los dos mares y con la calidez de Luki entre sus brazos, que la nota de Elza no había sido una petición, sino un recordatorio. Elza siempre había estado segura del amor que él sentía por Luki, incluso cuando él dudaba tanto de sí mismo. Elza jamás se habría arriesgado a dejar a su hija para ir a Alemania a buscar a su hermana de no haber estado segura de aquel amor.

Observó a Nanée, que estaba mirando cómo Luki perdía finalmente todas sus energías, cómo descargaba su miedo en forma de lágrimas. Sí, aquella niña se había ganado también el corazón de Nanée.

—Mejor que nos pongamos en marcha —dijo Edouard entonces—. No quiero que perdamos el último tren que sale de Portbou.

Nanée lo miró a los ojos y dijo:

—Sí.

Cogió la mano de Luki.

—Te echaré mucho de menos, Luki —dijo.

Unas palabras que también iban dirigidas a él. Edouard lo captó en su voz, sintió el bofetón. Su delicada manera de decirle adiós a Luki, y a él.

Bajó la vista hacia las indicaciones del mapa. ¿Cómo habría llegado a convencerse de que Nanée se quedaría con él? ¿Que ella lo había elegido? ¿Que dejaría atrás todo lo que amaba para irse con él? ¿Para volver a su casa, había pensado? Sin embargo, el lugar al que se dirigía era tan poco hogar para ella como podía serlo para él.

Buscó una razón para hacerla cambiar de idea: quedarse era muy peligroso, y después de disparar contra los alemanes, era incluso más peligroso para ella que para él; si alguno de aquellos hombres había sobrevivido, no cesarían hasta localizar a la mujer que había plantado firmemente los pies en el suelo de aquel camino y había disparado contra ellos, no al hombre y la niña pegados a la pared de piedra que habían permanecido escondidos detrás de ella. No tardarían mucho en expulsar a Varian de Francia, ¿y qué haría ella entonces, incluso en el caso de que pudiera quedarse? Luki quería que huyese con ellos. Él quería que huyese con ellos.

—Si han encontrado a los alemanes… —dijo.

—Lo sé, pero si vienen, los veré acercándose por arriba, creo.

Lo tenía bien pensado, pues, lo de dar media vuelta.

—Es demasiado peligroso —insistió Edouard.

—Nadie sospecha de las mujeres americanas, todo el mundo piensa que lo único que sabemos hacer es calceta. Los hombres no nos imaginan capaces de hacer las cosas que ellos sí son capaces de hacer.

—Pero yo…

—Las únicas cosas buenas que he hecho en mi vida, las he hecho aquí.

Se quedó mirándolo, mirándolo fijamente en aquel momento de libertad y desesperación, igual que él la había mirado durante toda la noche en que se conocieron, a partir del momento en que le exigió a André que retirara la foto de *Salvación*.

Edouard deseaba preguntarle si se iría de Francia cuando Varian se fuera. Pero sabía que Nanée era insustituible. Lo sabía. Sabía que arriesgaba la vida a diario con el trabajo que realizaba como mensajera y que nadie del CAS era capaz de desempeñar su trabajo como lo hacía ella.

Le ofreció el mapa, deseoso de preguntarle si volvería a verla algún día.

—Lo necesitarás para encontrar el camino —dijo Nanée, rechazando el ofrecimiento—. Yo tendría que comérmelo.

Edouard rio débilmente. ¿Cómo habría sabido Nanée que su réplica le haría reír? ¿Y que necesitaba reír o llorar?

Llevaba toda la vida dejando cosas atrás. Dejando siempre atrás su sensación de pertenencia.

—Podría quedarme —dijo.

Pensándolo bien, nadie podía realizar tampoco su trabajo. Si se quedaba, sus fotografías servirían para que el mundo viera la realidad. Siempre había tenido miedo; el miedo ya estaba presente en aquel primer autorretrato, pero había seguido haciendo fotografías y las había publicado, consciente de que estaba corriendo riesgos imposibles de los que no podía ni imaginar las consecuencias: que perdería a Elza y a la criatura que habían engendrado los dos, que se vería obligado a abandonar toda la vida que habían construido juntos, llevándose solo sus cámaras, todo el trabajo que había podido llevar con él, y a Luki. Porque, incluso ahora, llevaba con él sus fotos.

—Tendría que quedarme —insistió.

—De hacerlo, pondrías en peligro a todos los que te conocen —replicó Nanée—. A Varian. A Danny y a T. A Gussie, a Lena, a Maurice y a Beamish.

Nanée tenía las mejillas encendidas por el viento y el frío, también la nariz, pero nunca la había visto tan bella.

«Y a ti», pensó Edouard. «Si me quedara, te pondría en un grave peligro».

Nanée sacó la cantimplora de su zurrón y obligó a Edouard a aceptarla.

—Para Luki —dijo.

—No…

—Las fotos que has ido tomando cuentan de sobra la historia que se está viviendo aquí. —Sacó entonces las cartas de Edouard que llevaba en el zurrón y se las entregó—. Y esto también. Utilízalas con buen fin siempre que puedas.

—Los ángeles aún te necesitan —le dijo entonces Luki a Nanée, como si con esto hubiera solucionado el asunto a su manera.

—Sí —dijo Nanée—, supongo que los ángeles me necesitan en Francia. Me parece que necesitan toda la ayuda que se les pueda brindar.

—Y también Dagobert.

—Sí, Dagobert me necesita.

—Él cuidará de ti, igual que yo cuido de papá y él me cuida a mí —dijo Luki mirando a su padre.

—Sí —dijo Nanée.

—Pero cuidarás de nosotros, ¿no? ¿Igual que hace la Dama María?

Nanée acarició con un dedo la mejilla de Luki y lo deslizó por el brazo hasta alcanzar a Joey y a Pemmy, hasta alcanzar la bufanda de aviador que el canguro seguía llevando al cuello.

—Siempre pensaré en ti, Luki —dijo.

Luki empezó a desenrollar la bufanda de seda blanca, pero Nanée se lo impidió.

—Guárdala —pidió—. Me gustaría que la conservaras, para que Pemmy no tenga frío.

—¡Pero sin la bufanda no podrás volar!

Nanée atrajo a Luki hacia ella y la abrazó con desesperación.

—Guárdamela, Luki —consiguió decir—. Guárdamela bien y algún día, cuando esta locura termine, te encontraré y te llevaré a volar conmigo.

—¿Y a papá? —preguntó Luki.

Edouard buscó con la mirada al halcón que seguía dejándose llevar por el viento, para que Nanée no viera su desconsuelo, para que Luki tampoco lo viera.

—Y también a tu papá —respondió Nanée—, si quiere venir.

—Pero no para ir al cielo —dijo Luki—. Porque nos gustaría volver a la tierra.

—Me temo que siempre volvemos a la tierra.

Nanée se incorporó y le dijo a Edouard:

—Ve con mucho cuidado. Durante todo lo que te queda de viaje, ve con mucho cuidado. Recuerda que la Gestapo también actúa en España.

—Deja que… —Edouard dirigió la mirada hacia el bolsillo de la cazadora de aviador, donde Nanée guardaba la pistola—. No querrás que te encuentren con ella.

—De ninguna manera puedes presentarte armado ante el control fronterizo español.

—Estaba pensando en ese estanque contaminado del que Hans nos advirtió que no bebiéramos.

Nanée se agachó hasta la altura de Luki y señaló el cielo.

—Mira —dijo—. Me parece que es un águila dorada. Una de las aves más escurridizas que existe. Pueden pasarse horas, o incluso días, posadas en árboles. Inmóviles. Haciéndose prácticamente invisibles.

Mientras Luki observaba al ave, Nanée sacó del bolsillo la pistola con culata de perlas.

Edouard la cogió y se la guardó en el bolsillo.

Nanée le dijo entonces a Luki:

—Las águilas doradas son las aves que mejor vuelan, pero también construyen nidos en lo alto de los peñascos, a los que regresan un año tras otro.

Le dio un beso en la cabecita y volvió a incorporarse.

—Te digo de verdad que voy a echarte increíblemente de menos, Luki Moss.

Edouard cogió la cantimplora casi vacía de Nanée y su zurrón, con la barra de pan seco que escondía los negativos, superado por una sensación abrumadora de abandono, de pérdida: de pérdida del mundo que conocía, de los lugares que había compartido con Elza y de

449

aquella mujer que, del modo más improbable, le había enseñado a amar otra vez.

Nanée sonrió con tristeza, una sonrisa encantadora y sin el más mínimo rastro de coquetería en el arco de su frente o en la curva de su mejilla, ni siquiera en su boca, ligeramente pícara.

Edouard levantó la Leica y disparó una foto: Nanée en la cima de la montaña, con el paisaje de fondo de aquellos dos mares que eran el mismo mar, con el ave haciendo un picado, un ave que no era el halcón que se había imaginado sino el águila real que Nanée le había asegurado a Luki que era.

Le dio la mano a Luki, a su hija. Y por fin consiguió decir:

—Adiós, Nanée.

—En Francia decimos *au revoir*. Hasta la próxima.

Martes, 10 de diciembre de 1940
VILLA AIR-BEL

Nanée abrazó con todas sus fuerzas a Dagobert en cuanto accedió al vestíbulo. Dejó que le lamiera las manos, el cuello y la cara, sin parar de repetirle lo mucho que ella también lo había echado de menos, mientras Varian y los demás la felicitaban por el éxito del viaje. Varian había recibido noticias de sus contactos en Madrid que le habían informado de que Edouard y Luki ya habían llegado hasta allí y que al día siguiente, si no había problemas, estarían en Lisboa.

Nanée le devolvió a Gussie el libro y le dio un beso en cada mejilla, dos piquitos, y le confirmó que, efectivamente, era el libro de la suerte y que lo más seguro era que algún día volviera a pedírselo prestado. Y, entonces, declaró estar agotada y subió a su habitación, con Dagobert pisándole los talones.

T la siguió.

Nanée dejó la bolsa de viaje en la cama. Dagobert saltó también a la cama y se instaló allí mientras ella abría la bolsa, sacaba del interior el traje de chaqueta y se lo entregaba a T.

—Esta vez sí que no quiero verlo más.

T no contestó.

—De verdad que lo echaría al fuego si…

Nanée vio entonces lo que T ya había visto. En el tocador, apoyada en la pared y justo al lado de la fotografía de la mujer desnuda que nadaba en agua sucia: la cara de un hombre, fotografiada de perfil en un ángulo de tres cuartos, tan cerca de la cámara que el día que vio aquella imagen por primera vez, mientras ayudaba a Danny a colgarla de un árbol para uno de los salones del domingo, necesitó como mínimo un minuto para discernir que lo que había en una esquina era una barbilla, y el lóbulo de una oreja en la esquina superior. Un ojo. Una ceja que parecía más un pececillo que otra cosa. Parte de una nariz. Parte de dos labios. La fotografía solarizada que Edouard se había hecho a sí mismo cuando era joven.

Estaba sin enmarcar, y justo al lado había un sobre con su nombre escrito con la tinta verde que siempre utilizaba André Breton. Nanée visualizó la imagen: Edouard, sentado a la mesa detrás de la cual André solía escribir y utilizando la pluma que André debía de haber olvidado allí.

Acarició la fotografía, el lunar de Edouard.

—Supongo que tienes razón, T. Supongo que siempre acabo rechazando a los mejores.

—Oh, Nan, por el amor de Dios, abre de una vez la nota —dijo T.

Dejó el traje de chaqueta en la cama y abrió ella misma el sobre, desplegó el papel y lo depositó en manos de Nanée. Las palabras de Edouard estaban escritas con la tinta verde de André:

Mi Nanée:

Supongo que siempre he sabido que acabarías leyendo esto, que Luki y yo seguiríamos camino solos hacia España. Hacia Portugal. Hacia los Estados Unidos. Supongo que por eso me he enamorado de ti, porque no nos elegirás a Luki y a mí por encima de toda la gente que puedes llegar a salvar si te quedas en Francia. No lo harás. No podrás. Porque si no no serías tú.

Si no fuera mucho pedir, te diría que te esperaré hasta que vuelvas a los Estados Unidos o hasta que Hitler caiga derrotado y yo pueda volver a Francia.

Pero como no puedo exigir, te dejo este autorretrato, para que recuerdes todo lo que has hecho por mí, y también por Luki. Has entrado en los lugares oscuros de nuestras vidas y los has iluminado de nuevo. Me has permitido ver que dentro de nosotros siempre hay oscuridad. Porque somos, simplemente, lo que somos.

ELM

Nanée le pasó la nota a T, que la aceptó y la leyó.

—Este Edouard Moss posee un nivel de inteligencia muy por encima de tu «terrible sinvergüenza» promedio, Nan, y por eso se ha ido a los Estados Unidos sin ti —dijo T—. Alguien me contó una vez que eso de tener a tu amor en el otro lado del mundo tiene sus ventajas. «Hazle desear algo que no puede casi alcanzar». —Sonrió y añadió—: Creo que este incluso le habría gustado a tu padre, por mucho que a ti su opinión te trajera sin cuidado.

Nanée sacó la fotografía de la nadadora del marco y colocó en su lugar el autorretrato de Edouard. Cerró bien el marco, pero antes guardó en la esquina inferior el dibujito del tercio superior de aquel Cadáver Exquisito. La cabeza en el interior de una jaula. Una cara que podía o no ser de ella. ¿Acaso tenía importancia? La puertecilla de la jaula siempre había estado abierta.

—Varian no ha querido decírtelo para no interrumpir la bienvenida —dijo T—, pero tiene una entrega que quiere que hagas.

Recogió el traje de chaqueta y se dispuso a marcharse. Pero se paró un momento antes de cerrar la puerta para decir:

—Me alegro de tenerte de nuevo en casa.

Miércoles, 11 de diciembre de 1940
LISBOA

El recepcionista del hotel localizó la reserva bajo el nombre auténtico de Edouard, que por fin podía volver a utilizar ahora que habían llegado a Portugal, exhaustos pero sanos y salvos.

—Bienvenido a Lisboa, señor Moss —dijo el recepcionista.

Sonrió a Luki, cogió una elaborada llave de latón de uno de los casilleros de madera y se la ofreció.

—Con su permiso, informaré a nuestro amigo mutuo, el señor Fry, de que usted y la señorita Moss ya han llegado —le dijo a Edouard—. Y como en los tiempos que corren nuestros huéspedes suelen recoger el correo de otras personas, ¿desea que le haga llegar los paquetes y la correspondencia que tengo con otros nombres?

Edouard autorizó al recepcionista a mirar si había llegado alguna cosa para su amigo Henri Roux.

—Ah, sí, creo que… —El recepcionista abrió un cajón y repasó los nombres de varios sobres y papeles—. Sí, aquí está. —Dejó un telegrama sobre el mostrador, dirigido a Henri Roux—. Ha llegado de Marsella justo esta mañana. Confío en que pueda entregárselo a su amigo.

Domingo, 2 de febrero de 1941
MARIGOLD LODGE, MÍCHIGAN

Edouard estaba sentado con Luki en el tronco del que Nanée le había hablado, el «tronco sofá», contemplando el lago, aquellas nuevas aguas, bajo la luz rojiza de la mañana.

—A veces, no me acuerdo de cómo sonaba la voz de *mutti* —dijo Luki—, pero cuando me canta sí que me acuerdo.

Edouard prestó atención al sonido del tranquilo oleaje de las aguas del lago Macatawa, congelado solo en la orilla a pesar de la enorme cantidad de nieve nueva que silenciaba el paisaje y los sauces.

—Y a veces no recuerdo muy bien cómo era —continuó Luki—. No recuerdo qué cara es la de *mutti* y qué cara es la del ángel.

Edouard posó la mano sobre el gorro de lana que cubría la cabeza de Luki, sin saber muy bien si debía corregirla para que dijera «*Nanée*» o simplemente ignorarlo.

—A lo mejor es como con la Dama María —dijo Luki—, o como los tres dioses que al final son el mismo. Esos dioses de la madre superiora que no son los nuestros.

Y Edouard se dijo: «Nanée está haciendo el trabajo de un dios según cualquier definición de dios, o sin necesidad siquiera de definición».

A la semana siguiente tenía que ir a Ypsilanti, donde Ford Motor Company estaba construyendo unas instalaciones destinadas a la fabricación de aviones. El primer encargo de su nueva vida consistiría en fotografiar las obras. Y una semana después, saldrían a la luz las fotografías que había hecho capturando lo que significaba estar entre los seiscientos huéspedes que el gobierno de Vichy había alojado en los camarotes en absoluto lujosos del SS Sinaïa. Saldrían publicadas en una importante revista de los Estados Unidos y confiaba en que sirvieran para conmover la mente y el corazón de los lectores.

—Y cuando los ángeles ya no la necesiten más —dijo Luki—, ¿piensas que nos la devolverán?

Edouard estudió su expresión inquisitiva.

—¿Que nos devolverán a quién?

—A *tante* Nanée.

—¿A ti te gustaría?

Luki asintió con convencimiento.

Acarició el telegrama que Nanée había dirigido a Henri Roux y que le había estado esperando en Portugal. Lo guardaba siempre en el bolsillo de la camisa junto con la carta que Luki le había enviado a Camp des Milles. «Si no fuera mucho pedir».

—Espero que sí —dijo—. Creo que sí.

Contempló los sauces y el lago y se imaginó a Nanée de niña paseando por allí, los veranos que había pasado leyendo encaramada a los árboles. Cerró los ojos y recordó el cuello de Nanée en la bañera de zinc de Villa Air-Bel. La curva de su espalda sentada al borde de la cama mientras él le pintaba las flores de lis. Sus hombros cuadrados debajo de la cazadora de aviador cuando inició el camino de descenso de la montaña, en dirección a Banyuls-sur-Mer, en dirección al tren que la devolvería a Marsella, en dirección al tranvía que la llevaría hasta Villa Air-Bel.

—Sí —dijo—. Creo que Nanée volverá.

En silencio, recogió la pareja de canguros que Luki había dejado en el suelo cuando se habían sentado. Les sacudió la nieve y se los pasó. Luki le dio cuerda al canguro pequeño, que empezó a cantar: un vals, el vals que los vieneses reclamaban como suyo.

—A lo mejor volvemos a Francia cuando sea seguro para nosotros hacerlo —dijo.

—Sí, y *tante* Nanée podría cantar con nosotros en el tronco de los sueños.

Edouard la abrazó e imaginó qué estaría haciendo Nanée en aquellos momentos. En Marsella era por la tarde. Debía de estar acabando las entregas de Varian, recorriendo las sucias callejuelas del Panier para transmitir información a algún refugiado escondido, un refugiado como había sido él. A lo mejor había acabado temprano y ya estaba de vuelta en el *château* y al llegar se había agachado para recibir las pegajosas muestras de amor de Dagobert. Y tal vez estuviera llenando la bañera y a punto de sumergirse en el agua. A lo mejor, luego hacía una noche despejada y Danny conseguía sintonizar aquella emisora de Boston y Nanée bailaba al ritmo de la música transmitida desde aquí, desde aquel mundo que era el de ella y que ahora era también el mundo de Luki y de él.

—Algún día, irá a clases de vuelo —dijo Luki.

—¿Nanée?

Luki le lanzó una mirada, igualita que las de Elza.

—¡Pemmy! Y yo también. ¿Tú crees que *tante* Nanée querrá enseñarme a volar?

Edouard desanudó el pañuelo blanco de seda que el canguro llevaba al cuello y levantó la barbilla de su hija para poder mirarla directamente a los ojos, unos ojos que tenían el color de las profundidades del mar. Y le anudó el pañuelo al cuello, con una sola vuelta, para que ambos extremos ondearan con el viento.

—Creo que le encantaría. —La atrajo hacia él, para darle calor, para darse también calor—. Mi *Moppelchen* —dijo.

Un pequeño y rollizo cardenal aterrizó en aquel momento en la rama del sauce que tenían delante, su rojo intenso en potente contraste con el encaje blanco de las ramas. El pájaro ladeó la cabeza y su carita negra los observó con curiosidad. Gorjeó una vez, un sonido delicioso, y emprendió de nuevo el vuelo para sobrevolar con elegancia las aguas del lago.

NOTA DE LA AUTORA
Y AGRADECIMIENTOS

Lo que sigue son unas cuantas verdades sobre Mary Jayne Gold, la rica heredera norteamericana cuya valentía inspiró la de mi Nanée, un personaje de ficción. Se crio en una mansión de Evanston y veraneó en Marigold Lodge, en el oeste de Míchigan; estudió en una escuela privada para niñas de Italia y pilotaba un Vega Gull de color rojo (que no tenía sirena de velocidad de pérdida, por cierto). Fue amiga de Danny Bénédite, que aprovechó su puesto en la policía para emitir permisos de residencia franceses para artistas refugiados. Permaneció en Francia después de que el país fuera invadido por Hitler y huyó de París con Theo Bénédite e intentó sacar a su hijo de Francia, argumentando que era su hijo ilegítimo. Después del armisticio, Mary Jayne se desplazó a Marsella con la intención de salir de Francia. Pero se quedó en la ciudad y se sumó a la iniciativa de Varian Fry, cuyo objetivo era ayudar a los refugiados, contribuyendo a la causa tanto con su tiempo como con miles de dólares. Alquiló una mansión llamada Villa Air-Bel, donde vivió con los Bénédite, Fry, los Breton y Dagobert, entre otros. Celebraban salones en los que jugaban a juegos surrealistas y colgaban obras de arte de los árboles.

Pero esta no es la historia personal de Mary Jayne Gold. Porque ella no se enamoró de un artista llamado Edouard Moss, que solo ha existido en mi cabeza, en estas páginas y, si he hecho bien mi trabajo, en la cabeza del lector y tal vez también en su corazón. Por lo que yo sé, tampoco viajó a la Francia ocupada para rescatar a una niña judía. No sé si sabía disparar, y mucho menos si, en caso de saber hacerlo, disparaba tan bien.

Pero este libro empezó para mí con Mary Jayne Gold, Villa Air-Bel, los artistas e intelectuales retenidos en Camp des Milles, en las afueras de Aix-en-Provence, el trabajo de Varian Fry y el Centre

Américain de Secours y la labor de Hans y Lisa Fittko. Otros personajes inspirados en personas reales son Miriam Davenport, Justus «Gussie» Rosenberg, Marcel «Maurice» Verzeanu, Charles Fawcett y Leon Ball, Lena Fischmann, Bill Freier y Hiram «Harry» Bingham IV. Con la excepción de Edouard Moss, los artistas y escritores que aparecen nombrados en la novela, incluyendo a André y Jacqueline Breton y Max Ernst, están basados en personas reales. Las descripciones que se realizan tienen como intención rendir homenaje a todos los implicados en estos rescates, aunque todos, Varian Fry incluido, son hasta cierto punto un producto de mi imaginación.

Confío en que esta novela sirva como inspiración a los lectores para conocer más detalles sobre las historias reales que la sustentan. Entre las fuentes de información que he utilizado destacan *Crossroads Marseilles, 1940*, de Mary Jayne Gold; *Surrender on Demand*, de Varian Fry; la obra no publicada de Miriam Davenport, *An Unsentimental Education; The Art of Resistance*, de Justus Rosenberg; y *Mi travesía de los Pirineos*, de Lisa Fittko. Consulté asimismo los escritos de artistas e intelectuales que fueron rescatados por la iniciativa de Fry, como *The Devil in France*, de Lion Feuchtwanger; *Letters to Aube*, de André Breton; *Notebooks 1936-1947*, de Víctor Serge; y *The Few and the Many*, de Hans Sahl. Otras fuentes de información que me resultaron especialmente útiles son la entrevista con Mary Jayne Gold que se encuentra en la página web del US Holocaust Memorial Museum; *Villa Air-Bel: cómo los intelectuales europeos escaparon del nazismo*, de Rosemary Sullivan; *Surrealismo*, de Amy Dempsey; *The Holocaust & the Jews of Marseille*, de Donna F. Ryan; *In Defiance of Hitler*, de Carla Killough McClafferty; *A Quiet American,* de Andy Marino; *André Breton in Exile*, de Victoria Clouston; *Marseille-New York,* de Bernard Noël; y los muchos y maravillosos recursos disponibles en la Varian Fry Foundation, a través de *varianfry.org*, así como la información que puede encontrarse en *AndréBreton.fr* y *villaairbel1940.fr*.

La fotografía siempre ha sido una gran inspiración para mí. Para este libro, la foto con diversos títulos —*Desnudo, inclinado; Esposa fantasma* y *Salvación*— está inspirada en la fotografía realizada por Lee Miller en 1930 que lleva por título *Desnudo inclinado hacia delante*. La foto que adquiere Nanée cuando no puede comprar la imagen antes mencionada está inspirada en la inquietante foto realizada por Francesca Woodman en 1977, que lleva por título *Ser un ángel #1, Providence, Rhode Island*, cuyo título desconocía cuando la elegí como modelo de una fotografía a la que no pretendía dar ningún título. La escena en la que Edouard pinta la espalda de Nanée está inspirada en la foto realizada por Man Ray en 1924 que lleva por título *El violín de Ingres*; lo de la pintura es mío. El autorretrato de Edouard está inspirado en *Sin título (cara solarizada)* de Maurice Tabard. La mujer con capa está inspirada en una fotografía que Mac Clayton tomó en París, y la versión sometida a la técnica del *brûlage* de la misma se inspira en *The Nebula*, de Raoul Ubac. Y *El bello cuello de Nanée* guarda un inquietante parecido con la fotografía realizada por Man Ray en 1929 que lleva por título *Lee Miller («El collar»)*.

Me gustaría expresar mi agradecimiento a muchísima gente, empezando por mi editora, Sara Nelson, cuya infatigable dedicación y su eterno buen humor son el sueño de cualquier escritor, así como a todo el grupo de Harper Books, que siempre me ha apoyado increíblemente: Jonathan Burnham, Doug Jones, Leah Wasielewski, Robin Bilardello, Katie O'Callahan, Katherine Beitner, Juliette Shapland, Carolyn Bodkin, Virginia Stanley y Mary Gaule, y al personal de HarperCollins Holland y de las demás delegaciones en el extranjero. Quiero dar las gracias a Joanne O'Neill por su magnífica cubierta y por su paciencia. A mi agente, Marly Rusoff, y al intrépido Mihai Radelescu, que me ha ayudado en muchos sentidos.

Mi agradecimiento para los muchos libreros que siempre se han mostrado tan amables conmigo y tan entusiastas con mis libros: me gustaría poder nombraros a todos a nivel individual, pero el libro se haría eterno. Lo mismo puedo decir con respecto al Jewish Book Council y a los numerosos eventos editoriales que me han brindado la oportunidad de entrar en contacto con mis lectores.

Mi Equipo de Vuelo —el capitán Christopher Keck y los tripulantes Dylan Rich y Brittney Kaniecki— me llevó en un vuelo virtual por el cielo de París para mostrarme lo que podía ver Nanée y ayudarme a entender las sensaciones que conllevaba evitar el impacto contra un ave y estar a punto de estrellar un avión volando a baja altitud sobre el lago del Bois de Boulogne. Gracias también a Sue Hulme, cuyo padre, David Hulme, fue propietario y piloto de un Vega Gull, por compartir conmigo fotografías, vídeos y detalles técnicos.

Sentí mucho no poder realizar la travesía a pie por los Pirineos a pesar de los tres viajes que llegué a preparar, cancelados por una gripe, un récord de temperaturas elevadas y las restricciones impuestas por la covid. Quiero expresar mi agradecimiento a Patrick Jouhanneau y Tom Pfister, quienes compartieron conmigo su tiempo y sus fotografías. Tom me envió también su ejemplar de *Eva and Otto*, escrito por Kathy y Peter Pfister, sobre la huida de Francia de sus padres; el impacto emocional de su asombroso libro está presente en el viaje de Edouard. Lo recomiendo a todo el mundo.

Quiero expresar asimismo mi agradecimiento al Memorial Camp des Milles y a todos los que han colaborado en conservar su historia. También a las muchas personas que hicieron que mi investigación en diversos lugares fuera tremendamente confortable y mucho más interesante de lo previsto, muy en especial a Robin y David Young, que me permitieron alojarme en su precioso apartamento de París, y a Thomas Chase, que fue de gran ayuda en la ciudad.

Adrienne Defendi, una persona de enorme talento, me ayudó en los párrafos que incluyen elementos técnicos relacionados con la fotografía. Mynda Barenholtz me ayudó en mi investigación. Y Brenda Rickman Vantrease y Jenn DuChene leyeron para mí.

Mi especial agradecimiento a Los Cuatro Hermanos —Pat, Mike, Mark y Dave Waite—, por ayudar a nuestros padres en un momento complicado mientras yo estaba concentrada en escribir este libro, y a mi padre y a mi madre por su apoyo eterno en todos los sentidos. Mis hijos, Chris y Nick, me proporcionaron siempre su apoyo moral y, con su personalidad equilibrada y segura, me permitieron dejar de lado las preocupaciones de una madre para poder plasmar todas estas palabras sobre papel.

Como siempre, la compañía de mi maravilloso compañero de vida, Mac Clayton, hizo que los viajes de investigación a Francia fuesen mucho más divertidos, incluso cuando los helados del Berthillon se fundían más rápido de lo que podíamos comérnoslos durante la larga ola de temperaturas récord que se vivió en París. Mac leyó incansablemente borrador tras borrador, ofreciéndome siempre grandes sugerencias. Sinceramente, sin su ayuda no habría podido acabar esta novela en medio de una pandemia, la cual espero que, en el momento en que el lector esté leyendo esto, se haya convertido en nuestro espejo retrovisor. (Toco madera; Nanée ha heredado sus supersticiones de las mías).